Kleine weiße Frau

Die Autorin

Barbara Seelk wurde 1944 in Freiburg/Breisgau geboren. Nach einer kaufmännischen Lehre arbeitete Barbara Seelk für zahlreiche Filmproduktionen und machte sich 1972 mit einem eigenen Filmverleihunternehmen und später mit einer eigenen Filmproduktionsfirma selbstständig. 1990 begann sie Drehbücher zu schreiben.
Barbara Seelk arbeitet freiberuflich als Autorin und lebt in Düsseldorf und im afrikanischen Namibia.

Barbara Seelk

Kleine weiße Frau

Roman

Scherz

Besuchen Sie uns im Internet:
www.scherzverlag.de

1. Auflage 2002

ISBN 3-502-51879-3
Umschlaggestaltung: ja DESIGN, Bern: Julie Ting & Andreas Rufer
Umschlagbild: Autorin
Gesamtherstellung: Ebner & Spiegel, Ulm

Alles, was ich wollte, war, nach Afrika zurückzukommen. Wir hatten es noch nicht verlassen, aber wenn ich nachts aufwachte, lag ich lauschend da, bereits voller Heimweh danach.

Ernest Hemingway, *Die Grünen Hügel Afrikas*

Für Dzangai

Inhaltsverzeichnis

Prolog		10
1	1993 – Ankunft in Afrika	11
2	Begegnungen	38
3	Dickbusch und Sternenhimmel	47
4	Eine neue Frau	54
5	Drei Grünschoten	64
6	Erster Ärger im Paradies	74
7	Die Schlange	81
8	Eine neue Freiheit	101
9	Das Dorf	130
10	Ein Krokodil verliert	141
11	Eine Hochzeit	153
12	Rückkehr in das Paradies	170
13	Tiefes Afrika	182
14	Sie müssen weiter	201
15	Ein neues Dorf – eine neue Familie	225
16	Missverständnisse	250
17	Katiti ombappa	268
18	Eine Omupuliki bekommt Hilfe	291
19	Kanga	317
20	Richard	335
21	Ein Versprechen	345
Sechs Monate später		349
Epilog		350
Danksagung		351

Kleine weiße Frau
ist die Geschichte von Sole Schuler und Richard Shapake, die ich hier in Romanform wiedergegeben habe.

Natürlich habe ich ihre Namen geändert und die eine oder andere Person, ob dunkel- oder hellhäutig, ist frei erfunden. Familienmitglieder und Freunde sind ebenfalls zur schützenden Anonymität anders benannt worden. Nicht aber die Personen, die ich aufgrund ihrer bekannten öffentlichen Präsenz in die Handlung mit eingebunden habe.
Straßen, Wege, Ortschaften und Buschhütten – wo auch immer sie stehen – habe ich miteinander verbunden. So wie ich die Fährten von Richard und Sole verwischt habe. Sie hatten mich darum gebeten.

B. S.

Prolog

Die Mittagshitze hatte sich wie ein keuchendes Tier über sie gelegt.

Er sah sie prüfend an, bemerkte die feuchte Haut und ihre Müdigkeit.

«Komm», sagte er und nahm ihre Hand. Sie versteckten das Auto und liefen in das Schilfgebüsch hinein. Die großen starken Halme schlugen hinter ihnen wieder zusammen, so wie sie sich vor ihnen geöffnet hatten, um sie hindurchzulassen. Einige wenige Schritte noch, und sie standen am Ufer. Über den wirbelnden Strudeln und den Schilfgräsern entlang der Flussböschung kreisten und jagten langbeinige Stelzvögel. Kleinere Vögel flogen die Wasseroberfläche an, holten sich einen einzigen Tropfen und stiegen wieder senkrecht in den Himmel. Sonst gab es keine Lebewesen.

Sole lachte glücklich.

«Der Garten Eden», sagte sie, «wie hast du ihn gefunden?»

Der Afrikaner antwortete nicht. Er zog ihr das Hemd über den Kopf, die Shorts und den Slip aus. Dann entkleidete er sich, griff ihren Arm und zog sie ins Wasser.

Sie lachten und schrien und alberten herum, so wie es Kinder tun, die die Gabe der Unbeschwertheit besitzen. Später liebten sie sich im Schatten der hohen Gräser und waren zufrieden. Seite an Seite, Gesicht an Gesicht zu liegen und sich anzusehen.

1 1993 – Ankunft in Afrika

Langsam begann das Flugzeug zu sinken. Hastig wurden vom Steward die letzten Tassen eingesammelt, bevor auch er sich setzte. Seine Passagiere saßen bereits angeschnallt auf ihren Sitzen und warteten leicht verkrampft auf die bevorstehende Landung. Einige räusperten sich, husteten oder schluckten angestrengt, damit der Druck auf die Ohren nachließ, und man hörte hinter dem Vorhang zur Touristenklasse das aufgebrachte Quengeln eines Kindes, das sich nicht beruhigen ließ. Diejenigen, die zum ersten Mal nach Afrika kamen, pressten ihre übernächtigten Gesichter an eines der kleinen Fenster. Sie waren neugierig auf das Land, das sie sich für einen Urlaub ausgesucht hatten. Den anderen, Heimkehrer oder Weiterreisende, war der Anblick offensichtlich bekannt, denn sie würdigten ihn keiner weiteren Betrachtung. Sie lehnten sich mit geschlossenen Augen zurück oder blätterten gelangweilt in den Zeitungen, die sie vor zehn Stunden in Frankfurt mit an Bord genommen hatten.

Es musste draußen noch kühl sein, denn das Tageslicht in der frühen Morgenstunde schimmerte blass, und das Grün der Baumkuppen wirkte verwaschen.

Horizont und Himmel haben die gleiche Farbe, Grün, das in Beige übergeht und dabei wie aus Versehen etwas Blau aufgenommen hat, dachte Sole Schuler und zückte ihre Kamera. Aber als sie ihr Ziel fixierte, wusste sie sofort, dass das Bild durch das Fensterglas keine Qualität haben würde. Unnötig, ein Foto zu verschwenden, vielleicht später, dachte sie weiter und legte den Apparat abwartend in ihren Schoß. Langsam ließ sie ihre Blicke über das Panorama gleiten, das sich ihr bot. Ihre Augen würden auf ihre Anweisung hin die Eindrücke fotografieren, im Gedächtnis archivieren, damit sie irgendwann später darüber verfügen konnte. Diese Eigenart hatte sie sich in ihrem Beruf als Kamerafrau selbst beigebracht. Wenn ein sofortiger Shoot aus irgendwelchen Gründen nicht möglich war, musste man abwarten, *bis* er möglich war, aber der Ansatz für die Erinnerung musste genau in *diesem* Moment geschaffen werden, damit die Stimmung erhalten blieb.

Weiter hinten bemerkte sie rötliche Felsen, die in bizarren Formen und unregelmäßigen Formationen in der Savanne lagen. Zwischen ihnen wanden sich ausgetrocknete Wasserläufe. Wie Schlangen durch ein Gebüsch. Abrupt verlor das Flugzeug an Höhe, um dann wieder ruhig weiterzuschweben. Plötzlich konnte sie Pfade erkennen, die zu sanft schimmernden Wasserläufen hin und wieder weg führten. Es sind Wege, die von Mensch und Tier gleichermaßen begangen werden, erkannte sie überrascht, und das vielleicht schon seit Jahrhunderten.

Der Jumbo zog schwerfällig sinkend eine Kurve, und die etwas zu steil geratene Neigung ließ Sole Schuler leicht zur Seite rutschen. Er fand aber schnell in die Waagerechte zurück, und Sole glaubte zu spüren, dass sich die Motoren nur mühsam drosseln lassen wollten. Minutenlang schien der Jumbo scheinbar unschlüssig in der Luft zu schweben, ein unwilliges Zittern ging durch die beiden Tragflächen, irgendetwas schepperte, dann endlich setzten die Räder auf, und erschöpft und erleichtert zugleich begann die Maschine auf die winzigen Gebäude zuzurasen, die in weiter Ferne am Ende des Rollfeldes standen.

Sie waren in Afrika gelandet.

Sole war erleichtert. Interessiert betrachtete sie die kleinen Buschstauden, die sich aus der angrenzenden Savanne bis zur Landebahn hin ausgesamt hatten.

«Von oben haben sie wie Pusteln auf alter Haut ausgesehen, aber zusammen mit dem Himmel und der roten Erdfarbe ist daraus ein afrikanisches Muster geworden», sagte sie zu dem Mann, der neben ihr saß, und löste ihren Sicherheitsgurt. Sie stand auf, streckte sich kurz und begann ihr Bordgepäck zusammenzusuchen. Plötzlich aber starrte sie ungläubig durch das Fenster, beugte sich hastig vor. Es war ein Schauspiel, wie sie es noch nie gesehen hatte. In dem Augenblick des Stillstandes der Maschine hatte sich eine gleißende Sonne über den äußersten Rand der unendlichen Weite erhoben und in der gleichen Sekunde der Natur die Farben zurückgegeben, die ihr Stunden zuvor von der Nacht genommen worden waren, wie mit einem Zauberstab und mit der Macht eines einzigartigen Individuums.

Verschwenderisch und berückend schön.

Sie presste beide Hände gegen das Glas und rief aufgeregt: «Sieh doch nur, Hannes, es ist unglaublich –»

«Ja doch», meinte der Mann. Er hatte müde Augen und gähnte hinter der vorgehaltenen Hand. «Wir werden es bestimmt noch öfter sehen. Gib mir deinen Pass, ich werde uns gemeinsam durch die Kontrolle bringen.»

Sole steckte sich das Kaugummi in den Mund, das sie sich vom Frühstückstablett mitgenommen hatte, und warf sich den Rucksack über die Schulter. Sie suchte nach der Hand von Hannes Speer, der hinter ihr stand und Mühe hatte, Filmkamera und Fotoapparat so über die Schultern zu hängen, dass er noch mit der einen Hand das Handgepäck tragen konnte, um die andere für sie frei zu haben.

Als sie auf der Plattform der Gangway stand, befand sich die Sonne direkt auf Augenhöhe vor ihr. Fast wäre sie beim Schritt auf die erste Stufe gestolpert, hätte sie nicht der dunkelhäutige Steward sanft am Arm gepackt. Er lächelte sie an, so wie er es die ganze Nacht über getan hatte, wenn er wie zufällig an ihrem Sitz vorbeiging und ihr Wasser brachte, nach dem sie nicht verlangt hatte.

«Vielen Dank für diesen herrlichen Sonnenaufgang», sagte Sole und lächelte zurück.

«Vielleicht sieht man sich», murmelte der Mann, «in Swakopmund oder hier im Golfclub.»

«Ja», meinte Sole, «vielleicht», und ließ sich von Hannes weiterziehen.

Die Morgenluft war wirklich noch kühl, aber man spürte schon die Wärme, die schnell in die kompromisslose Hitze übergehen würde. Das Fehlen des üblichen Flughafenchaos überraschte sie. Keine Stadt um ein bisschen Airport herum, kein Lärm, keine aufgeregten Menschen. Es gefiel ihr.

«Wir sollen den Bus nehmen, das soll sicherer sein als mit einem Taxi», keuchte Hannes während des Gehens. Als sie das Flughafengebäude verlassen hatten und auf den Bus zusteuerten, der mit offenen Türen und Gepäckklappen vor ihnen stand, wurde Sole plötzlich von einem jungen Schwarzen an der Windjacke gezupft.

«Gleicher Preis wie Bus, aber schneller wie Bus», zischte er, und seine dunklen Augen schauten sie abschätzend an.

«Wo steht dein Auto?», fragte Sole versöhnlich und verwünschte sich im gleichen Augenblick für diese Frage.

«Wir werden wohl jetzt mit einer erstklassigen Schrottmühle *made in Afrika* fahren müssen, aber ich bringe es nicht übers Herz, die Sache rückgängig zu machen. Bin einfach zu müde für einen Kampf», sagte sie leise zu Hannes und ließ sich von dem Schwarzen widerstandslos ihr Gepäck abnehmen.

Ihr neuer Chauffeur eilte um den Bus herum und wies aufgeregt mit dem Kopf in Richtung seines Autos. Als sie atemlos bei dem mehr als erbarmungswürdigen Gefährt stehen blieben, meinte Hannes unwillig: «Warum lässt du nicht mich diese Dinge regeln? Diese Kerle hier wissen genau, dass die deutschen Weiber den absoluten weichen Keks kriegen, wenn sich ihnen ein *armer* und *unterdrückter* Schwarzer aus der ehemaligen deutschen Kolonie *Südwest* nähert.»

Rasch schaute er über den großen Parkplatz. Er registrierte die geschäftigen Weißen, die das Gepäck ihrer Gäste in neue glänzende Kleinbusse luden, und dann die wenigen Schwarzen, die etwas entfernt von ihnen mit enttäuschten Gesichtern an ihren verrosteten Autos standen.

«Hör zu, Sole», sagte er leise, «mit dem werden wir nie ohne Schaden in Windhoek eintreffen. Lass mich das rückgängig machen.»

Er kramte einen Zettel aus seinem Brustbeutel und ein Geldstück aus der Hosentasche. Beides hielt er dem Schwarzen hin. «Wir Bus nehmen», sagte er entschieden, aber der Mann hatte bereits Sole auf den Beifahrersitz gesetzt und die Tür zugeschlagen. Er nahm das Geldstück, grinste Hannes an und öffnete auch ihm die Tür.

«Jetzt lass doch», sagte Sole und setzte sich die Sonnenbrille auf.

Als der Wagen einen Satz machte, legte Hannes Speer instinktiv den Arm um Sole.

«Wir sollen irgendwo auf der Independence-Avenue nach oben schauen, bis wir eine große Beschriftung *Kalahari Sands* sehen, in dieses Hotel gehen und dort in der Kaffeebar auf einen Richard Shapake warten», rief er gegen das Fahrgeräusch und hielt Sole fest, da es keinen Sicherheitsgurt gab.

Sie verließen das Flughafengelände und bogen auf die schmale Teerstraße ein in Richtung Innenstadt.

«Wie heißt du?», fragte Sole in Englisch, das sie schon seit ihrer Jugend durch ihre Ferienaufenthalte in England beherrschte.

«Ich bin Werner», antwortete der Mann auf Deutsch und beugte sich während des Fahrens zu Sole hinüber, um ihr zu helfen, das klemmende Fenster herunterzudrehen.

«Schlechte Luft hier drinnen», sagte Sole, wieder auf Englisch.

«Blöde Raucher in bescheuerter Hitze», entgegnete Werner in bestem Deutsch.

«Blöd ist gut, bescheuert auch», lachte Sole, «wenn du solche Wörter in Deutsch kennst, traue ich dir sogar zu, dass wir ankommen. Sag mir, woher kannst du so gut Deutsch?»

«Papa reicher deutscher Weißer», quiekte der Schwarze in gespielt ängstlichem Ton, «Mama armes schwarzes Dienstmädchen. Werner wumm –»

Ungläubig sah ihn Sole an. Sie sagte nichts dazu, rollte die Windjacke in den Nacken und lehnte ihren Kopf gegen das Polster.

«Werner, du bringst uns jetzt sicher nach Windhoek, sonst beschwere ich mich bei deiner Mama. Hannes, sei ein Engel, hilf ihm wie auch immer und wecke mich, wenn wir seiner Meinung nach angekommen sind», sagte sie und schloss die Augen.

Die Bar war dunkel, der Kaffee dünn, die Milch kalt. Sole Schuler fühlte sich nicht wohl. Sie knabberte an den Nägeln.

Diese Angewohnheit hatte sie seit ihrer Kindheit, und sie diente der Flucht aus einer ungeklärten Situation in eine eigene Welt, in eine eigene Welt, in der sie sich sicher fühlte und nicht wachsam sein musste. Die Eltern und auch die jeweils hauptamtliche Kinderschwester waren machtlos gegen diese, wie sie meinten, schreckliche Unsitte, und es war ihnen nie gelungen, sie ihr abzugewöhnen. Meine dickköpfigen Vorfahren aus Mecklenburg-Vorpommern lassen sich eben nicht verleugnen, hatte ihr Vater immer erklärt, wenn wieder einmal ein abendlicher Kriegsrat wegen Mademoiselle Dickkopf und ihren Marotten abgehalten wurde.

Was passiert, wenn dieser Richard Shapake nicht kommt, dachte Sole. Ich könnte ja zur Not etwas anderes organisieren, aber Hannes mit seinem präzise erarbeiteten Dreimonatskonzept zu dem Motto *Meine Zeit in Afrika* wird nicht damit einverstanden sein. Er muss immer alles absolut geklärt haben. Vorher. Es könnte ja hinter irgendeinem Strauch Unheil lauern. Deshalb hat Papa auch so darauf gedrängt, dass Hannes sie begleitete. Sie betrachtete den großen blonden Mann, der ihr gegenüber die dritte Tasse Kaffee trank und wiederholt auf die Uhr sah.

«Um Gottes willen, Hannes», sagte sie jetzt leicht gereizt, «gib diesem Menschen eine Chance. Wir sind hier in Afrika, vielleicht hatte der Esel Probleme mit einem Huf. Vielleicht funktionierte die Buschtrommel nicht oder die Oma ist gestorben, oder –»

«– oder du solltest dir vielleicht mal abgewöhnen, meine Gedanken auf Trab halten zu wollen», unterbrach Hannes sie gutmütig, «sie sind und bleiben mein geistiges Eigentum.» Er küsste sie auf die Wange und stand auf.

«Ich glaube, er ist da», sagte er plötzlich, und Sole bemerkte eine leichte Verwunderung in seinem Tonfall.

«Sie sind Sole Schuler und Hannes Speer?», fragte der dunkelhäutige Mann und reichte ihnen die Hand. «Ich bin Richard Shapake. Willkommen in Afrika.»

«Tja», sagte Hannes. Er fuhr sich unschlüssig durch die Haare, und Sole kannte ihn gut genug, um zu wissen, dass er bemüht war, einen freundlichen Ton zu finden. «Wir haben, ich meine Doktor Schuler hat –»

Der hoch gewachsene Schwarze sah ihn prüfend an.

«Ich wurde von einem Doktor Heiner Schuler aus Düsseldorf über die hiesige Deutsche Botschaft als Guide für vier Wochen engagiert. Für seine Tochter und deren Freund. Ich soll beide beschützen. Vor den wilden Tieren – und den wilden Bimbos» – er grinste –, «das sind wir Schwarze. Auch vor Sonnenbrand und Durst. Ich soll sie mit Sonnencreme einreiben und ihnen jeden Wunsch erfüllen. Was meine Person anbetrifft, so habe ich einen ordentlichen Führerschein, kann einen Platten reparieren und kenne dieses Land besser als jeder andere. Wenn ich brav bin und Sie mit mir zufrieden sind, wird dieser Job verlängert, wenn nicht, soll ich am Pranger ausgepeitscht werden.» Etwas spöttisch zog er die Augenbrauen hoch und sah Hannes an.

«Ich werde mich natürlich wehren und veranlassen, dass sich meine Brüder und Schwestern nachts an die Betten der Weißen heranschleichen und böse Dinge mit ihnen machen.»

«Na, so weit wird es wohl nicht kommen», sagte Hannes schärfer, als er wollte.

Sole starrte den Afrikaner an.

Natürlich hörte sie den Spott in seinen Worten, aber es waren seine Augen, die sie sprachlos machten. Fast schwarz, und in ihrer Dunkelheit tanzten winzige bernsteinfarbene Kobolde. Die schmale Nase bebte ein klein wenig, wenn er sprach, und auf den Lippen ging ein Lächeln spazieren, das nur für sie bestimmt zu sein schien. Seinen leichten norddeutschen Akzent bemerkte sie in der gleichen Sekunde, als sich ein bunter schillernder Schmetterling in ihrem Bauch einnistete.

«Ja, ich bin Sole», sagte sie mechanisch und strich sich eine Haarsträhne aus dem Gesicht.

Richard Shapake nahm die Einladung von Hannes zum Kaffee an. Aber noch bevor er ausgetrunken hatte, sprang er auf und lief zum Eingangsportal. Er beugte sich über das Geländer und pfiff kurz auf zwei Fingern. Missbilligend betrachtete der Portier die drei schmalen Jungen, die sofort angelaufen kamen. Richard wies auf das Gepäck, das Sole und Hannes um sich herumliegen hatten.

«Ich schlage vor, wir brechen auf, wenn alles eingeladen ist. *Wa mana okulonga**?», fragte er den Größeren, als sie zurückkamen, und als er heftig nickte, drückte er ihm Kleingeld in die Hand. «Wer will vorne sitzen? Sie, Sole, oder Hannes?»

Sole betrachtete ihn. «Wir sind Hannes und Sole und du, ich meine, wir sind doch jetzt ein Team, oder?»

«Soll mir recht sein», sagte Richard leichthin, und wieder bemerkte Sole die kleinen Kobolde in seinen Augen.

«Mekuzerirepo ouningandu», riefen die Kinder und tanzten um das startende Auto herum.

«Es sind *Hereros*, und sie wünschen uns alles Gute», erklärte Ri-

* Bist du fertig?

chard und winkte kurz aus dem Fenster, bevor er das Auto hinaus auf die Straße Richtung Norden lenkte.

Schon in der ersten Sekunde, oben in der Bar, war er sich über seine neuen Gäste im Klaren. Sie, ein typisches Mädchen aus dem Westen Deutschlands, dominant und mit einem Brustbeutel voller Geld und Kreditkarten, er, rechtschaffen, misstrauisch und mit dem unausrottbaren Denken behaftet, dass in Afrika die Schwarzen in langen bunten Gewändern herumspazieren, dicke Glasperlenketten um den Hals hängen haben und nichts tun oder – noch schlimmer – von den Entwicklungsgeldern der europäischen Staaten leben. Um auf Sole zurückzukommen: Er ahnte, dass mindestens zwei anstrengende Tage vor ihm lagen, nach dem Motto: Reiches weißes Mädchen hat wirklich nichts gegen armen schwarzen Mann. Für reiches Mädchen gilt nur der Charakter. Allerdings sieht sie verdammt gut aus, dachte er, besser als alle anderen, die er bisher gefahren hatte. Trotzdem, irgendwann wird sie quieken, dass unser aller Blut rot ist oder irgendeine andere Platittüde dieser Art.

Er seufzte innerlich und begann mit seiner Arbeit.

«Die geringen Regenfälle und zumeist trockenen Flüsse erschweren die landwirtschaftliche Nutzung Namibias. Aber der Fleiß und die Erfindungsgabe der deutschstämmigen Farmer hat sich segensreich auf die vergangene wie auch die gegenwärtige, und ich nehme an, auch auf die zukunftsorientierte Wirtschaftlichkeit meines Landes ausgewirkt.»

Richard wandte den Kopf Sole zu.

«Keine Angst, ich gehöre zwar wie unser Präsident *Sam Nujoma** dem privilegierten Stamm der *Ovambo* an, der heute der deutschen Kolonialzeit mehrheitlich negativ gegenübersteht, aber ich bekenne mich in aller Entschiedenheit zu den Deutschen hier. Ohne sie würde es kein modernes Namibia geben. Sam muss manchmal seinen ehemaligen Mitkämpfern aus alten *SWAPO*-Zeiten** nach dem Mund reden. Er verspricht ihnen Land, das ihm nicht gehört, Häuser, in die sie einziehen können und die ihm natürlich auch nicht gehören, und eine Menge anderer Dinge, was

* Erster Präsident von Namibia nach der Unabhängigkeit 1990

** South West Africans Peoples Organization – Widerstandspartei, von Angola aus operierend unhaltbar ist. Und das tut er jedes Jahr ein Mal zum namibischen Unabhängigkeitstag, aber wirklich nur pro forma. Danach ist wieder für ein Jahr Ruhe.»

Die Sonne schien jetzt sanft und golden, nicht mehr so heiß und stechend wie am Vormittag. Hannes Speer saß auf dem Rücksitz und hatte beide Arme auf die Polster der Vordersitze gelegt. Alle Fenster waren heruntergedreht, und er musste laut schreien, um die Fahrgeräusche zu übertönen.

«Warum pro forma? Die meisten Deutschen sind doch schon so lange hier. Vier und noch mehr Generationen haben das Land hier überhaupt erst urbar gemacht.»

«Das ist eine lange Geschichte mit vielen verschiedenen Ansichten», brüllte Richard durch den Lärm, den Blick nach vorne gerichtet.

«Aber», beharrte Hannes mit übermäßig lauter Stimme, «ich weiß, dass die Deutschen jedes Fleckchen Erde von den Schwarzen gekauft haben. Damals. Ich habe Verträge gesehen, in denen Kauf und Verkauf ganz klar deklariert waren.»

Richard verlangsamte das Tempo.

«Gelten eigentlich Verträge zwischen einem eingereisten Gast und einem Ureinwohner, die nach den Gesetzen des Gastes in dem Land des Ureinwohners geschlossen werden?», fragte er freundlich und fuhr fort: «Mir fällt dazu noch eine Frage ein: Ein ankommender, allerdings nicht eingeladener Gast erwirbt von einem Ureinwohner Land ohne Wasser. Plötzlich gibt es einen Brunnen auf diesem erworbenen Boden, und auf dem Brunnenrand hat der ehemalige Gast einen Wassereimer hingestellt, der mit wenigen Griffen mit klarem Wasser gefüllt werden kann. Mein Urahn ist verblüfft. Nach seinem Rechtsgefühl hat er nicht Land *mit* Wasser, sondern Land *ohne* Wasser verkauft. Denkt er nun falsch oder richtig?»

Hannes schwieg.

«Wo übernachten wir heute Abend?»

Sole machte ein kleines Handtuch mit Mineralwasser nass und legte es sich in den Nacken, nachdem sie sich aus dem Arm von Hannes gewunden hatte.

«Ich werde dir auf diese beiden Fragen antworten», sagte Hannes zu Richard, «ich brauche nur etwas Zeit.»

«So lange, wie du willst. Ich bin gespannt.» Ruhig blickte ihn Richard an.

«Sole Schuler, und nun zu dir. Die erste Nacht verbringen wir in der *Moringa-Lodge.* Moringa ist ein Baum, der aussieht, als ob Wurzeln gen Himmel wachsen und die eigentliche Baumkrone unter der Erde liegt. Eine afrikanische Kuriosität, wie vieles hier auf diesem Kontinent. Die Lodge ist so benannt, weil es in ihrer Nähe eine kleine Hügelkette gibt, die voller Bäume dieser Art ist.»

«Ich möchte von dir auf alle Kuriositäten hingewiesen werden, die wir auf unserer Reise antreffen.» Sole lächelte ihn an und hielt ihm eine Tüte mit Bonbons hin.

«*Pad*», verbesserte Richard, «wenn man mit einem Jeep, einem Rucksack, Wasser in der *bottle,* der *coolbox* unter den Füßen und einem Benzinkanister neben dem Reserverad unterwegs ist, so heißt das hier: *man ist auf pad.*»

«Also bin ich auf einer *pad* in *black and white,* oh» – etwas verlegen legte Sole die Hand auf den Mund –, «Entschuldigung –»

«Warum?», fragte Richard, «ich habe keine Probleme mit deiner weißen Haut», aber sein Mund war schmaler geworden. Es geht schon los, dachte er. «Übrigens, wenn es gleich stinkt, so nehmt bitte nicht an, ich wäre es.» Er tippte in einem unregelmäßigen Rhythmus mit zwei Fingerkuppen auf den linken Teil des Lenkrades.

«Wir passieren jetzt die größte Gerberei von Namibia. Sie liegt gleich dort hinter dem kleinen Hügel, und wenn ihr vielleicht *Das Parfum* von Patrick Süskind gelesen habt, dann wisst ihr auch, welch üblen Gerüchen man bei dieser Arbeit ausgesetzt ist.»

«Du hast *Parfum* gelesen», fragte Sole ungläubig.

Richard schaute sie belustigt an. Seine Gereiztheit war verschwunden. Er genoss es immer wieder, wenn Deutsche spätestens bei dieser Erwähnung krampfhaft bemüht waren, ihn neu einzuschätzen. Man konnte ihnen ihre Unsicherheit deutlich ansehen.

«Und nicht nur das. Ich kenne die *Glocke* von Schiller, den *Faust* von Goethe, einige Stellen daraus sogar auswendig, jede Menge deutsche Kinderlieder, und ich wasche mich mindestens zweimal am Tag, damit man nicht sagen kann, puh, was stinkt dieser Neger.»

«Bist du auf einer deutschen Farm groß geworden?», fragte Hannes vorsichtig.

«Nein, in einem deutschen Kinderheim zwischen Schwerin und Rostock.»

«Was?», riefen Sole und Hannes wie aus einem Mund.

«Okay», sagte Richard, «wir sind in den nächsten vier Wochen zusammen und sollten einiges voneinander wissen.»

Es galt, die neuen Gäste zufrieden zu stellen. Es war ein sehr lukrativer Auftrag. Kein Preislimit, dafür immer gute Laune, die Erfüllung aller Wünsche und natürlich den berühmten *Hemingway-Touch*. Waren sie zufrieden, sollte die Reise um weitere vier Wochen verlängert werden, und wenn sie danach Hitze und Staub immer noch nicht leid waren, galt eine weitere vierwöchentliche Verlängerung als vereinbart. Drei Tage vor Weihnachten aber war spätestens der Rückflug geplant. Richard lehnte sich entspannt zurück.

«Wer beginnt mit seiner Geschichte? Ich würde sagen, zuerst Sole, dann Hannes, dann ich.»

«Nein», sagte Hannes, «erst du, dann Sole und dann ich.»

«Nein» – Soles Stimme klang sehr entschieden –, «erst Richard, dann du, Hannes, und ich zuletzt.»

Richard seufzte. «Wir werden *Pinnchen* ziehen müssen. Wer das kürzeste Stück hat, fängt an. Der Besitzer des längsten darf als Letzter erzählen.»

Sole lachte. «Es ist so ein typisches deutsches Wort aus der Kinderzeit. Woher hast du es», fragte sie neugierig und sah in sein Gesicht. Sie wollte das Glitzern in seinen Augen sehen.

«Lass mir mit der Antwort Zeit, bis ich mit meiner Geschichte dran bin.»

Er fuhr auf den linken Grasstreifen und hielt das Auto unter einer Fächerakazie an. Behände sprang er heraus und hob einige dünne Ästchen auf, brach sie auf drei verschiedene Längen ab, legte sie auf den Boden und verdeckte sie, von Sole und Hannes unbeobachtet, mit einem Stein.

«Sole, wähle», rief er ihr zu, und als sie aus dem geöffneten Fenster auf eines der Ästchen zeigte, zog er das kurze Stück hervor und legte es ihr in die Hand.

«Sorry, es ist das kürzeste Stück. Du musst also anfangen. Dann erzähle ich, und Hannes macht das Schlusslicht.»

«1969 wurde ich in Düsseldorf am großen deutschen Rhein geboren», begann sie und stützte ihre Füße gegen das gepolsterte Armaturenbrett. «Mein Papa ist Rechtsanwalt –»

«Jetzt ist mir auch klar, weshalb ich tausend Erklärungen unterschreiben musste, bevor ich den Auftrag für diese Begleitung bekam», unterbrach sie Richard und fuhr wieder auf die Straße. «Sorry, erzähl weiter!»

«Mama ist Französin. Sie ist der Meinung, dass Deutschland dunkel, regnerisch und ewig grau ist, und so ist ihr für mich der italienische Name Sole eingefallen, der übersetzt *Sonne* heißt. Ich war nur drei Tage in einem Kindergarten, fürchterlich, und dann begann meine eigentliche Erziehung an zwei Tagen in der Woche unter dem Schreibtisch von Papas Sekretärin mit einer großen Tube Uhu.»

Als sie den fragenden Blick von Richard bemerkte, fügte sie erklärend hinzu: «Das war früher der beste Klebstoff. Heute schnüffeln die Junkies daran.» Sie fuhr fort: «Mama war oft im Süden, und so war und blieb ich ein Einzelkind. Ich hatte einen großen Hund, einen zahmen Hasen und eine Schildkröte, die von mir an einer dicken Leine sehr verantwortungsbewusst durch die vier Jahreszeiten geführt wurde. Unser Garten war riesig und immer voller Freundinnen. Ich kann Rollschuhlaufen, Schlittschuhlaufen, stehend Fahrrad fahren, ein bisschen Klavier spielen, ein bisschen Ballett tanzen. Mein Abitur habe ich mit einer Ehrenrunde geschafft. Meine Eltern waren trotzdem so erleichtert darüber, dass sie mir sofort erlaubt haben, Kamerafrau zu werden, aber nicht auf einer Schule, das wäre für mich zu langweilig gewesen, sondern nach dem System *learning by doing.* Papa hat mir zum Geburtstag einen erfahrenen Kameramann «geschenkt», und diesem Thaddeus Wechselberger bin ich vier Jahre von Engagement zu Engagement gefolgt. Mit dem Geld meines Vaters brauchte er nicht jeden mittelmäßigen Auftrag anzunehmen, und deshalb hat uns beiden die Arbeit auch wirklich Spaß gemacht. Ich habe bei ihm viel gelernt, und Anfang des nächsten Jahres habe ich meinen ersten eigenständigen Auftrag.»

Sie machte eine Pause. «Die Afrikareise hat mir mein Vater zum Abschluss geschenkt, weil Thaddeus ihn überzeugen konnte, dass ich nur hier noch den reinen Farben begegnen würde und –»

«Und wann steigt Hannes in deine Geschichte ein», fragte Richard. Die ungezwungene Art Soles, zu erählen, amüsierte ihn. Die ersten Stunden mit neuen Kunden waren eigentlich immer etwas kompliziert. Die Männer steckten ihre Grenzen ab, die Frauen redeten über ihren zurückgelassenen Alltag.

«Hannes?», wiederholte Sole gedehnt. «Hannes ist der Sohn von Papas Sekretärin, und wenn sie mal nicht auf mich achten konnte, hat er es gemacht. Mein ganzes bisheriges Leben.» Sole machte eine kleine Pause. «Hannes ist grundsätzlich immer dort, wo ich aufgefangen werden muss.»

Der Afrikaner war überrascht über den plötzlichen Ernst in ihren Worten.

«Kann es sein, dass ich einen leisen Vorwurf spüre?»

Hannes Speer, der auf dem Rücksitz saß, beugte sich spontan nach vorn, legte zärtlich seine Arme um Sole und fuhr zu Richard gewandt fort: «Diese Frau kann nicht allein auf sich aufpassen, und deshalb hat der liebe Gott mich, den Hannes, erfunden, der sie immer vor allem und jedem rettet.»

«Ist schon gut, Hannes», sagte Sole ruhig. Sie blickte Richard an und forderte: «Jetzt bist du dran.»

«Mein Leben hat eigentlich zwei Starts», begann Richard, «und schon deshalb würde es mich interessieren, in welcher der Zielgeraden ich eines Tages einlaufen werde.»

Er fuhr jetzt langsamer und lehnte sich, die eine Hand auf dem Lenkrad und die andere auf dem Schaltknüppel, entspannt zurück.

«Ich wurde in eine klassische *Ovambo*-Familie hineingeboren, oben im Norden der ehemaligen Kolonie Deutsch-Südwest-Afrika. Wann genau, weiß ich nicht, aber es kann März 1968 gewesen sein. Meine Mutter erwähnte es einmal beiläufig. Zehn Jahre später kam ich über die Flüchtlingslager in Tansania und Sambia in den Teil Deutschlands, den man die Deutsche Demokratische Republik nannte. Damals als Kind hielt sich der Kulturschock bei mir noch in Grenzen, anders als 1990 bei meiner Rückkehr nach Namibia, so hieß mein Heimatland nach der Unabhängigkeit von

Südafrika. Ich war zweiundzwanzig und entsetzt, dass man von mir nach mehr als zehn Jahren in Deutschland erwartete, wieder in einem Eingeborenendorf zu leben.»

Er blickte Sole an, und sie bemerkte sofort, dass die gewohnte Verbindlichkeit aus seinem Gesicht verschwunden war.

«Ich bin zwar ein Neger, aber ich wollte nicht bei Negern leben.» Die Stimme hatte einen leicht trotzigen Klang. «Heute werden wir Schwarzafrikaner, Schwarze oder Farbige genannt. Zwei neue Wortschöpfungen der Weißen. Das Wort Neger wird seit Jahren vermieden. Warum? Vielleicht weil sich die amerikanische Formulierung Nigger auf der ganzen Welt als Beschimpfung durchgesetzt hat. Und trotzdem finde ich das Wort Neger viel passender. Es beinhaltet alle Schattierungen von uns Dunkelhäutigen und vermeidet dadurch die komplizierten Unterschiede.»

Er klopfte mit der flachen Hand auf das Lenkrad. «Na ja, es ist auch nicht so wichtig, ich wollte es euch nur einmal sagen, wie ich darüber denke, denn irgendwann werdet ihr hier dieser Formulierung begegnen.»

«Aber wieso hat man dich in die DDR –»

Richard sah nach hinten und schaute Hannes kurz an.

«Ich kann mir nicht vorstellen, dass viele Menschen auf dieser Erde eine derart extreme Gegensätzlichkeit erfahren mussten. Ich beginne mit meinen ersten zehn Lebensjahren. Das *Warum* kommt später.

Meine Mutter hat mich, wie es üblich war und heute noch ist, draußen vor dem Dorf in der Geburtshütte im Kreis von Frauen, in der Hocke sitzend geboren, also nichts Außergewöhnliches. Um die bösen Geister abzulenken, wurde die Nachgeburt weit vom Dorf entfernt vergraben. Das ist bei uns üblich, sonst hätte ich den nächsten Vollmond nicht überlebt. Den folgenden Tag und die folgende Nacht war sie nur für mich da, dann ist sie wieder zum Arbeiten auf das Feld gegangen, allerdings mit mir im Rückentuch, und sie durfte für eine Woche in dieser Hütte wohnen. Allein, für ihre Ruhe.» Richard hatte wieder ein heiteres Gesicht. Er wusste genau, was seine Kunden hören wollten.

«Bei uns wird auch das Geburtsblut mit großen Blättern aufgefangen und läuft durch diesen natürlichen Trichter in ein kleines

Gefäß, und zwar so lange, bis die Wunde geschlossen ist und kein Lebenssaft mehr den Körper verlassen kann. Das Blut wird von der Wöchnerin in ein Loch geschüttet, an einer Stelle, die nur sie kennt. Sie gibt damit der Erde etwas zurück, was sie von ihr erhalten hat. Übrigens, wir verwenden die Blätter von einigen Pflanzen in unserer Heilkunst. Das darin enthaltene Chlorophyll wirkt antibakteriell.»

Er bemerkte das verlegene Schweigen der beiden Deutschen, entschied sich aber, im leichten Plauderton fortzufahren.

«Ich kenne jeden Geburtsvorgang und alle rituellen Handlungen, die damit zusammenhängen. Lehmwände können brüchig sein, und so habe ich oft mit meinen Freunden durch einen Schlitz die Geburten beobachtet.»

Ab und zu schaute er zu Sole hinüber oder streifte kurz im Rückspiegel das Gesicht von Hannes.

«Vor allen Dingen hatten es uns die Erstgebärenden angetan. Ihre Niederkunft dauerte immer länger als bei den anderen, weil sie sich in ihrer Panik verkrampften und nicht auf den Rat der weisen Frau hören wollten. Wir haben immer gewettet, ob und wann ihre Stimmen heiser vom Schreien wurden, oder sogar brachen. Ja, Kinder können grausam sein.»

Richard bog jetzt nach rechts ab und schrie den Männern etwas zu, die auf das Auto zulaufen wollten, aber dann innehielten.

«Es sind Anhalter», erklärte er kurz. «Sie wollen hoch ins *Ovambo*-Land. Wo war ich stehen geblieben? Ach ja, bei uns gibt es keine Geheimnisse vor Kindern wie bei euch Weißen. Weder in sexueller Hinsicht noch bei der Abwicklung und Einhaltung unserer doch ziemlich komplizierten, traditionellen Riten. Aber jetzt muss ich euch etwas über meine Großmutter erzählen. Sie ist eine *omupuliki*,* also eine Frau, die der Heilkunst kundig ist. Und weil sie damit allen anderen überlegen ist, hat sie nicht nur das Sagen in meiner Familie, sondern das ganze Dorf hört auf sie. Damals, als alle Männer im Krieg waren, oder besser gesagt, mit Sam Nujoma im Untergrund, um das Land von der südafrikanischen Herrschaft zu befreien, hat *sie* alle Entscheidungen getroffen und trifft sie zum

* Weise Frau, einem Schamanen ähnlich

Teil heute noch. Wir haben einen schwachen Häuptling, und Großmutters Wissen ist für die Leute einfach unentbehrlich. Übrigens, Sam wurde unser erster Präsident. Pech für meinen Vater. Auch er hätte es werden können. Mein Name ist auch nicht Richard. Meine Mutter gab mir den Namen *oonzi,* was so viel heißt wie ‹Herr von vielen Schafen›.» Richard lachte. «Beachtet bitte die Mehrzahl, und ihr dürft auch lachen. Meine Eltern waren jung verheiratet, und der Wunsch nach Besitz, der bei uns an der Anzahl der Tiere gemessen wird, war mehr oder weniger Illusion. Meine Mutter brachte eine junge Ziege und vier Holzschalen in die Ehe. Mein Vater besuchte sie genau dreimal zwischen den Kriegsspielen, um sie dreimal geschwängert allein zurückzulassen. Die ersten beiden Kinder starben bei der Geburt, ich überlebte als Einziger. Woher also sollte der Reichtum kommen? Als einziger Sohn wurde ich in der Pflicht erzogen, die Wünsche meiner Eltern zu erfüllen. Nun, es ist nichts daraus geworden, denn die Geschichte hatte anderes mit mir vor.»

«Kennst du deinen Vater?», fragte Sole.

«Ich habe nur zwei Erinnerungen an ihn. Einmal stand ein fremder Mann in einem wild gemusterten Drillichanzug in unserer Hütte. Er hat mir die Hand auf den Kopf gelegt und gesagt, ich solle *drüben* die Sprache der Weißen erlernen.

Ich wusste nicht, was das Wort *drüben* bedeutete, auch dann nicht, als ich eines Tages in einem Kasten mit weißen Säcken aufwachte. Dass die mit den Federn von Gänsen gefüllt waren, habe ich erst später gesehen. Weiß waren auch draußen die Wiesen und Bäume, und ich erinnere mich, dass ein Junge wie verrückt *inamuljata osuuka* schrie, was bedeutete: *so tretet doch nicht auf den Zucker,* es war aber kein Zucker. Schnee sagten sie dazu, ein Wort, das es in unserer Sprache nicht gibt. Er war kalt und feucht und schmolz in der Hand zu Wasser. Wenn es Winter war, drückten wir uns, an Sonne und Hitze gewöhnt, eng umschlungen in eine Ecke, um uns gegenseitig zu wärmen.»

Richard machte eine Pause.

«Das zweite Mal sah ich meinen Vater an der Seite unseres Präsidenten stehen, vor drei Jahren bei der großen Unabhängigkeitszeremonie in Windhoek. Deutschland hatte einige Monate vorher seine Wiedervereinigung erlebt, und eine der ersten Handlungen der neuen Regierung war die Abschiebung der *afrikanischen Kinder* aus den neuen deutschen Bundesländern zurück in ihre Heimat.»

Er griff in das Vorderfach und suchte die Sonnenbrille. Sole sah sie auf dem Boden liegen, hob sie auf und reichte sie ihm.

«Danke», sagte Richard. Mehr zu Hannes gesprochen, fuhr er fort: «Nun kommt der zweite Beginn meines Lebens. Das Kinderheim lag in Bellin, wie bereits gesagt, ein kleines Dorf zwischen Schwerin und Rostock. Daher stammt auch mein leicht norddeutscher Zungenschlag. Die Politik von Sam Nujoma war, dass deutsche Erziehung, deutsche Sprache, deutsche Sitten und Gebräuche sorgfältig ausgesuchten Kindern verdienter Kampfgenossen vermittelt werden sollten, damit sie nach der geplanten Revolution in der Heimat die Macht übernehmen konnten.»

Richard räusperte sich. «Hannes, ist damit deine Frage beantwortet?»

«Davon habe ich noch nie gehört», sagte Hannes fast skeptisch, «stimmt das denn? Irgendwie ist das ungeheuerlich. Zwei völlig konträre Kulturkreise –»

«Es war auch immer eine *Ovambo*-Erzieherin dabei», fuhr Richard fort, «denn der Kontakt zur eigenen Kultur und Muttersprache sollte nicht verloren gehen. Sie probte aber mit uns nur die Kampflieder der *SWAPO*. Und sie musste uns bestrafen. Schon wegen geringster Vergehen nahm sie den Gürtel, um uns zu schlagen.»

Seine Blicke glitten über Rück- und Seitenspiegel, und er scherte aus, um einen großen Laster zu überholen. Kurz winkte er dem dunkelhäutigen Fahrer zu, bevor er wieder auf die linke Fahrbahn fuhr.

«Wenn jemand von uns krank wurde, steckten sich natürlich auch alle anderen an. Wir wurden dann in einen anderen Raum gebracht, abgeschirmt von allen und allem, was gesund war. Unsere Betten waren weiß und immer frisch bezogen, und aus dem Nachbardorf erbat man frisch geschlachtete Hühner, damit Brühe *für die armen Kinder aus Afrika* gekocht werden konnte. Könnt ihr euch vorstellen, wie viele Lichtjahre dieses Leben von meinem afrikanischen Leben entfernt war?»

Richard schüttelte sich. Zu Sole gewandt, sagte er: «Nein, ich denke nicht gerne an die ersten deutschen Jahre zurück. Es gab keine Großmutter mehr, die mir über die Wange streichelte oder mir die besten Stücke aus ihrem Napf in den Mund schob, die mir Vergangenes von tapferen *Ovambos* auf der Jagd erzählte oder von den bösen *Hereros,* die unsere Leute bis in den tiefen Busch hinein verfolgten, um sie als Sklaven mitzunehmen, und die Märchen erzählte, die eher Gleichnisse waren und in denen sich alles um eine bessere Zukunft mit vielen Schafen für jedermann drehte. Es hat lange gedauert, bis mich die Geschichten aus Afrika verließen, um den neuen Geschichten aus Deutschland Platz zu machen.

Immerhin», rief er plötzlich, «euer Guide ist ein echter Rekrut der *Ernst-Thälmann*-Schule gewesen. Irgendwo muss ich noch eine Fotografie haben. Ich stehe neben einem Enkel von Sam Nujoma und halte eine Fahne. Übrigens, Kovambo, seine Frau, hat einige Jahre in unserem Kinderheim mitgearbeitet. Sie wurde *meme sissy* genannt und war ehrenamtlich die *SWAPO*-Mutter für alle im Heim Wohnenden. Aber so lieb wie meine Großmutter war sie nicht.»

«Wir kennen keine Schule mit den Namen *Ernst Thälmann*», bemerkte Hannes trocken, «wir kommen aus Westdeutschland, und das war die andere Seite der Gesellschaft.»

Richard lenkte den Wagen von der Straße herunter auf einen Rastplatz, der unter einem großen Baum angelegt war.

«Mir sind eure gesellschaftlichen Unterschiede egal. Wenn ich ehrlich bin, habe ich sie bis heute nicht verstanden. Wir sollten etwas essen», meinte er. «Sole und Hannes, ihr müsst mehr trinken, mindestens zwei Liter am Tag. Namibia ist sehr trocken.» Er zerrte einen Wasserkasten aus seiner Verankerung. «Gebt mir eure *bottle* zum Nachfüllen, wenn sie leer ist.»

Schnell holte er aus dem Wageninneren einen Tisch und klappte ihn gemeinsam mit drei Stühlen auf. Dann entfaltete er einen Sonnenschirm, den er in einer Röhre befestigte. Aus der geöffneten *coolbox* holte er kleine quadratische Plastikdosen hervor, die mit verschiedenen Salaten gefüllt waren. Routiniert schnitt er Brot auf einem Holzbrett auf und fischte die Butterdose aus einem Eiswürfelsäckchen. Die schweren Porzellanteller hatten einen fröhlichen blauen Rand, und die Gläser steckten in Eisenhalterungen.

«Der berühmte Südwestwind lässt, Gott sei Dank, eine Plastik-Präsentation nicht zu», sagte er grinsend. «Wenn es euch im Schatten zu kühl ist, kann ich alles ein Stück in die Sonne rücken. Bitte, sagt mir heute und in der Zukunft sofort, wenn euch irgendetwas nicht passe. Richard Shapake ist bekannt dafür, nichts dem Zufall zu überlassen. Ihr sollt euch bei mir und in meinem Land wohl fühlen.»

Er legte sich eine Stoffserviette über den Arm und machte eine angedeutete Verbeugung. «Miss und Mister, lunch is ready.»

«Hast du Hemingway vor oder nach *Parfum* gelesen?», fragte Sole lächelnd und berührte seinen Arm. Er sah sie überrascht an.

«Wie bist du an das Auto gekommen?», fragte Hannes kauend.

«Italiener sind damit im vergangenen Jahr in Windhoek eingetroffen. Sie hatten es wirklich geschafft, von Rom bis hier herunterzukommen. Ich habe sie nach der Beerdigung meines Vaters kennen gelernt. In einer Kneipe, in der mich mich betrinken wollte.»

Richard nahm etwas Butter auf sein Messer und strich sie auf das Brot. «Schaut mal, so habe ich es in Berlin gelernt. Bütterchen schmieren, hieß es, und: Bitte schön dünn, damit es auch für den Nächsten reicht. Manchmal weiß ich nicht, was oder wer mich mehr geprägt hat. Die ersten zehn Jahre in einem afrikanischen Dorf oder die zehn folgenden Jahre in einem deutschen Kinderheim und später in der Schule.»

Der junge Afrikaner streckte die Arme in die Höhe und verdrehte die Augen.

«Wenn ihr euch einmal über mich wundern solltet, übt Gnade und bedenkt mein Dilemma.»

Wieder bemerkte Sole die kleinen Kobolde in seinen Augen. Er nimmt uns nicht ernst, dachte sie und begann die Teller zusammenzustellen.

«Das ist meine Aufgabe.»

In unterwürfiger Pose tänzelte Richard um sie herum und quiekte mit hoher Stimme: «Ein Neger hat zu dienen, auch wenn wir das Jahr 1993 schreiben.»

«*Oonzi*, du spinnst», sagte Sole, aber Richard hatte ihr bereits mit einem breiten Lachen das Geschirr aus der Hand genommen.

«Ich will aber heute noch Hannes' Geschichte hören», sagte er.

Gegen vier erreichten sie die Abfahrt nach *Moringa.* Richard fuhr jetzt langsamer, weil der Wagen nur mit Mühe durch die Sandlöcher kam. Interessiert, wenn auch aus unterschiedlichen Motiven, betrachteten Hans und Sole die Natur, die sich jetzt völlig verändert darstellte. Der Busch wurde dichter, nur ab und zu gab er brandrote Hügelketten frei, die im späten Nachmittagslicht zu glühen schienen. Einmal konnten sie am Rand eines Hanges sehen, wie zwischen Dornbüschen die gelben Wildblumen aus den dunkelgrünen Blättern hervorleuchteten. In verschwenderischer Menge klammerten sie sich auch an das trockene felsige Gelände. Sole kam es vor, als ob sie durch ein Gemälde fahren würde. Ein afrikanisches Blumenmeer mit Farben, die fast explodieren. Ich sollte jetzt filmen, diese satte Nachmittagssonne, dachte sie und lehnte sich weit aus dem Autofenster. Obwohl sie langsamer fuhren, riss der Fahrtwind immer noch kräftig an ihren Haaren. Sie schloss die Augen, öffnete sie wieder, und es schien ihr, als ob sich am Horizont die blaue Himmelsfarbe mit dem Grün der Natur vermischen würde.

«Hannes, es ist wirklich unglaublich. Siehst du irgendwo noch einen Hauch von Zivilisation?», fragte Sole, und ihre Stimme klang sehnsüchtig. «Ich wünsche mir, dass wir nie ankommen, es ist so wunderschön.»

«Was passiert, wenn wir einen Platten haben, und was, wenn wir zwei haben?»

Hannes verfiel augenblicklich in seine kritische Beschützerrolle.

«*Mein Auto und ich* bilden eine Gemeinschaft», sagte Richard leicht spöttisch, «ich kann damit mindestens acht Tage überleben, wo auch immer. Und mit dem Vertrag zwischen Herrn Doktor Schuler und mir, zustande gekommen durch den Staat Namibia, seid ihr in diese Gemeinschaft mit aufgenommen.»

Er fuhr fort. «Wir haben vier Schlafmöglichkeiten, oben auf dem Wagendach. Decken, Kopfkissen und Matratzen sind im Wageninneren verpackt, die *coolbox* läuft über den Zigarettenanzünder und liefert alles gekühlt. Drei Kanister Benzin, vierundzwanzig

Literflaschen Trinkwasser, zwei Wasserfässer, jede Menge Fressalien, drei Ersatzreifen, Handwerkskasten, Medikamentenkoffer, Stauraum für das Gepäck. Ich kann sogar eine Dusche installieren, wenn die Herrschaften mal im Busch bleiben wollten. Und es gibt eine Schrotflinte mit echtem *permit** für alle Fälle. Ich bin nicht billig, aber dein Vater, Sole Schuler, hat für sein Geld den besten Guide für seine Tochter bekommen, der zur Zeit in Namibia auf *pad* ist.» Und das alles mit dem Kredit von Sam, damit mir keine Fragen über den merkwürdigen Tod meines Vaters in Friedenszeiten einfallen, ging ihm durch den Kopf. Aber das sagte er nicht.

«Ist schon okay, wir wollen nur nichts riskieren», sagte Hannes etwas verlegen.

«Doch, Herr von vielen Schafen, wir wollen möglichst viel riskieren», widersprach Sole, ohne ihren Freund anzusehen.

Langsam fuhren sie auf einem schmalen Sandpfad weiter, der rechts und links von dornigem Dickbusch gesäumt war. Ein Stachelschwein lief mit gespreizten Federn über den Weg. Ihm folgte in unbeholfenen Sprüngen ein Kudukalb. Unsicher blickte es zu ihnen herüber, die großen Ohren bewegten sich ängstlich. Richard stoppte sofort. Er stieß Sole leicht an und zeigte auf die Mutter, die sorgenvoll auf der anderen Seite stand.

«In Afrika muss man spätestens zwischen vier oder fünf Uhr von der *pad* sein. Im Dunklen zu fahren, ist gefährlich», bemerkte er, «nicht nur wegen der Tiere. Afrika in der Nacht ist so ähnlich wie der Central-Park in New York.» Er machte eine Pause. «Wenn die Sonne untergegangen ist, beginnt die eigentliche Zeit der Jäger, wie auch der Gejagten.» Und leise fügte er hinzu: «Dann ist es auch besser, wenn die Weißen in ihren Häusern sind.»

Hannes schwieg zu den letzten Worten, und auch Sole wollte nichts dazu sagen.

Sie fuhren weiter, die tief stehende Sonne schien kraftvoll in das Wageninnere hinein, und Hannes knüpfte sich und Sole Tücher um, damit ihre Nacken nicht verbrannten. Plötzlich war der Weg abrupt zu Ende. Richard hielt an. Weite tat sich vor ihnen auf, ein unfassbarer Blick. Zum ersten Mal standen sie vor einer Savanne.

* Genehmigung für den Besitz und das Tragen einer Waffe

Blitzartig kam Sole der Vergleich des alten Deutschlehrers in den Sinn, der sich einmal im Unterricht an seine erste und einzige Reise nach Afrika erinnerte. *Wenn sich vor dir die Savanne öffnet, so ist es gleich dem triumphalen Schlussakkord eines einzigartigen Musikstückes,* hatte er gesagt, und seine Stimme hatte sehnsüchtig geklungen. Die Mädchen hatten gekichert und einander angestoßen. Auch Sole.

«Jetzt erst beginne ich zu begreifen», sagte sie, zu Richard gewandt, der sein Fernglas geholt hatte und damit den Horizont absuchte. «Hinten rechts stehen drei Breitschwanzgnus und noch weiter dahinter jede Menge Springböcke. Was hast du begriffen –?»

Plötzlich schrie Sole leise auf und rückte näher an Richard heran.

Unmittelbar neben ihnen teilte sich der letzte Busch, und erst ein, dann zwei, dann drei und vier riesige gefleckte Körper überquerten in stoischer Ruhe den sandigen Weg. Hannes riss an seinem Filmgerät und fingerte an der Verhüllung.

«Zu spät», murmelte er.

«Jede Giraffe hat ihr eigenes Muster, ähnlich wie der Daumenabdruck bei den Menschen. Übrigens, ich habe dieses Auto in dieser Nacht den Italienern abschwatzen können», sagte Richard kurz. «Damit ist meine Geschichte erzählt», und startete den Wagen, als sich der Busch hinter der letzten Giraffe schloss.

Sole stand mit geschlossenen Augen unter der Dusche und genoss den lauwarmen Wasserstrahl, der den Reisestaub abwusch und die Müdigkeit umschmeichelte. Das Wasser beruhigte auch den leichten Sonnenbrand auf dem linken Arm, und sie stellte fest, dass sie sich außerordentlich wohl fühlte.

«Diese Gästefarm hier, *Omulikitundi,* ist auch nicht schlecht», rief Sole, «obwohl mir *Moringa* mit seinem grünen Palmengarten wie eine kleine Wüstenoase vorkam. Schade, dass sie ausgebucht war. *Oonzi* ist in Ordnung, findest du nicht auch?», und sie griff nach dem Handtuch. «Nein, nicht», wollte sie protestieren, als sie Hannes mit der Filmkamera bemerkte. Aber dann lächelte sie, wickelte sich in das Handtuch und stelzte aus dem offenen Duschraum. Sie hatte ihren langen Zopf gelöst, und die blonden feuchten Flechten wippten um ihre Schultern. Hannes folgte mit dem Kameraauge der Gestalt, und dann ließ er das Gerät langsam über die Einrichtung des kleinen Bungalows gleiten. Er würde in Deutschland viel zu erzählen haben.

«Ich muss mich erst an Richard gewöhnen», murmelte er. Er schaltete das Gerät ab und verstaute es wieder in der Tasche. Und dann lauter: «Verdammt selbstsicher für einen Schwarzen. Wusste dein Vater eigentlich, dass er –»

«Nein, und warum auch», unterbrach ihn Sole. Sie wusste sofort, was er fragen wollte. In diesem Moment fiel ihr ein, dass er *seine* Geschichte nicht erzählt hatte. Er wollte es nicht, dachte sie und bekam sofort Mitleid. Er hätte seine uneheliche Geburt erwähnen müssen, und dies war ein wunder Punkt bei ihm, schon immer. Früher hatte er dieses Manko mit besten Schulnoten ausgeglichen, später mit einem schnell absolvierten, erfolgreichen Studium. Und jetzt eine wahrheitsgetreue Offenlegung seines Lebens – ausgerechnet vor einem dunkelhäutigen Afrikaner ... sie konnte ihn verstehen.

Hannes stellte seine Zahnbürste in den zweiten Becher und begann auch die Tasche von Sole auszupacken.

Nachdenklich schaute ihm Sole zu.

Sie hatte sich im Schneidersitz auf das Bett gesetzt, ein dünnes Tuch um sich geschlungen. Seit ihrer Kindheit kannte sie diesen Mann, aber erst seit zwei Jahren waren sie ein Paar. Es hatte sich so ergeben, und es war ihr recht. In seinen Armen hatte sie ihr Leben wieder in den Griff bekommen. Sie konnte heute sogar über alles nachdenken, ohne dass unangenehme Gefühle in ihr aufstiegen.

In der Filmbranche herrschte ein lockerer Umgangston, oft fröhlich, noch öfter unkonventionell. Als sie wieder einmal am Morgen in einem unbekannten Bett neben einem unbekannten Mann aufwachte, wusste sie, dass sie etwas ändern musste, um nicht abzugleiten. Sie konnte sich noch gut daran erinnern, dass ihr der Mann nachgelaufen war, als sie das Haus verlassen wollte. Komm wieder, ich könnte dir weiterhelfen, hatte er gesagt, und ihr seine Visitenkarte in die Hand gedrückt, als sie schon im Auto saß. Fahr los, Thaddeus, hatte sie voller Ekel gemurmelt, und der alte Kameramann hatte den Gang eingelegt und gemeint, dass sie es nicht so tragisch nehmen sollte. Vielleicht wäre es auch besser, wenn sie nicht mehr so viel von diesen zusammengepanschten Flips oder Cups trinken würde, und sie dabei prüfend angesehen. Besser einen klaren Whisky oder zwei, und dann hatten sie eine ganze Weile nicht mehr gesprochen.

Der Film war abgedreht. Sie hatte am Set ihre Sachen zusammengepackt und Hannes angerufen. Kommst du mich abholen, hatte sie ihn gefragt. Und er war gekommen. Sofort, am gleichen Tag. Er hatte nicht gefragt, und sie hatte nichts gesagt. Aber er hatte sich für sie Zeit genommen und ihretwegen die Vorlesungen unterbrochen, eine ungeheuerliche Entscheidung bei seiner unerschütterlichen Korrektheit, über die sie sich immer lustig gemacht hatte, aber die sie in dieser Phase ihres Lebens nötiger hatte als alles andere. Sole betrachtete ihn, wie er pedantisch erst ihre, dann seine Tasche entleerte und die Wäsche in die Kommode legte.

«Lass doch», sagte sie halbherzig, «wozu heute irgendetwas einräumen. Morgen früh geht es doch gleich weiter.»

«Ordnung ist das halbe Leben», sagte Hannes, und seine Stimme hatte einen leicht belehrenden Tonfall. «Wir sollten auch so packen, dass wir am Abend in der jeweiligen Lodge nur ein Gepäckstück aus dem Auto mitzunehmen brauchen.»

Ja, dachte Sole, so ist Hannes eben. Umsichtig, vorausschauend, ordentlich und beruhigend phantasielos. Das Gegenteil von ihr. Sie blickte durch das Fenster und sah, wie das beginnende Zwielicht die Konturen der fernen Hügel bläulich umspielte. Sie hörte das Zirpen der Zikaden und roch den warmen Duft der Erde. Langsam erhob sie sich, ließ das Tuch fallen und ging auf ihn zu. Zärtlich schlang sie ihre Arme um seinen Hals: «Wir *sollten* und *müssten* und *könnten* und *bräuchten*», flüsterte sie, «Herr Oberstudienrat Speer in spe, vergiss doch einmal alles, wir sind hier in Afrika und nicht im angemieteten Landschulheim einer Schule –»

Hannes hielt, über den ungewohnten sehnsüchtigen Ton in ihrer Stimme überrascht, inne. Er war sofort erregt und zog sie auf das Bett, umarmte sie stürmisch und überschüttete sie mit Küssen.

«Dann sollten und müssten und könnten wir sofort etwas tun», sagte er heiser. Aber dann stand er noch einmal auf, zog die Vorhänge zu und schloss die Tür ab.

Eine Stunde später schlenderten sie Hand in Hand über den Hof hin zum Garten und setzten sich auf die überdachte Terrasse. Dicke knallrote Geranien wucherten aus Töpfen, abgestorbenen Baumstämmen, aus Erdhügeln oder rankten sich um Wagenräder und Deichseln aus vergangenen Zeiten.

«Ob die Pflanzen auch noch aus der *Schutztruppen*-Generation* stammen?», meinte Sole und betrachtete interessiert die in verschlungenen Kreuzstichen bestickte Tischdecke, deren Farben, rot und grün, von der Sonne fast verblasst waren.

«Vergangenheit und Gegenwart», murmelte sie, «das Deutsche trifft man überall noch an, nicht nur bei den Menschen hier.»

Ein schwarzes Mädchen schlenderte langsam auf sie zu und sprach sie mit merkwürdigen Schnalzlauten an. Sole zuckte die Schultern und blickte fragend zu Hannes.

«Was wollt ihr trinken?», erklang laut eine resolute weibliche Stimme aus dem Hintergrund. «Die Dame Wein? Der Herr Bier?»

«Das hört sich gut an», meinte Hannes und begann, spielerisch den langen blonden Pferdeschwanz von Sole neu zu flechten.

«Ich bin Marianne», sagte die Frau, die aus der Küchentür getreten war und mit der Schürze kurz über den Tisch wischte.

«Schön, dass ihr uns gefunden habt. Schade, dass ihr morgen wieder weiterfahrt, und doppelt schade, dass ihr euren ersten Sonnenuntergang in Afrika verschlafen habt. Na ja, ich kann es verstehen. Die Augen sind ja wohl in der letzten Nacht im Flieger offen geblieben. Um halb acht gibt es Abendessen. Lydia, du verrücktes Huhn, wie oft hab ich dir schon gezeigt, wie man Bier einschenkt. Entschuldigt bitte –» Die Frau sprach ohne Punkt und Komma weiter. «Sie ist eine *Nama*, kann so gut wie kein *Afrikaans***, nur ihre Stammessprache. Ihr wisst doch, die mit den Schnalzlauten. Ich selbst kann sie nicht, aber mein Schwiegervater hat sie noch von den Wilden gelernt. Ja, und der ist heute nicht hier. Wollt ihr morgen früh mit meinem Mann rausfahren und Tiere beobachten?»

«Ich weiß nicht», sagte Sole zögernd, «wir müssen es mit unserem Guide absprechen. Wo ist der überhaupt?»

«Ich nehme an, er kümmert sich um das Auto, sollte er jeden-

* Soldaten, die vom deutschen Kaiser zum Schutz der Kaufleute vor den aufständischen Schwarzen nach Deutsch-Südwest-Afrika geschickt wurden

** Einheitssprache im südlichen Teil Afrikas

falls, aber damit es klar ist, die Einladung galt nur für euch beide. Abendessen, wie gesagt, um halb acht. Euer Guide wird drüben bei unseren *Blackies* essen, nehme ich mal an. Da ist seine Farbe unter sich. Konntet ihr denn keinen Weißen als Fahrer bekommen? Jetzt muss ich aber in die Küche. Bis später. Genießt den ersten Abend in Afrika –»

«*Da ist seine Farbe unter sich.* Wie findest du das?», fragte Sole.

«Jetzt lass mal gut sein», sagte Hannes. «Wir sind Gäste eines fremden Landes, und da muss man sich den Sitten und Gebräuchen anpassen. Du kannst davon ausgehen, dass die Deutschstämmigen hier in Namibia Ordnung haben und halten.»

«Heute bin ich müde, aber morgen werde ich mich darum kümmern», sagte Sole, «und *rausfahren* will ich mit denen nicht. Richard soll uns alles zeigen.»

Es war früher Morgen, und die Luft wollte schnell die Steifheit der kühlen Nacht abschütteln. Von Augenblick zu Augenblick wurde sie dichter und wärmer. In der Ferne hörte man das Muhen der Kühe. Ein Traktor wurde angelassen, das Geräusch entfernte sich. Irgendwo kläffte ein Hund.

Vorsichtig schob Sole den Arm von Hannes zur Seite, der sie die ganze Nacht umschlungen hatte. Immer wenn sie miteinander geschlafen hatten, war sie von seiner Anhänglichkeit überrascht. Oder sollte sie besser sagen, von ihrer leisen Abneigung dagegen? Sie verschränkte die Arme unter ihrem Kopf. Halt, Sole, wo ist dein Problem, bring es auf den Punkt, ermahnte sie sich. Damals, als sie so kaputt war, hatte es ihr gefallen. Seine immer währende Fürsorglichkeit. Wie er alles in die Hand nahm, die vielen kleinen täglichen Entscheidungen für sie beide traf. Und heute? Hannes ist eben Hannes, flüsterte eine Stimme in ihr. Anständig, gewissenhaft und bis oben hin voller Verantwortung. Aber leider auch erschreckend phantasielos, gab sie zurück. Für ihn entstehen Schmetterlinge durch Raupen, Puppen und kommen überall vor, nur nicht im Bauch. Er behandelt mich wie ein Kind, ging es ihr plötzlich durch den Kopf. Er sorgt für meine Wäsche, kämmt mir die Haare, flechtet sie.

Sie war überrascht über diese Erkenntnis.

Hannes rührte sich. «Guten Morgen, Bumsi», murmelte er.

So nannte er sie immer, wenn sie sich geliebt hatten und anschließend alle Bänder, die für eine ordentliche Zusammengehörigkeit notwendig sind, wieder fest um ihre Körper und Seelen gezurrt waren.

Und er lässt mir zu wenig Luft zum Atmen, durchzuckte es sie.

Es klopfte an der Tür.

«Good morning Missis and Mister», hörten sie die Stimme von Richard, und es hörte sich an, als ob ein amerikanischer Sklavenjunge seine Pflicht tut. Das macht er nur wegen dieser Marianne, dachte Sole und grinste.

«Treffen wir uns beim Frühstück?», rief sie.

«Nein», antwortete Richard wieder normal, «esst allein, ich muss etwas am Wagen richten.»

Also doch noch Sklavenhaltung hier in diesem Haus, dachte Sole.

«Wann war eigentlich der amerikanische Bürgerkrieg?», rief sie in Richtung des offenen Bades.

«1861 bis 1865», antwortete Hannes, der am Waschbecken stand und die Haut im Gesicht glatt zog, damit der Rasierer besser darüber gleiten konnte.

Sole sprang mit einem Satz aus dem Bett. Sie stellte sich an das Fenster und atmete tief durch. Ihr Herz klopfte, und sie wusste plötzlich, warum.

«Ich freue mich auf Afrika», sagte sie laut.

Sie trafen Richard in der hinteren Küche an, zusammen mit Marianne, die auf einen Block Zahlen schrieb und auf den großen schwarzen Lederbeutel schielte, der vor ihm lag.

Er hob kurz den Kopf. «Gut geschlafen?»

Hannes strahlte. «Natürlich, meine Sole und ich hatten viel nachzuholen.»

Sole stellte sich demonstrativ hinter den Afrikaner, legte die Hände auf seine Schultern und ließ langsam die Handflächen über seine Oberarme gleiten. Richard war überrascht und verzog leicht sein Gesicht. Marianne betrachtete sie, und der Ausdruck in ihren Augen war alles andere als zustimmend.

«Mister», sagte Sole aufreizend langsam, «wir wollten doch früh losfahren.»

2 Begegnungen

Sie hatten im Schatten eines roten Hügels angehalten, und wieder arrangierte Richard mit geübten Handgriffen Tisch und Stühle für den Lunch.

«Am Nachmittag werden wir in der *Etosha-Pfanne** eintreffen und dort drei Tage bleiben», sagte Richard. «Ich schätze mal, dass wir gegen halb vier in *Namutoni* sind –»

«Eine ehemalige deutsche Festung», ergänzte Hannes, «die 1904 bei dem *Herero*-Aufstand einen Tag lang mit vier Soldaten und drei Farmern gehalten werden konnte. Dann konnten sie sich verdrücken und der *Ovambo*-Stamm hat alles weitere in seinem Sinne geregelt. Ähnlich wie unsere Raubritter seinerzeit in Deutschland, die auch die Burgen ihrer Konkurrenz erobert, geschleift und dann dem Erdboden gleichgemacht. Hab ich meine Schularbeiten nicht gut gemacht?», fragte er fröhlich und sah von Richard zu Sole, aber es klang so, als meinte er etwas anderes.

«Ich habe für euch ein Doppelzimmer reserviert.»

«Und du?», fragte Sole irritiert.

Richard grinste. «Wände sind nichts für mich, ich gehe ins Restcamp und lege mich auf mein Autodach.»

«So wie gestern?»

«So wie gestern», wiederholte er.

«Essen wir denn gemeinsam zu Abend?», fragte sie weiter.

«Wenn ihr wollt», antwortete Richard gleichmütig. «Fragt sich nur wann, denn der Abend an einer beleuchteten Wasserstelle in der Etosha-Pfanne gehört eigentlich zu den Höhepunkten hier in Namibia.»

Der Himmel hatte sich leicht bewölkt, und die Sonne stach, sobald sie von den Wolken freigegeben wurde. Obwohl sie alle Autofenster geöffnet hatten, klebte die Feuchtigkeit auf ihrer Haut.

«Drei Chinesen mit dem Kontrabass» – Richard klopfte mit den

* Größtes Wildreservat Namibias

Fingerkuppen im Takt auf seinen Schenkel –, «saßan aaf dar Strassa and arzahltan sach was» – trompetete sofort Hannes mit, Richard wandte sich Sole zu und seine Augen blitzten –, «de kem de Peleze» – doch bevor Sole einfallen konnte, rief Hannes –, «wis ist dinn dis» – jetzt mischte sie sich ein –, «dro Chonoson mot dom» – und dann alle zusammen – «Kuntrubuss!»

«Vielleicht heute noch, ganz sicher aber in den nächsten Tagen, werden einige Tropfen fallen», meinte Richard beiläufig, «man wird sie zählen können, aber immerhin. In Europa nennt man diese Zeit *Goldener Oktober*, in den Vereinigten Staaten ist es der *Indian Summer*, und für uns ist es der Beginn der *Kleinen Regenzeit*.»

«Woher weiß *oonzi* das?» Sole legte ihren Finger auf seine Nasenspitze. Hannes bemerkte es und runzelte unbewusst die Stirn.

«Ich bekomme viel Geld, damit ich euch klug mache.»

Beiläufig kam ihm der Gedanke, dass er wirklich, obwohl konkurrenzlos teuer, für die Reichen in Deutschland ein Geheimtipp geworden war. Kunststück, dachte er, wer hat auch ein so funktionelles Auto. Und nicht nur das. Handtücher, Gschirr, alles, was er übernommen hatte, besaß neben seiner Zweckmäßigkeit den italienischen Schick. Als er nach dem Mauerfall das erste Mal drüben in Westdeutschland war, war ihm die Qualität der kapitalistischen Gesellschaft und auch der Dinge, mit denen sie sich umgab, sofort aufgefallen. Er hatte damals wirklich angenommen, auf einem anderen Stern gelandet zu sein – und wollte dazugehören. Von der ersten Sekunde an.

Er wies auf die Kakteenpflanze, die sich gegenüber dem Rastplatz und hinter dem Weidezaun an einen Stein schmiegte.

«Wieder ein afrikanisches Wunder, zwar nur ein kleines, aber immerhin.»

Er schränkt gerne ein, dachte Sole. «*Immerhin* sagst du mir sofort, warum?»

«Jede *Sukkulente* blüht häufiger als zwanzigmal, aber immer nur eine Blüte, und das auch nur bis vielleicht neun oder zehn Uhr morgens. Tag für Tag, Woche für Woche, und wenn ihre Blütezeit beendet ist, *dann* kommt der Regen. Sole, was ich dir sagen wollte. Hör bitte damit auf, bestehende und fest installierte

Verhältnisse ändern zu wollen. Mit dem Doppelzimmer habe ich euch im Restaurant eine Dinner-Reservierung gemacht. *Euch*, nicht mir. Wenn ihr wollt und wir sind draußen allein, lade ich euch einmal zu einem *Dinner à la Richard* ein. Aber wenn du mir und uns einen Gefallen tun willst, lass alles so, wie es ist. Ich habe keine Lust, mit den Mariannes dieses Landes aneinander zu geraten.»

Er blickte beide ruhig an.

«Sie sind stärker als ich. Immer und fast in jedem Fall. Und sie wissen so verdammt gut, wie sie meine Würde verletzen können.»

Sole sagte nichts. Sie setzte sich auf einen Stein und zog einen Stiefel aus. Ein Steinchen fiel heraus und vorsichtig zupfte sie einige Dornen aus der Socke. Umständlich zog sie den Schuh wieder an und stand auf. Sie hängte sich die Wasserflasche um den Hals und nahm sich die Toilettenrolle, die an einem Nagel an der hinteren Autoklappe hing. Mit der Rolle winkend, wandte sie sich von den Männern ab.

«Sei vorsichtig, halte die Augen offen und achte immer darauf, wohin du trittst», rief ihr Richard nach.

«Bist du verheiratet?», fragte Hannes und goss sich warmen Kaffee aus der Thermoskanne nach.

«Um Gottes willen, nein. Was für eine Ehefrau sollte ich denn haben? Eine Schwarze aus einem *kraal**, die hockend ihre Kinder bekommt, oder eine Weiße, vielleicht Lehrerin an einer Schule, die die Geburt ihres Kindes mit moderner Atemtechnik selbst organisiert.» Richard lachte. «Ich weiß, es ist ein blöder Vergleich. Fiel mir nur im Zusammenhang mit meiner ersten und letzten erotischen Erfahrung mit einer weißen Frau ein. Es war in Deutschland. Ich war fünfzehn, und sie war Lehrerin. Es musste alles ganz schrecklich geheim bleiben. Wollt ihr heiraten?», fragte er unvermittelt.

Hannes stand auf und betrachtete die Gegend.

«Ich will sie hier in Afrika fragen.»

Plötzlich gellte ein Schrei zu ihnen herüber. Ein zweiter, mehr ein Kreischen. Noch in der gleichen Sekunde sprang Richard zum

* Dörfliche Einrichtung

Wagen, zerrte ein Gewehr aus der Halterung und lief damit in die Richtung, wo er Sole vermutete.

«Sole, wo bist du?», brüllte Hannes, nahm den erstbesten Stuhl als Waffe und versuchte, Richard zu folgen. Der Schuss kam unerwartet, und die Stimme des Afrikaners drang schneidend aus der Nähe zu ihm her: «Hannes, bleib stehen und rühr dich nicht.»

Wieder schrie Sole, und man hörte, dass sie hysterisch vor Angst war. Richard schoss noch einmal, und die Schrotkugeln prasselten auf das Laub. Hannes vernahm dumpfe unregelmäßige Tritte, die sich ihm näherten. Der Busch teilte sich vor ihm, und er blickte entsetzt auf einen großen Pavian, der zähnebleckend, gefolgt von zwei Jungtieren, auf allen vieren an ihm vorbeiraste.

Hannes wandte sich in Richtung Sole, lief erst langsam, dann schneller, und schließlich rannte er. Die Dornen rissen an seinem Hemd, rissen die Haut auf, Bodenschlingen ließen ihn stolpern. Die Angst, Sole verletzt vorzufinden, schnürte ihm den Hals zu. Aber dann blieb er entgeistert stehen. Der Afrikaner hatte seine Arme um die zitternde Frau geschlungen. Er strich ihr beruhigend über den Kopf, und drückte seine Wange auf das blonde Haar.

«Es ist ja schon gut», murmelte er, und blickte über ihren Kopf hinweg zu ihm rüber. Richard spürte sofort, dass es das *ganze* Bild war, das Hannes störte. Die schwache weiße Gestalt von Sole, der starke schwarze Richard als Retter, und das Ganze geschieht in Afrika auf einer Straße, auf der Hannes, der weiße Mann, nicht zu Hause war.

«Sole, nimm dich zusammen», sagte Hannes strenger, als er wollte. «Es ist nichts passiert. Wisch dir die Nase und komm endlich.»

«Ich habe eine geplante Vergewaltigung verhindert», bemerkte Richard und versuchte ein Lächeln. «Es war ein männliches Leittier. Vielleicht hat er die Entblößung des süßen Popos unserer Sole verkehrt verstanden. Ein Pavianweibchen hält ihm nämlich diese Körperpartie bei Erregung entgegen. Ich meine, es war der Beginn einer Affenliebe zu unserer Sole, ohne böse Absicht, und deshalb habe ich ihm auch nur zweimnal *vor* und nicht *auf* seine Füße geschossen.»

«*Meiner* Sole», verbesserte Hannes.

Er warf den Stuhl auf die Erde und ging zum Wagen zurück.

Der Himmel war dunkelblau und wolkenlos. Je weiter sie nach Norden fuhren, desto lichter und spärlicher wurde der Bewuchs der trockenen Erde. Nur die Dornbüsche standen in verlässlichen Mengen um rote oder weißbleiche Felsplatten, und das dicke stachelige Wolfsmilchgewächs, über das sie nur mühsam fahren konnten. Einmal stieg vor ihnen kreischend ein Schwarm Vögel auf, und Richard sagte nach einer langen Zeit des Schweigens zwischen ihnen: «Vögel verraten einen immer, dem Tier den Menschen, aber auch umgekehrt.» Noch als sie in die weißen Mauern des Fort Namutoni einbogen, war die Stimmung gedrückt.

«Ihr werdet hier für die Gametour von der Organisation abgeholt», sagte Richard kurz. Er hob die beiden großen Taschen aus dem Auto und stellte sie vor das Flat.

«Morgen früh werde ich euch wieder wecken. Have a nice evening.»

«Ich lege mich für einen Moment hin», sagte Sole, ohne darauf einzugehen, während Hannes das Gepäck in ihr Zimmer schleppte.

«Soll ich vielleicht etwas auswaschen?», fragte er freundlich.

Sie drehte sich zu ihm hin. «Du willst etwas auswaschen? Bevor oder nachdem ich mir die Nase geputzt habe.» Sie fauchte: «Das Viech hätte mich töten können, ich war in Lebensgefahr, und du gibst so einen Scheiß von dir. Mach das nie mehr wieder», und knallte vor ihm die Tür zu.

Schnell schwang sich Richard ins Auto, startete und fuhr am anderen Ende des Innenhofes wieder hinaus. Er war froh, aus dieser gespannten Atmosphäre weg zu sein. Hannes sollte sie ganz schnell heiraten, dachte er bei sich, denn sie ist eine Bienenkönigin. Wenn es meine *omukaindul** wäre, würde ich sie in meinen *kraal* stecken und erst dann herauslassen, wenn sie so folgsam und zurückhaltend ist, wie man es von einer Frau erwartet. Er bog rechts ab und fuhr langsam durch das Gebüsch, bis er eine kleine Lich-

* Erste Frau

tung gefunden hatte, die ihm geeignet für die Rast erschien. Als er später am Feuer sein Bier trank, ging ihm durch den Kopf, dass eine weiße Frau für ihn als Gefährtin wohl niemals in Frage kommen würde. Sie sind einfach zu kompliziert und zu hektisch, dachte er, und mit einem tiefen Atemzug steckte er sich eine Zigarette an. Morgen würde er den beiden ihren ersten Sonnenuntergang in Afrika schenken. Seine Spezialität. Bis dahin werden sie sich wohl wieder versöhnt haben.

Und dann fiel ihm ein, dass er morgen auch Rachel sehen könnte.

«Ich war in Sorge um dich», sagte Hannes, als er sich später zu ihr auf das Bett setzte.

«Schade, dass Richard uns diesen Tag so verdorben hat. Komm, lass uns zum Essen gehen –»

«Wieso Richard?»

Sole setzte sich auf und wollte widersprechen. Aber dann besann sie sich anders. Wortlos ging sie zur Tasche und holte sich frische Sachen heraus.

«Lässt du mich zuerst ins Bad?», fragte sie, und Hannes war erleichtert, weil er wusste, dass mit dieser Frage die Sache für sie erledigt war.

Sie saß auf einer Bank in der Nähe eines Brunnens und wartete auf Hannes. Die Luft war angenehm frisch und duftete. Zwei Frauen wuschen Wäsche mit dem Brunnenwasser, das sie mit Eimern aus der Tiefe holten. Sie lachten und schlugen gekonnt die nassen Kleider auf die Steine. Ein alter Mann kam auf sie zugeschlurft, sprach sie gebieterisch an, hob den Stock in die Höhe und fuchtelte damit herum. Sole konnte sehen, dass seine dünnen Beine mit einer runzeligen faltigen Haut überzogen war. Die Frauen winkten ab, eine stemmte sogar die Hände auf die Hüften und schrie ihm etwas zu. Schließlich ging der alte Mann brummend davon. Wenn Richard jetzt da wäre, müsste er mir diesen Dialog übersetzen, dachte Sole, schade. Schade, ich hätte gerne gewusst, um was es hier ging.

«Einen Pfennig für deine Gedanken», sagte Hannes und zog sie hoch. Seine Haare waren noch nass von der Dusche. «Komm, du musst den gleichen Hunger haben wie ich auch.»

Der Speisesaal war so gut wie besetzt, denn es war ein weiterer großer Reisebus aus Windhoek eingetroffen. Sole und Hannes setzten sich auf die beiden letzten Stühle an einem Tisch. Der dicke Mann stand sofort auf: «Klaas van de Meerve, und das ist meine Frau», stellte er sich vor. Hannes tat es ihm gleich und stellte Sole als seine Verlobte vor.

«Sie sind aus Deutschland?», fragte der südafrikanische Koloss und wartete die Antwort nicht ab. Schamlos, dröhnend und in schlechtem Deutsch begann er sein eigenes Theaterstück über Kaffern und Hunden zu inszenieren. «Es sind Lebewesen, die sich absolut ähnlich sind», rief er verächtlich, «warum wollen das einige Leute nicht einsehen. Und am schlimmsten sind die Kaffern, die irgendwo im Ausland in der Schule waren», sagte er. «Arrogant und anmaßend. Und sie nehmen wirklich an, dass sie mit uns gleichgestellt sind.»

Er lachte verächtlich und schnalzte mit dem Finger nach der schwarzen Bedienung, um sich die Serviette aufheben zu lassen, die ihm heruntergefallen war. Sofort begann er mit dem nächsten Witz. Sole erhob sich angewidert und ging zum Büfett. Als sie zurückkam, stand der Mann vor Hannes und hielt ihn am Ärmel fest.

«Ich verehre euren Herrn Hitler», brüllte er kurzatmig, «und ich werde Ihnen auch sagen, warum. Meine Familie kommt aus Südafrika. Wir sind Buren, und die Engländer haben die Buren bekämpft. 1899 bis 1902. Lord Kitchener hat einen unmenschlichen Kampf –»

«Kann ich bitte in Ruhe essen?», fragte Sole in eisigem Ton.

Der Mann beachtete sie nicht und fuhr fort: «Gegen Frauen und Kinder geführt. *Er* ist der Erfinder der Konzentrationslager. Mehr als viertausend Frauen und sechzehntausend Kinder sind damals zu Tode gekommen.»

Bei diesen Worten nickte Frau van de Meerve und rückte ihren fetten Körper auf dem Stuhl zurecht. Genießerisch nahm sie sich das dritte Stück Fleisch, und aus ihrem Mund tropfte die braune Soße vom letzten Bissen.

«Verhungert und an Krankheiten zugrunde gegangen.»

Die laute Stimme wurde immer anklagender.

«Viele Mitgleider meiner Familie waren darunter. Wir werden diese Tragödie nie –»

«Und was hat das mit Adolf Hitler zu tun?», unterbrach ihn Sole und schob abrupt den Teller von sich. Ihr war der Appetit vergangen. Sie trank ihr Glas leer und hielt es Hannes zum Nachschenken hin.

«– vergessen. Das kann ich Ihnen sagen. Hitler hatte als einziger Mut, England aus der Luft anzugreifen, und als bei euch drüben der Weltkrieg zu Ende war, gehörten zwar die Engländer zu den Siegermächten, aber *ihr* Weltreich war zerstört.» Triumphierend blickte der Mann Sole an. «Jetzt wurden *sie* von den Menschen, die sie zuvor unterdrückt hatten, verfolgt, gequält, umgebracht. Sie hatten Schulden, man begann, sie aus den Ländern zu schmeißen, in denen sie sich widerrechtlich eingenistet hatten. Endlich endlich endlich lernten sie das Leid kennen, das über einen kommt, wenn geliebte Menschen durch die Hand eines anderen zu Tode kommen. *Auge um Auge, Zahn um Zahn,* so steht es in der Bibel.»

Er hielt einen Moment inne und betrachtete zufrieden die Leute an den anderen Tischen, die ihm zuhörten. Seine Stimme bekam einen feierlichen Klang.

«Hitler war für uns Buren der verlängerte Arm der Gerechtigkeit, und unsere Eltern, wir, unsere Kinder und deren Kinder werden nie vergessen, dass *er* es war, der den Anstoß zum Unglück der Engländer gegeben hat.»

Sole stand auf und holte tief Luft. Bevor sie aber etwas sagen konnte, wurde sie von Hannes am Arm gepackt und in Richtung Ausgang gezerrt. Kurz davor drehte sie sich um und rief laut in die Richtung der beiden Buren: «Sie dummes blödes Arschloch, wenn Sie mich noch einmal mit Ihren dummen blöden Witzen über Kaffern und Hunde belästigen, werde ich dafür sorgen, dass sich meine Freunde, die Engländer, ein zweites Mal um Ihre dumme blöde Familie kümmern. Und was Ihre Verehrung für den Menschenschlächter Adolf Hitler anbetrifft, so sollten –»

Hannes hielt ihr die Hand vor den Mund und flüchtete mit ihr in das Dunkel des Gartens.

Irgendwann machte sie sich zitternd von ihm los und setzte sich auf die Erde.

«Hannes, mir ist schlecht», sagte sie mühsam, «mein Gott, ist mir schlecht.» Sie blickte zu ihm hoch. «Ich weiß, ich hab mich schwer daneben benommen, aber hörst du, nie mehr will ich mit solchen Leuten an einem Tisch sitzen.» Sie schluckte. «Komm, lass uns ins Flat gehen.»

In der Nacht fing sie an zu kichern.

«War der dreimalige Gebrauch von *dumm* und *blöd* von der Grammatik her eigentlich in Ordnung?»

Hannes lachte. Er umarmte Sole stürmisch und plötzlich fiel ihm Richard ein. Er ist schwarz, und ich bin weiß, dachte er, diesen Vorsprung wird er nie einholen können.

3 Dickbusch und Sternenhimmel

Sole klopfte ungeduldig mit der Kuppe eines Fingers auf die Motorhaube.

«Ich habe genug von der Etosha-Pfanne. Wir fahren weiter.»

Richard sah sie erstaunt an. Natürlich hatte man ihm am Morgen in allen Einzelheiten von diesem Eklat erzählt. Er fand ihr Verhalten unverständlich. Warum hatte sie sich so engagiert. Jeder weiß doch, dass die südafrikanischen Buren unerschütterliche Rassisten sind. Sole ist eine weiße Europäerin und noch dazu auf Besuch in Afrika, es geht sie also gar nichts an. Er verstaute die beiden Taschen wieder in das Auto und dachte nach.

«Wir könnten rüber nach Tsumeb fahren und dann weiter in das eigentliche *San*-Gebiet. Wäre das recht?»

«Das ist gut», sagte Sole. «Und noch etwas. Ich will in keine Lodge oder Fort oder Gästefarm oder Hotel oder was es hier sonst noch gibt, einkehren. Ich will ab heute Nacht oben auf dem Autodeck schlafen, wo ich die Sterne sehen kann und mir kein Mensch mehr auf den Geist gehen kann.»

Hannes holte tief Luft. «Aber Sole, weißt du überhaupt, was du da sagst? Wir können doch nicht wie die Wilden im Busch leben.»

«Können wir doch», sagte Sole knapp. Sie wandte sich an Richard und strahlte ihn an. «Erzähle mir etwas über die *San*.»

Die Nächte werden mir jetzt nicht mehr alleine gehören, dachte Richard. Und auch meine Ruhe ist dahin. Ich werde doppelt so gut aufpassen müssen, *und* ich muss verhindern, mit und ohne Hilfe von Hannes, dass diese verrückte deutsche Frau von dem afrikanischen Virus befallen wird.

«Ja», meinte er vorsichtig, «da muss ich ein wenig ausholen. Also, mein Stamm, die *Ovambo*, der ist euch ja schon bekannt. Dann gibt es die stolzen *Herero*, die fleißigen *Damera*, die *Ovahimba* oben im Norden und eben die *San*, auch *Buschmannsleute* genannt. Das sind im Großen und Ganzen die namibischen Stämme. Zwischen denen gibt es natürlich noch Unterschiede, aber die zu erklären würde zu weit führen. Aber eines müsst ihr wissen. Nur die *Buschmannsleute* gelten als die eigentlichen Ureinwohner des südlichen Afrikas.»

Um den Freund brauche ich mir keine Gedanken zu machen, ging es ihm durch den Kopf. Der ist es gewöhnt, Anweisungen entgegenzunehmen. Aber Sole sollte es sich abgewöhnen, so überfreundlich zu mir zu sein. Das Letzte, was ich gebrauchen kann, ist ein eifersüchtiger Mann. Trotzdem war er unschlüssig, ob er dem Ansinnen seiner Gäste nachgeben sollte. Sole schien seine Gedanken zu ahnen. Sie legte ihm die Hand auf den Arm.

«Bitte», sagte sie, «Hannes und ich beteiligen uns auch an der Arbeit.»

«Es muss eine Stelle sein, die möglichst windgeschützt ist. Der Wagen darf nicht unter einem Baum stehen. Dort könnte vielleicht eine giftige Baumschlange für eine böse Überraschung sorgen. Es muss genügend freie Fläche um das Auto herum sein, damit es die wilden Tiere schwerer haben, unbemerkt an uns heranzukommen. Das Feuer muss mindestens fünf Meter vom Auto entfernt sein und immer beaufsichtigt werden. Der Letzte, der sich schlafen legt, hat es mit einem Becher Wasser zu löschen und Erde darauf zu schieben. Alle Abfälle gehören in einen Abfallsack. Flaschen und Dosen in einen anderen. Teller, Gläser, Besteck und Töpfe kommen in einen Korb und werden einmal am Tag an einer Tankstelle gewaschen und mit einem sauberen Tuch abgetrocknet.»

Richard betrachtete die beiden Deutschen mit gerunzelter Stirn. Er war sich jetzt sicher, dass er es nicht wollte, aber er redete weiter, wie mit einer anderen Zunge – und verstand sich selbst nicht.

«Das sind die Arbeiten, die unter uns aufgeteilt werden müssten. Die Wäsche mache ich. Halt, noch etwas – der Toilettengang muss angekündigt werden. Warum, brauche ich wohl nicht zu erklären. Jeder Mensch hat einmal am Tag Verdauung, es braucht sich also keiner zu schämen. Grundsätzlich heißt es im Busch: Einer für alle, alle für einen. Nur wenn wir diese Regeln einhalten, ist ein Zusammenleben in freier Natur möglich.»

Sole strahlte ihn an und rieb sich fröhlich die Hände. «Ich habe damit keine Probleme. Und Hannes wurde von Mutter Speer und mir sorgfältig auf ein solches Leben vorbereitet. Herr von vielen Schafen, sag mir nur, was ich wann machen soll, und es wird keinen Grund geben, über die neue Frau in deinem Leben lamentieren zu müssen.»

Hannes schüttelte den Kopf. «Also mir wäre eine Lodge oder Gästefarm lieber. Ich würde sagen, wir versuchen es zwei Nächte, und wenn es nicht hundertprozentig funktioniert –»

«Natürlich funktioniert es», unterbrach ihn Sole mit leuchtenden Augen. Sie wandte sich an Richard: «Lass uns fahren.»

«Es gibt noch etwas», sagte Richard, «es kann nur einer das *Sagen* haben, und das bin ich.»

Stunde um Stunde fuhren sie an diesem Tag durch das Land, und es kam Sole manchmal vor, als ob dieser Teil der Welt ausgestorben sei und sie wieder die ersten Menschen wären, ausgestattet mit den Geboten Gottes und einem Wanderstab, um sich die Erde untertan zu machen. Ein einziges Mal kam ihnen ein Fahrzeug entgegen, und der Fahrer streckte fragend die Faust mit dem Daumen nach oben gerichtet aus dem Wagenfenster. Richard tat es ihm gleich, und so passierten beide Autos einander, ohne anzuhalten, aber mit der gegenseitigen Gewissheit, dass alles in Ordnung war.

Sole war entspannt und glücklich. Voller Bewunderung betrachtete sie die großen, weit verästelten Fächerakazien, die zusammen mit dem bläulich wirkenden Weißdornbusch, den roten Sandwegen, der abwechselnd hügeligen und dann wieder flachen Landschaft und dem über allem liegenden, tiefblauen Himmel das typische afrikanische Bild malten.

Winzige Fältchen begannen sich unter ihren und Hannes' Augen einzugraben, und der rote Staub überpuderte ihre Kleidung wie auch die unbedeckte Haut. Als Sole einmal in den Spiegel sah, fiel ihr auf, dass ihr Gesicht das gewohnte europäische Aussehen abgelegt hatte und neugierig betrachtete sie ihre eigene Fremdheit.

Richard bekam den Blick mit und sagte leise: «Wie ein Chamäleon, nur schöner –.» Laut fuhr er fort: «*Buschmannsleute* sind scheue Menschen und leben in Großfamilien nach alter Väter Sitte zusammen. Hauptsächlich trifft man sie im Nordosten von Namibia an, wie auch im Süden von Botswana und in nördlichen Teilen von Südafrika», und nach einer Pause sagte er sarkastisch: «Leider auch in Kapstadt. Und zwar in dem Schaufenster des *Museums für Völkerkunde.* Ich sage immer, dass dieses Steinmonstrum nur für die Vergangenheitsbewältigung der Buren, für alle Weiße mit dem gleichen Gedankengut und für den letzten harten Kern der Kolonialisten in der Welt gebaut worden ist.»

«Warum?», fragte Hannes, und seine Stimme enthielt einen Hauch von Aufsässigkeit.

Richard grinste ein wenig. «Sorry, es ist meine Meinung. Bildet euch ein eigenes Urteil, wenn ihr es seht. Also in diesem Schaufensterkasten wird eine original *San*-Hütte gezeigt. Männer, Frauen und Kinder hocken davor und sind mit Sandalen, primitiven Küchengeräten und anderem Krimskrams, praktisch als Kuriosität in Szene gesetzt. Sie sind nackt, das heißt, sie waren nackt, denn vor einem Monat hat man sie bekleidet. Aber nicht etwa, um ihnen ihre Würde zurückzugeben, nein, die gaffenden Besuchertrauben sollten sich nicht belästigt fühlen.»

Er holte tief Luft.

«Wisst ihr, warum ich darüber so ärgerlich bin? Diesen Stamm gibt es noch, obwohl die Buren in den letzten zweihundert Jahren wirklich nichts unversucht gelassen haben, ihn auszurotten. Erst in der letzten Zeit ihrer Herrschaft haben sie diesen Museumskasten angelegt, um in heuchlerischer Demut die Erinnerung an diese Ureinwohner wach zu halten, denen sie selbst unsägliches Leid angetan haben. Na ja, ich sagte schon, es ist meine Meinung. Heute leben viele *San* auf Farmen mit verständnisvollen Besitzern, oder aber verstreut und in kleineren Gruppen auf staatseigenem Grund und Boden. Ihr erkennt die Rasse an ihren leicht greisenhaften Köpfen, die so gar nicht recht zu ihren Körpern passen wollen. Sie sind eigentlich sehr freundlich, aber ihr größtes Unglück ist, dass sie nicht mehr wie früher mit Pfeil und Bogen jagen dürfen. Nicht nur alle Jagdgebiete sind in festen Händen, auch das Wild hat Besitzer. Und das ist der eigentliche Hauptgrund, weshalb es manchmal zu tätlichen Auseinandersetzungen zwischen den Farmern und den *Sans* kommt.»

«Kannst du ihre Sprache sprechen?», fragte Sole.

«Sie ähnelt der *Herero*-Sprache, wie auch dem Dialekt der *Ovahimba.* Ich mixe ein wenig, von jedem etwas. Irgendwie können wir uns alle hier untereinander verständigen.»

Sole hatte ihre derben Schuhe ausgezogen und die Füße auf das

Armaturenbrett gelegt. *Oonzi*, ich könnte dir stundenlang zuhören», sagte sie. «Sag mir, wann und wo wirst du für die Nacht anhalten?»

Richard antwortete nicht sofort. Er schaute auf die Uhr.

«Hier in der Nähe gibt es einen kleinen See. Könnt ihr schwimmen? Ja, sicher», sagte er. «Es ist zwar verboten, aber wer sollte uns überraschen. Dann fahren wir weiter bis Tsumeb, kaufen dort eine Kleinigkeit ein und bauen außerhalb der Ortschaft unser Nachtlager auf.»

Vorsichtig führte Richard sie um die voluminöse Dampfmaschine, das Überbleibsel einer stillgelegten Pumpstation, herum zur Treppe, die hinunter zum See führte. Die Wasseroberfläche lag im Schatten, weil der hohe Felsstein jedes Eindringen von Sonnenlicht verhinderte.

Sole war es unheimlich. Die Stille, die drohend dunkel glänzende Felswand, das Fehlen des Sonnenlichts. Richard bemerkte es und nahm sofort ihre Hand. Während sie vorsichtig abstiegen, machte er sie auf einen kleinen Sandplatz aufmerksam, der friedlich unten in der Sonne lag und den sie zuvor nicht gesehen hatte. Er ließ ihre Hand erst los, als sie beide im Wasser waren, blieb aber auch dann noch neben ihr, als sie mit kräftigen Zügen in die Mitte des Sees schwamm. Er legte sich auf den Rücken und blickte nach oben.

«Das ist für mich hier wie Rügen. Kennst du die Insel? Einmal wurden wir dorthin gebracht, und wenn ich mir statt dieser Felswand den Kreidefelsen vorstelle, bin ich wieder in Deutschland.»

Er entfernte sich von Sole und schwamm in die Mitte des Sees. Plötzlich bekam seine Stimme ein Echo. Er formte mit beiden Händen einen Trichter vor dem Mund und rief: «Sole, wunderschöne Sole. Komm, komm. Hier bin ich, hier bin ich –»

Mehrfach flogen diese Worte über ihre Köpfe hinweg, wurden leiser und verstummten erst ganz, als Hannes überdeutlich und leicht vorwurfsvoll dazwischenredete.

«Sole und ich wollen im nächsten Jahr mal hin –»

«*Sole und ich wollen –*», tönte das Echo zurück, aber dann schlug Hannes unkontrolliert nach einer Mücke, die auf seiner

Schulter saß, und *was beide wollten*, wurde von diesem Geräusch aus dem Zusammenhang gerissen und hatte keine Bedeutung mehr.

Später saßen sie gemeinsam unter einem Baum.

«Lasst mich eure Eva sein», sagte Sole und hielt den Männern geschälte Apfelscheiben hin. In ihren Shorts und dem T-Shirt mit der aufgedruckten amerikanischen Maus wirkte sie wie ein Schulkind an seinem ersten Schultag. Die langen Haare hatte sie zu einem altmodischen Dutt geschlungen und ihn mit einem dornigen Zweig festgesteckt.

Richard betrachtete ihn belustigt. «So habe ich den Weißdorn noch nie gesehen», meinte er und fügte mahnend hinzu: «Vergiss nicht, dich einzucremen.»

«Das habe *ich* schon gemacht», sagte Hannes steif.

Der Afrikaner streifte ihn mit einem unverbindlichen Blick und steckte sich eine Zigarette an, während sich Hannes zufrieden über seine Bemerkung flach auf den Boden legte und den Hut über das Gesicht schob. Alles in allem war es eine friedliche Stimmung, und Sole stellte plötzlich fest, dass sie zusammen sein konnten, ohne reden zu müssen.

«*Tsomsoub* sagen die Buschmannsleute zu dieser Stadt.»

Richard hatte Mühe, die Fahrgeräusche zu übertönen. «Das heißt so viel wie: *Ein Loch graben, das verschwindet.* Wasser ist das Problem aller Menschen hier, mögen sie weiß oder schwarz sein. Alle Bewohner des wasserlosen Umlandes kamen hierher, um nach Wasser zu graben.» Er bog in die Tankstelle ein und brachte das Auto zum Stehen.

«Wir können auch gleich hier unser Abendessen und Frühstück einkaufen. Was esst ihr am Morgen? Brötchen, Honig und Jam oder Speck mit Eier auf Toast?»

«Von allem etwas», sagte Sole. «Und du?»

«Tja» – Richard kratzte sich am Kopf –, «hier befinde ich mich mal wieder total in einem Dilemma. Wir, die aus dem *kraal* kommen, fressen eigentlich ununterbrochen, also praktisch morgens, mittags und abends *millipapp*, das ist Maisbrei. Nahrhaft, billig und ohne jede Ansprüche. Drüben in Deutschland gab es morgens

Brötchen, Margarine und Marmelade. Mittags Kartoffeln, eine braune Soße, Gemüse und am Abend Butterbrote.»

«So ähnlich bin ich auch groß geworden», grinste Sole, «nur dass in der Soße Fleisch war.»

«Und bei uns gab es einmal in der Woche Pfannkuchen, weil es mein Lieblingsgericht ist und ich für meine Mama das Liebste auf der Welt war und immer noch bin», platzte Hannes plötzlich heraus.

«Und nicht ein einziges Mal hast du mich dazu eingeladen?» Sie lächelte ein wenig, weil Hannes sie so unsicher ansah. «Das war ein Spaß, Herr Oberstudienrat», sagte sie.

4 Eine neue Frau

Wider Erwarten hatte Richard schnell einen geeigneten Rastplatz für die Nacht gefunden. Eine Talmulde mit einer angrenzenden kleinen Anhöhe, von der man kilometerweit über das Land sehen konnte.

Es war fünf Uhr am Nachmittag, und Sole und Hannes waren vollauf mit den vielen neuen und ungewohnten Handgriffen beschäftigt, die sie auf Anweisung von Richard zu tun hatten. Zum Schluss schleppte Hannes noch, auf Richards Geheiß hin, die drei Matratzen aus dem Inneren des Autos über die eiserne Außenleiter nach oben auf das Autodach. Richard sah, wie er kritisch das Maß des Dachgestells betrachtete, und sich dann entschied, zwei nebeneinander zu legen und die dritte quer zum Fußende. Sole reichte ihm die Schlafsäcke hinauf und begann anschließend, Geschirr und Gläser auszupacken.

Hätte ich auch so gemacht, dachte der Afrikaner bei sich und zog gekonnt den vollen Wassereimer über einen Baumast an einem Drahtseil nach oben. Zuvor hatte er geprüft, ob der eingeschlagene Holzpflock auch stark genug für die Last war. Er nickte befriedigt, und sogar Hannes betrachtete anerkennend die eiserne Gießkannentülle mit Steg, der nachträglich im Boden des Eimers verschweißt worden war.

«Für jeden einmal am Tag fünf Liter Duschwasser», sagte er, «erst wenn ihr euch eingeseift habt, dürft ihr an dem Hebel ziehen, und das Wasser wird dann praktisch sintflutartig über euch herunterprasseln. Sole, du gehst zuerst. Wer soll dich bewachen? Hannes oder ich?»

«Natürlich ich», sagte Hannes.

«Natürlich Richard», kicherte Sole und verschwand hinter der kleinen, mit Stoff bezogenen Wand, um sich auszuziehen.

Richard hatte in der näheren Umgebung Brennholz gefunden und trug es nun auf die Anhöhe. Er warf es auf die Erde, ging in die Hocke und begann, geübt ein Feuer zu entfachen.

«In der *coolbox* liegen die Getränke», rief er Hannes über die

Schulter zu. «Ab morgen sage ich nur noch: *patula ekene,* das heißt, mach die Flaschen auf. Ich darf vorschlagen, dass du ab heute und während unserer kommenden gemeinsamen Zeit diese wichtige Aufgabe übernimmst.»

Dann begann er, an den Stühlen die Beine einzuklappen, und kurze Zeit später konnten sie bequem um das Feuer herum auf dem Boden sitzen und sich trotzdem anlehnen. Die Männer hielten ein gekühltes Bier in ihren Händen. Sole hatte sich für Weißwein entschieden. Fasziniert beobachtete sie die Sonne, die wie ein feuerroter Ball von oben stetig nach unten wanderte. Sie stand auf und setzte sich ein wenig abseits. Das strahlende Gegenlicht ließ ihre Gestalt klein erscheinen wie nachträglich einem Gemälde eingefügt. Der ganze Westen leuchtete atemberaubend in den verschiedensten Rottönen, schob die Farben hin und her, verdunkelte sie, erhellte sie wieder mit einem einzigen Sonnenstrahl. Hannes ging Sole nach und stellte sich neben sie. Als der gleißende Ball den Horizont berührte, langsam hinter ihm verschwand und mit ihr die machtvolle Glut, stand auch Richard bei ihnen.

«Das ist Afrika», sagte er leise. «*Good luck* für uns alle und auf eine gute gemeinsame *pad.*»

«Ich habe so etwas Schönes noch nie gesehen», flüsterte Sole. Sie hatte ihr Glas mit beiden Händen umschlossen und drehte es hin und her.

«Bleibt sitzen», ordnete Richard an und goss ihr nach, «sagt Gedichte auf, liebt euch oder haltet einfach nur den Mund. Ich kümmere mich jetzt um das Abendessen.»

«Und du versprichst mir, mich zu rufen, wenn du Hilfe brauchst?» Sole hatte einen leichten Zungenschlag.

«Um Himmels willen, nein, ich habe alles im Griff. Wenn es zu lange dauert, soll einfach einer von euch zu mir rüberrufen: *oonzi, wa mana akulonga,* das heißt so viel wie: Herr von vielen Schafen, bist du endlich fertig mit der Arbeit.»

Sole konnte ihn nicht sehen, weil er hinter ihr stand, aber sie wusste, dass er wieder spöttisch lächelte. Warum, dachte sie, ich will doch nur, dass wir drei Freunde sind – oder werden.

Richard wandte sich an Hannes. Und seine Stimme *war* spöttisch.

«Uns Schwarzen muss man manchmal Beine machen. Übrigens, hier sind eure Taschenlampen. Verlegt sie nicht. Noch hilft uns das Licht des Feuers, aber wenn es richtig dunkel wird, braucht ihr sie genauso nötig wie den Kompass in der Wüste.»

Kurze Zeit später rief er zu Tisch. Die Kerzen in den schweren Windlichtern brannten ruhig und erhellten die Gesichter und Hände. Er hatte ein einfaches, aber schmackhaftes Mahl zubereitet, und Sole wunderte sich, wie schnell ihm das auf der winzigen Herdplatte gelungen war.

Der Tag und mit ihm die Hitze war nun endgültig vorbei. Die Dunkelheit zog rasch auf und legte sich wie ein Tuch in angenehmer Kühle über die erhitzte Erde. Sole war etwas angetrunken. Vielleicht von dem Wein, der mit der letzten Tageshitze stürmisch ihren Kopf erobert hatte, vielleicht aber auch von der Verzauberung des Sonnenuntergangs, der für sie in diesem Farbenspiel ungewohnt war, und sie ließ es zu, dass Hannes ihren Kopf in seinen Schoß bettete.

«Hannes», sagte sie euphorisch, «ich bin glücklich, glücklich, glücklich. Zwei Abende haben wir mit diesen bescheuerten Rassisten verloren. Endlich sehe ich das Kreuz des Südens, und warum? Weil Richard uns das Afrika so zeigt, wie es ist. Nur wir drei sind hier, und wir haben uns gern. Das haben wir doch, nicht wahr –»

«Und den *Großen Wagen* können wir sehen, und dahinter die endlose *Milchstraße*», fuhr Hannes beschwichtigend fort. Auch er fühlte sich wohl, denn zum ersten Mal schien mit Sole alles wieder einfach und problemlos zu sein. Zärtlich strich er ihr über das Haar, während Richard sich eine Zigarette ansteckte und seinen Sitz in die andere Richtung schob. Plötzlich segelte ein massiger Vogel schwerfällig durch die Dunkelheit. Für Sekunden fiel das Kerzenlicht auf seinen Körper, und der Schatten glitt über Sole und Hannes hinweg.

Sole zuckte zusammen.

«Eine Eule», sagte Richard mit ruhiger Sitmme, «hier in Afrika bringt sie Glück, anders als bei euch in Europa, wo sie der Vorbote des Todes sein soll.»

«Das stimmt nicht, das ist Aberglaube», sagte Sole und drehte sich zu ihm hin. «Kranke Menschen können meistens in der Nacht nicht schlafen, und deshalb lassen sie das Licht brennen. Weil Eulen nur in der Nacht jagen, kann es also passieren, dass man sie sieht.» Sie stand schwerfällig auf und stellte ihr Glas auf die kleine Ablage. «Stirbt ein Mensch bei angeknipstem Licht und hat man in der gleichen Nacht eine Eule gesehen, so bringt man leider das eine mit dem anderen in Verbindung. Darf ich ins Bett gehen, ich bin schrecklich müde.»

«Natürlich», sagte Richard, «geht beide schlafen. Heute bringe ich alles allein in Ordnung.» Sanft schob Hannes Sole die Eisenleiter nach oben und bettete sie in ihren Schlafsack. «Untersteh dich, allein in der Nacht hinunterzugehen», sagte er fürsorglich streng und dann zu Richard gewandt: «Ich bleibe auch gleich oben, gute Nacht», und kroch in den Sack, der neben Sole lag.

Richard drückte die Zigarette aus und machte die Scheinwerfer des Wagens an. Sie schnitten ein kleines Loch in die Dunkelheit, nur so viel, wie er brauchte, um Ordnung zu schaffen. Als irgendwann später der beißende Rauch kurz nach oben zog, wusste Sole im alkoholumnebelten Halbschlaf, dass der Afrikaner das Feuer gelöscht hatte. Beruhigt drehte sie sich zur Seite.

«Wenn es keine Christen sind, die nur eine Frau haben dürfen, so herrschen in einem traditionellen *kraal* einer *Ovambo*-Sippe die alten Sitten und Gebräuche, nach denen ein Mann mehrere Frauen haben darf. Richard, du hast es nicht vergessen?»

Die junge Schwarze verdrehte die Augen bei dieser spöttischen Frage und legte ihre Hand vertraulich auf Richards Arm.

«Waren Sie auch in der DDR?», fragte Sole, der diese Geste nicht entgangen war, und bewunderte den weiten, aus bunten Tüchern zusammengenähten Rock von Rachel. Sie bewunderte auch die langen Beine und bemerkte, dass Rachel keinen Büstenhalter trug, denn die wohlgeformte, feste Brust bewegte sich leicht beim Gehen.

«Nein, meine Mama ist auf einer Deutsch-Farm geboren und aufgewachsen, genau wie ich. Wir haben dort nur deutsch gesprochen, und wenn ich nicht ab und zu zur Familie meines Vaters gesteckt worden wäre, könnte ich heute nicht einmal meine eigene Sprache sprechen.» Rachels Lachen war offen und fröhlich. Alles an ihr war in Bewegung, wenn sie sprach. «Ich durfte am Schulunterricht der vier Farmbesitzer-Kinder teilnehmen. Der wurde auf der Farm abgehalten, weil die nächste Schule mehr als zweihundert Kilometer entfernt war.» Stolz sagte sie: «Ich kann lesen, rechnen, Englisch und auch Gedichte aufsagen. Dieses Wissen hat mir den Job hier gebracht.» Der weiße Kranz um die dunkle Iris schien zu tanzen. «Viele Leute, besonders aus den Reihen der *SWAPO*, sprechen heute von den schlechten Deutschen und der Kolonialzeit. Ich bin den Deutschen dankbar. Wären sie nicht gewesen, stünde ich nicht hier. Habt ihr etwas Zeit?», fragte sie Sole.

«Natürlich», antwortete Richard für sie. «Bevor sie das *Weißen-Museum* besichtigen, will ich, dass du Sole und Hannes jede Menge über *uns* erzählst.»

Rachel lachte wieder und ergriff die Hand von Sole.

«Das hier ist ein *Schwarzen-Museum*. Wir haben von allen Stämmen ihre Hütten nachgebaut. Seit wir geöffnet haben, mache ich Führungen. Leider hält von den großen Bussen selten einer an. Die Reiseleiter wollen mir für die Erklärungen nur wenig Zeit geben und verlangen von mir, dass ich mit den Leuten von Hütte zu Hütte renne. Das reicht aber nicht aus, denn es gibt so viel zu sagen. Siehst du dieses Haus, zum Beispiel? Es ist das Reich der *Ersten Frau*. Die Erstgewählte ist die wichtigste Frau im Leben eines *Ovambo*-Mannes. Nur sie darf auf ihrem Kochhaus ein Krönchen haben. Die *Zweite Frau* darf den *kraal* nur durch den separaten Eingang betreten und wieder verlassen.»

Beide Frauen liefen die Hütten entlang, aus der einen hinaus, in die andere hinein.

«Die sieht anders aus», meinte Sole.

«Das ist die Hütte einer *Nama*, und dort hinten haben wir den Wohnbereich der *Herero* angelegt. Ganz rechts liegen die *homes* der San, aber die Fertigstellung dauert noch etwas, weil wir besondere Gräser verwenden müssen, und die sind noch nicht reif. Oh, es gibt noch so viel zu tun.»

«Aber warum werden diese Hütten nicht bewohnt?», fragte Sole verwundert.

«Hör zu», Rachel blieb stehen und ergriff auch ihre andere Hand.

«Es gibt ein *Weißen-Museum* hier in Tsumeb. Weitere stehen in Windhoek und Swakopmund und Outjo und sonst wo. Sie sind von den Weißen ins Leben gerufen worden, damit die Erinnerung an ihre Ankunft in *Deutsch-Südwest,* so nannten sie das Land in ihrer Sprache, wach gehalten wird, an ihre Inbesitznahme, an die gelungene Unterwerfung der Bevölkerung, an ihre Überlegenheit uns Schwarzen gegenüber.

Seit drei Jahren ist Namibia unabhängig, aber viele Brüder und Schwestern wollen die Zeit der *kraale* vergessen. Sie gehen in die Städte. Sie passen sich an. Englisch ist jetzt zur Nationalsprache geworden. Sie wohnen in Steinhäusern, die an Straßen stehen, und sie gehen in Geschäften Lebensmittel einkaufen, die verpackt sind und ein Haltbarkeitsdatum haben. Sie dienen bei den Weißen, damit sie Geld haben, um in diesen Häusern leben zu können und in den Geschäften der Weißen einkaufen zu dürfen. Sie werden mit der Zeit vergessen, was zu tun ist, um Milch bei größter Hitze kühl zu halten, oder mit welcher Wurzel und Pflanze Krankheiten geheilt werden können. Der weiße Geschäftsmann hat ihnen auf Abzahlung einen Kühlschrank verkauft, und ist der bezahlt, werden andere Wünsche für Dinge geweckt, die es in den *kraalen* nie gegeben hat. So gerät ihr Wissen in Vergessenheit.»

«Irgendjemand muss also dem Vergessen Einhalt gebieten», sagte Sole in plötzlichem Verständnis und ließ ihre Blicke noch einmal langsam über die Hütten gleiten.

Rachel schüttelte den Kopf. «Nicht nur das», sagte sie, «auch die Erinnerung an Sitten und Gebräuche, an die Sprache und die Vergangenheit eines jeden Einzelnen von uns muss wach gehalten werden. Genau wie es die Weißen tun.» Sie holte tief Luft.

«Daher *muss* es ein *Schwarzen-Museum* geben, am besten gleich neben einem *Weißen-Museum.* Beide sind notwendig, damit irgendwann ein wirkliches Zusammenleben zwischen Schwarz und Weiß hier in Namibia beginnen kann.»

«Ja», sagte Sole etwas verwirrt, aber Hannes, der ihnen, die Kamera am Auge hinterhergelaufen war, rief: «Und wer, um Himmels willen, bezahlt das alles?»

«Viele Freunde aus den eigenen Reihen haben Geld gespendet,

und auch von der neuen Regierung haben wir schon etwas bekommen», entgegnete Rachel würdevoll. Sie wandte sich von ihm ab und sprach mit Sole weiter.

«Vor einem Jahr führte ich eine norwegische Gruppe durch die Hütten, die sich damals noch im Bau befanden. Und weißt du, was?», sie lachte etwas verschämt, verschränkte die Arme und zog die Schultern hoch, «unmittelbar danach wurde auf ihre Anregung hin in diesem Land ein Förderverein gegründet, und die Hüttenanlage, so, wie sie jetzt steht, ist von diesem ganz bezahlt worden. Und: Man hat an höchster Stelle darauf bestanden, dass *ich* diesen Job bekomme. Meine Aufgabe ist es, ganz vielen Menschen, die unser Land besuchen, unser Anliegen näher zu bringen, aber die wichtigste Botschaft soll sein, den nachfolgenden Generationen unsere Herkunft zu gegenwärtigen.»

«Ist deine Frage hiermit beantwortet?», fragte Sole Hannes etwas spöttisch und benutzte, ohne seine Antwort abzuwarten, den Ausgang für die *Erste Frau.*

Richard wartete im Schatten eines Baumes auf sie.

Er hatte *cool drinks* bereitgestellt und unterhielt sich mit einem alten Mann, der mit einem Besen den mit Steinen verlegten Weg zum Haus hin fegte.

«Das ist Ipumbu», erklärte Rachel, «eines Morgens saß er hier, halb verhungert und nur in Fetzen gekleidet. Ich glaube, er ist schon über hundert Jahre alt. Seine Familie ist schon lange weggezogen, und als seine Kräfte nachließen, wird er auf Farmen keine Arbeit mehr bekommen haben. Er hat uns mit seinem Wissen sehr geholfen, denn wenn wir mit einer neuen Hütte beginnen, fragen wir ihn immer vorher, ob der Standort auch richtig ist. Es gibt nichts Schlimmeres, als dass eine Hütte falsch angelegt wird. Alle bösen Geister würden sich förmlich auf das Haus und seine Bewohner stürzen. Auch dann, wenn es sich nur um ein Museum handelt.»

Rachel verdrehte wieder die Augen und hob bedeutungsvoll den Finger. «Dafür darf er im Haus auf einer Matte schlafen und bekommt seinen täglichen *millipapp* von uns mitgebracht, und die Norweger bezahlen ihm seine täglichen Zigaretten. Ipumbu ist eine Ausnahme. Normalerweise bleiben die alten Menschen bis zu ihrem Tod in ihrer Sippe. Deutschland ist ein reiches Land», fuhr sie unbekümmert fort, «was macht ihr mit euren Alten?»

«Die meisten kommen in ein extra für sie bestimmtes Haus und werden dort versorgt», sagte Sole zögernd, denn sie wusste plötzlich, was kam.

«Nur Alte, keine Jungen dabei? Und wer bringt den Jungen das Wissen bei, das sich die Alten von ihren Alten und die wieder von ihren Vorfahren erworben haben?»

«Bei uns ist es anders», meldete sich Hannes hinter der Kamera zu Wort.

«Wir setzen auf eine moderne zukunftsorientierte Erziehung. Also haben wir Schulen, in jeder Stadt und für jedes Kind. Danach gehen sie in die Lehre oder auf die Universität, um einen Beruf zu erlernen. Ich, zum Beispiel, habe gerade mein Studium beendet und darf jetzt als Lehrer die Kinder in einer dieser Schulen unterrichten.»

Rachel sagte nichts und wandte sich Richard zu.

«Sehen wir uns heute Abend?»

«Natürlich», rief Sole und stellte sich neben Richard, «wir können alle miteinander essen.»

Die junge Frau dachte einen Moment nach.

«Gern, aber dann in meinem Haus, *ongulohi okuningina kwetango.*»

Sole sah Richard fragend an.

«Am Abend, bei Sonnenuntergang», übersetzte er.

Als Richard sie und Hannes nach dem Essen zum Rastplatz zurückbrachte, meinte er etwas verlegen, dass es sich nicht mehr lohnen würde, ein Feuer anzumachen.

«Ihr solltet schlafen gehen», schlug er vor. «Morgen möchte ich euch in aller Frühe in das *Weißen-Museum* führen, damit wir vor der Mittagshitze wieder zurück sind. Am Nachmittag will ich euch die Umgebung zeigen, ein verstecktes Wasserloch und natürlich die Mine, die alles und jeden hier ernährt.»

Hannes ging sofort darauf ein und begann, die Zahnbürsten mit Creme zu bestreichen und abgekochtes Wasser in die Gläser zu gießen. Wenn er mir vorschlagen sollte, vor dem Aufstieg ins Bett noch einmal hinter den Strauch zu gehen, oder mich sogar zum Pipimachen anzuhalten wie es früher die Kindermädchen gemacht haben, schreie ich, dachte Sole und kniff die Augen zusammen.

«Haben wir noch Wein?», fragte sie und griff in die *coolbox.* Bei Rachel hatte es keinen Alkohol gegeben, nur diesen komischen *rooisbos*-Tee, der nach allen afrikanischen Wurzeln schmeckte, obwohl er aus irgendeinem Grünstrauch gemacht wird.

Richard reichte ihr ein Glas und Sole schenkte es sich voll. Wortlos setzte sie sich auf einen der beinlosen Stühle, rutschte ein wenig nach vorn, damit sie den Kopf flach liegen hatte und betrachtete die Sterne. Richard schnappte sich den Falthocker und setzte sich nahe an sie heran. Er zupfte einen angeblichen Käfer von ihrer Schulter, etwas, was er noch nie getan hatte, und sagte beiläufig: «Ich habe Rachel seit vier Wochen nicht mehr gesehen. Ich weiß nicht, ob ich in sie verliebt bin, aber wir können wunderbar miteinander schlafen. Hast du etwas dagegen, wenn ich dich für einige Stunden mit Hannes allein lasse?»

Sole sah ihn entgeistert an.

«Wenn du ohne mich Angst hast, bleibe ich natürlich.»

«Quatsch», entgegnete sie, «geh, ich wünsche dir viel Vergnügen.»

Er flüsterte nahe an ihrem Ohr. «Danke. Vielleicht würde sich auch Hannes über eine diesbezügliche Reiseunterbrechung freuen. Ich lege noch eine Flasche Wein kühl und komme etwas später.»

Er verschwand geräuschlos in der Dunkelheit, und in der gleichen Sekunde rief Hannes zärtlich von oben: «Bumsi, kommst du ins Bett?»

«Nein», antwortete sie, und ihre Stimme war unpersönlich und spröde. Sie verschränkte die Arme unter ihrem Kopf und versuchte, sich an den Sonnenuntergang zu erinnern, an seine kraftvolle Farbe, die Wärme und den leichten Wind, der zum Abschluss dieses Schauspiels sanft über sie hinweggestrichen war. Ich werde morgen versuchen, mit der Kamera diese Stimmung einzufangen, dachte sie und wusste in der gleichen Sekunde, dass jedes Bemühen um Ablenkung umsonst war.

Denn sie sah nur Rachel vor sich.

Verführerisch nackt, wie sie im Dunkeln auf *ihn* warten würde.

Man wird das Weiß in ihren Augen sehen können, dachte sie, und wenn sie lacht, auch das Weiß ihrer Zähne. Ich habe gar keine Haustür gesehen. Sie können sich doch nicht bei offener Tür lieben.

Ihr kleines Steinhaus war schief und unverputzt gewesen. Rachel hatte eine Leiter gegen die Außenwand gestellt, und sie hatten den Sonnenuntergang vom Dach ihres Hauses aus beobachtet. Dann waren sie hineingegangen, und sie hatte stolz die drei ineinander gehenden Zimmer gezeigt. Die Fenster waren offen, nein, es waren eigentlich nur offene Löcher, und auf dem unebenen Betonboden eines Zimmers standen Kerzenstummel, die gegen den Wind und die anfliegenden Moskitos kämpften.

Wo stand eigentlich ihr Bett?

Natürlich, Hannes saß darauf, und das Gestell quietschte, wenn er sich bewegte. Sole hatte nichts essen können. Sie hatte Richard und Rachel in enger Umarmung hinter dem Haus stehen sehen und war zurückgeprallt, wollte wieder in das Haus, aber die dunkle geheimnisvolle Leidenschaft der beiden hatte sie eingeholt, überfallen und verletzt. Ja, sie war verletzt, denn sie fühlte sich von Richard verlassen. Oder nicht? Als beide wieder in das Zimmer traten, konnte sie ihnen nicht in die Augen sehen. Fremde Frauen traten ein und verschwanden hinter dem Vorhang. Mein Haus hat die einzige Toilette hier, hatte Rachel stolz gesagt. Und meine Freundinnen – nicht ihre Männer, dürfen sie benutzen. Sie dürfen sich auch in der Waschschüssel die Hände waschen. Es ist bei mir genauso wie in dem Farmhaus, wo ich aufgewachsen bin.

Und dann war der Mond in das Zimmer getreten, weiß und mächtig. Der Freund der Verliebten, und sie hatte sich entsetzlich allein gefühlt.

«Richard hat sich ja eine tolle Maus angelacht. Kompliment, sie passen gut zusammen», kam leise lachend Hannes Stimme von oben, und dann fuhr sie bettelnd fort: «Bumsi, so komm doch endlich!»

Sole presste die Lippen aufeinander und blieb sitzen.

5 Drei Grünschoten

Richard pfiff fröhlich etwas aus dem Gewittertempo der *Pastorale**.

«Du stammst nicht zufällig aus Omaruru und weißt es nicht?»

«Warum?»

Soles Stimme war aggressiv. Sie wusste es und konnte es trotzdem nicht verhindern.

«Omaruru ist ein Wort aus der Herero-Sprache und heißt frei übersetzt Dickmilch, nein, *bittere* Dickmilch. Um diese Ortschaft herum wächst eine besondere Pflanze, und wird sie von den Rindern abgeweidet, bekommt deren Milch einen leicht bitteren Geschmack. Sole, du wunderschönes deutsches Mädchen, ich finde, auf deinem Gesicht spaziert heute ein bitterer Geschmack.»

Hannes saß auf dem Rücksitz und meinte spitz: «Stimmt, sie war schon mal lustiger.»

Er ärgerte sich noch immer über ihre gestrige Ablehnung. Blöd war er sich vorgekommen, weil Richard Fakten geschaffen und er sich bei Sole ein barsches *Nein* eingehandelt hatte. Nach einer Pause fragte Hannes: «War es schön gestern?», und klopfte Richard kameradschaftlich auf die Schulter.

«Ja», antwortete Richard und schielte auf Sole, «ich hab es dir schon einmal gesagt, ich kann mir nicht vorstellen, Liebe mit einer weißen Frau zu machen, und Rachel ist im Moment das Tollste in Schwarz, was hier herumrennt. Sie ist gebildet, sieht umwerfend aus, hat einen guten Job und» – jetzt lachte er laut – «ist scharf auf mich wie ein Versicherungsvertreter West auf einen Versicherungsnehmer Ost im Jahr Eins nach der deutschen Wiedervereinigung.»

«Es waren einmal fünf grüne Erbsen in einer grünen Erbsenschote, und da glaubten alle fünf, dass die Welt grün sei. Was will ich mit diesen Worten eines großen Märchenerzählers Hans Christian Andersen sagen?»

* Sinfonie von Beethoven

Sole setzte sich auf dem Beifahrersitz quer, so dass sie beide Männer ansehen konnte.

«Wir mögen alle grün sein und alle aus einer Schote kommen», sagte sie würdevoll, «für mich aber, offensichtlich im Gegensatz zu euch beiden, ist die Welt nicht nur grün. Sie ist bunt, sehr vielseitig und hat hoffentlich noch eine Menge mit mir vor.»

«Wer mit den Hunden schläft, kriegt auch deren Flöhe», reagierte Hannes mit verstellter, tiefer Stimme auf ihre Worte, und Richard brüllte dazwischen: «Früh krümmt sich Hänschen, der ein Hans werden will.»

Plötzlich drosselte er abrupt die Geschwindigkeit, bremste zusätzlich leicht ab und legte den Geländegang ein. Vorsichtig fuhr er durch eine tiefe Sandmulde.

«Ich muss jetzt aufpassen», sagte er, «der Sand beginnt hier schwer und damit tückisch zu werden. Wenn wir hier stecken bleiben, kann uns nur eine Garage in Rundu helfen. Du hast Recht, Sole Schuler, das mit Rachel gestern war nicht in Ordnung. Als Afrika noch wild war, lange bevor die weißen Frauen mit ihrer Moral kamen, war das alles ganz normal. Aber jetzt leben wir in anderen Zeiten. Deine afrikanische Grünschote verspricht dir hiermit, nie mehr während unserer *pad* mit einer Frau zu schlafen, es sei denn, du erlaubst es ausdrücklich.»

Sie ist wirklich sauer, dachte er erstaunt.

Sole hörte sehr wohl den Spott aus seinen Worten, aber dann lachte sie, und er fiel mit ein. Auch Hannes lachte, und irgendwie spürte jeder, dass alles wieder in Ordnung war.

Sie hatten am frühen Morgen Tsumeb verlassen, in Grootfontein noch einmal getankt und die Wasserkanister aufgefüllt. Sole verschwand mit dem Geschirrkorb in der Damentoilette der Tankstelle, und Hannes wurde mit der Einkaufsliste und dem Müllsack zum Entsorgen in den Supermarkt geschickt.

Die Umgebung veränderte sich. Allmählich ging sie in eine lockere Savanne über, mit hohem silbrigem Gras, das sich leicht im trockenen Ostwind bewegte. Vereinzelt trafen sie auf große kräftige Bäume mit weit verästelten Kronen, und wenn sie weit genug von der Schotterstraße entfernt standen, konnte man kleinere Antilopen in ihren Schatten liegen sehen. Stunde um Stunde fuhren sie unter glühender Sonne durch fast unberührte Landschaften. Sie begegneten nicht einem einzigen Auto. Wenn Richard einen besonders dichten Laubbaum sah, hielt er an, um in seinem Schatten kühles Wasser auszuteilen. Hannes machte dann sofort mindestens zwanzig Kniebeugen, und Sole hantierte an ihrer Kamera. Sie fotografierte den Himmel, mal mit, mal ohne Horizont, die Landschaft, das Auto, die Rastplätze. Meistens mit Richard auf dem Bild, der es nicht bemerken wollte.

Am frühen Nachmittag passierten sie eine kleine Siedlung, und Sole winkte den Kindern zu, die vor den Hütten spielten und sie und den Wagen neugierig betrachteten.

«Halt an», bat sie Richard, «ich möchte ihnen Bonbons geben», und kramte in der Reisetasche.

«Sie werden gleich alle aus den Hütten angerannt kommen», warnte er, aber Sole hatte schon die Wagentür geöffnet und war hinausgesprungen.

«Hannes, mach Fotos», schrie sie, «mit mindestens zwanzig Kindern drauf. Ich will mir dann ein Foto vergrößern lassen», und nahm den kleinsten Bonbonjäger auf den Arm. Innerhalb von Sekunden kamen laut schreiend Frauen aus den Hütten gelaufen und umringten Sole mit zornig erhobenen Fäusten. Hilflos hielt sie das kleine schwarze Kind hoch und blickte ängstlich um sich. Richard hatte den Motor abgestellt und rannte auf sie zu. Er nahm ihr den Jungen ab und reichte ihn einer Frau, die ihn, Sole immer noch böse betrachtend, sofort an die Brust legte.

«Gib mir eines der Salzsäckchen», rief er Hannes zu, «sie liegen in der Box unterhalb deines Sitzes. Wir müssen die Leute besänftigen.» Als er das Salz in der Hand hatte, übergab er es in demütiger Geste der jungen Mutter.

«Habe ich etwas falsch gemacht?», fragte Sole verwirrt, als sie wieder im Wagen saßen und die Eingeborenensiedlung hinter ihnen lag.

«Falsch oder richtig, wer will das beurteilen. Auch hier kann man von einer weißen und schwarzen Version ausgehen», antwortete der Afrikaner. «*Du* wolltest ihnen etwas schenken, *sie* hatten Angst, dass du vielleicht ein Kind entführen wolltest. Sole, wenn du das nächste Mal ein gutes Fotomotiv siehst, kneif mich, und ich werde dir bei der Umsetzung deiner Wünsche behilflich sein. Dann allerdings in afrikanischer Langsamkeit, damit keiner erschrickt. Hannes», rief er nach hinten, «schlag in deinem Buch den *baobab*-Baum auf. Gleich zeige ich euch einen Giganten unter den *Affenbrotbäumen*, wie man ihn auch nennt. Er hat nicht weniger als zweiunddreißig Meter Umfang. Seine Jugend dauert nun schon zweihundertsiebzig Jahre, und richtig erwachsen soll er angeblich mit viertausend menschlichen Lebensjahren sein. Wie alt er heute ist, kann keiner sagen. Ein afrikanisches Geheimnis.»

Er bog in eine Lichtung ein, schaltete den Motor ab, und seine Worte klangen jetzt feierlich. «Grünschoten, hier steht der letzte Dinosaurier der Pflanzenwelt –»

«Wie eine Elefantenhaut», staunte Sole. Sie war ausgestiegen und schlug mit beiden Händen gegen den wulstigen Stamm.

«Mach Fotos, Hannes, geh ganz nah ran. Du, Richard, komm zu mir. Leg deinen Arm um mich, nein, besser ist, du nimmst mich richtig in den Arm. Hannes geh weiter weg, damit du mehr Natur in die Optik bekommst. Noch weiter», rief sie aufgeregt, «hast du?», und ergriff Richards Hand.

«Wir stellen uns jetzt breitbeinig hin, als müssten wir uns gegen einen Orkan stemmen.»

«Warum dieser ganze Zirkus?», rief Hannes hinter dem Fotoapparat, ging aber folgsam nach vorne und dann wieder zurück.

«Mein Gott, damit Action in die Fotos kommt.»

Sole verzog den Mund. Sie hielt die Hand von Richard fest, der jetzt mit kleinen steifen Schritten um sie herumtänzelte.

«Missis», quiekte er mit hoher Stimme, «bitte, bitte, den lieben Richard nicht schlagen.»

Sole ließ sofort seine Hand los.

«*Oonzi*, du spinnst», sagte sie, und ihr fiel ein, dass sie es schon einmal gesagt hatte. Sie war verlegen. «Ich wollte doch nur originelle Fotos von uns haben. Das ist übrigens mein Beruf. Phantasie plus Können. Ich muss einfach anders und besser sein, als die Konkurrenz. Es ist die einzige Chance aus dem großen Feld des Mittelmaßes herauszukommen.»

Sie wollten drei Tage in dem Gebiet der *San* bleiben und von ihrem Rastplatz aus in die Tierreservate fahren. Diesmal war es Hannes, der den richtigen Rastplatz fand. Einen Baum für die Dusche, zwei kleine Sträucher für den diskreten Schutz der Toilette und eine kleine überschaubare Lichtung für das Auto und ihr offenes Schlafzimmer.

Die Dusche war erfrischend gewesen, und Richard bot die vorbereiteten Drinks zum Sonnenuntergang an. In vielerlei Tonlagen zwitscherten die Vögel in der untergehenden Sonne, zusammen mit den Oktaven der Grillen.

Sole war ungewohnt schweigsam. Sie stieg mit ihrem Weinglas auf das Dach des Autos, zog ihre Beine an und legte den Kopf auf die Knie. Richard betrachtete sie mit einem kurzen prüfenden Blick, um dann weiter über dem Feuer die Fleischspieße zu braten. Er hatte schon vorher in die Glut Kartoffeln in Folie gelegt, Tomaten und Gurken aufgeschnitten und gewürzt auf drei Tellern angerichtet.

Hannes saß auf dem Boden und hatte seine Beine von sich gestreckt. Interessiert blätterte er in einem Reiseführer und trank seinen Whisky. Es war sehr friedlich in der zusammengewürfelten Gemeinschaft auf Zeit, und als die Dunkelheit langsam auf die Erde fiel und alle Tierstimmen endgültig verstummten, sagte Richard in die Stille hinein: «Ich beginne mich bei euch wohl zu fühlen. Danke.»

Er meinte es in diesem Moment wirklich ehrlich. So friedlich und ohne Spannung war es in den vier Tagen, die sie zusammen waren, noch nie gewesen. Weshalb Sole am Abend so still war, konnte er sich nicht erklären. Vielleicht war es doch Panik gewesen, als sie von den Frauen fast angefallen wurde, überlegte er. Aber warum fragt sie auch nicht vorher. Sole ist eine typische emanzipierte Europäerin. Sie beschließt etwas, und alle müssen folgen. Und dann ihre Eifersucht auf Rachel. Was ging sie sein Liebesleben an? Sie sollte sich um ihres kümmern.

Seiner Meinung nach stimmt da einiges nicht.

Denn als er in der Nacht zurückgekommen war und nach oben stieg, hatte er gesehen, dass Hannes und sie Rücken an Rücken in ihren Schlafsäcken lagen. Verwundert hatte er den Kopf geschüttelt, vielleicht weil er immer noch Rachels Weichheit spürte.

Am nächsten Tag fuhren sie zu der kleinen Siedlung von *Buschmannsleuten*, die abgeschieden im Busch lag. Richard erzählte im leichten Plauderton, dass er vor einem Jahr in Windhoek einen jungen *San* vor dem Angriff Jugendlicher beschützt hatte. Da er in dieser Zeit ohne Auftrag gewesen war, hatte er ihn aus Neugierde nach Hause gefahren. «Er war abgehauen, wollte in die große Welt, aber als er wie ein Häufchen Elend neben mir saß, wollte er nur noch eines: nach Hause.» Aufmerksam betrachtete Richard die Gegend. «Und das war das Schwierigste. Er fand nämlich nicht mehr zu seinen Hütten zurück. Wir haben zwei Tage gebraucht, um sie zu finden.»

Abrupt bog Richard nach rechts ab und lenkte den Wagen vorsichtig durch das Gebüsch. «Hatje hat er geheißen und war der geliebte Enkelsohn der alten Frau, die das Sagen hatte. Ich konnte ihre Schnalzsprache kaum verstehen, merkte aber, dass sie sehr dankbar waren, dass der Junge wieder zurück war. Die Frau hat mir eine Frucht aus ihrem Anbau geschenkt und erklärt, dass ich immer zurückkommen könne. Friedlich und als Freund.»

Richard sagte nicht, dass er dieses Angebot bereits zweimal mit amerikanischen Touristen in Anspruch genommen hatte. Es war für beide Gruppen ein gelungener Ausflug gewesen, weil diese Eigenborenenfamilie aus dem *San*-Stamm wirklich noch so lebte wie vor hundert oder mehr Jahren.

Als sie bei der kleinen Hüttenansiedlung eintrafen, war Sole sehr interessiert, und Richard glaubte, eine neue Ruhe bei ihr zu bemerken. Sie hockte sich vor einigen Frauen nieder, um mit ihnen gestikulierend zu reden, und lachte etwas verlegen, als eine ihre Hand ergriff und auf ihren Leib legte, was wohl bedeuten sollte, dass sie schwanger war.

«Kann ich ihnen nicht etwas schenken», rief sie Richard zu, während Hannes alles filmte.

Richard kroch in den Wagen und zerrte zwei Kartons hervor, in denen die *Gastgeschenke* lagen. Sole war ihm nachgegangen, und sie entschieden sich für Tabak und Kerzen wie auch für eines der begehrten Säckchen mit Salz.

«Du bist sicher, dass ich mich mit diesen Gaben nicht als Schwiegertochter in die Sippe einkaufe?», fragte sie. Sie wusste nicht, warum, aber plötzlich strich sie Richard leicht mit der Hand über die Wange. In diesem Moment steckte Hannes seinen Kopf durch den Türeingang. Noch als sie zum Ausgang robbte, hörte Richard, wie Hannes sie scharf ansprach, und als sie in Richtung Hütte gingen, sah er, wie sie unwillig seine Hand abschüttelte.

Das ging nicht von mir aus, also ist es auch nicht mein Problem, dachte er, schloss das Auto ab und schlenderte hinter ihnen her.

«Bevor ein *Buschmann* verdurstet, destilliert er seinen Urin zu einem Überlebensgetränk.» Richard fuhr in der letzten Stunde des Sonnenlichts langsam zu ihrem Rastplatz zurück.

«Wollt ihr wissen, wie?», fragte er freundlich.

Keine Antwort, Hannes und Sole starrten in verschiedenen Richtungen aus dem Auto, also sprach er weiter.

«Sie schneiden eine so genannte Auffangrinne in den Rand einer Melonenhälfte, und die stülpen sie über die Kuhle mit ihrem Urin, so dass durch Verdunstung und Kondensation ein Getränk entsteht.»

«Wenn sie Melonen haben, brauchen sie doch nicht zu verdursten», sagte Hannes etwas verächtlich.

«Auf diesen Einwand habe ich gewartet. Stimmt, Herr Oberstudienrat. Die zweite und am häufigsten praktizierte Möglichkeit ist, wenn man den unverdauten Mageninhalt eines erjagten Tieres durch ein Grasgeflecht presst –»

Sole hatte sich die Hand auf den Mund gelegt und sah Richard entsetzt an.

Richard redete weiter in die trotzige Stille hinein. Er wusste nicht, ob er sie erreichte, aber er war der Meinung, dass diese verwöhnten deutschen Kinder alles Wichtige aus seinem Land erfahren sollten. Vielleicht würden sie dann sich selbst nicht mehr so wichtig nehmen.

«Unsere *San* sind Künstler im Überleben», fuhr er fort, «wobei ihr traditionelles Leben mehr und mehr zerfällt. Auf der einen Seite ist es eine Chance für einen Neuanfang, auf der anderen ist es auch das Ende einer Traumzeit. Bleibt zu hoffen, dass ihre Kinder regelmäßig die Schule besuchen und lesen und schreiben lernen. Nur so können sie mündig werden und später ihre eigenen und die Interessen ihrer Väter in einem modernen Namibia vertreten.»

Er bog den Buschweg zu ihrem Lager ein. «Gleich sind wir wieder in unserer eigenen Zivilsation. Dort gibt es Wein und schöne Abendstimmung. Wer geht zuerst unter die Dusche?»

Auch während des Essens herrschte Schweigen, und der Afrikaner gab den Versuch auf, so zu tun, als ob alles in Ordnung sei. Unbemerkt kramte er den mit Batterie laufenden, kleinen CD-Player mit den beiden Lautsprechern aus dem Fundus hervor, und stellte ihn unter das Auto. Er legte Rachmaninows *Thema für Paganini* auf und ging vor den ersten Klängen schnell auf seinen Platz zurück. Es war, als ob eine mächtige Musik einen mächtigen Dom erfüllte. Sole lächelte erstaunt, während Hannes etwas in sich hineinbrummte und, ohne die beiden zu beachten, die Eisenleiter hochkletterte und sich in seinen Schlafsack legte.

«Darf ich sehen, was du sonst noch hast?», fragte Sole leise.

Richard holte den kleinen Holzkasten und breitete vor Sole die zurückgelassenen CD-Scheiben der italienischen Vorbesitzer aus. Sie griff nach der *Pastorale.*

«Die hast du doch neulich gepfiffen», sagte sie lächelnd, «ich mag sie auch sehr gerne.»

Sie redeten nicht mehr miteinander, sondern lauschten beiden Konzerten bis zum Ende, jeder den eigenen Gedanken nachhängend.

Als das fürchterliche Heulen der Hyänen in der Stille der Nacht ertönte, schreckten sie hoch.

Sole klammerte sich an Richard. «Gott im Himmel, was passiert hier?», schrie sie, und Hannes sprang über ihre Matratze hinweg und griff nach Richards Gewehr.

«Ruhe», donnerte Richard, «es sind nur Hyänen, die das Fleisch von heute Abend gewittert haben«, und mit seiner ganzen Autorität herrschte er Hannes an: «Gib mir das Gewehr, sofort.»

In diesem Augenblick entdeckte Sole die hässlichen Tiere. Fünf, sechs, sieben gekrümmte graue Körper strichen um die Sitze und scharrten mit den Pfoten im erloschenen Feuer. Im fahlen Licht des Mondes wirkten sie noch unheimlicher. Sie warfen ihre Köpfe zurück und rissen ihre Mäuler auf. Von den spitzen gelben Zähnen tropfte der Geifer, und die Lichter in ihren Augen glitzerten tückisch.

In Panik krallte Sole sich an dem Afrikaner fest. Richard wollte Hannes das Gewehr aus der Hand nehmen, aber Hannes schüttelte seine Hand ab und hielt den Lauf in Richtung auf eines der Tiere.

«Nicht», schrie Richard, aber schon hatte Hannes auf den Abzug gedrückt und mit einem ohrenbetäubenden Knall löste sich der Schuss. Der Rückschlag schleuderte Hannes gegen das Dachgeländer. Im Fallen zog er noch ein zweites Mal ab. Sofort stoben die haarigen Tiere auseinander und jagten in heller Aufregung davon. Deutlich hörte man in der ruhigen Nacht ihre dumpfen Tritte, das Brechen der Zweige, als sie in den Busch eintauchten, und wenig später in der Ferne ihr aufgeregtes Keckern und Fauchen. Erschöpft und zitternd glitt Sole auf ihre Matratze zurück.

«Sind wir etwa *Kaffer**, dass du diesen Scheiß mit uns machst», brüllte Hannes unbeherrscht.

«Wer wollte denn das große Abenteuer erleben? Den afrikanischen Busch abseits von der *pad*?», brüllte Richard zurück. «Afrika ist keine Hauptstraße in irgendeiner westdeutschen Großstadt. Und im Übrigen, ist irgendeiner von uns angegriffen oder gar verletzt worden?»

Plötzlich hasste er Hannes, mehr noch, er hasste den weißen Mann. Sie sind alle gleich, dachte er, überheblich und ungerecht. Und in diesem Fall ging es gar nicht um die Hyänen, es ging um Sole. Es war Eifersucht.

«Du Idiot», sagte Sole ruhig zu Hannes, und es lag so viel Verachtung in ihrer Stimme, dass Richard innehielt.

«Sprecht euch aus», sagte er kurz und bemühte sich um Fassung, «ich gehe zwischenzeitlich mit der Taschenlampe spazieren», und nahm Hannes das Gewehr aus der Hand. Er stieg die Leiter hinab und holte sich die Jacke aus dem Auto. Noch nach fünfzig Metern hörte er die beiden Stimmen. Hell und dunkel und beide sehr wütend. So weit konnte er sich gar nicht entfernen, als dass ihm die Vorwürfe nicht deutlich hörbar nacheilten, und ihn einholten.

* Schimpfname, obwohl es einen Stamm mit dieser Bezeichnung gibt

Plötzlich horchte er auf, denn es war sein Name gefallen. Er wusste sofort, dass offensichtlich die Bürde der Schuld auf seine Schultern gepackt werden sollte.

Richard wusste, dass es falsch war, aber er rannte zum Wagen zurück, stieg die Leiter nach oben und brüllte empört: «Aber nicht mit mir.»

6 Erster Ärger im Paradies

Alle drei hatten die Nacht entweder gar nicht oder nur schlecht geschlafen, und noch vor der Morgendämmerung hatte der Afrikaner vorgeschlagen, in den Busch zu gehen, um dort vielleicht wilde Tiere bei der ersten Äsung anzutreffen und zu beobachten. Er wollte auch ihnen und sich Abstand von den vielen bösen Worten verschaffen, aber er befürchtete, dass der Krieg zwischen Sole und Hannes weitergehen würde. Spätestens dann, wenn die Kraft zurückgekehrt war, die sich mit der Erinnerung aus der Vergangenheit und dem Hass der Gegenwart zu einer unseligen Gemeinschaft verschwören würde.

Die sanft gewellte Landschaft schimmerte grünlich, und der Morgentau glitzerte im ersten Licht. Sie liefen vielleicht eine halbe Stunde, als Richard etwas bemerkte, den Finger auf die Lippen legte und nach vorne zeigte.

Eine Herde Gämsböcke setzte sich vom Horizont ab und lief wie im Zeitlupentempo über das karge Buschland auf sie zu. Drei, vier, zehn weibliche Tiere mit ihren Kälbern und dazwischen der starke Bulle, der mit seinen langen spitzen Hörnern bedrohlich nach einem jüngeren Bock schlug. Sie sahen, wie er aufgeregt eine kleine Gruppe umkreiste und das letzte Tier im schnellen Lauf wie zufällig berührte, um dann wieder an die Spitze zu preschen und die Führerschaft zu übernehmen.

Richard entfaltete zwischen den hängenden Akazienzweigen geräuschlos zwei Sitzstöcke und drehte sich zu Sole und Hannes um.

«Oryx nennen wir diese Antilopenart. In ihrer Farbanordnung sehen sie wie Opernbesucher aus, die zum Wiener Neujahrsempfang den Frack angelegt haben. Am Kopf und an den Läufen ähneln sie wieder den Zebras. Man sollte aber großen Respekt vor ihren gefährlichen Hörnern haben.»

Er machte eine Pause.

«Es sind schöne Tiere. So ein Bulle kann bis zu fünfundzwanzig Jahre alt werden. Mein Gott» – und seine Stimme klang sarkastisch –, «und die verbringt er fast immer im Kampf mit irgendwelchen Nebenbuhlern.»

Hannes sah ihn wütend an, sagte aber nichts.

«Setzt euch, wir bleiben eine Weile hier», raunte er ihnen zu, aber Hannes drehte sich abrupt um und schlug die Richtung zum Camp ein, das jetzt etwas mehr als zwei Kilometer von ihnen entfernt lag.

«Hannes, so komm doch.» Richard lief ihm hinterher und versuchte, seiner Stimme einen versöhnlichen Klang zu geben. «Wir reden nachher über alles. Lass uns jetzt den Frieden des frühen Morgens genießen, der uns die Gelegenheit geben kann, wieder normal zu werden.»

«Geh mir bloß aus dem Weg», zischte Hannes, «du willst mir mein Mädchen nehmen und verarschst mich. Dieses ganze Getue, dass ihr hier an euch habt. Du hast doch gehört, was sie gestern gesagt hat. Was mir fehlt, und was du angeblich hast.»

Er ließ ihn stehen und ging unversöhnlich weiter.

«Folge nie einer Ziege, denn sie wird dich an den Rand eines Abgrunds führen», murmelte Richard und setzte sich seufzend wieder zu Sole. Er nahm ihr das Fernglas aus der Hand und wanderte mit den Augen langsam die Gegend ab. «Folge stattdessen einem Esel, denn er wird dich am Abend in das nächste Dorf führen.» Er blickte sie an. «Meine Großmutter benützt diesen Vergleich, wenn sie nicht weiter weiß.»

Nach einer Pause sagte er: «Ich finde es einfach beschissen, wie wir uns alle benehmen.»

«Überall ist Soll und Haben», bemerkte Sole leise, und ihre Stimme klang niedergeschlagen, «aber der Fehler liegt einzig und allein bei mir. Ich hätte nicht mit ihm nach Afrika fahren sollen. Ich hätte auch vor zwei Jahren nicht mehr als Freundschaft zulassen dürfen, damals, als ich die Krise hatte und als er begann, mein Leben zur eigenen Sache zu machen, hätte ich einschreiten müssen. Hätte, hätte, hätte, ich habe alles schleifen lassen. Hannes hat sich die große Liebe eingebildet, aber es gibt sie nicht zwischen uns. Wir sind viel zu verschieden. Dankbarkeit und Freundschaft von meiner Seite aus, ja, aber das reicht nicht aus für eine gemeinsame Zukunft.»

«Na ja», meinte Richard und blickte kurz auf die Uhr, «wenn du das alles so genau weißt, solltest du es ihm auch sagen. In aller Freundschaft und Deutlichkeit. Ich werde euch beim Abendessen allein lassen, aber in der Nähe bleiben. Für alle Fälle.»

Sole schlang ihre Arme um die Knie.

«Vielleicht hat mir Afrika die Augen geöffnet», flüsterte sie. «Diese unglaubliche Natur und die vielen guten Gedanken, die ich hier habe. Ich bin mir jetzt sicher, dass ein gemeinsames Leben mit Hannes für mich nicht in Frage kommt. Ich bekomme einfach Angst bei der Vorstellung, dass unter seiner Regie mein Alltag, mein ganzes Leben aufgeteilt wird zwischen dem, was man macht, und dem, was *man* nicht macht. Ich möchte in meinem Beruf weiterkommen. Vielleicht auch für ein oder zwei Jahre nach Amerika gehen –»

«Und warum hast du mich gestreichelt?», fragte Richard.

Sole lächelte. «Ich hatte davor auch Hannes gestreichelt, und da war nichts. Dann habe ich mir gedacht, jetzt musst du noch einen zweiten Mann streicheln, und wenn da auch nichts ist, hast du ein Problem.»

«Und?»

«Es gibt kein Problem», sagte Sole leise und wandte den Kopf ab.

«Psscht.» Richard legte ihr seinen Zeigefinger nicht direkt auf die Lippen, hielt ihn ein Stück davor, und wies auf ein Jungtier, das sich ihnen gegen den Wind genähert hatte. Sole konnte sehen, dass es sich am Hinterlauf verletzt hatte. Vielleicht war es in ein Erdloch getreten oder im Sprung irgendwo hängen geblieben. Es humpelte über die Ebene, begleitet von zwei Artgenossen, die ihm wie zur Beruhigung mit dem Kopf leicht über den Rücken strichen.

«Wenn der Bulle aufpasst, wird es den Tag überleben», meinte der Afrikaner, «aber nicht die Nacht.» Er fügte hinzu: «Der Tod kommt in Afrika meistens in der Nacht.»

«Warum sagst du so etwas?», fragte Sole verwirrt, «sind wir in Gefahr?»

Ernst sagte der Afrikaner: «Wenn wir uns nicht zusammennehmen, werden wir unsere Stärke verlieren. Afrika vergisst und vergibt keine Schwäche.»

Ein Streifen Sonnenlicht legte sich quer über den Boden. Übermüdet reckte sich Sole.

«Es ist so friedlich hier.» Ihre Stimme klang sehnsüchtig. «Der afrikanische Tag hat auf mich eine heilende Wirkung. Die Farben der Natur sind warm und weich, man will sie mit den Händen greifen wollen.»

Sie blickte Richard aus ihren großen blauen Augen an.

«Es gibt Menschen, die haben weder Fehler noch Vorzüge. Man riecht sie auch nicht, und man überhört ihre Schritte, ähnlich wie beim Zeck in *Parfum*. Hannes ist so», sagte sie versonnen. «Er ist nicht schlecht, ganz bestimmt nicht, aber ich kann ihn nicht so lieben wie er es sich wünscht.» Heftiger, als sie wollte, fügte sie hinzu: «Du hast nichts damit zu tun.»

Plötzlich wurde ihr Gesicht weiß. Sie wollte aufstehen, fiel aber dann zur Seite, und heiße Flüssigkeit strömte gurgelnd aus ihrem Mund. Richard sprang zu ihr hin und hielt ihr den Kopf. Sole würgte, und neue Flüssigkeit verließ ihren Körper. Richard zog sein Taschentuch aus der Hosentasche und hielt es unter die Wasserflasche. Dann nahm er sie in den Arm und drückte ihr den nassen Lappen gegen den Nacken.

«Wir haben hier keine Moskitos. Ein Malariaanfall kann es also nicht sein. Hast du vielleicht etwas Verkehrtes gegessen?»

«Der Ärger mit Hannes, meine Situation hier mit ihm, und das alles mit Kaffee zugeschüttet.» Sole sprach mühsam und schämte sich wegen ihres Atems, der säuerlich roch.

«Hannes ist ein Speerträger, immer gewesen. Ich will aber einen Häuptling. Also habe *ich* doch ein Problem.» Trotzig blickte sie Richard an. «Bin ich jetzt gemein?»

«Das kann man wohl sagen. Und egoistisch, selbstsüchtig, unchristlich und grenzenlos anmaßend. So können nur schöne weiße europäische Frauen sein. Aber, wenn es dir hilft, ich an deiner Stelle würde auch so denken.» Jetzt grinste Richard.

«Gib ihm das Gefühl, dass er der Kasper ist. Der ist nämlich auf der Bühne immer der Gute und Starke und zum Schluss auch der Gewinner. Diese Erfahrung ist mir auf deutschen Jahrmärkten beigebracht worden. Kasper, Rübezahl, Gendarm, Großmutter und Teufel. Mein Gott, wie lange ist das schon her.»

«So habe ich diese Figur noch nie gesehen. Bist du sicher, dass er sie mir nicht um die Ohren schlägt?» Mit einem Lächeln versuchte sich Sole aufzusetzen.

Langsam gingen sie zum Camp zurück. Hannes saß, an einen Baum gelehnt, und hielt eine Bierdose in der Hand. Um ihn herum lagen bereits drei leere Dosen. Sole ging sofort zu ihm hin und berührte sanft seine Schulter.

«Es ist meine Schuld», sagte sie einfach.

«Quatsch», entgegnete Hannes, «wenn wir wieder in Deutschland sind, ist alles wieder in Ordnung. Wir werden heiraten, und ich werde aufpassen, dass dir nichts passiert. Wir werden Kinder haben, und du wirst an meiner Seite ein schönes Leben führen. Und alles Unangenehme, das wir hier in Afrika erleben mussten, wird aus unserer Erinnerung gestrichen.»

Sole presste die Lippen zusammen.

«Richard», rief sie aufreizend langsam, «ich würde vorschlagen, dass wir die ersten vier Wochen hier in Namibia bleiben. Dann möchte ich, dass du uns über den *Caprivi*-Zipfel nach Botswana fährst und anschließend vielleicht ein bisschen durch Zimbabwe. Ich habe zwar meinen Eltern versprochen, Weihnachten wieder zu Hause zu sein, aber ich glaube, sie werden nichts dagegen haben, wenn ich erst Anfang des nächsten Jahres zurückkomme.»

«Hast *du* denn gar nichts verstanden?», brüllte Hannes, «wir fahren zurück nach Deutschland. Und zwar so schnell wie möglich. Punkt und Schluss.»

«Hast *du* denn gar nichts verstanden», brüllte Sole zurück, «*du* fährst vielleicht zurück, aber *ich* bleibe hier. Mit Sicherheit. Auch Punkt und Schluss.»

Hannes stand auf und stellte sich vor Sole hin.

«Du», zischte er, «du bist verliebt in diesen schwarzen Affen. Ich gebe dir jetzt einen guten Rat. Werde wieder normal, damit ich dir verzeihen kann.»

«Hannes», Sole bemühte sich um eine ruhige Stimme, «ich muss dir etwas sagen. Ich kann dich nicht heiraten. Da ich dir kein Jawort gegeben habe, kann ich dir auch keines zurückgeben. Wir passen nicht zusammen. Das ist mir hier bewusst geworden. Nein, ich bin nicht in Richard verliebt. Ja, es ist ein tolles Land, und das Leben im Busch ist für mich das Aufregendste, was ich bisher erlebt habe. Nein, du kannst und darfst nichts mehr für mich tun, denn ich nehme hier und heute mein Leben wieder in eigene Hände. Lass uns in Freundschaft auseinander gehen, damit unsere Würde nicht leidet. Bitte», fügte sie hinzu und legte ihre Hand auf seinen Arm.

Hannes sah sie entgeistert an. Der ungewohnte Alkoholgenuss am frühen Morgen lähmte seine Gedanken. Er wandte sich abrupt ab und lief davon.

«Er wird wiederkommen.»

Richard drehte die kleinen Fleischspießchen über dem Feuer hin und her.

«Löwen gibt es hier nicht. Auch keine Ortschaft in der Nähe. Hannes wird vielleicht irgendwo sitzen und uns beobachten. Wann war er das letzte Mal so kindisch?»

«Ich habe ihn so eigentlich noch nie erlebt», sagte Sole, «und ich fühle mich ziemlich beschissen.»

«Das glaube ich dir sogar», sagte die Gestalt, die aus dem Dunkel in den hellen Schein des Feuers trat. Hannes' Augen hatten einen eigenartigen Glanz, und seine Bewegungen wirkten zerfahren. Er setzte sich neben Sole und schwieg.

«Wir könnten heute hier in dieser Gegend herumfahren», meinte Richard beim Frühstück. «Ich zeige euch noch einiges, und morgen brechen wir unser Camp hier ab und fahren weiter.»

Er stand auf und schenkte Hannes Kaffee nach. Demonstrativ schüttete Hannes seine Tasse aus und nahm ihm die Kanne aus der Hand.

«Ich für meinen Teil meine, wir haben genug gesehen und sollten weiterfahren, und zwar in Richtung Windhoek», sagte er und goss sich jetzt selbst Kaffee nach. Sole sah ihn entgeistert an.

«Wollen Mister Hannes abreisen vor Lokusgang», Richard betrachtete ihn scheinbar gleichgültig, «und was will Mister Hannes machen, bis dummer schwarzer Boy alles verräumt hat?»

«Du kannst dir diesen Scheiß sparen», entgegnete Hannes Speer scharf. «Im Übrigen möchte ich, dass du mich mit meinem Familiennamen anredest. Meinen Vornamen dürfen nämlich nur meine Freunde benutzen.»

«Hannes», rief Sole empört, «geht es dir nicht gut?»

«Besser, als ihr beide denkt.»

Wütend sprang er auf, ging zu seiner Tasche und zog ein Buch heraus.

«Ich bin im Busch, ruft nach mir, wenn ihr fertig seid.»

«Nicht ärgern», flüsterte Richard, «sieh doch nur», und er zeigte auf einen Vogel, der sich unter eine Ringelschotenakazie gestellt hatte und sie neugierig beobachtete.

«Es ist eine Nilgans, eigentlich kein schöner Vogel, aber er –»

«Er hat einen aufregenden Namen», sagte Sole, und in ihren Augen standen Tränen.

«Er klingt nach Abenteuer, nach verborgenen Schätzen und Liebe in einem schattigen Zelt an einem heißen Nachmittag in Ägypten.»

«Du weißt immer Vergleiche.» Richard lächelte.

«Lass mich irgendwann wissen, wie du dich bezüglich der Rückreise entschieden hast. Es braucht nicht heute zu sein, aber bitte, *bevor* du dich entschließt, Hannes umzubringen.»

«Ach, kannst du nicht mal ernst sein?» Sole zog die Nase hoch und lächelte ihn dankbar an. «Lass uns heute abfahren, ich will ihn nicht weiter reizen.»

«Okay, Lady, so soll es geschehen.»

7 Die Schlange

Hannes hatte die Landkarte auf dem Sandboden ausgebreitet und unten und oben mit einem Stein beschwert. Trotzdem riss der Wind an dem Papier, und so stützte er zusätzlich eine Hand darauf, während er mit dem Finger der anderen auf den eingezeichneten Weg wies. «Wir nehmen jetzt den direkten Buschweg nach Otavi und dann weiter über Otjiwarongo nach Swakopmund und anschließend Windhoek.»

Er blickte den Afrikaner an.

«Wenn du dich etwas beeilst, können wir schon heute Abend am Meer sein. Ich kann dich am Steuer ablösen, zumindest wenn wir wieder auf der Teerstraße sind.» Und an Sole gerichtet: «Morgen kannst du dann schon im Atlantik schwimmen. Das würde dir doch Spaß machen, oder?»

«Nein», sagte Sole ruhig, «unser Plan war anders. Von den *San* in das Gebiet der *Ovahimba,* von dort zu den *Herero* und dann zu den *Ovambo.* Dann an die Skeleton-Coast, durch die Wüste und dann erst nach Swakopmund.»

«Ich halte es so für besser», sagte Hannes kurz und faltete die Karte zusammen.

«Ich aber nicht», sagte Sole leise und sehr höflich, und ihre Stimme hatte plötzlich den Ton ihres Vaters angenommen, den er bei strengster Zurechtweisung anwandte.

«Hör zu, Hannes, ich gebe dir genau eine Minute Zeit, in das Team zurückzukehren. Wir werden neu beginnen. In Freundschaft. Wenn du aber Krieg haben willst, ich schwöre dir, dann bekommst du ihn auch.»

Hannes sah sie an.

«Du wolltest es nicht anders, vergiss das nie.» Mit einem Satz sprang er zum Wagen und riss das Gewehr aus der Halterung. Er legte sich den Riemen quer über die Brust, drehte sich zu den beiden um und meinte kalt: «Die Munition ist schon seit gestern in meiner Hosentasche, so wie auch das Gewehr geladen ist. Ich schlage vor, Richard beginnt umgehend mit dem Zusammenräumen und –» Irritiert schaute er auf den Afrikaner, der plötzlich wild gestikulierend mit den Händen in der Luft herumfuchtelte und Worte kreischte, deren Sinn er nicht verstand. Unschlüssig betrachtete er ihn, und genau diese Sekunde benutzte Richard, sich gegen ihn zu werfen und ihm das Gewehr vom Körper zu reißen. Er packte es am Lauf und wirbelte den Kolben über den Kopf von Hannes, der stolperte und hinfiel.

«Wenn ich zuschlage, bleibt nicht mehr viel von dir übrig, dummer weißer Mann», sagte er voller Verachtung, und hängte sich ruhig das Gewehr über.

«Wer von euch beiden bestimmt die Richtung? Ich bin bezahlt worden, Weisung anzunehmen, euch zu begleiten und zu beschützen, ich lass mich aber nicht bedrohen. Von mir aus können wir auch den Job beenden und direkt nach Windhoek zurückfahren. Dort könnt ihr euch dann in aller Ruhe gegenseitig umbringen.»

Sole begann: «Ich –»

«Mwena», fuhr Richard sie an, *«oviaha ngavi kohwe.»* In seiner Erregtheit fiel er in seine Muttersprache zurück. Schnell verbesserte er sich: «Halt den Mund und fang endlich an, das Geschirr in den Korb zu stellen. Wir wollen abfahren.»

Wütend ging er zum Auto.

Der Wagen ruckelte langsam durch den roten Sand, so als pflüge er mit aller Vorsicht ein wertvolles Stück Land um. Richard hielt mit einer Hand das Lenkrad, während er halb aus dem Seitenfenster hing, um die Beschaffenheit des Bodens besser kontrollieren zu können. Seine Augen waren zusammengekniffen, und mehrfach stoppte er abrupt, setzte zurück und fuhr dann vorsichtig um eine tückische Sandkuhle herum, die sich unmittelbar vor den Rädern befunden hatte. Erst am frühen Nachmittag machte er die erste Rast. Er stellte den Wagen unter einen Baum, zog den Schlüssel ab und ließ ihn in die Hosentasche gleiten. Dabei sah er Hannes an.

Sole hatte sich ein Stück von dem Auto entfernt. Ihr war wieder schlecht. Nicht die Hitze bedrückte sie, sondern diese entsetzliche Stimmung zwischen ihnen. Erschöpft ließ sie sich auf den Boden nieder und lehnte sich an einen roten Stein. Er konnte noch nicht lange im Schatten liegen, denn er war noch warm, was zusammen mit dem kühlen Wind angenehm war. Sie löste die Wasserflasche von dem Riemen, der ihre Shorts festhielt, öffnete sie und bog den Kopf nach hinten, um besser trinken zu können. Als sie wieder absetzte, bemerkte sie, dass sich unmittelbar vor ihr ein krummer Stock aufrichtete. Er sah wie ein hastig hingekritzeltes *S* aus und hatte die Farbe der abgestorbenen Äste, wie sie überall herumlagen. Sole wusste sofort, dass sie von der Gefahr eingeholt worden war. Die Augen, die sie betrachteten, waren kalt und angriffslustig. Unendlich langsam bog Sole den Kopf in Richtung der beiden Männer. Bitte, bitte, Richard, sieh zu mir herüber, betete sie. Die Angst schnürte ihr die Kehle zu und griff eisig nach ihrem Herzen.

Die Vibration der Schritte und der fremde Geruch hatten die Schlange aus ihrer Ruhe hochschnellen lassen. Sie fauchte leise und wand sich vor Sole hin und her wie ein Baumschössling im leichten Wind seines zweiten Sommers, unschlüssig über den Zeitpunkt des Angriffs.

Routinemäßig prüfte Richard die Umgebung, und sein Blick blieb zufällig an Sole hängen. Später würde er sagen, dass es Intuition gewesen war, weil er ihre Anwesenheit vermisst hatte, und mit ihr die Fröhlichkeit, die es nicht mehr zwischen ihnen gab.

«Bleib ruhig, bewege dich nicht», flüsterte er und bückte sich. Der große Stein schlug unmittelbar hinter dem Reptil auf, das sich blitzschnell von Sole abwandte, hin zu der neuen Gefahr. In der gleichen Sekunde war der Afrikaner bei Sole und riss sie hoch.

Hannes hatte von allem nichts mitbekommen, aber als er Sole in den Armen von Richard in vermeintlich inniger Umarmung langsam rückwärts gehen sah, war ihm, als würde etwas in seinem Inneren explodieren. In voller Wut lief er schreiend auf beide los.

«Hannes, nicht, bleib stehen», rief ihm Richard heiser entgegen. Entsetzt bekam er mit, wie das warnende Fauchen der Schlange in dem wütenden Keuchen des Deutschen unterging. Ihre Giftzähne stießen blitzschnell zu, als Hannes den Arm des Afrikaners ergriffen hatte. Er wollte, *musste* ihn von Sole trennen, und mit einem Schrei brach er zusammen.

«Fahr schneller», wimmerte Sole, «du bist zu langsam.»

Sie nahm das Handtuch und tauchte es in die Schüssel mit dem

Eiswasser, wrang es aus und legte es wieder auf die Stirn von Hannes. Immer und immer wieder strich sie über seinen Arm, seinen Kopf, der auf ihrem Schoß lag, und sein Gesicht. Hannes war bei Bewusstsein, aber er hatte starke Schmerzen.

«Wir brauchen nur noch eine Stunde», flüsterte Sole, «dann sind wir in Grootfontein. Dort gibt es einen Arzt. Nur noch eine Stunde. Hab keine Angst. Es war eine Puffotter, und mit dem Serum, das dir Richard gespritzt hat, wirst du nicht sterben.»

Hannes röchelte einige Wörter.

«Ich verstehe dich nicht.» Sie hielt ihr Ohr an seinen Mund.

«Heiratest du mich, wenn ich das überstehe?»

Der Mann schaute sie flehentlich aus kranken Augen an. Sole schluckte.

«Natürlich», flüsterte sie, «aber bleib ruhig und reg dich nicht auf.»

Sie schloss die Augen, aber die Bilder verfolgten sie. Der Blick der Schlange, ihre Wut, als sie merkte, dass es nicht ihr Sieg sein sollte. Wie im Film rollte der Moment immer und immer wieder ab. Hannes, der sie voller Verachtung ansah und sie aus dem Arm von Richard zerren wollte. Dann, wie sich das Maul des Reptils öffnete, der obere Teil des Körpers nach vorne schnellte, und schließlich ihr Biss in die Wade von Hannes. Wie sich sein Gesichtsausdruck veränderte, wie er sie ungläubig betrachtete und sie in seinen Augen lesen konnte, dass er in dieser Sekunde begriff, dass er ihr Unrecht – ihnen dreien Unrecht getan hatte.

Aber es war zu spät. Sie sah, wie sich die Puffotter umdrehte und davonglitt. Auch der entsetzte Hannes sah es und auch Richard, der fassungslos neben ihnen stand.

Sie war wie paralysiert gewesen, aber der Afrikaner war in der gleichen Sekunde zum Auto gestürmt, hatte Gepäck, Ausrüstung, Konserven im Wageninneren beiseite gezerrt, bis er den Kasten fand, der das Serum enthielt. Sie sah, wie er noch im Laufen die Spritze aufzog. «Bind ihm den Arm ab», hatte er geschrien und ihr den Gummigurt in den Schoß geworfen. Hannes lag mit aufgerissenen Augen und völlig verzerrtem Gesicht auf dem Boden, und seine Fingernägel hatten sich schmerzhaft in ihren Arm gekrallt.

Entsetzt hatten Richard und sie zusehen müssen, wie das Gift langsam zu wirken begann, und das Serum, das Richard gespritzt hatte, kraftlos zu sein schien.

Einem Wirbelwind gleich war Richard durch die Campanlage gelaufen, und hatte alles, was ihm in die Hände fiel, in das Auto geworfen.

«Du bleibst bei ihm sitzen», hatte er Sole angewiesen, «berühre ihn, sprich mit ihm, mach ihm Mut, *nur* halte ihn wach. Wir können in zwei Stunden in Grootfontein sein. Dort gibt es eine Klinik.»

Dann hatten sie Hannes gemeinsam auf den Rücksitz gebettet und waren losgefahren.

Der Arzt betrachtete Sole und Richard prüfend, und sie wunderte sich über seine hohe Stimme, die so gar nicht zu seiner schwarzen Haut passen wollte.

«I must give him morphium against the pains. In three days we will know more. May I have a look for the packaging of your serum?», wandte er sich an Richard.

«Ich bleibe heute Nacht bei ihm», sagte Sole.

«*Wir* bleiben bei ihm», korrigierte sie Richard, «ich hole unsere Schlafsäcke», und verließ das Zimmer.

«Eure afrikanischen Nächte sind seltsam rücksichtslos.»

Müde und resigniert lag Sole in ihrem Schlafsack und hatte ihre Arme über ihr Gesicht gelegt. «Der vergangene Tag interessiert sie nicht, noch weniger der kommende. Ein geschlossener Kosmos, der einfach macht, was er will. Mein Gott, wann und warum sind bei Hannes diese Aggressionen entstanden?»

Richard konnte ihre Worte mehr erahnen, als verstehen. Er wusste aber, dass die junge Frau seelisch am Ende war. Er beugte sich zu ihr hinüber und nahm ihre Hand.

«Ich hätte es wissen müssen», sagte er mit gepresster Stimme. «Gereizte Männer sind wie gereizte Kobras. Ich habe das in seinem Fall ignoriert. Die Sache mit der Puffotter war ein Zufall, es hat wirklich nichts mit dir oder ihm oder mir zu tun. Er hatte einfach *bad luck.* du trägst weder Schuld noch Verantwortung. Versuche jetzt zu schlafen. Ich wache die ersten drei Stunden, dann wirst du mich ablösen, den frühen Morgen übernehme ich wieder. Ich verspreche dir, dass ich dich sofort wecken werde, wenn irgendetwas sein sollte.»

Richard sah ihren zweifelnden Blick. «Vertrau mir endlich. Ich bin zwar *nur* ein Afrikaner und noch dazu schwarz, aber alles passiert in meinem Land, und da weiß ich eben eine ganze Menge mehr als eine deutsche Touristin.»

«Ich glaub dir ja», sagte Sole und lächelte gequält, «danke.»

Sie drehte sich in ihrem Schlafsack um, und kurze Zeit später hörte Richard an ihrem Atem, dass sie eingeschlafen war. Shit, dachte er und setzte sich auf den Stuhl. Er riss die Augen auf und hielt sie starr geradeaus gerichtet, so wie er es immer machte, wenn er nachdenken musste. Er seufzte tief und versuchte, sein Problem auf den Punkt zu bringen.

Ich sollte beide nach Windhoek bringen, so schnell wie möglich. Und noch schneller in eine Maschine nach Deutschland setzen.

Er stützte seinen Kopf in die Hände. So konnte er besser über den Atem von Hannes wachen.

Der nächste Tag brachte keine Veränderung. Hannes war oft nicht bei Bewusstsein und stöhnte wirre Worte. Sole saß an seinem Bett und hielt ihm die Hand. Richard wusch ihn mehrfach und zog ihm dann ein frisches T-Shirt an. Die Sachen nahm er sofort zum Waschen mit ins Auto.

«Du kannst diesem Krankenhaus keine Verantwortung für irgendeine Hygiene überlassen», sagte er mahnend zu Sole, «wasch dir möglichst oft im Auto die Hände. Ich stell eine Schüssel mit Wasser, Seife und Handtuch auf den Vordersitz. Einer muss immer bei ihm bleiben. Ich werde für uns Suppen kochen, und du wirst ihn füttern. Er muss viel trinken, er wirkt jetzt schon ausgemergelt. Wenn er halbwegs wach ist, musst du ihm den Becher an den Mund halten. Jeder Tropfen, den er behält, ist lebenswichtig. Um alles andere kümmere ich mich. Wenn der Arzt ihm eine Spritze geben will, verhindere es. Er muss mit meinen Einwegspritzen arbeiten.»

Er machte eine Pause und legte kurz die Hand auf ihre Schulter.

«Sole, eines sollte klar sein zwischen uns, wenn morgen keine Besserung eingetreten ist, muss ich deinen Vater benachrichtigen.»

Am Abend stieg das Fieber höher und höher, dann stand es nur noch einen winzigen Strich unter der Zweiundvierzig-Grad-Anzeige.

«Wenn ich Fieber hatte», erinnerte sich Sole angstvoll, «bekam ich immer kalte Wadenwickel und einen Waschlappen ins Genick.»

«Mach es bei ihm auch», sagte Richard kurz, «ich sorge für das Eiswasser.»

Wie besprochen, wechselten sie sich bei der Wache ab. Hin und wieder verschwand Richard, und Sole wusste, dass er dann mit dem Auto wild durch die Gegend fuhr, damit die *coolbox* neues Eis produzierte, eine Zigarette nach der anderen rauchte und vor Sorgen die Hände ineinander schlang, dass die Knochen leise knackten.

Der Morgen graute, und Sole bemerkte, dass Hannes wach war. Sie sprach leise mit ihm, redete von unwichtigen Dingen aus der Vergangenheit, stellte vorsichtig Fragen und berührte sanft mit ihren Fingern seinen Mund, die Wangen und die Augen.

«Du wirst wieder gesund», sagte sie zuversichtlich und drückte leicht seine Hand, «nimm dir alle Zeit, die du brauchst. Richard und ich passen auf dich auf.»

«Wo bin ich?», fragte Hannes mühsam und fiel sofort erschöpft wieder in das Dunkel zurück.

Am Mittag war das Fieber etwas gesunken, aber Hannes ging es weiterhin sehr schlecht. Schweißgebadet lag er auf der Pritsche, und seine Glieder zuckten unkontrolliert.

«Es ist das Nervengift dieser verdammten Puffotter», sagte Richard, und zum ersten Mal hörte Sole Verzweiflung aus seiner Stimme. Sie wollten Hannes zwingen zu trinken, aber er stieß ihnen den Becher aus den Händen.

«Ich muss einen Zitronenbaum suchen», sagte Richard. «Zitronen sind das Beste, was es gibt. Wir werden sie in Scheiben schneiden und ihm zwischen die Zähne stecken. Und wir werden ihren Saft seinem Trinkwasser beigeben.»

«Soll nicht ich besser suchen gehen?», fragte Sole, «ein Zitronenbaum wird bestimmt nur im Garten eines Weißen zu finden sein, und der könnte sich zu einem Arsch entwickeln, wenn er dich sieht.»

Richard schaute sie spöttisch an.

«Glaubst du wirklich, ich frage um Erlaubnis?» Er drehte sich um und verließ das Zimmer.

Der Arzt kam am späten Nachmittag, und Sole reichte ihm die Einwegspritze. Seine schwarze Hand zupfte am Augenlid des unruhig Schlafenden, fühlte den Puls und drückte die Haut um die Bisswunde herum.

«He will be okay», sagte er und zwinkerte mit dem Auge, «but it needs minimum three weeks.»

«Drei Wochen hier?» Entsetzt betrachtete Sole ihn und seine Hand, die blitzschnell in den Ausschnitt ihres Shirts glitt und an ihren Brustwarzen kratzte. «Au», brüllte Sole, sprang hoch und schlug ihm ins Gesicht.

Hasserfüllt sah sie der Mann an.

«This you will regret», zischte er, «today your lover is still alive, but tomorrow –».

Er ging zur Tür und prallte mit Richard zusammen. Beide Männer sahen sich kurz an.

«Richard», rief Sole anklagend, «stell dir vor, der Typ wollte mir an die Wäsche und hat sogar gedroht, dass Hannes zwar heute noch leben würde, aber morgen – und das mit einem großen Fragezeichen.»

«War es so oder vielleicht ähnlich, oder bildest du dir das nur ein?»

Der Afrikaner zog ein Messer aus der Hosentasche und schnitt eine Zitrone auf.

«Herrgott, ich bin weder hysterisch noch prüde, aber Mann, Tag und Uhrzeit bestimme immer noch ich.» Sole nahm eine Scheibe und schob sie vorsichtig zwischen die Zähne von Hannes. «Wenn du aber meinst, dass die Angelegenheit mit meiner Ohrfeige erledigt ist, soll es mir auch recht sein.»

«Du hast ihn geschlagen?»

«Voll in seine Fresse», sagte Sole und tupfte die Stirn von Hannes ab, «ich lass mich nämlich nicht anfassen. Der kann froh sein, dass ich mich nicht an seinen Eiern vergriffen habe.»

Sie sah Richard triumphierend an.

«Ich habe in Düsseldorf einen Verteidigungskurs bei der Polizei gemacht. Ich weiß, wo es einem Mann gut tut, aber verdammt, ich weiß auch, wie es wehtun kann.»

Richard stand auf. «Wirf alles, was uns gehört, in die Krankenhausdecke, wir lassen sie später draußen liegen. Hilf mir aber vorher, Hannes auf meinen Rücken zu hieven. Wir gehen sofort zum Auto. Du bleibst dicht hinter mir. Hier ist der Schlüssel. Du sperrst den Wagen auf. Vergiss nichts, wir können nicht mehr zurück.»

«Aber warum?»

«Weil du sehr wahrscheinlich heute Nacht von mindestens fünf Männern vergewaltigt wirst, wenn wir nicht sofort das Weite suchen. Ein oder zwei Männer könnte ich vielleicht aufhalten, aber dann würden sie mich fertig machen, und vielleicht auch Hannes. Und deinen Zustand, solltest du die Nacht überleben, will ich gar nicht beschreiben. Nun komm schon, wir haben wenig Zeit.»

Sie hatten Hannes auf dem Rücksitz des Wagens mit Decken, Kleidung und Wäsche ein weiches Bett bereitet, aber trotzdem stöhnte er bei jedem Ruckeln, bei jeder Unebenheit auf der Straße.

«Wir fahren nach Windhoek», hatte ihm Sole ins Ohr geflüstert. «Es gibt dort eine Privatklinik, in der du besser aufgehoben bist.»

Er hob schwach die Hand und wandte erschöpft den Kopf ab. Sole sah, dass er kurz davor war, wieder ohnmächtig zu werden. Erst weiter hinter Grootfontein redete Richard wieder mit ihr.

«Kühle seine Stirn, den Nacken und mach jede Stunde deine Wadenwickel», ordnete er an. «Wir haben mindestens tausend Kilometer zu fahren, also zehn Stunden und mehr, denn es wird bald dunkel, und da kann ich nicht so schnell fahren. Das Fieber darf nicht wieder so hoch steigen. Hat ihm das Schwein eine Spritze gegeben?»

«Ja», antwortete Sole.

«Scheiße», sagte Richard nach längerem Schweigen, «Scheiße, Scheiße und noch mal Scheiße.»

Er trommelte auf das Lenkrad.

«Es tut mir Leid», sagte Sole kleinlaut, «vielleicht hätte ich nicht so reagieren sollen.»

«Quatsch, meinst du, ich würde es zulassen, dass dich so ein dreckiger Arsch mit seinen dreckigen Pfoten betatscht?»

Er grinste sie an.

«Du bist eben zu hübsch für Afrika. Hätte Rachel sich nicht meiner angenommen, na, ich weiß nicht –»

«Das war mal wieder das richtige Wort zum richtigen Zeitpunkt. Danke, Mister, für deine Sensibilität.»

Sole kniff die Lippen zusammen, setzte sich die Sonnenbrille auf und wandte den Kopf ab. Das monotone Rütteln machte sie müde, und sie schloss die Augen. Irgendwann in der Nacht wurde sie von Richard geweckt.

«Sorry für Rachel», flüsterte er, «du musst Hannes wieder kühlen, und er muss trinken. Komm, ich helfe dir.»

Richard hatte rot geränderte Augen, und Sole erkannte, dass er furchtbar erschöpft war. Der Schlaf hatte ihr gut getan und sie hatte auch wieder ihre Fassung zurückbekommen.

«Du setzt dich jetzt auf den Beifahrersitz und schläfst», sagte sie bestimmt. «Ich kümmere mich um Hannes, und danach fahre ich für eine Stunde.»

Plötzlich hatte sie ein gutes Gefühl. Hannes wird es überleben, da war sie sich ganz sicher. Sanft legte sie Richards Jacke, die er ihr gegen die Kühle der Nacht über die Schultern gelegt hatte, auf den Sitz zurück und griff nach der Wasserflasche.

Um sechs Uhr waren sie überstürzt aus Grootfontein abgefahren, und kurz nach acht Uhr am Morgen fuhren sie hupend vor der Notaufnahme der Klinik in Windhoek vor.

«Arrangiere du alles», hatte Richard noch auf der Fahrt Sole gebeten. «Deine Hautfarbe eignet sich besser für die Aufnahmeformalitäten. Sag ihnen den Namen des Medikaments, wie viele Spritzen er bekommen hat, aber erwähne, um Gottes willen, nicht, weshalb wir aus dem Krankenhaus in Grootfontein abgehauen sind. Sag einfach, du wolltest einen zweiten Arzt hinzuziehen. Du findest mich auf dem Parkplatz. Ich versuche, einen schattigen Platz zu bekommen, und werde schlafen. Später überlegen wir gemeinsam, was weiter getan werden muss. Okay?»

«Okay, Mister», sagte Sole und rannte laut rufend in die Notaufnahme.

Es dauerte keine halbe Stunde, und Hannes lag gewaschen in einem sauberen Bett. Er war zwar wach, aber seine Augen zuckten irritiert hin und her. Sole war die ganze Zeit über nicht von seiner Seite gewichen. Wenn sie spürte, dass sich sein Zustand verschlechterte, nahm sie seine Hand und drückte sie beruhigend. Fast bekam sie Streit mit einer Ärztin, als diese die Spritze setzen wollte.

«Take mine», sagte sie bestimmt.

Die Ärztin nahm sie und antwortete pikiert: «We have the same, because this is a good clinic in european standard. For this, you can be sure.»

«Sorry», meinte Sole unerbittlich und ignorierte jeden weiteren Protest. Als Hannes nach den Untersuchungen wieder in sein Zimmer gefahren wurde, lag sie, zusammengerollt wie eine Katze, tief schlafend auf einem Handtuch vor seinem Bett.

«Man hat mir ein Zimmer für *Mutter und Kind* angeboten, so kann ich heute Nacht bei Hannes schlafen. Morgen, wenn alle Untersuchungen ausgewertet sind, spreche ich mit dem Chefarzt, und dann weiß ich Bescheid. Schenk mir bitte noch Wein nach.»

«Du bist gleich besoffen», sagte Richard müde und goss nach.

Sole hatte darauf bestanden, dass Richard einen Tisch für zwei Personen im *Kalahari Sands* reservierte. Sie wollte jedem satten Weißen zeigen, dass er ihr Freund und seine Hautfarbe für sie, Sole Schuler, Normalität war. Aber sie spürte sofort, dass Richard ihr nur zögernd in den eleganten Speisesaal folgte, und sofort tat es ihr Leid, dass sie ihn dazu gezwungen hatte. *Ich habe keine Lust, mit den Mariannes dieses Landes aneinander zu geraten.* Er hat um Rücksicht gebeten, und ich habe seine Bitte ignoriert, dachte sie betroffen.

«Wirst du deinen Vater benachrichtigen?», fragte Richard.

«Um Himmels willen, nein. Der bringt es fertig, die Bundeswehr zu mobilisieren, um uns nach Hause zu holen.» Sole betrachtete Richard verstohlen. Wieder hatte sie das Bedürfnis, sein Gesicht zu streicheln, wie vor einigen Tagen, als sie bei den San waren.

«Das war ein Scherz, *oonzi,* Herr von vielen Schafen. Aber um ehrlich zu sein, wenn Papa nur eine Ahnung hätte, dass irgendetwas nicht in Ordnung sein könnte, würde er Himmel und Hölle in Bewegung setzen, um zu erreichen, dass wir zurückkommen. Hallo, Grünschote, hier sitze ich.»

Sole knuffte ihn.

«Du selbst hast es heute Morgen angeordnet. Entschieden wird erst, wenn wir genau wissen, was mit Hannes los ist.»

«Ist schon gut», sagte Richard, «lass uns jetzt gehen.»

«Er ist nicht mehr in Lebensgefahr, aber er sollte mindestens noch drei Wochen hier im Krankenhaus zur Beobachtung bleiben, oder aber, wenn der Kreislauf stabil und das Fieber gesunken ist, nach Deutschland zurückfliegen und dort in eine Klinik gehen.»

Der Arzt gab der Schwester das Krankenblatt zurück. Seine Stirn war gerunzelt.

«Mit dem Nervengift einer Puffotter ist nicht zu spaßen.» Er schaute Sole ernst an. «Madame, entscheiden Sie gemeinsam mit Ihrem Mann, und lassen Sie es mich wissen. Sie können jederzeit hier schlafen.»

Er machte eine leichte Verbeugung und verließ das Zimmer.

«Wo ist Richard?», fragte Hannes mit schwacher Stimme.

«Draußen auf dem Parkplatz», antwortete Sole.

«Hol ihn her. Ich möchte mit euch beiden reden.»

Hannes ließ sich das Kopfgestell des Bettes etwas höher stellen.

«Ich war ein Idiot. Ich habe als Mann und Freund alle Fehler gemacht, die man machen kann. Sole, ich entschuldige mich bei dir, aber auch bei dir, Richard. Nein, sagt jetzt nichts, hört mir nur zu. Ich werde wieder gesund, das weiß ich. Es kostet aber Zeit. Und es gibt nichts Schlimmeres, als einer Frau, die man liebt, eine solche Warterei zuzumuten. Ich will das allein schaffen.» Erschöpft hielt

Hannes inne und griff mühsam nach dem Glas Wasser, das auf dem Nachttisch stand.

«Richard, ich bitte dich, sei wieder ein Freund, *mein* Freund. Ich vertraue dir Sole an. Reise mit ihr durch Namibia, so wie es geplant war. Von der ersten Sekunde an war sie in dieses Land und seine Farben vernarrt. Ich habe es nicht akzeptieren wollen. Vielleicht kommt ihr ab und zu durch Windhoek, und dann könnt ihr euch von meinen Fortschritten überzeugen.»

Das lange Sprechen hatte Hannes angestrengt. Erschöpft ließ er sich tiefer in das Bett gleiten. Sofort war Sole bei ihm und stellte den Kopfteil wieder flach.

«Ich weiß nicht», sagte sie zögernd, «du könntest mich brauchen.»

Aber Hannes machte eine abwehrende Handbewegung und schaute Richard fragend an.

«Wir leben hier in Namibia im dritten Jahr der Unabhängigkeit.» Richards Stimme war ruhig, fast tonlos. «Ich selbst bin erst vor zwei Jahren mit anerzogener deutscher Mentalität zurückgekommen. Ich kann dir zwar versichern, dass an Sole nichts und niemand drankommt, dass ich sie wie meinen Augapfel hüten werde, und ich kann dir als Freund versichern, dass ich deine Liebe zu ihr respektiere. Das sagt dir der deutsche Richard. Trotz aller Liberalisierung ist es aber heute immer noch völlig unmöglich, dass ein schwarzer Mann mit einer weißen Frau wochenlang alleine durch das südliche Afrika fährt, läuft und lebt. Das sagt dir der afrikanische Richard. Der Tag würde aus tausend Konfrontationen bestehen. Weder Sole noch ich könnten auf die Dauer damit leben.»

«Ich habe gedacht, dass wir drei hier Lichtjahre von dem entfernt sind, was *man* denkt, wie *man* etwas sieht, warum *man* etwas macht», sagte Hannes müde.

Sole hatte sich mit einer Zeitung auf den Boden gesetzt, den Bettpfosten im Rücken, und stützte sich mit den nackten Füßen an der Wand ab.

«Wisst ihr, wie der Begriff ‹bis in die Puppen schlafen› entstanden ist?», fragte sie, ohne aufzusehen. «Es steht heute in der *Allgemeinen Zeitung*. Also, Friedrich der Große ließ im Berliner Tiergarten marmorne Standbilder errichten, die die Berliner *die Puppen* nannten. Der Weg dorthin erschien den Leuten damals noch recht lang. Deshalb redete man davon, *bis in die Puppen zu wandern.* Später übertrug man dieses Bild nicht nur auf räumliche, sondern auch auf zeitliche Entfernungen, also: *bis in die Puppen aufbleiben, bis in die Puppen schlafen* und so weiter. Ich für meinen Teil darf noch hinzufügen, *bis in die Puppen diskutieren* – und schon bin ich beim Thema.»

Sie faltete die Zeitung zusammen und warf sie in die Ecke.

«Darf ich einmal zwei Fragen stellen? Hannes, meinst du es ehrlich, oder schiebst du nur eine mitleidige Kugel? Und du, Richard, willst du dich drücken, oder sind deine Bedenken echt? Ich, Sole Schuler, glaube, dass es Hannes ernst meint. Immerhin kenne ich ihn schon mein ganzes Leben. Bei dir, Richard, bin ich mir nicht so sicher. Aber lass dir gesagt sein, bei meinem Selbstbewusstsein ist es mir völlig egal, was irgendwelche Leute von mir denken oder sagen, wenn ich mit einem Freund, der zufällig eine schwarze Hautfarbe hat, durch die Gegend ziehe. Hannes hat völlig Recht, *man* muss diesen Scheiß ändern, denn wenn *man* mit diesem Scheiß nicht irgendwann aufhört, hört dieser Scheiß überhaupt nicht auf.»

Sie stand auf und ging zu Hannes.

«Passt hier so viel Scheiße, oder muss ich meine Argumente neu formulieren?», fragte sie liebevoll.

Hannes lächelte schwach. «Du musst *ihn* fragen.»

Sole wandte sich an Richard.

«Ich komme dir entgegen. Wir nehmen ein Säckchen Ruß und einen fertig geflochtenen Haardutt mit, den es hier überall zu kaufen gibt. Droht Gefahr, aus der weißen oder schwarzen Ecke, verkleide ich mich eben als Rachel.»

«Du bist verrückt», sagte Richard. «Lass mir einige Tage Zeit, vielleicht finde ich noch einen zweiten Touristen, dann sind wir wenigstens zu dritt.»

«Entweder nimmst du mich allein, oder gar nicht.»

Sole stellte sich vor ihn hin, und Richard sah sehr wohl, dass ihre Fäuste geballt in den Taschen steckten. Ihre Augen blitzten. Mein Gott, diese Europäer, dachte er. Wenn sie erkennen, dass sie Mist gebaut haben, wollen sie sofort eine Korrektur, und zwar mit allen

Konsequenzen. Jesus, ich kann doch nicht mit dieser komplizierten Person alleine durch den Busch ziehen.

«Also, *oonzi,* Herr von vielen Schafen, entscheide dich.»

Gegen beide kam er nicht an, das wusste er und trat unschlüssig an das Fenster.

Sole setzte sich auf den einzigen Stuhl und verschränkte die Arme. Wäre Hannes gesund, würde er mir die Schuld geben, dass mich dieser Arsch so widerwärtig angefasst hat, dachte sie. *Ich* mache immer alle Männer mit meinen Augen verrückt und *ich* lege es immer darauf an, dass sie ausflippen. Das sind seine ständigen Vorwürfe. Richard ist viel cooler. Nicht ein Wort des Vorwurfs während der ganzen zwölfhundert Kilometer, die wir die afrikanische Landkarte heruntergefahren waren, um Hannes in ein anständiges Krankenhaus zu bringen. Deshalb traue ich mir dieses Reiseabenteuer mit ihm zu.

Hannes ist klug geworden. Ich an seiner Stelle hätte die gleichen Worte gewählt. Mir ist Afrika unter die Haut gegangen, ihm nicht. Ich liebe die Sonnenaufgänge, und noch mehr die Sonnenuntergänge, und ich kann mich an der Natur nicht satt sehen. Ich möchte Skizzen für Filmaufnahmen machen. Bestimmt lässt sich in Deutschland ein interessierter Produzent finden. Wäre die Tour normal weitergelaufen, Hannes hätte es zu verhindern gewusst, aber Richard, da bin ich mir sicher, wird mich unterstützen.

«Nun mach schon», drängte Hannes, und Sole war ihm dafür ausnahmsweise dankbar.

«Wir werden regelmäßig nach dir sehen, und Gnade dir Gott, du bummelst mit dem Gesundwerden», sagte Richard, absolut nicht überzeugt.

Sole stand auf und ging zu Hannes. Sie nahm ihn vorsichtig in den Arm und hauchte ihm einen Kuss auf die Stirn. «Wenn wir aus dem *Buschmanns*-Land zurück sind, kommen wir bei dir vorbei», sagte sie.

Abrupt wandte sie sich ab, presste eine Hand auf den Mund und rannte aus dem Zimmer. Mit letzter Kraft erreichte sie die Stationstoilette und erbrach sich. Diese Ausdünstungen von kranken Menschen kann ich einfach nicht vertragen, dachte sie voller Selbstmitleid und stützte sich gegen die Wand. Sie öffnete den

Wasserhahn und ließ kaltes Wasser über die Handgelenke laufen. Als sie später wieder ins Zimmer trat, stand Richard bei Hannes und hatte ihm die Hand auf die Schulter gelegt.

«Geht jetzt», sagte Hannes mit Nachdruck, und sein Gesicht glänzte vor Schweiß. «Geht als Freunde und kommt als Freunde wieder.» Sole hauchte ihm noch einen Kuss auf die Stirn und verließ das Zimmer. Sie war aufgeregt, und ihr Herz klopfte.

Die unermüdliche Sonne war inzwischen untergegangen, als Sole und Richard die nördliche Ausgangsstraße erreichten. Zuvor hatten sie in einem großen Laden eingekauft. Der portugiesische Besitzer war sehr nett gewesen und hatte nach einem Boy gerufen, der ihnen die Sachen an das Auto brachte. Richard war in das Innere des Wagens gesprungen und hatte die Dinge verstaut, die ihm der Junge reichte, während Sole ihre beiden Wasserflaschen neu füllte. Sie war nervös. Eine merkwürdige Spannung lag zwischen ihnen.

Richard war ungewohnt schweigsam, und Sole sagte auch nichts mehr. Als sie an der Tankstelle in Okahandja hielten, stieg sie aus und kam an sein Wagenfenster.

«Soll ich Karten kaufen? Ich könnte die Kilometer und die Zeit berechnen. Wäre das eine Hilfe für dich?» Der Afrikaner nickte kurz.

Jetzt weiß ich es, dachte sie. Richard und ich müssen eine neue Umgangsform finden, mit der wir klarkommen können. Ohne Hannes. Nur wir beide.

«Wir müssen uns Zeit lassen», sagte sie laut und sah ihn an. Ihr war bewusst, dass sie zum ersten Mal afrikanisch dachte. *Wir müssen uns Zeit lassen.*

«Ja», sagte Richard einsilbig.

Im Auto hing Benzingeruch. Der Boy hatte wohl beim Tanken etwas daneben fließen lassen. Sole wurde es sofort wieder schlecht, und Richard musste anhalten. Sie öffnete die Tür und übergab sich heftig.

«Langsam machst du mir aber Angst», sagte er und hielt ihr den Kopf.

«Quatsch», keuchte Sole schwach, «das sind die Nerven. Setz

mal alles auf eine Liste, was ich oder wir in den vergangenen Tagen erlebt haben. Du bist ein Mann, ich nur eine Frau, eine schwache, und noch dazu aus Europa.»

«Mein Gott, welch unerwartete Einsicht», murmelte er.

Kurz vor Omaruru fand Richard einen Rastplatz. Sole ging es wieder gut, und sie half ihm, die Sachen für die kommende Nacht herzurichten.

«Wir können es doch immer so machen», schlug sie ihm mit der sanftesten Stimme vor, die ihr zur Verfügung stand. «Wenn jeder seine Pflichten hat und tut, ist der Abend länger und schöner für beide.»

Richard knurrte etwas, was sie nicht verstand, da er ihr aber zeigte, wie die Stühle zum Sitzen stabilisiert wurden, ging sie davon aus, dass es eine Art von Zustimmung war.

«Bleib sitzen», ordnete er dann an, «und sprich mit deinem nervösen Magen. Sag ihm, dass er jetzt eine Kartoffelsuppe mit heilender Wirkung bekommt und dass wir von ihm erwarten, dass er ab morgen wieder in Ordnung ist.»

Sole antwortete mit Kleinmädchenstimme: «Ja doch, Mister.»

Die klassische Antwort eines schwarzen Arbeiters für seinen Herrn. Für Richard aber musste es die falscheste Antwort aller Zeiten gewesen sein, denn er brüllte plötzlich: «Hör endlich damit auf, das Thema *schwarz-weiß-und-umgekehrt* in unserem Umgang zu installieren.»

Sole sprang auf. Sie fühlte sich ungerecht zurechtgewiesen, mehr noch, die Verachtung in seinen Worten verletzte sie, tat ihr weh.

«Darf ich denn wenigstens das Wetter hier und jetzt erwähnen?»

Richard stellte den Topf mit der Suppe beiseite und kam langsam auf sie zu.

«Wir müssen lernen, wie wir miteinander umzugehen haben», sagte er heiser, und Sole hörte sehr wohl den bedrückten Ton in seiner Stimme. «Sonst kommen wir nicht klar.»

Sie starrte ihn an und konnte nicht verhindern, dass ihr die Tränen kamen. Zum ersten Mal bekam sie Angst, dass alles schief gehen könnte.

«Wie denn, wenn du so bescheuert bist?»

«Ach, du verrückte deutsche Grünschote», sagte der Afrikaner und nahm sie in den Arm.

«Wir werden zusammen üben, üben und nochmals üben müssen, damit wir uns irgendwann ganz normal begegnen können.»

«Sei doch nicht immer so unerbittlich mir gegenüber.» Jetzt heulte Sole richtig, das Gesicht an seine Schulter gepresst. Es tat ihr gut, dass seine Arme immer noch um sie geschlungen waren.

«Es war wohl alles ein bisschen viel.» Richard streichelte ihr über den Kopf. «Eigentlich der richtige Anlass für einen Schokoladenpudding zum Nachtisch. Schokolade beruhigt die Nerven, und wenn wir beide gegessen haben, reden wir weiter.»

Später saßen sie friedlich am Feuer. Richard hatte Sole ein Gestell gebaut, damit sie ihre Beine bequem ausstrecken konnte. Er saß links von ihr und war plötzlich so nett zu ihr, dass sie fast misstrauisch wurde. Sie sagte es ihm, und endlich lachte er wieder. Da wussten beide, dass sie auf dem besten Weg waren, ihr Problem in den Griff zu bekommen.

«Step by step», sagte Sole zu ihm, und Richard wusste sofort, was sie meinte.

«Step by step», wiederholte er und legte ihr eine Jacke gegen die beginnende Kühle über die Schultern.

«Erzähl mir von deiner Zeit in Deutschland», bat ihn Sole, denn sie wollte, dass ihre neue Zweisamkeit mit seiner deutschen Kindheit begann.

«Willst du etwas Fröhliches hören, oder darf es ernster sein?»

Sole bestand auf einer fröhlichen Geschichte.

«Weißt du, wie man Mäuse fängt?» Er verbessert sich: «Wie man in der DDR Mäuse fängt?» Wieder verbesserte er sich: «Wie ein *Ovambo*-Junge in der DDR deutsche Mäuse fing?»

Sie lachten. Richard hatte sich mit übereinander geschlagenen Beinen neben sie gesetzt. Er wirkte entspannt.

«Man braucht einen Eimer», begann er und er schob das Weinglas näher an Sole heran. «Ein Stück Draht und eine geöffnete Blechdose, in deren Boden man ein Loch bohrt. Man steckt den Draht durch die Dose plus Loch und hängt sie über einen mit einigen Zentimeter Wasser gefüllten Eimer» – prüfend betrachtete er sie –, «du kommst doch noch mit?»

«Natürlich», lächelte Sole, «weiter.»

«Dann braucht man nur noch einen Stock an den Eimer zu lehnen, zum späteren Totschlagen, die Dose mit Erdnussbutter oder Margarine einzufetten, den Hund wegzusperren und sich schlafen zu legen. Die Maus klettert am Eimer hoch, balanciert über den Draht, und sobald sie an die Dose will, dreht sich diese, und die Maus fällt ins Wasser.» Er ginste. «Nur wenige Mäuse haben einen Frei- oder Fahrtenschwimmerkurs gemacht, und deshalb muss man sie vor dem Tod durch Ertrinken erlösen. Für diesen Zweck benutzt man den Stock.»

«Ich bin fasziniert.» Auch Sole hatte zu ihrem unbekümmerten Ton zurückgefunden. «In einem praktisch mausfreien Leben aufgewachsen, begegne ich plötzlich hier in Afrika einem Mann, der auf diese Art Täter wurde, um nicht Opfer zu werden.» Sie war erleichtert über die entspannte Stimmung zwischen ihnen und mehr noch über die Leichtigkeit ihrer beider Lachen.

«Weißt du, Sole», sagte Richard jetzt ernst, «als ich eines Tages deutsche Formulierungen für Dinge gebrauchte, wofür es in unserer Sprache keine Wörter gibt, da begriff ich, dass mir zwar die Eroberung der deutschen Sprache gelungen war, aber gleichzeitig hatte ich meine afrikanische Naivität verloren. Es ist schwer zu erklären –»

«Ist es den anderen Kindern auch so ergangen?», fragte sie.

«Weiß ich nicht, wir waren doch nur so kurz Kinder», gab er zögernd zu bedenken.

«Ich hatte mit fünfzehn mein erstes Liebesabenteuer. Sie war eine Weiße, Lehrerin an einer Schule und sechs Jahre älter als ich. Sie hat mir die deutschen Dichter und Denker nahe gebracht, aber zu ihren Eltern nach Hause wollte sie mich nie einladen. Das Verhältnis dauerte einen Sommer. Wir haben uns immer im Wald getroffen und uns auf meiner Schlafdecke geliebt, die ich später wieder heimlich zurücktragen musste.»

Richard holte tief Luft, und Sole bekam eine vage Ahnung, dass ihm diese Erinnerung zu schaffen machte.

«Im Herbst war es zu Ende. Sehr wahrscheinlich wurde es ihr auf dem Waldboden zu kalt, oder aber ihre Neugier nach einem echten Negerpenis war endlich gestillt.» Er räusperte sich und sprach betont gleichgültig weiter.

«Natürlich gab und gibt es in der DDR den gleichen Rassismus wie in Amerika oder wie hier in Namibia und in anderen ehemaligen afrikanischen Kolonialstaaten. Er galt aber als konterrevolutionär und wurde rigoros unterdrückt.» Er gähnte.

«Komm, *omukaindu*, das heißt Frau, lass uns jetzt schlafen gehen. Morgen ist es wieder heiß, staubig und jede Menge afrikanisch interessant.»

Komm, Frau, lass uns jetzt schlafen gehen. Wie Musik klangen diese Worte in Soles Ohren. Sie nahm ihr Weinglas, stieg die Leiter nach oben und kroch in den Schlafsack.

Irgendwann in der Nacht wurde sie wach.

Es war alles still, und doch glaubte sie, ein Geräusch gehört zu haben. Mit der Hand tastete sie nach dem wilden schwarzen Mann an ihrer Seite.

«Gibt es ein Problem?», fragte ein sofort hellwacher Richard.

Sie sagte nichts und drehte sich wieder beruhigt auf die andere Seite.

8 Eine neue Freiheit

«Early-morning-tea, Missis!» Richard war auf das Dach geklettert und reichte Sole eine Tasse Tee.

«Die erste Tasse Tee am Morgen ans Bett der Lady. Diese Sitte haben die Engländer im südlichen Afrika eingeführt», sagte er, «und wenn man sich daran gewöhnt hat, möchte man sie nicht mehr missen. Übrigens, meiner Meinung nach das Beste, was sie gebracht und dagelassen haben.«

Sole trank einen Schluck und stellte die Tasse dann neben sich. Sie verschränkte die Arme unter ihrem Kopf.

«Was für ein schöner Morgen. So ruhig und friedlich.»

Richard legte den Finger auf den Mund, wies auf einen flachen Felsvorsprung und reichte ihr das Fernglas. Sole konnte durch das Glas ein Klippdachsweibchen sehen, das sich in der ersten Morgenwärme auf dem roten Stein rekelte. Plötzlich tapsten drei winzige Jungen an ihren hellen Bauch und legten ihre Mäulchen an die Zitzen. Das Weibchen wirkte trotz der frühen Stunde schon erschöpft und verharrte in völliger Ergebenheit. Sole war von der heimlich beobachteten Mutterschaft gerührt. Sie gab Richard das Glas zurück.

«Klippdachse sollen von Elefanten und Seekühen abstammen», meinte er. «Schwer vorstellbar, wenn man diese kleinen Pelztiere sieht, aber ihr Organismus ist genauso aufgebaut wie die der Riesen.»

Plötzlich ein warnender Pfiff, und Mutter mit Welpen waren verschwunden.

«Würden wir die nächsten Tage hier bleiben, würden sie nicht mehr davonlaufen», sagte Richard, «sie würden uns jede Sekunde aus irgendeiner Felsspalte heraus beobachten und irgendwann beschließen, Freund und nicht Feind zu sein. Möchtest du schnell bei den *Ovahimba* sein, oder sollen wir die längere Sand-*pad* nehmen? Wir hätten dort die Möglichkeit, Tiere in freier Wildbahn zu sehen.»

«Welche Frage!»

Sole kroch aus dem Schlafsack und glitt die Leiter hinunter. Sie hatten beschlossen, immer mit dem ersten Tageslicht aufzustehen, damit sie während der frühen Weiterfahrt Tiere bei ihrer morgendlichen Äsung beobachten konnten. Die kühle Morgenstunde ließ nur eine Katzenwäsche hinter der aufgespannten Plane zu. Richtig duschen taten sie abends.

Richard hatte für Sole die Schüssel mit Wasser in das Holzgestell eingehakt. Es war angenehm warm und sie tauchte ihr Gesicht darin ein und rieb es mit den Händen. Prüfend blickte sie in den kleinen Spiegel. Dann schnappte sie sich ihre Zahnbürste, füllte ein Glas mit Sprudelwasser und putzte sich fröstelnd die Zähne.

Eine Stunde später fuhren sie langsam in eine offene Savanne hinein. Mittlerweile war es richtiger Tag geworden, und die Sonne warf ihre ersten langen Strahlenbündel über die endlose Fläche. Sole schnupperte.

«Es riecht hier anders», sagte sie, «nach Weite und Unberührtheit. Richard, sieh nur, das Licht, so ungewohnt bläulich. Im nächsten Jahr muss ich meine Kamera mitbringen. Meine professionelle, nicht die kleine zum Spielen von Hannes.»

«Du willst wiederkommen? Das ist gut», lächelte er. «Ich werde dir alle Lichter Afrikas zeigen. Sein Licht hat die meisten Farben der Welt. Heute Nachmittag, zum Beispiel, wird es rötlich sein. Dann gibt es das graue Licht, wenn der Staub über die Ebenen jagt. Das gelbe kurz vor einem Gewitter.» Während er sprach, suchte er den Horizont mit den Blicken ab.

«Ja», flüsterte er plötzlich aufgeregt, «*sie* sind da.»

«Wer ist da?»

«Ich habe sie zufällig im letzten Jahr entdeckt, als ich mit Amerikanern hier war. Eine Herde Zebras, mindestens hundertfünfzig Stück. Hengste, Stuten und jede Menge Fohlen. In dieser Massierung sieht man sie nur noch in der Etosha-Pfanne. Hinter uns ist zwar alles Farmgelände, aber es ist nur von einem niedrigen Wildzaun umgeben, und die Tiere können darüber hinwegspringen. Dadurch gehört das ganze Gebiet zu ihrer Freiheit. Hast du Lust, sie länger zu beobachten? Dann sollten wir den Wagen hier stehen lassen und uns anpirschen.»

Richard ging langsam, die Stühle und das Gewehr in den Händen, mit Sole gegen die Windrichtung näher an die Herde heran und errichtete vorsichtig unter der schattigen Krone einer Fächerakazie einen Beobachtungsposten. Ruhig saßen sie nebeneinander, und ab und zu machte er sie flüsternd auf das Verhalten der Tiere aufmerksam. Den ganzen Morgen über blieben sie in der unmittelbaren Nähe der Tiere. Einmal schlich Richard zum Wagen zurück und holte Getränke.

«Ich habe gerade einen Wildwechsel entdeckt, der bestimmt schon einige tausend Jahre alt ist. Das bedeutet, dass hier in der Nähe Wasser sein muss. Vielleicht eine kleine Quelle. Vielleicht wird sie nie von einem Menschen gefunden werden. Aber die Tiere kennen sie und geben dieses Wissen an die nächste Generation weiter, und die wieder der nächsten», flüsterte er beim Zurückkommen und drückte Sole einen Wasserbecher in die Hand.

Plötzlich stellte sich der Hengst auf die Hinterläufe und trommelte mit dröhnenden Schlägen auf einen jüngeren ein. Staub wirbelte auf und verhüllte die schwarzweißen Flanken und Hälse. Die beiden Tiere öffneten ihre Mäuler und bleckten die Zähne. Dann warfen sie sich herum und versuchten, sich mit den ausschlagenden Hinterläufen zu verletzen.

«Warum das?», rief Sole entsetzt, und in der gleichen Sekunde drehte sich der ältere Hengst zu ihnen um. Er musste sie gehört haben, denn er begann, laut und prustend zu schnauben. Sofort stob die Herde aufgeregt auseinander, galoppierte im schnellen Lauf wieder zusammen, blieb dann unschlüssig stehen und wandte sich dem Leithengst zu, der sofort von seinem Widersacher abließ und nach vorne stürmte.

Sole konnte förmlich den Sand knirschen hören und nahm kurz den strengen Geruch der erhitzten Pferde wahr. Die Tiere folgten ihrem Anführer, und wehende Mähnen und Schweife wirbelten durcheinander. Sie rannten auf das Dickicht zu – verschwanden darin. Später konnte man noch für einen Moment die Kiesel des trockenen Flussbettes hören, die von ihren harten Hufen aufgewirbelt wurden. Dann war wieder alles still.

«Es ging um die Macht», sagte Richard kurz.

«Schade», meinte Sole, «ich habe vergessen, dass wilde Tiere so extrem wachsam sind. Aber obwohl sie es so eilig hatten, von uns wegzulaufen, hatte ich das Gefühl, dass sie uns freunschaftlich zugetan waren.» Leicht spöttisch fügte sie hinzu: «Dein Gewehr hier am Baum werden sie wohl nicht gesehen haben.»

«Kleines deutsches Mädchen, *was* weißt du schon über uns», sagte Richard, und Sole sah ihn erstaunt an, weil der Tonfall dieser Bemerkung so ungewohnt traurig klang.

«*Afrika pur* wird immer weniger. Und trotzdem hast du es richtig gespürt. Es sind unsere Freunde, vielleicht weil wir beide nichts ändern wollen. Weder treiben wir sie in ein geschlossenes Camp hinein, das für sie nur ein Gefängnis sein kann, noch würden wir es zulassen, dass die Böden in den Kaminzimmern der Trophäenjäger mit ihren herrlichen Fellen ausgelegt werden. Ginge es nach mir, sollte alles so bleiben, wie es vor hundert Jahren und länger *Gesetz* war. Die Natur bahnt sich immer ihren natürlichen Weg. Gewohnheiten sollte man nicht ändern.»

Er machte eine Pause.

«Solches Denken ist in meinem Land in den Hintergrund getreten. Die Regierung ist nur noch am Fortschritt interessiert, am Geld, das durch die Großwildjäger und Fototouristen hereinkommt, die in Massen in unser Land einfallen und in immer größeren und eleganteren Lodges wohnen möchten. Also werden sie gebaut. Die das kostbare und rare Wasser zwei- oder drei- oder viermal am Tag über ihre Körper laufen lassen. Also muss es der Natur weggenommen werden, und die Eingeborenen – ach, lassen wir das –»

Er schwieg und verzog bitter den Mund, aber dann hatte er sich wieder im Griff und redete im unverbindlichen Plauderton weiter: «Und das Gewehr steht nur hier, um dich zu beschützen. Sole Schuler, denn so, wie du manchmal mit den Augen rollst, kann es ohne Weiteres passieren, dass sich eine männliche Raubkatze für dich interessiert. Ich meine eine gefleckte und mit Krallen an ihren vier Pfoten, die ganz schön wehtun können. Schon hätten wir ein Problem. *Ich* wäre nämlich damit nicht einverstanden.»

Sole hatte die Beine angezogen und betrachtete die gedehnte Haut ihrer Knie. Feine weiße Rillen neben sonnengebräunten.

«Hast du sie auch?», fragte sie Richard, der ebenfalls mit angezogenen Knien dasaß.

«Was soll ich haben?» Interessiert blickte er durch das Glas.

«Weiße Rillen zwischen den braunen.»

«Nein», sagte er, «bei mir liegen braune Rillen neben schwarzen. Du beobachtest wirklich seltsame Dinge.»

Sole musste niesen. Sie kramte in der Tasche ihrer Shorts.

«Verdammt, mal wieder nicht auf Fräulein Zufall gehört. So hieß mein letztes Kindermädchen», erklärte sie. «Kein Taschentuch weit und breit.»

Richard hielt ihr seines hin.

«Offensichtlich ist dieser Teil der klassischen deutschen Erziehung bei mir besser angekommen.» Und nach einer Weile: «Nun, wie rieche ich? Ich meine, gibt es einen Unterschied zwischen mir als schwarzem Unbekannten und einem dir bekannten Weißen? Hannes, zum Beispiel?»

Sole sagte darauf nichts. Sie griff nach dem Fernglas und ließ ihre Blicke langsam über die Gegend gleiten.

«Ich höre», sagte Richard.

«Ich habe es leider immer versäumt, an den Taschentüchern der Männer zu schnüffeln, mit denen ich geschlafen habe. Sollte ich es aber trotzdem einmal gemacht haben, so habe ich den Unterschied vergessen», sagte Sole ruhig, ohne das Fernglas abzusetzen.

«Wie alt bist du?», fragte Richard.

«Dreiundzwanzig –»

«Also», meinte Richard, «hier in Afrika wärst du bestimmt schon fast zehn Jahre verheiratet, und mindestens die gleiche Anzahl Kinder würde um dich herumspringen, allerdings von fünf verschiedenen Männern, die sich nacheinander umgebracht hätten, nur um dein nächster Ehemann zu sein. Hier hat nämlich die Liebe den gleichen Stellenwert wie Essen und Trinken oder aufs Feld gehen und Gemüse anpflanzen», fügte er erklärend hinzu.

Soles Augen blitzten. Dieses Terrain war ihr bekannt.

«Was du nicht sagst. Wie oft bist du denn schon Vater, oder besser, wie viele Rachels gab es schon in deinem Leben?»

«Mein Vater hatte am Ende seines Lebens Diplomatenstatus», konterte Richard sofort, «ich brauche daher auf diese Frage nicht zu antworten.»

Er grinste und fuhr sich mit der Hand über sein krauses Haar.

«Weiße Frau, es muss eine Entscheidung gefällt werden. Bleiben wir heute noch hier, oder fahren wir weiter?», und plötzlich entdeckte Sole wieder die bernsteinfarbenen Kobolde in seinen Augen. Sie stand auf.

«Schwarzer Mann, wir bleiben hier. Du sorgst für ein tolles Abendessen, ich für den Sternenhimmel, du für den gekühlten Wein, ich für die gepflegten Gespräche, du für die Sicherheit, ich für die Unsicherheit.» Sie lachte fröhlich. «Richard Shapake, ich glaube, langsam beginnen wir ein gutes Team zu werden.»

«Verdammt, *oonzi*, das Wasser ist alle, ich muss mir noch die Haare waschen.»

Sole griff nach dem afrikanischen Tuch, knüpfte es über der Brust zusammen und verließ die kleine Duschvorrichtung. Es war der Moment, als die Sonne schon untergegangen, die afrikanische Nacht aber noch nicht angebrochen war.

Richard schaute sie an. «Wenn du willst, wasche ich sie dir», sagte er langsam.

Sole blieb stehen. Sie bemerkte die beginnende Dunkelheit und wusste, dass die Vögel gleich ihr letztes Konzert für diesen Tag anstimmen würden. Sie würden hämmern, pfeifen, röhren, und ihre Ohren würden dann fast ein wenig schmerzen. Dann wäre wie auf ein Kommando hin Stille, und die Grillen begännen mit ihren Gesängen. Nicht so laut und nicht so unterschiedlich in ihren Tonlagen wie die Vögel, dafür eindringlicher in ihrer Monotonie, fast erotisch.

Sole wurde bewusst, dass ihr dieser Singsang besonders vertraut geworden war, denn er erinnerte sie daran, dass der Tag zu Ende ging. Kurze Zeit später würde sie am Himmel das zögernde Licht der Sterne sehen und die angenehme Nachtkühle nach dem glutheißen Tag spüren. Und sie würde gemeinsam mit Richard entspannt am Feuer sitzen, seinen Geschichten lauschen und ihre eigenen erzählen. Plötzlich wollte sie, dass Richard seine Hände auf ihre Haare legte, die Kopfhaut berührte, ganz nah bei ihr war. Sie schluckte.

«Wenn du willst, wasche ich dir deine Haare», wiederholte der Afrikaner.

Sole gab keine Antwort. Langsam begann sie, ihren Zopf aufzuflechten. Sie schüttelte die Haare aus und fuhr mit den Fingern hindurch. Ihr Lächeln war seltsam, als sie nach dem Handtuch griff.

«Es geht schon», sagte sie spröde, «wenn du mir nur noch einmal warmes Wasser in den Eimer schütten könntest. Bitte», fügte sie hinzu und ihr Herz klopfte. Sie wollte nicht, dass Richard ihre Verlegenheit bemerkte, und ging zu ihrem Gepäck, das Richard in der rechten Ecke des Wageninneren deponiert hatte. Wahllos zog sie sich etwas Neues zum Anziehen heraus und verschwand damit hinter den Duschvorhang.

Später saßen sie am Feuer zusammen, einen Teller in der Hand und ein Glas neben sich. Sie waren müde – und vorsichtig.

«Wie es Hannes wohl geht?» Sole stellte die Frage in die Stille hinein, mehr noch, sie setzte den Mann, mit dem sie aus Deutschland gekommen war, mit an das Feuer.

«Sind deine Erwartungen, die du in Deutschland von Afrika hattest, eigentlich erfüllt worden?» Richard antwortete ihr mit dieser Frage.

«*Oonzi*, könntest du wieder in Deutschland leben?»

Er suchte nach den richtigen Worten.

«Seit ich mit Ausländern, speziell mit Deutschen, zusammen bin, frage ich mich, ob sie mein Afrika so sehen, wie umgekehrt ich als Afrikaner ihr Land gesehen habe. Verstehst du, was ich meine?»

«Nicht ganz», sagte Sole. «Ich bin friedlich und ohne Sorgen aufgewachsen. Zwei Tatsachen, die auf dein Leben nicht zutreffen. Afrika ist für *mich* wild romantisch, abenteuerlich, animierend für meine Phantasie und befreit mich für eine Zeit lang von der Zivilisation. Deutschland war für *dich* traurig, kalt, keine Heimat und ohne Perspektive. Es kann also zwischen dir und mir, zwischen Namibia in Afrika und Deutschland in Europa, kein Vergleich stattfinden, sondern höchstens Unterschiede festgestellt werden.» Sie wandte ihm den Kopf zu. «Wie können wir also jemals vom Verstand oder vom Gefühl her einer Meinung sein?»

Richard hob ein kleines Stöckchen vom Boden auf und brach es in drei Teile. Er nahm das rechte Stück und legte es weit vor das linke, dann das mittlere nach rechts, das linke in die Mitte, wieder das rechte nach links. Immer schneller, immer sicherer. Alle drei Hölzer waren in Bewegung, und obwohl sich die Positionen wiederholten, war kein festes Schema erkennbar. Erneut warf er das rechte in die Mitte, das linke vor das rechte, und so sehr sie sich auch bewegten, alle drei traten eigentlich nur auf der Stelle.

«Warum durfte ich nicht deine Haare waschen?»

«Ich weiß es nicht mehr», sagte Sole und legte ihre Hand auf seinen Arm.

«Vielleicht war es die Stunde des Verstandes. Fragst du mich noch einmal? Irgendwann?»

Richard klaubte die drei Hölzer auf und warf sie ins Feuer. Seine Stimme klang spöttisch und gleichermaßen verletzt.

«Ich gehe nicht mit meinen Dienstleistungen hausieren. *Irgendwann* kann weniger als nie sein.»

Er ging erst nach oben, als er sicher sein konnte, dass Sole eingeschlafen war. Leise setzt er sich neben ihren Schlafsack und betrachtete sie. Zum ersten Mal wurde ihm die unwirkliche Situation bewusst, in der er und Sole sich seit einigen Tagen befanden.

Sie ist das schönste weiße Mädchen, das ich je in meinem Leben gesehen habe, dachte er. Aber wie stehen wir eigentlich zueinander? Sie ist mehr als eine Kundin geworden, die mich geordert und bezahlt hat. Emotionen haben sich zwischen uns entwickelt, mit denen ich nicht gerechnet habe. Sie haben sich im täglichen Umgang einfach ergeben. Welche? Kameradschaft, Anteilnahme, Aufmerksamkeit. Oder etwas anderes? Ich weiß, dass sie mich mag. So etwas spürt ein Mann. Es kann natürlich auch sein, dass die Eroberung des Richard Shapake vorbereitet werden soll. Ich sollte vorsichtig sein. Deutsche Mädchen sind wie verwöhnte Kinder. Vielleicht will sie bei ihrer Rückkehr mit einem schwarzen Lover angeben.

Richard kletterte vom Autodach herab, um das Feuer auszutreten. Eigentlich war er müde, aber dann setzte er sich noch einmal hin und zündete sich eine Zigarette an. Nachdenklich sah er dem grauen Rauch nach, der sich in der dunklen Nacht nach allen Richtungen hin auflöste.

Als sie auf die ersten *Ovahimba** trafen, bat Sole Richard anzuhalten. Es waren zwei kleine Mädchen mit endlos langen Beinen, die ihre Körbe auf den Köpfen trugen und abwartend stehen blieben.

Sole lächelte sie freundlich an. Sie nahm ihre Hände und legte einige Bonbons hinein.

Sie hat wirklich gelernt, dachte Richard. Keine Eile mehr, keine schnellen Bewegungen.

Sole setzte sich auf den Boden. Mit behutsamen Gesten bedeutete sie den Mädchen, es ihr gleichzutun und die Körbe abzusetzen. Leise bat sie Richard um den Fotoapparat, und der Afrikaner nahm die Bitte zum Anlass, das Auto abzustellen und ebenfalls zu der kleinen Gruppe zu schlendern.

Ruhig begann Sole die kleinen Mädchen zu fotografieren. Mit dem Licht und gegen das Licht. Ganz nah und dann wieder aus der Entfernung.

«Frag sie doch bitte, woher sie kommen», bat Sole sanft.

Richard redete sie mühelos in ihrer Sprache an, zuckte allerdings zweimal die Schultern.

«Ihr Dorf muss in der Nähe sein», sagte er zu Sole, «denn sie komen vom Ziegenhüten. Aber sie wollen mir nicht genau sagen, wo.»

Sole bewunderte ihre Halsamulette und die Knöchelreifen aus getriebenem Draht. Die Mädchen kicherten, und Sole zeigte ihnen, wie man das Bonbon aus dem Papier wickelte.

«Möchtest du?», fragte sie und steckte es der Kleinen in den Mund.

«Wie alt mögen sie wohl sein?»

«Sie kennen ihr Alter nicht», sagte Richard, «aber ich glaube, sie werden elf oder zwölf Jahre alt sein. Ich sehe, dass ihre Brüste schwellen, und weil ihnen die Haare noch über die Augen hängen, nehme ich an, dass man ihnen erst vor kurzer Zeit anstelle ihrer Kinderzöpfe diese Perlenschnüre in die Haare geflochten hat. Sie haben also noch keine Menstruation gehabt, sind noch keine Frauen, aber auch keine Kinder mehr. Auf diesen feinen Unterschied wird hier großer Wert gelegt.»

* Namibisches Volk

Er sagte ihr nicht, dass er als schwarzer Mann ihren Stolz über ihren neuen Status sofort gespürt hat. Wie sollte er einer modernen weißhäutigen Frau erklären, dass alle Wünsche, alles Tun und Denken dieser Mädchen von Kindheit an auf eine frühestmögliche Vereinigung mit einem Mann ausgerichtet ist. Leise fuhr er fort: «Erst wenn sie zum ersten Mal ihre Periode bekommen haben, dürfen sie sich die Haartracht einer erwachsenen *Himba*-Frau zulegen –»

«*Himba*-Frau?», unterbrach ihn Sole fragend.

«So wird dieses Volk auch genannt», erklärte Richard geduldig und fuhr fort, ‹dann dürfen sie auch ihr eigenes Ockerhorn besitzen, und ein weiteres für das Butterfett. Sie werden Tag und Nacht damit verbringen, die Rinde des *omumbara*-Baumes zu einem aromatischen Pulver zu mahlen, um es dann mit Ocker zu vermischen. Wenn ihnen das gelungen ist, werden sie jede Sekunde ihrer freien Zeit damit beschäftigt sein, sich gegenseitig einzureiben, bis ihre Körper glatt und rot glänzen wie die Färsen ihrer Rinder. Dabei schwatzen sie über ihre Männer und treffen Absprachen für die kommenden Lebenspartner der Söhne und Töchter. Sie werden viele Kinder bekommen und in ihrem Leben jede Menge Holz sammeln müssen. Sie werden auch immer wieder Wohnstätten zu errichten haben, denn wenn es ihrer Familie gefällt, werden sie in neun von zehn Jahren auf Wanderschaft sein. Das Leben, das sie führen, ist geprägt von Tradition und ungeschriebenen Gesetzen. Beides wird mit einer Selbstverständlichkeit eingehalten, die uns – auch mir – schon lange abhanden gekommen ist», schloss er und wunderte sich selbst über das leise Bedauern in seiner Stimme.

Die Kleine, die Sole am nächsten saß, zeigte auf sich und sagte leise: «Komahira», und dann wies sie auf das andere Mädchen: «Malange».

Sole sah ihn fragend an.

«Sie haben dir ihre Namen genannt.» Richard gähnte. Zu oft schon hatte er seinen Gästen das letzte namibische Nomadenvolk vorgeführt. Vieles war Routine geworden.

«Weißt du noch mehr über sie?», fragte Sole.

«Kein Fortschritt, keine Veränderung.» Er stand auf und holte Wasser für sich und Sole. Den beiden Mädchen brachte er Limonadendosen mit. Offensichtlich kannten sie Getränkedosen, denn ihre Gesichter strahlten.

Sie saßen alle unter dem fein gefiederten Astwerk einer dichten Akazie, die am Rande eines kleinen versandeten *rivier** stand.

«Soll ich dir etwas über Leben und Tod in Afrika erzählen?»

Sole lächelte. «Immer.»

«Sieh da drüben die Liane. Ihre Wurzel reicht bis tief unter den *rivier*-Boden, wo Wasser ist. Deshalb ist sie kräftig, und nicht nur das: Ein inneres System versorgt sie mit Wasser, sodass sie von der unberechenbaren afrikanischen Regenzeit unabhängig ist. Irgendwann ist sie aus dem Boden herausgetreten. Im letzten Jahr oder im Jahr davor oder vor vier oder fünf Jahren, wer weiß. Jetzt muss sie sich entscheiden. Vielleicht sollte sie sich weiter am Flusslauf entlangschlängeln oder vielleicht einen schnellen Überfall auf den nächsten Baum wagen. Niemals aber würde es ihr genügen, einen kleinen dummen Strauch zu umgarnen. Sie sucht einen starken, gesunden Baum, einen, der ihr oben in der Krone Licht und Sonne beschert. Hat sie sich für einen entschieden, wird sie sich an ihm hochranken und ihm mit ihrer innigen Umarmung mehr und mehr die Luft zum Leben nehmen. Er wird sich einige Jahre wehren, aber gegen die Beständigkeit ihrer Kraft hat er keine Chance. Eines Tages wird er ersticken und wieder einige Zeit später umfallen und ihr verästeltes Rankengebilde mit zu Boden reißen. Tiere werden kommen und das saftige Grün fressen. Die Verbindung zu der Wurzel wird unterbrochen, und so wird auch die Liane sterben müssen. Was ich damit sagen will: Nichts und keiner lebt oder stirbt hier in Afrika ohne den anderen. Und: Alles in Afrika bedeutet eine Ewigkeit.»

«Grünschote, du bist ein wunderbarer Geschichtenerzähler, ich könnte dir stundenlang zuhören.» Sole umschlang mit den Armen ihre Knie.

Richard zuckte die Schultern. Eigentlich waren es keine Geschichten. Man musste nur die Natur beobachten und über die Zusammenhänge nachdenken, dachte er. Aber das hatten die Europäer verlernt.

* Trockenfluss, der nur in der Regenzeit Wasser mit sich führt

In der Ferne bemerkte er eine Bergkuppe, wie mit einem Pinsel zart in Weißsilber skizziert, und machte Sole darauf aufmerksam. Auch auf das kleine Kamelbäumchen, das einsam und ohne jeden Nachbarn am anderen Ufer stand.

«Wie hat es sich hier behaupten können?», fragte Sole. Überrascht schaute Richard sie an.

«Genau das habe ich auch gerade gedacht», sagte er und zog an seiner Zigarette.

Er hatte das Auto in einiger Entfernung auf dem Sandweg oberhalb des *rivier* abgestellt. Der Flusslauf wand sich vor ihren Augen wie ein übergroßer Tausendfüßler, und sein feiner Sand leuchtete brandrot in der Sonne.

Sole erhob sich und bedeutete den beiden Mädchen, mit ihr die leicht abfallende Böschung hinunterzugehen. «Ich werde beide in den roten Sand setzen, den blauen Himmel als einzigen Hintergrund nehmen und aus der Bauchperspektive heraus einige Fotos machen. Nur diese drei Farben. Ich glaube, das wird toll aussehen», rief sie Richard zu.

Richard genoss das Gefühl, einmal nicht wie ein Habicht auf alles Acht geben zu müssen. Komisch, dachte er, heute noch gehen mir die typischen deutschen Vergleiche durch den Kopf. Achtsam wie ein Habicht, diebisch wie eine Elster, treu wie ein Zaunkönig. Er streckte sich lang aus, behielt aber Sole und die beiden Mädchen im Auge. Er lächelte über Soles Bemühungen, sich gestikulierend und mit deutschen und englischen Wörtern den Mädchen verständlich zu machen. Gleichgültig schaute er auf die Uhr. Drei Uhr nachmittags. Die friedliche Stille schien die Zeit und alles Geschehen anzuhalten.

Plötzlich klang aus unbestimmter Ferne Motorengeräusch zu ihnen her, kam schnell näher und vermischte sich mit männlichem Gebrüll und Geschrei.

Die beiden Kleinen sprangen abrupt auf und griffen nach ihren Körben.

Sole blickte etwas irritiert in die Richtung des Lärms, blieb jedoch sitzen und hielt Komahira am Arm fest. Richard beschlich ein ungutes Gefühl.

«Los, schnell zum Wagen», rief er, stand auf, rannte die Böschung hinunter und schnappte sich Malange. Als er fast wieder oben auf dem Weg war, bog ein großer Lastwagen um die Ecke, und er wusste sofort, dass es Schwierigkeiten geben würde.

«Sole, so komm doch», schrie er, aber schon hatte sich der Laster vor sein Auto gestellt, und Richard hörte, wie der Motor abgewürgt wurde. Die ersten Schwarzen sprangen von der Ladefläche und liefen grölend auf Sole und Komahira zu.

Richard sah sofort, dass die Männer betrunken waren, und mehr noch, ihre Augen waren aufgerissen und glasig. Bis oben hin bekifft, dacht er entsetzt. Sie hatten ihn noch nicht gesehen, weil er hinter dem Auto stand. Richard schubste Malange hinten rein, griff nach dem Gewehr und lief wieder das Sandufer hinunter. Er sah sofort, dass Sole dummerweise, statt ihm zu folgen, in die Mitte des *rivier* gelaufen war. Sie hielt das Mädchen an den Schultern und begann, die sich nähernden Schwarzen mit fürchterlichen deutschen Flüchen zu beschimpfen. Grinsend zogen fünf Männer immer engere Kreise um sie. Richard konnte sehen, wie sich Sole bückte, eine Hand voll Sand nahm und ihn dem Ersten ins Gesicht warf. Blitzschnell bückte sie sich noch einmal, und wieder fand sie ein Ziel. Die beiden Männer heulten vor Wut auf, wandten sich ab und rieben sich die Augen. Aber plötzlich krallte sich ein anderer an ihr fest. Er lachte breit und rief den anderen etwas zu. Richard hörte, wie Soles Leinenbluse riss, und sah ihre kleinen nackten Brüste zwischen den Stofffetzen.

«Jessa nambonno nai»[*], brüllte er und wusste nur zu gut, sollten die anderen zwanzig auch vom Wagen springen und ihren Kumpanen zur Hilfe eilen, war es um sie alle geschehen. Ohne hinzusehen repetierte er eine Kugel in den Gewehrlauf. Ich muss etwas Schockierendes machen, damit sie für einen Moment abgelenkt sind, dachte er, das ist die einzige Chance für uns. Er zielte, schoss und einer der Männer fiel schreiend zu Boden.

Eine verblüffte Stille trat ein.

Richard schrie in seiner Sprache zu Sole rüber: *«Tondoka, ton-*

* Lasst sie sofort los

doka.» Wütend verbesserte er sich: «So komm doch endlich hier rüber.»

Sole riss das *Himba*-Mädchen mit sich und rannte auf ihn zu.

Keuchend half er ihnen das Ufer herauf, das Gewehr im Anschlag. Er konnte sehen, wie sich der Sand, dort, wo der Getroffene lag, dunkel färbte. Der Mann schrie vor Schmerzen, aber die Männer um ihn herum begriffen die Situation nicht. Alkohol und Drogen ließen sie torkeln, und, mit den Armen fuchtelnd, lachten sie blöde mit aufgerissenen Mündern.

In aller Eile repetierte Richard erneut und gab einen zweiten Schuss auf einen Mann ab, der plötzlich blitzschnell von rechts auf ihn zugelaufen kam. Er erwischte ihn am Knöchel. Noch im Fallen griff sich der Mann an den Fuß und heulte laut auf.

Sole hatte sich und das Mädchen auf die Vorderbank des Autos gesetzt und ihre Tür verriegelt. Hastig beugte sie sich hinüber und öffnete die Fahrertür. Richard hechtete auf seinen Sitz, steckte den Schlüssel in das Schloss und versuchte den fliegenden Start.

Aber in welche Richtung?

Der Lastwagen stand vor ihnen. Rechts waren zwei dicke Bäume, und die zu umfahren, hätte er erst zurücksetzen müssen. Es blieb also nur das *rivier*. Mit roher Gewalt legte er den Vierradantrieb ein. Das Auto schoss das Sandufer hinunter, knallte gegen einen Stein, bleib zwei Sekunden stehen, und setzte sich dann langsam, den schweren Sand teilend, im ersten Gang in Bewegung. Richard fuhr sofort in die Mitte des Flussbettes, aber er spürte entsetzt, dass ihm der Wagen nur schwerfällig gehorchte.

«Schneller, schneller», zischte Sole, «die Nächsten sind vom Wagen runtergesprungen und folgen uns.»

«Nimm das Gewehr», befahl Richard, «schieß einfach in die Luft, vielleicht bekommen sie Angst. Nein, halte besser das Steuer und gib mir die Waffe rüber.»

Wieder repetierte er und schoss, ohne zu zielen, in die Meute der Männer hinein. Im Rückspiegel konnte er sehen, wie die Ersten stehen blieben, um sich zu besprechen. Sie liefen zurück, und er wusste genau, was sie vorhatten. Sie besprachen die Verfolgung.

Wir sollen der Abendspaß für sie sein, dachte er grimmig. Räuber und Gendarm oder Katz und Maus, nur dass das Ende dieses

Abenteuers für mich und die drei Frauen fürchterlich aussehen wird.

«O dorpa waipi, pura ami, hakahana?»[*] Er merkte nicht, dass er schrie. Die kleine *Ovahimba* saß verschreckt zwischen Sole und ihm. Sie stammelte etwas, und er konnte sie nur mit Mühe verstehen.

«Wo?», drängte er sie, «zeig mir den Weg.»

Er wusste, sie hatten nur eine Chance. Sie mussten das Dorf der Mädchen finden und dort um Aufnahme bitten.

Es war dunkel geworden, aber Richard wagte nicht, die Scheinwerfer einzuschalten. Er kurbelte das Fenster herunter und streckte den Kopf hinaus, um sich zu orientieren. In der Ferne hörte er den Motor des Lastwagens aufheulen. Immer noch befand er sich mit dem Auto in der Mitte des *rivier*. Es war für sie die einzige Möglichkeit einer Flucht, denn der Lastwagen konnte ihnen hier nicht folgen, er wäre unweigerlich stecken geblieben. Aber die Männer könnten ihnen natürlich auch hinterherlaufen, indem sie die Wagenspuren verfolgten. Vielleicht wären sie sogar schneller. Plötzlich bemerkte Richard ein Rucken, er begriff sofort und brüllte: «Shit, shit, shit.»

Sie waren stecken geblieben.

Er drückte Sole erneut das Gewehr in die Hand, schaltete auf Leerlauf, zog die Handbremse an und sprang aus dem Auto.

«Bleib im Anschlag und schieß sofort, wenn ich es dir sage», rief er ihr zu und lief von Reifen zu Reifen, um etwas Luft herauszulassen, die einzige Möglichkeit, allein und ohne Hilfe von außen wieder aus dem Sandbett herauszukommen. Es funktionierte erst beim zweiten Anlauf, und endlich, nach einer Ewigkeit, wie es Sole schien, bockte sich der Wagen mühsam aus der sandigen Falle.

«Wir müssen aus dem *rivier*», sagte Richard, «so langsam wie wir sind, können die uns bequem zu Fuß einholen. Wo, um Himmels willen, ist hier nur die *pad* durch den Busch?»

«Engi embene.»[**]

Das kleine Mädchen wies aufgeregt in den links liegenden

* Wo ist dein Dorf, schnell, sag es mir?
** Da, dort

Busch. Er musste es versuchen. Sein Herz raste, der Atem rasselte. Er wusste, dass er seine Überlegenheit verloren hatte. Unbeherrscht jagte er den Wagen an einer flacheren Stelle den Hang hoch. Mit aller Kraft drückte er auf das Gaspedal, damit er in das dichte Gebüsch hineinkam. Geräuschvoll teilten sich die Sträucher, und die Äste kratzten an den Türen entlang, um sich dann hinter ihnen sofort wieder zu schließen. Nach einigen Metern wusste Richard nicht mehr, wo sie waren. Es gab nichts, woran er sich orientieren konnte. Nur dichtes Buschwerk. Eine grüne Falle.

Erneut wies ihm die *Ovahimba* den Weg, jetzt aber in die andere Richtung. Es blieb ihm nichts anderes übrig, als ihrem Handzeichen zu folgen. Plötzlich erkannte er, dass sie auf der anderen Seite zurückfuhren, dem Feind praktisch entgegen, auch wenn er auf der anderen Seite des Flussbettes war. Vor Wut schossen ihm Tränen in die Augen.

Er hielt an, stellte den Motor ab, und richtig, sie konnten den Lastwagen hören, auch die fluchenden Stimmen der Männer, die zu Fuß im Flussbett ihren Reifenspuren folgten. Ihm war klar, dass sie weiter mussten, und zwar schnellstens. Er konnte nur hoffen, dass es die Männer noch nicht begriffen hatten, wie nah sie ihnen waren.

«Wenn wir Pech haben, finden sie die Stelle, wo wir das *rivier* verlassen haben, und dann haben sie uns am Kragen», sagte er mit gepresster Stimme und war unschlüssig, ob er starten sollte oder nicht.

«Könnte es ein Gewitter geben?», fragte Sole und zeigte nach oben.

Er hatte nicht bemerkt, dass Wolken aufgezogen waren. Sie türmten sich am Himmel und schlangen sich in seltsam verzerrten Bildern ineinander.

«Wie die Kuppeln eines Märchenschlosses», sagte Sole versonnen.

Richard brüllte sie genervt an: «Bist du verrückt geworden? Wir müssen das Dorf der *Himba* finden, sonst finden *die* uns.»

Plötzlich begann von einer Sekunde zur anderen ein tausendstimmiges Orchester zu spielen. Es gurgelte und zischte um sie herum, roter Sand wirbelte durch die Luft, vermischte sich mit weißem, drang in ihre Augen, Nasen und Münder, bevor sie die Fenster schließen konnten. Der Sand prasselte auf das Auto. Dann fielen einzelne Regentropfen aus einer riesigen schwarzen Wolke, die durch einen späten Sonnenstrahl an ihren Rändern rötlich verfärbt war. Donnergrollen ließ sie zusammenzucken, und das grelle Licht der nacheilenden Blitze erschreckte sie. Die Büsche und Bäume um sie herum wurden von dem aufkommenden Sturm tief zu Boden gedrückt. Wenn sie zurückfederten, wirkten sie in dem zuckenden gelben Licht wie Figuren auf einem Schachbrett. Nun öffnete sich der Himmel, und Regenmassen stürzten heraus, begleitet von Donner und Blitzen. Das Autoblech verstärkte diese entfesselte Kraft zu einem ohrenbetäubenden Lärm, und der Wagen schwankte unter dem Druck des Windes. Sole duckte sich voller Angst, verbarg den Kopf hinter dem Rücken von Komahira, aber Richard begann aufgeregt zu lachen.

«Genau das hat gefehlt», brüllte er durch den Lärm. «Hilfe von oben.»

Er startete den Wagen wieder, und sein bester Freund setzte sich gehorsam in Bewegung. Er nahm sofort den Vierradantrieb heraus, denn im Licht eines Blitzes konnte er sehen, dass der Sandweg, auf dem sie sich befanden, vorgezeichnete Radspuren und niedrige Grasflechten hatte, die den Rädern Halt gaben.

Sie konnten sich von dem Lastwagen entfernen, ohne dass sie entdeckt wurden.

*«Engi ozonganda»**, sagte Komahira plötzlich und strahlte Richard ohne jede Angst an. Sie zeigte nach rechts in den Busch. In dem zuckenden Licht der Blitze entdeckte Richard einen Trampelpfad. Er schaltete in den Leerlauf, hielt an und zog die Handbremse an.

«Ich hole auch das andere Kind nach vorne», schrie er Sole durch den Lärm zu, stieg aus und rannte nach hinten.

Malange kauerte zwischen den Matratzen und betrachtete ihn ruhig. Welche Gelassenheit, dachte er. Eine völlige Akzeptanz jeglichen Geschehens. Er hob sie hoch und reichte sie durch seine Tür Sole, die das Mädchen auf den Schoß nahm. Mit dem anderen Arm

* Weiter hinten ist mein Dorf

hielt sie Komahira umschlungen. Flüchtig ging es Richard durch den Sinn, dass es die normalste Sole war, die er bisher gesehen hatte.

«Haltet euch aneinander fest, ich fahre zwar langsam, aber es kann sein, dass wir auf Löcher stoßen.»

Er fuhr vorsichtig und konzentriert, darauf hoffend, dass jeder Meter Dickicht, den der Wagen bewältigte, sie dem Dorf näher brachte. Der Lastwagen konnte ihnen nicht mehr folgen, da war er sicher. Allerdings konnten die Männer folgen, aber das nur zu Fuß. Vielleicht in zwei oder drei Stunden, und dann auch nur, wenn sie den richtigen Weg einschlugen. Die Drogen verhinderten zwar klare Gedanken, aber die Wut, weil ihnen der Spaß mit den drei Frauen entgangen war, könnte sie vorwärts treiben. Er fluchte innerlich. Warum musste dieses gottverdammte soziale Strandgut ausgerechnet ihnen begegnen?

*«Engi embene»,** schrie plötzlich Komahira. Fast wäre Richard in den dichten Schutzwall aus Zweigen und Dornen hineingefahren. Ungläubig betrachtete er ihn. Nein, er träumte nicht.

Vor ihnen lag der *kraal* der *Ovahimba*.

Noch immer hielt Richard das Licht ausgeschaltet und so sah er nicht die Erdrinne in der schmalen Öffnung. Der Wagen machte einen gewaltigen Satz. Sie wurden hoch geschleudert, und ihre Köpfe prallten schmerzhaft gegen das Autodeck.

«Sorry», knurrte Richard mit zusammengebissenen Zähnen. Er fuhr noch einige Meter weiter, und dann standen sie mitten auf dem Platz. Komahira öffnete die Tür und griff nach der Hand von Malange. Mit einem Satz sprangen sie aus dem Auto und liefen in die Dunkelheit. Auch Richard verließ das Auto, ohne den Motor abzustellen.

«Sole», schrie er, «komm her, sieh dir das an.»

Es war eine monströse Wolkenbildung, aus der sich der Regen entlud, von Blitzen und dem Rest der Abendsonne beleuchtet. Dann wieder Strahlenbündel auf Lichtbahnen, die die Wolken durchbrachen und ein irisierendes Leuchten verbreiteten. Eine entfesselte Natur schwang die Peitsche. Selten hatte er ein derarti-

* Halt, hier sind wir zu Hause

ges Schauspiel erlebt. Er stellte sich breitbeinig hin, streckte die Arme weit aus, um den Regen in seiner ganzen befreienden Kraft zu empfangen.

Langsam stieg Sole aus.

Fassungslos sah sie Richard im Regen stehen. Seine Wildheit befremdete sie. Nie war er afrikanischer gewesen.

Er kam auf sie zugelaufen.

«*Katiti ombappa*»*, brach es aus ihm heraus, und er schüttelte sich vor Schluchzen, «wir sind gerettet.»

Mit einem heiseren Aufschrei nahm er sie in die Arme und küsste sie leidenschaftlich. Vielleicht begriff Sole in dieser Sekunde erst richtig, in welcher Gefahr sie gewesen waren und unter welcher Spannung Richard gestanden hatte, denn sie begann hysterisch zu heulen. Am ganzen Körper zitternd, klammerte sie sich an ihn, presste ihr Gesicht in sein verschwitztes Hemd, schrie und wimmerte. Sie wollte die weißen Blitze, die gepaart mit dem Donner ununterbrochen aus der schwarzen Gewitterwand zuckten, nicht mehr sehen, hatte keine Kraft mehr.

Der Afrikaner hielt sie in seinen Armen. Sie konnte sich nicht mehr bewegen, wollte es auch nicht, und so standen sie beide eng umschlungen in der Mitte des *kraals*. Irgendwann begann er, zärtlich über ihren Kopf und Rücken zu streicheln, murmelte Wörter und Sätze, die sie nicht verstand, und dann hob er ihr Kinn und zeigte auf die silberne, dünne Mondsichel, die klar am Himmel stand. Sole war über die plötzliche Stille und Ruhe um sie herum irritiert. Kein tosendes Gewitter mehr, kein Regen, kein Wind.

«Es ist vorbei», sagte Richard, «alles.»

Er zog sich das Hemd aus und zog es ihr über, und erst jetzt wurde ihr bewusst, dass sie die ganze Zeit halb nackt gewesen war. Sie schaute sich verwirrt um und konnte Malange und Komahira erkennen, die etwas entfernt von ihnen, regungslos im Dunkel an einer Hüttenwand standen. Sie bemerkte einen Halbkreis von Lichtern, der sich auf sie zu bewegte. Es sind Augen, dachte sie entsetzt, mein Gott, von wie vielen Menschen nur.

* Kleine weiße Frau

«Ich werde mich um eine eigene Hütte bemühen», sagte Richard. «Ich muss nur noch das Auto in das Kälbergehege fahren.»

«Du lässt mich doch jetzt nicht allein», schrie Sole, und ihre Stimme schnappte fast über vor Angst.

«Sole, reiß dich zusammen. Wir sind in Sicherheit.»

Richard sah sie scharf an. Sie steht unter Schock, erkannte er plötzlich und schüttelte sie leicht. «Glaube mir, *wir sind hier in Sicherheit*. Der Häuptling persönlich hält über Nacht Wache. Selbst wenn die Männer diesen *kraal* finden sollten, werden sie nicht eindringen können. Gegen die vielen Männer, die hier leben, sind auch sie machtlos. Außerdem, mit jeder weiteren Stunde werden sie nüchterner und damit wieder normal.»

Sole gab darauf keine Antwort. Sie krallte sich an ihm fest und blickte gehetzt um sich. So stieg er mit ihr zusammen ins Auto, ließ den Motor an und legte den Leerlauf ein. Schwarze Menschen schoben den Wagen vorwärts, und alles, was Sole in der Dunkelheit noch hörte, war das knirschende Geräusch des Sandes. Der Wagen kam zum Stehen, und Richard zog die Handbremse an.

«Komm», sagte er weich und stieg mit ihr wieder aus. Plötzlich spürte Sole, wie sich eine Hand auf ihren Arm legte. Eines der beiden Mädchen, sie konnte in ihrer Aufregung nicht erkennen, ob es Malange oder Komahira war, schaute sie fragend an und wies in die Richtung einer Hütte.

«*Ozondjuwo*», flüsterte sie und wollte nach Soles Hand greifen.

«Nicht ohne Richard», schrie Sole und klammerte sich erneut an den Afrikaner.

«Sie will dich doch nur in unsere Hütte bringen», versuchte Richard sie zu beschwichtigen.

Sole zitterte am ganzen Körper. Sie konnte im Dunkel nichts erkennen, stolperte neben Richard her, der sie an der Hand hielt, sie sicher führte und nicht eine Sekunde losließ. Sie hörte Gemurmel, heisere fremde Laute, und sah die vielen tänzelnden weißen Ringe, mal nah, mal entfernt. Sole wusste natürlich, dass es das Weiß der Augen war, aber sie konnte nicht *in* die Augen sehen, auch keine Gesichter erkennen. Die Dunkelheit hatte die schwarze Haut verschluckt. Und das machte ihr Angst. Sole sah nicht einen Menschen, aber sie spürte ihre Anwesenheit. Waren es Freunde oder

Feinde? Erschöpft schloss sie die Augen. Richards Hand war die einzige Verbindung zu dem Leben, das sie *vor* diesem Tag geführt hatte, das einzig Vertraute, das ihr geblieben war. Plötzlich wurde es ihr übel, und sie spürte, wie ihre Beine nachgaben.

Als sie wieder zu sich kam, lag sie in einer Hütte. Auf dem Boden, in seinen Armen. Eine brennende Kerze stand vor ihnen, und ihr flackerndes Licht beleuchtete schemenhaft eine nach innen gewölbte Wand, an der allerlei kleine Geräte hingen, deren Bedeutung sie nicht einordnen konnte. Ein sperriger Ledervorhang hing an der Öffnung der Hütte, ließ die Welt draußen vor. Endlich gab es keine weißen Ringe mehr, die so bedrohlich um sie herumstrichen. In der Stille dieser runden Wände fühlte sich Sole zum ersten Mal beschützt.

«Richard», sagte sie zitternd, «ich war hysterisch, aber ich schwöre dir, das passiert nie mehr, und wenn doch, dann knall mir eine, sofort und ohne Voranmeldung.»

«Ach, du verrückte Grünschote», flüsterte er, «ich hätte es mir nie verziehen, wenn dir irgendetwas zugestoßen wäre.» Er begann sie zu küssen, zärtlich und beschützend. Die Anspannung des Tages war auch von ihm noch nicht gewichen. Sie hätten uns töten können, dachte er. Aus Spaß oder Langeweile, wer weiß das schon. Und sie hätten unsere Leichen schnell und in aller Heimlichkeit verscharrt, wie Hunde. Er strich Sole die Haare aus dem Gesicht, streichelte sie, küsste sie wieder. Streichelte ihre Schulter, ihre Arme.

Die Kerze fiel um und verlöschte.

Sole schmiegte sich in seinen Arm. Wie auf dem Platz im abklingenden Gewitter presste sie das Gesicht an seine Brust, atmete heftig, hob ihr Gesicht ihm entgegen, und plötzlich lagen ihre Lippen auf seinem Mund. Sie wollte, dass er sie noch einmal küsste, aber nicht liebevoll, nicht beruhigend, nicht beschützend. Sie wollte die Wildheit spüren, die sie auf dem Platz erahnt hatte. Hier in dieser unbekannten Dunkelheit. Nur einmal, jetzt. Heute ist unter diesem Schock alles erlaubt, morgen sind wir wieder vernünftig, dachte sie.

Und Richard küsste sie. Immer und immer wieder. Leidenschaft wallte in ihnen hoch, umhüllte sie. Sie keuchten und begannen, sich gegenseitig mit den Händen zu berühren, richteten sich auf, legten sich wieder hin. Doch plötzlich griff Richard nach ihren Händen und hielt sie fest.

«Nein», sagte er, «das dürfen wir nicht tun.»

«Hast du Angst vor mir bekommen, Richard Shapake», fragte Sole erregt. «Angst vor einer weißen Frau? Du hast mich hierher gebracht, du bist für mein Leben verantwortlich, warum also willst du mich nicht lieben?»

Er ließ sie los und entfernte sich ein Stück, aber sie zog seinen Kopf wieder zu sich her, und ihre Lippen suchten die seinen.

«Liebe mich», flüsterte sie rau und vernahm einen Ton in ihrer Stimme, den sie noch nie gehört hatte. Es war eine ihr unbekannte Person, die in dieser dunklen Hütte lag, die nur eines wollte: dass dieser Mann sie begehrte – und mit ihr schlief. Sie hob ihre Arme ihm entgegen, und sofort küsste er sie, streichelte sie, riss an dem lästigen Hemd, befreite sie davon. Wie zufällig strich er über ihre Brustwarzen, die sich augenblicklich aufrichteten.

«Zieh dich aus, ich will dich sehen.»

Ihre Stimme war heiser, und sie sah, wie seine Nasenflügel bebten. Sole hätte in ihn hineinkriechen können. Sie riss an ihren Shorts, und Richard hörte nicht auf, ihre Brüste zu küssen. Langsam bewegte er sich tiefer. Seine Zunge umkreiste den Bauchnabel, und erregt legte sie ihre Hand zwischen ihre Schenkel. Richard schob sie weg und legte seine Hand auf ihre Scham, so, dass ein Finger kosend ihre intimste Stelle umtänzelte. Sie öffnete ihre Beine und betrachtete diese schwarze Hand auf ihrer weißen Haut, und ihr Blut begann fast schmerzhaft zu pulsieren.

Richard legte sich neben sie.

«Wir können noch aufhören», raunte er, aber Sole richtete sich auf, kniete sich mit gespreizten Schenkeln vor ihn hin und schaute ihn an. Er zog seine Hose aus, und erneut begann sie zu zittern, weil die Entscheidung gefallen war.

Sie wurde hemmungslos, wollte es sein und legte ihr Gesicht ganz nah an seinen Penis. Sie begann ihn zu streicheln, und er fühlte sich trotz seiner Härte seidig an. Sie saßen sich noch immer gegenüber, mit angewinkelten Beinen, schamlos nahe. Richards

Hände wanderten über ihren Körper, und dabei berührte die Spitze seines Penis wie zufällig ihre Scham. Er schien sagen zu wollen, ich kann warten, bis du nach mir verlangst. Ihr Gesicht glühte. Sie warf den Kopf zurück und stützte sich mit den Händen auf.

Sie war bereit, und er wusste es.

Und dann spürte sie, wie er in sie eindrang, sie erkundete, sanft zustieß, dann stärker, sie erfüllte, ganz erfüllte. Er ergriff ihre Hüften und zog sie näher an sich heran. Immer wieder änderte er die Kraft seiner Stöße. Er war in ihr, und wenn er sie für eine Sekunde verließ, berührten sie seine Finger. Plötzlich ergriff sie die heiße Flut der Lust, und ohne dass es ihr bewusst wurde, erwiderte ihr Körper die Stöße des Mannes. Richard legte sie hin und rollte sich auf sie, ohne sie zu verlassen. Sie roch die herbe Süße seines Atems, spürte seine Zunge, die sich fordernd zwischen ihre Lippen schob, und dann versank sie. Tief, schwerelos. Ihr Leben war plötzlich nur noch hier, in diesem Moment, mit diesem Mann, und sie schlang ihre Arme um ihn, und gab sich auf. Und endlich, endlich hörte sie seinen befreienden Schrei, und endlich galt er ihr allein. Erschöpft lagen sie eng umschlungen auf dem Boden.

«Mein Gott, wir liegen hier auf einem Tier», murmelte Sole und blickte dann ungläubig an sich herunter. Ihr ganzer Körper war von einer bräunlichen Staubschicht bedeckt, die sich mit ihrem Schweiß vermischt hatte.

«Ich sehe aus wie ein Kind nach einem Aufenthalt in einem Sandkasten bei Regen», flüsterte sie verlegen. Richard folgte ihren Blicken.

«Erstens ist es ein Ziegenfell, auf dem wir liegen, und zweitens bist du nicht dreckig, sondern nur staubig. Die *Ovahimba* kennen keinen Schmutz, für sie ist Staub Natur, und der oder die ist hier überall.»

Er stupste leicht gegen ihre Nase und lachte zärtlich.

«Deine Haut ist wundervoll – und sie hat endlich den richtigen Ton, Schokolade mit einem Klecks Schlagsahne, *katiti ombappa* ich kann dir hier leider kein Badezimmer anbieten.»

Sole ließ sich wieder in seine Arme zurückfallen. Satt wie eine Katze, beschützt wie ein Kind und glücklich, einfach glücklich. Morgen, wenn es hell ist, denke ich über alles nach, dachte sie.

«Was heißt *katiti ombappa*? Du hast mich heute Abend schon mal so genannt.»

«Kleine weiße Frau», hauchte ihr Richard ins Ohr und malte gleichzeitig mit einem Finger die Form ihrer Brüste nach. «Sei ehrlich, du warst überrascht, dass ich nicht beschnitten bin.»

Sole dachte nach. «Bekomme ich den Namen *katiti ombappa* geschenkt, oder muss ich ihn mit jemandem teilen», entgegnete sie, ohne darauf einzugehen, und zog ebenfalls die Konturen seiner festen Brust mit dem Zeigefinger nach.

Richard ignorierte ihre Frage. «Mein Vater war im Krieg. Drüben in Angola. Seine Brüder ebenfalls. So wurde die Zeremonie meiner Beschneidung von einem Besuch auf den anderen verschoben. Aber nie waren alle erforderlichen Familienmitglieder zusammen. Schließlich, so nehme ich an, wurde dieses Ritual von anderen wichtigen Ereignissen verdrängt. Nur meine Großmutter sprach immer wieder davon, und ich erinnere mich, dass ihr Ton dabei laut und böse wurde. Nach meiner Rückkehr aus Deutschland war es für eine rituelle Beschneidung zu spät. Ich hätte in ein Krankenhaus gehen müssen, und dazu hatte ich keine Lust.»

«*Muss* ich den Namen mit jemandem teilen?», wiederholte sie.

Richard begann, in kreisenden Bewegungen ihre Schultern, den Bauch, die Oberschenkel zu streicheln. Seine Hände schienen überall zu sein.

«Ich habe ihn noch nie zu einer Frau gesagt, er gehört dir.»

Seine Stimme war heiser, und sie flüsterte mit klopfendem Herzen in sein Ohr: «Dann sprich ihn aus, immer und immer wieder.» Sie küsste ihn und drängte sich wieder an ihn.

«Stellst du mich deiner Familie vor? Auch deiner Großmutter?»

«Willst du?»

«Mehr als alles andere.»

«Großmutter wird deine weiße Haut von allen Seiten beäugen, und ich fürchte, ein vernichtendes Urteil abgeben, das sie dann vor allen Dorfbewohnern zum Besten gibt.»

Richard begann zu keuchen. Er lag neben ihr, und sein Mund glitt von einer Brust zur anderen.

«Ich habe keine Angst davor», sagte Sole. Sie sah sein Lächeln auf seinem dunklen Gesicht und führte atemlos seine Hand zwischen ihre Schenkel.

«Ich warne dich, sie wird auch meinen unbeschnittenen Zustand erwähnen, mehr noch, an den Pranger stellen», flüsterte Richard und rollte sich auf sie.

«Ich werde dich davor retten.»

Wieder spürte sie seine Stärke und begann zu stöhnen.

«Psscht, *katiti ombappa*», hauchte Richard, als er erneut in sie eindrang, «ich werde mir etwas überlegen müssen, wie ich morgen dem Stammesältesten deine Schamlosigkeit erklären soll.»

«Oonzi», flüsterte Sole tief in sein Ohr, und die folgenden Worte hatte sie noch nie zu einem Mann gesagt, «bleibe die ganze Nacht *so* bei mir, und wagt es *beide* nicht, mich zu verlassen.»

Richard wurde wach.

Die beiden Männer werden zum Arzt gehen müssen. Und der ist verpflichtet, Schusswunden zu melden. Sie werden aussagen und es sich gegenseitig bestätigen, dass sie keinen Alkohol getrunken hatten, dass alles harmlos gewesen wäre, dass sie nur die schöne blonde Frau kennen lernen wollten. Das Auto können sie beschreiben, Sole natürlich auch. Und sie haben eines der *Himba*-Mädchen gesehen. Also werden heute Polizisten ausschwärmen und in jedem Anwesen nach einem bewaffneten *Ovambo*-Mann und einer blonden Frau fragen. Richard holte tief Luft. Sole lag in seinen Armen. Sie schlief noch.

Du Idiot, dachte er bei sich. Konntest du sie nicht in Frieden lassen? Abgesehen davon, dass sie deine Gastfrau ist, du wolltest doch nie mehr mit einer weißen Frau schlafen. Nie mehr. Er schloss wieder die Augen. Richtig hysterisch war sie aber erst geworden, als die vielen dunklen Gestalten aus dem Clan um uns herumhuschten. In dem schwachen Schein der Feuerstellen können sie wirklich wie verhexte Wesen aus einer anderen Welt aussehen, wohl bemerkt – für Europäer. Ich *musste* mit ihr Liebe machen, um sie von dem Geschehen abzulenken. Damit sie wieder zur Vernunft kam, denn sie war völlig ausgerastet. Die Alternative wäre gewesen, sie zu verprügeln, und das hätte sie mir wirklich übel nehmen können.

Abgesehen davon, *sie* hat mit dem Spiel angefangen.

Vorsichtig schob er sich von Sole weg und richtete sich auf.

Der Stammesälteste hatte ihnen in der Nacht die Hütte einer Witwe zugewiesen und keine weitere Erklärung verlangt. Richard hatte gedankt und ihm gesagt, er würde am nächsten Tag mit einem Geschenk in seine *ozondjwo** kommen. Aber bei den Geräuschen in ihrer Hütte wusste jetzt bestimmt die ganze *onganda***, dass sie ein Liebespaar waren. Bravo, nicht weniger als drei Probleme hatte er jetzt am Hals.

Die Polizei, den Häuptling und Sole Schuler, seine Gastfrau.

Sie mussten einige Tage hier in dem *kraal* bleiben, da war er sich sicher, aber das könnte er mit dem Häuptling klären. Ein weiteres Geschenk würde ihn bestimmt veranlassen, einen Späher loszuschicken. Vielleicht wird ja die Suche nach ihnen nach einem Tag beendet. In jedem Fall aber muss Sole dringend begreiflich gemacht werden, dass sie beide für die Dauer ihres Aufenthaltes eine Geschichte erfinden *und* spielen müssen, sonst würden sie hier im Dorf kein Verständnis für ihre Lage finden. So weit ist alles klar, dachte er und war trotzdem nicht erleichtert. Wenn sie uns *hier* kriegen, kommen wir sofort in ein Gefängnis. Und dann weiß ich wirklich nicht, an welchem Haken ich uns wieder herausziehen soll, beendete er mutlos seine Überlegungen.

Plötzlich wurde Sole wach. Verwirrt betrachtete sie ihn aus ihren großen blauen Augen.

Sofort wandte er sich ihr zu, ergriff ihr langes Haar und wickelte es spielerisch um seine Hand.

«Guten Morgen, Grünschote», sagte er leise und bemühte sich um eine optimistische Stimme. Er wusste nur zu gut, dass der Weg zum Ende dieses Abenteuers holprig, unberechenbar und ziemlich kompliziert sein würde.

«Ich kümmere mich um Dusche und Frühstück», sagte er und schlug den Vorhang zurück. Er wurde plötzlich unsicher. Was ist,

* Häuptlingshütte
** Dorf

wenn ich am Tag einer anderen Sole begegne, als der von heute Nacht, fragte er sich. Wir müssen über unsere neue Situation sprechen. Ich würde am liebsten alles vergessen, mehr noch, ungeschehen machen. Mein Gott, wären wir doch in Windhoek geblieben.

«Vertrau mir, es wird alles gut.»

Sole sah ihn merkwürdig angespannt an.

«Bist du noch mein Mann?», flüsterte sie, und Richard holte vor Erleichterung tief Luft.

Richard bemerkte auf dem Weg zum Kälbergehege, dass das Leben in den Hütten bereits erwacht war. Er sah die Frauen bei der Morgentoilette vor den Öffnungen ihrer Behausungen sitzen. Die meisten von ihnen trugen die gewellten Lederkronen, die sie als verheiratete Frauen auswiesen. Einige heiratsfähige Mädchen, Richard erkannte sie an ihren geflochtenen Zöpfen, saßen ihnen zu Füßen und folgten aufmerksam jeder ihrer Bewegungen. Sie alle hatten ihre geöffneten Ockerhörner vor sich liegen, wie auch die Hörner mit dem Butterfett und den aromatischen Kräutern. Ich muss es Sole zeigen, ging ihm durch den Kopf. Es wird sie interessieren, wie sie ihre nackte Haut damit einreiben, bis sie so glänzen wie ihre heiligen Rinder.

Noch in der Nacht war das Auto von den Männern zur Tarnung mit Dickbuschzweigen abgedeckt worden, und Richard hatte etwas Mühe, unbehelligt von ihren Dornen, in den Wagen hineinzukommen. Er war erleichtert, dass er gestern Morgen noch alle Wasserbehälter aufgefüllt hatte. Trotzdem würden die Wasserfässer nur für drei, höchstens vier Duschen reichen. Plötzlich hielt er inne.

Und wie würden es die *Himba* auffassen, wenn sie sehen, wie sie mit dem Wasser umgehen? Er wusste, dass sie in trockenen Zeiten oder wenn nach einer neuen Wasserstelle für Mensch und Tier gesucht werden musste, manchmal bis zu zwanzig Kilometer am Tag in der Hitze für nur einen Schluck Wasser wanderten.

Sole und er würden sich für die Dauer ihres Aufenthaltes hier täglich aus einer kleinen Schüssel waschen müssen, entschied er.

Er stellte einen Kanister beiseite, um ihn den Frauen zu schenken. Sie konnten mit dem Wasser ihre Kalebassen füllen. Vielleicht würden ihnen dadurch Sole und er sympathischer. Hoffentlich, dachte er. Für den Stammeshäuptling holte er Mehl und Reis aus seinen Vorräten. Er legte noch eine Schachtel Zigaretten dazu, eine zweite und kurz entschlossen eine dritte. Außerdem ein kleines Feuerzeug und ein abgepacktes Säckchen mit Salz. Wichtig ist, dass wir mit seiner Hilfe einige Tage für den Rest der Welt unsichtbar bleiben können, überlegte er. Nach dem Frühstück würde er mit den Geschenken hinübergehen, sie vor dem alten Mann ausbreiten und mit dem schwierigen Gespräch beginnen.

Er füllte eine kleine Schüssel mit Wasser, steckte sich ein Stück Seife in die Shorts, legte ein Handtuch um den Hals und lief zurück zur Hütte.

Sole hatte ihre Arme unter dem Nacken verschränkt. Sie machte Bestandsaufnahme. Dankbar hatte sie Richard den Becher mit heißem Kaffee aus der Hand genommen, den er ihr gebracht hatte, nachdem er sich hinter der Hütte gewaschen hatte. Erneut war er zum Wagen gelaufen, um das Frühstück zu holen. Sie hatte nichts dagegen, noch einige Tage hier zu bleiben, wenn sie nur zusammen waren.

Aber, halt, da war noch etwas anderes.

Papa und Mama. Und die Leute in Düsseldorf.

Nein, die in der Filmbranche nicht. Dort wäre ihr Abenteuer mit Richard reine Exotik. Habt ihr schon den neuen Mann von Sole Schuler gesehen. Er ist schwarz –

Vielleicht könnten sie beruflich ein Team werden. Richard würde interessierte Produzenten, die nach Schauplätzen suchten, durch die Gegend führen, und sie würde versuchen, den Auftrag für die Kameraarbeit zu bekommen.

Richard and Sole Shapake-Schuler, Guide-Operator and Camera-Productions – Windhoek/Duesseldorf.

Zwei Männer in ihrem Leben, zur gleichen Zeit.

Der eine, mit dem sie nach Afrika gekommen war, lag in einer Windhoek-Klinik, mit dem anderen reiste sie durch Afrika – und hatte Grenzen überschritten.

Seufzend stand sie auf, nahm Richard das Tablett aus der Hand und stellte es auf dem Boden ab, damit er zurückgehen konnte, um Teller und Besteck zu holen.

«Wir können nicht mehr kühlen», sagte Richard, «also sollten wir heute alles essen, was verderblich ist. Eier, Quark, Milch. Ab morgen Früh gibt es nur noch Marmeladebrote.»

«Es war Notwehr», sagte Sole und blickte ihn fest an. «Ich werde es dem deutschen Botschafter in Windhoek sagen.»

«Ja, es ist schon recht», sagte Richard einsilbig.

Er ist nervös, dachte sie, wegen *uns* oder wegen der Männer?

Der Afrikaner verließ die Hütte und kam kurze Zeit später mit einem besenähnlichen Gegenstand zurück und begann, die Hütte auszufegen.

«Sollte das nicht meine Arbeit sein?», fragte sie etwas pikiert.

«Die *Himba*-Hütten werden nur von den Frauen gebaut», antwortete Richard ohne Zusammenhang. «Sie nehmen dazu die Wedel einer Palmenart, die hier wächst –»

Er hob das Ziegenfell hoch und schüttelte es vor der Hütte aus.

«Ich hole nachher unsere Schlafsäcke, aber das Fell sollten wir trotzdem hier lassen.» Er lächelte ein wenig. «Ich muss auch gleich zum Dorfältesten. Es kann sein, dass dir seine Frau einen Antrittsbesuch macht. Deswegen habe ich die Hütte ausgefegt.»

Er machte einen Schritt auf sie zu.

«Ja, ich weiß», sagte Sole so sanft sie konnte. «Wir sollten miteinander reden.»

Sie blickte ihm nach, als er mit den kleinen Geschenken in seinen Händen über den Dorfplatz ging. Ihr Herz klopfte heftig, und sie hatte einen schalen Geschmack im Mund. Irgendetwas roch für ihren europäischen Geschmack streng und seltsam. Sie schnüffelte an dem Ledervorhang. Der könnte es sein, dachte sie, deshalb auch die Übelkeit.

9 Das Dorf

Richard stellte die Säckchen mit Mehl, Reis und Salz vor die Füße des alten Mannes, der mit gekreuzten Beinen am Feuer saß.

«Wir sind dankbar für eure Gastfreundschaft», sagte er in der Sprache der *Herero* und wartete auf das Zeichen, sich neben ihn setzen zu dürfen.

Gleichmütig betrachtete ihn der Alte. Sein hoch aufgetürmtes Haar war unter ein Ledertuch gesteckt, und der *eha** klimperte leise bei jeder Bewegung. Richard musste sich anstrengen, ihn zu verstehen, denn die Worte zischten durch die Zahnlücken des Mannes, er konnte sie kaum verstehen.

«Die Männer waren betrunken, und der Rausch der Blume war in ihren Köpfen», sagte er fest. «Der Präsident selbst hat mir die Waffe gegeben, damit ich zu jeder Zeit die Gäste der Regierung und mich schützen kann. Ich sage dir die Wahrheit, so, wie es sich zugetragen hat. Natürlich werde ich das bei der Polizei klären, aber in Windhoek. Hier habe ich keine Chance, weil ich die blonde deutsche Frau nicht schützen kann. Das kannst nur du.»

Der Alte zischte wieder etwas und schlug seine knochigen Hände gegeneinander. Eine Frau betrat die Hütte und reichte ihm eine Pfeife. Richard sah sofort am Kerbenmuster, dass es die *Pfeife zum Verweilen* war, denn sie war aus der *mopane*-Wurzel geschnitzt und durfte nur langsam geraucht werden. Der Alte nickte, ohne ihn anzusehen. Richard war erleichtert und setzte sich ihm gegenüber an das Feuer. Es gibt kluge Frauen, dachte er dankbar, egal, ob schwarz oder weiß. Gut, dass ich den Wasserkanister *vor* dieser Unterredung abgegeben habe. Er hatte mit Hilfe der Häuptlingsfrau Gehör gefunden.

Bedächtig griff der Alte nach dem Beutel, der aus dem zarten Fell einer Ziegentotgeburt gefertigt war und entnahm ihm eine Prise Tabak. Richard nahm ihm die Pfeife aus der Hand, entzündete sie mit einem Stück glühender Kohle und reichte sie ihm wie-

* Rückenschmuck des Himbamannes

der. «Nein, die Frau ist nicht verheiratet, aber sie hat ein gutes Wesen. Vielleicht werden sie und ich den Weg der Zukunft gemeinsam gehen. Wir haben bereits das Lager miteinander geteilt. Wenn du es aber wünschst, wird sie in ihrer Hütte bleiben oder sich nur bei den unverheirateten Mädchen aufhalten, bis du eine Entscheidung getroffen hast. Ihre Familie –»

«Ozongombe ozomwa zoviruru –», krächzte der Alte.

«Die heiligen Rinder der Geister deiner Vorfahren werden nicht gestört. Sie werden auch nichts dagegen haben», unterbrach ihn Richard schnell. «Als Vertreter des Vaters dieser Frau darf ich dir ein Rind anbieten, das du opfern kannst. Nenn mir deinen Preis, und es soll so sein.»

Der Alte murmelte etwas in das Feuer hinein. Seine Stimme rasselte, und er fixierte angestrengt die Flamme. Eine andere Frau betrat die Hütte. In dem Panzer einer Schildkröte trug sie glühende Asche, die sie bedächtig in das heilige Herdfeuer schüttete. Richard wusste jetzt, dass Sole und er die Genehmigung zum Bleiben hatten. Zwar musste vor dem außerordentlichen Festessen noch *gedeutet* werden, aber das war eigentlich nur eine Zeremonie, die diesen Abend ohne einen eigentlichen rituellen Anlass aufwerten sollte. Er erhob sich erleichtert und verließ mit einem leichten Kopfnicken die Hütte.

Unmittelbar nach Richards Rückkehr aus der Hütte des Häuptlings gingen die beiden jüngsten Söhne in das Kälbergehege und kamen mit einem jungen Rind zurück. Sie führten es zur Mitte des Dorfplatzes, packten es am Hals und zwangen es auf den Boden. Während der eine mit seinem Knie gegen die Kehle drückte, versuchte der andere, das kraftvolle Ausschlagen der Hufe zu verhindern. Der Todeskampf des Rindes dauerte schon mehr als zehn Minuten. Es war stark, wollte nicht sterben, aber schließlich wurde seine Gegenwehr langsamer, dann zuckte es nur noch. Die Männer lagen regungslos mit ihren ganzen Körpern auf dem Tier. Sole, die mit Richard vor ihrer Hütte saß, konnte selbst aus der Entfernung den heiteren Ausdruck auf den Gesichtern der *Himba*-Menschen erkennen, die nach und nach trotz der Hitze ihre dunklen *ozondjuwo* verließen und sich erwartungsvoll im Halbkreis niedersetzten.

Sole verzog angeekelt das Gesicht und drückte sich an den Afrikaner.

«Zeig um Gottes willen Haltung», flüsterte Richard. «Der *Ovahimba* erdrosselt sein Schlachtvieh. So wird kein Blut vergossen, und der Tod dieses Tieres stört auch nicht die Ruhe der anderen. Nur wenn das Oberhaupt der Sippe stirbt, schneidet man dem Rind die Kehle durch und befestigt seine Hörner auf einem Pfahl.»

Es war früher Nachmittag. Die Mütter trugen ihre Säuglinge in dem Arm, und die größeren Kinder saßen dicht an sie gedrückt. Ältere Frauen hielten ihre Enkel fest an der Hand und verscheuchten mit der anderen in herrischen Gebärden die mageren Hunde, die ebenfalls angelaufen kamen.

Sole betrachtete interessiert die jungen unverheirateten Männer mit ihren streng nach hinten geflochtenen Zöpfen. So viele Schwarze waren ihr zwar immer noch unheimlich, aber die Angst der vergangenen Nacht war nicht mehr zurückgekehrt. Richard folgte ihrem Blick.

«Sie tragen noch ihre *ondatu*», flüsterte er. «Erst wenn der Mann verheiratet ist, wird er aus seinem Zopf die klassische *ondumbu*-Frisur flechten. Sole, tu mir den Gefallen und schau keinem dieser jungen Männer direkt in die Augen. Sie könnten es missverstehen. So oder so. Überhaupt, senke nach Möglichkeit bei *jedem* Geschehen hier die Augen. Es muss nicht sein, dass sie deinen Widerwillen vor ihrem Leben darin erkennen.»

Die tief stehende Nachmittagssonne lockte die Farben der Natur in den Mittelpunkt des *kraals*. Berge, Felsen und Steine zeigten Streifen und Ornamente aus Bronze, Rost, Kupfergrün und Purpur, und ihre Schatten erstreckten sich weit in den Osten. Es lag eine eigenartige Stimmung in der Luft. Die Menschen warteten auf etwas, sie waren aufgeregt und blickten sich immer und immer wieder um.

Dicke schwarze Fliegen begannen das tote Rind zu umschwärmen, ließen sich nieder, und ihr unangenehmes Summen war das einzige Geräusch. Endlich begann ein junger Mann auf das Tier zuzutänzeln. In der erhobenen Hand hielt er ein Messer. Ein Zweiter folgte ihm, und auch ein Dritter. Fast spielerisch öffneten sie den Leib des Rindes vom Hals bis zu den hinteren Keulen, und die Frauen begannen, fröhlich in ihre Hände zu klatschen, als das Blut den Tierkörper verließ.

Eine Alte erhob sich mühsam und ging zu dem Tier hin. Sie zerrte an den Eingeweiden und legte den gewaltigen Berg aus schleimigen Schnüren, die ihr unwillig durch die Finger rutschen wollten, zur Seite. Dann griff sie mit beiden Händen in den Körper hinein, tiefer, riss und zerrte und hob schließlich mit einem triumphierenden Schnalzlaut das bluttriefende Herz in die Höhe. Die Frauen klatschten erneut, und die jungen Männer berührten mit der geschlossenen Faust zustimmend die obere linke Seite ihrer Körper. Jetzt stand die jüngste Frau des Häuptlings auf, ein Neugeborenes hing ihr wie ein Äffchen auf dem Rücken, ein zweites Kind stand auf unsicheren Beinchen dicht hinter ihr. Sie griff ebenfalls in den Tierkörper und riss die Leber und die beiden Nieren heraus. Junge Mädchen standen mit Holzgefäßen neben ihr. Zufrieden legte sie die Innereien hinein und deutete auf ein Feuer, das bereits angezündet war.

Ein kräftiger Mann zog den Tierkörper in die Höhe. Die Muskeln seiner Arme vibrierten, und an seinen Schläfen traten vor Anstrengung die Adern hervor. Eine Welle Blut verließ den Kadaver, und eine junge Mutter bedeutete ihrem Sohn, das Innere des Rindes mit Gras auszuwischen. Kopf und Oberkörper des Jungen verschwanden im Leib des Tieres, und als er sich umdrehte, war sein Gesicht voller Blut, und wieder klatschten die Frauen.

«Jeder Handgriff ist ein Ritual», flüsterte Richard Sole ins Ohr. «Ich kann dir auch nicht alles erklären, dazu war ich zu lange fort.» Er nahm ihre Hand. Sole bemerkte, dass sich ein Muskel seiner Wange straffte und er den Kopf senkte. Ich kann ja wegsehen, wenn es zu unangenehm wird, dachte sie, und essen werde ich davon ganz bestimmt nichts.

Vier ältere Männer traten hinzu. Sie hielten sich an den Händen, und ihre Gesichter waren ernst und konzentriert. Mit kleinen Stöckchen in ihren Händen beugten sie sich über die aufgetürmten, noch dampfenden Eingeweide und begannen bedächtig, den Haufen in einzelne Portionen aufzuteilen. Konzentriert zeichneten sie Kreise, Striche und Geraden in das Blut, das ausgebreitet in einer großen Lache vor ihnen lag. Ohne sich anzusehen, führten sie murmelnd eine Diskussion über das fahle Netz der Blutgefäße und betrachteten dabei interessiert das Muster eines pittoresken Blutfleckens, der bereits an seinem Rand durch die Sonneneinwirkung dunkel war und sich trocken in die Erde krallte.

«Sie suchen Anzeichen von Regen oder Hinweise auf einen Zauber, der über einem Mitglied dieses Clans liegen könnte, oder sie versuchen herauszufinden, in welcher Absicht, gut oder böse, du in ihre *ozonganda* gekommen bist.»

Sole sah viele Füße, die durch das Blut des Rindes liefen. Kinder schöpften es mit hohler Hand und tranken es. Mütter setzten Holzschalen schräg auf die Erde und schoben mit der Hand das Blut hinein.

Sole senkte die Blicke und schluckte.

Richard raunte ihr ins Ohr: «Ich habe dem Häuptling gesagt, dass wir uns beide in der Zeit der Prüfung befinden. Wir gelten also als Braut und Bräutigam. Sorry, aber es war die einzige Möglichkeit, unsere letzte Nacht, ihren Gebräuchen gemäß, als normal erscheinen zu lassen. Hier muss sich nämlich der Bräutigam tagsüber vor den künftigen Schwiegereltern verstecken, in der Nacht darf er allerdings ungehindert zu seiner Braut in die Hütte. Bitte, trag morgen früh als Erstes die Asche weg. Als dein zukünftiger Mann darf ich weder damit noch mit Tierdung aus der näheren Umgebung deiner Hütte in Berührung kommen.»

Er lachte leise, aber trotzdem hörte Sole eine gewisse Unsicherheit heraus. «Ich wäre zwar nicht Gefahr gelaufen, hier deinem Vater zu begegnen, aber der Häuptling will an *seine* Stelle treten, damit hier in seinem Dorf die Schicklichkeit gewahrt bleibt.»

Sole schaute Richard einigermaßen entgeistert an.

«Das bedeutet», fuhr Richard fort, «dass ich ihm tagsüber nicht unter die Augen treten darf. Wir können also nicht mehr zusammen frühstücken oder lunchen. Ich werde aber alles im Auto vorbereiten, und du musst eben die Zeit über, wo wir hier sind, rübergehen und dort im Stehen essen. Das Abendbrot nehmen wir gemeinsam ein, weil ich nach dem Sonnenuntergang in deine Hütte darf. Du kannst dich am Tag bei den unverheirateten Mädchen aufhalten, sie auch überallhin begleiten oder aber in der

Hütte bleiben.» Nach einer Pause sagte er: «Ich sage es ungern, aber in den nächsten Tagen hängt so ziemlich alles von dir ab. Es wäre für uns beide eine Katastrophe, wenn uns die hiesige Polizei aufspüren würde. Also, Grünschote, nimm es mit Humor und sei tapfer. Die Tänze beginnen jetzt gleich und enden in der Nacht. Dann komme ich zurück. Jetzt muss ich zu den Männern.»

Er schlich gebückt hinter die Hütte, schlug einen großen Bogen um die gesamte *ozonganda*, um dann wie zufällig von der anderen Seite her unbemerkt in die Reihen der jungen Männer einzutauchen.

Die Sonne war untergegangen und ein intensiver Fleischgeruch hing über dem *kraal*. Unzählige kleine Feuer brannten, und ihre Lichthöfe erhellten die dunkle Nacht. Die Frauen liefen geschäftig hin und her.

Nur Sole hatte nichts zu tun. Sie konnte nicht einmal lesen, denn das einzige Buch, das sie hatte, lag im Wagen, und der stand, unerreichbar für sie, weit hinten in der Einfriedung der Jungkälber. Zudem nahm das Tageslicht schnell ab. Wo sind Kerzen und Streichhölzer, überlegte sie, und ich müsste auch mal auf eine Toilette. Ich sollte mir morgen bei Tageslicht alles griffbereit hinlegen. Verdammt, ich habe mich nie darum gekümmert. Richard hat das alles gemacht. Sie wühlte in dem Berg von Dingen, die Richard im Laufe des Tages aus dem Auto angeschleppt hatte und die jetzt in einer Ecke der Hütte lagen. Dann erinnerte sie sich, dass Hannes in Deutschland Erfrischungstücher in ihren Beutel gesteckt hatte. Man kann nie wissen, welchen Dreck wir antreffen, hatte er gesagt, und zum ersten Mal war sie ihm für seine Pedanterie dankbar.

Sie steckte sie in die Tasche der Shorts und verließ die Hütte und auch den äußeren Ring des Dorfes.

Ein Stück weit weg fand sie hinter einem kleinen Steinwall eine Erdsenke und verrichtete dort ihre Notdurft. Sie blickte um sich. Kies, Sand, Steine. Nirgendwo auch nur ein Grashalm. Wie können diese Menschen hier existieren, überlegte sie, und ihre Gedanken sprangen weiter. Es ist kaum zu begreifen, dass sie noch nie ein Buch oder eine Zeitung gelesen oder gar einen Film gesehen haben, dass sie noch nie in einem Zoo waren oder auf einer Straße gelaufen sind, die von Geschäften gesäumt ist, noch nie in ihrem Leben ein Steinhaus mit verschließbarer Eingangstür betreten haben, noch nie in einem frisch bezogenen Bett gelegen sind, noch nie ein Badezimmer mit Dusche oder Toilette benutzt haben.

Hatten sie je an einer Rose nach einem Regen gerochen?

Ich sollte mir diese Stelle für meinen täglichen Toilettengang herrichten, dachte sie. Vielleicht einen kleinen Sitz aus Steinen schichten und eine Kuhle buddeln. Womit? Einen Löffel hat Richard bestimmt ins Zelt gebracht. Sie stand aus der Hocke auf und zog die Hose hoch. Mit einem Schrei wich sie zurück. Unmittelbar vor ihr standen zwei schwarze Gestalten. Malange legte den Finger auf ihren Mund und griff nach ihrer Hand, während Komahira mit der Spitze eines gewölbten Knochens etwas abseits ein Loch grub, die Exkremente von Sole dorthin trug und verscharrte.

«Wa penduka nawa?» Besorgt strichen sie über ihren Bauch und machten einen Handbewegung zum Mund hin.

«Ich bin okay», sagte Sole. «Mir geht es gut, ich war nur erschrocken, weil ich euch nicht kommen gehört habe.»

»Ondjara?», fragten sie und strahlten. Malange zeigte kurz mit dem Kopf in die Richtung der Hütten. Sole erriet die Frage und erwiderte: «Ja, ich habe sogar großen Hunger.» Sie seufzte. «Allerdings auf Pasta und ein Glas Wein.»

Die beiden Mädchen nahmen sie in die Mitte und führten sie sicher durch das Dunkel zu ihrer Hütte zurück. Wahrscheinlich hat Richard die beiden Mädchen gebeten, auf mich aufzupassen, dachte Sole dankbar. Bestimmt hätte ich beim Zurücklaufen in der Dunkelheit wieder eine höllische Angst bekommen.

Das Erste, was Sole bei ihrer Rückkehr sah, waren riesige Kalebassen, die einladend vor jeder Feuerstelle standen. Heute Nachmittag hatte sie sie noch nicht gesehen, auch waren ihr die beiden hoch gewachsenen Frauen nicht aufgefallen, die in traditioneller *Herero*-Kleidung neben der Frau des Häuptlings hockten und anfingen, Fleischfetzen aus dem Feuer zu angeln und auf ihre Holzteller zu legen.

Komahira trat auf Sole zu und reichte ihr einen hölzernen Trinkbecher.

*«Kari»**, flüsterte sie und lächelte dabei fröhlich. Sole nahm ihr den Becher aus der Hand und zwang sich, einen Schluck zu trinken. Sofort spuckte sie den bitteren Schluck wieder aus und rieb dabei geistesgegenwärtig ihren Bauch, so wie es Malange vorhin getan hatte. Sole bedeutete ihr, dass sie sich nicht wohl fühlte und lieber das weitere Geschehen von ihrer Hütte aus betrachten wollte.

«Geh zu deinen Freundinnen und amüsiere dich», sagte sie auf Englisch, was natürlich Blödsinn war, denn die kleine *Himba* verstand die Sprache nicht.

Richard musste noch einmal in der Hütte gewesen sein, denn sie sah den Plastikeiskühler mit einer Flasche Wein und einem Glas auf dem Boden stehen, daneben einen Teller mit Tomaten und Brot. *Und* eine Kerze brannte. *Und* ein kleines Feuer vor der Hütte war angezündet worden – irgendwie war Sole erleichtert. Sie suchte nach etwas, worauf sie sich setzen konnte, und ihr Blick fiel auf das Ziegenfell.

«Du bist erfahren und hoffentlich verschwiegen», murmelte sie, nahm das Fell von der Stange und ging damit vor die Hütte.

Der scharfe Geruch nach Ziegen, Feuerrauch und Menschen wehte zu ihr herüber. Zuerst dachte sie, warum riecht es nach Ziegen, aber dann konnte sie sich daran erinnern, dass einige halbwüchsige Jungen vor ihrem Toilettenausflug eine Herde in den *kraal* getrieben hatten. Sie müssen also hier irgendwo in nächster Nähe sein. Wenn Ziegen und Schafe mein einziger Besitz wären, würde ich es natürlich auch so machen, damit Löwen und Leoparden keine Chance haben, sie zu reißen, überlegte sie und stützte ihre Arme auf die Knie.

Sie kam sich schmutzig vor, verschwitzt, unsauber. Was soll's, dachte sie, goss sich Wein nach und wusste, dass sie dabei war, sich zu betrinken.

Sie konnte erkennen, dass sich die *Himba*-Frauen mit Perlen, ausgehöhlten Tierschnecken und noch mehr Ringen an Armen und Fußgelenken geschmückt hatten. Ihre Körper glänzten im Schein der Feuer. Wie sie so voller Grazie mit geraden Rücken auf

* Traditionelles, selbst gebrautes Bier der Himba

dem Boden saßen, erinnerten sie Sole an die kleinen Terrakottafiguren ihres Kunstlehrers Focke, der diese Kunst, seine eigene, einmal in die Schule geschleppt und auf das Lehrerpult gestellt hatte.

Obwohl Sole von den Ritualen nichts verstand, war sie sich sicher, dass der eigentliche Abend noch nicht begonnen hatte, denn die Frauen unterhielten sich nach wie vor, und die Kinder quiekten vergnügt in ihren Armen. Angestrengt betrachtete Sole den Kreis der jungen Männer, aber sie konnte Richard nicht entdecken.

Plötzlich erschien der alte Häuptling. Er wurde von zwei Frauen gestützt und stieß, als er an das Feuer trat, einen gellenden Schrei aus, der jedes Geräusch abrupt verstummen ließ. Für vielleicht drei oder vier Sekunden war absolute Ruhe. Dann sprangen die Frauen händeklatschend auf. Sie begannen zu singen und formierten sich stampfend zu einem großen Kreis um alle Feuer herum. Junge Männer begehrten Einlass, und lachend wurde er ihnen gewährt. Immer mehr sprangen in den Kreis hinein, tanzten mit skurrilen Bewegungen um die Feuerstellen herum, und wirbelten die mitgebrachten Stöcke über ihre Köpfe, ohne sich oder die anderen zu berühren. Sie keuchten und stießen Schreie aus, mal krächzend, mal in einem tiefen Timbre. Staub wurde hochgeworfen, die Flammen des Feuers brachen in seinem Grau, und es knisterte, wenn er auf sie niederrieselte.

Sole rieb sich die Augen. Es war ihr, als stünde sie mit ihrer Kamera am Set.

Vor zwei Jahren hatten Thaddeus Wechselberger und sie eine Traumszene filmen müssen. Ich zeig dir jetzt, wie man Filmeffekte zaubert, hatte er gesagt und mit der Hilfe einer Trockeneismaschine weiße Bodenwolken aufsteigen lassen, die sich mit dem arrangierten Licht vermengten, um dann in unwirklicher Schönheit auf die Akteure herunterzuschweben. Ich sollte diese Szene hier filmen, denn *sie* ist das Original, alles andere ist Nachahmung, dachte Sole und kämpfte mit einem Schluckauf. Sie war jetzt ziemlich betrunken. Mit aufgerissenen Augen starrte sie in das afrikanische Geschehen.

Plötzlich sprangen die Kinder auch in den Kreis. Sie hatten ihre Ärmchen angewinkelt und bewegten sie wie Flügel. Sole nahm an, dass sie Vögel darstellen sollen. Kein Schauspieler könnte es besser machen, dachte sie. Der Singsang der Frauen wurde lauter und schriller, sie traten weiter nach hinten und vergrößerten damit den Kreis. Auch die Männer formierten sich neu, drückten ihre Hände gegeneinander und hielten sie in Augenhöhe.

Mit einem Satz sprang der alte Mann mitten in die Flammen hinein.

Wie in Trance begann er, in der glühenden Asche zu tanzen. Mit geschlossenen Augen drehte er sich, hüpfte auf einem Bein, sprang zur nächsten Feuerstelle, stampfte auf. Ohne die beiden älteren Frauen zu beachten, die als Einzige saßen, sprang er zu einem jungen Mann hin und verlangte gebieterisch die Öffnung des Kreises. Er lief die Reihe der klatschenden Frauen ab und zeigte mit dem Finger auf ein junges Mädchen. Sofort begann es, mit aufreizenden Bewegungen und Gebärden auf den Alten zuzugehen. Der alte Mann wich zurück, das Mädchen folgte ihm, tanzend und mit lockenden Gesten, ungestüm schnell und dann wieder langsam.

Es war ein Spiel, das war Sole klar. Ein Paarungstanz? Aber mit einem alten Mann?

Die Gestik des Häuptlings drückte aus, dass er geschmeichelt war. Er strich sich über seinen Leib und nickte. Es war richtig so, das junge Mädchen sollte ihn, den alten erfahrenen Mann, begehren, aber es sollte *seine Weisheit* sein, die es wollte. Das körperliche Begehren würde er an einen jungen Mann weitergeben. Er hob die Arme, er flatterte mit den Händen, er verbeugte sich vor der jungen Frau. Das Mädchen folgte seinen Bewegungen mit einem verklärten Gesichtsausdruck, denn es war eine Auszeichnung, vom Häuptling erwählt zu werden. Die Frauen schrien und klatschten wie wild.

Was sehen sie nur in dem alten Mann, der einem jungen Mädchen nachstellt, dachte Sole, ein wenig unangenehm berührt. Das Feuer drohte auszugehen, und sie stocherte unsicher mit einem Stück Holz, weil sie nicht im Dunkel sitzen wollte.

So bekam sie nicht mit, wie die Männer noch einmal die Reihe öffneten. Als sie sich dem Geschehen wieder zuwandte, sah sie, wie ein Mann mit einem gewaltigen Satz über drei Feuer sprang und sich fordernd der Frau näherte. Er war hoch gewachsen, trug aber weder den Zopf des unverheirateten Mannes noch das aufgetürmte Haar des Familienvaters. Sein Lendenschutz bestand aus hellem Tierleder und der Halsring aus weißen Perlen. Herrisch richtete er den ausgestreckten Arm auf den alten Mann, der in stolzer Überlegenheit den Kreis verließ.

Sole sah, dass die junge Frau überrascht war. Ihre Augen blitzten, und sie begann, mit lasziven Bewegungen vor dem Mann zu tanzen. Sie wollte ihm gefallen, seine Aufmerksamkeit einfordern. Geziert drehte sie sich, und Sole konnte in ihr schönes Gesicht sehen. Es glänzte vor Schweiß und Wildheit. Sie bemerkte ihren sehnsüchtigen Ausdruck und war gespannt, ob der Mann sie *auch* begehrte. Langsam drehte sich der Tänzer um. Seine Augen waren geschlossen, und er schien in Trance zu sein.

Es war Richard.

10 Ein Krokodil verliert

Es war fast Mittagszeit. Senkrecht brannte die Sonne auf die flache Landschaft. Eine Totenstille lag über den Hütten. Die Feuerstellen im inneren Kreis der *ozonganda* waren ausgebrannt. Noch in der Nacht hatten die Frauen die Glut in die Hütten getragen, um die nächtliche Kühle erträglicher zu machen. Vor dem Sonnenaufgang hätten sie eigentlich die Feuer draußen wieder leicht entfachen müssen. Irgendwie schien aber dieser Morgen, der sich bereits in den Mittag hineinzog, anders zu sein. Das ahnten auch die am gestrigen Abend in den *kraal* getriebenen Ziegen, die ratlos an den Schutzwällen aus Zweigen standen, und sich keine Mühe machten, daran zu knabbern. Sie wussten, dass es abgestorbene Natur war, und so liefen sie hin und her und betrachteten sorgenvoll die Kleinen, die hungrig waren und vereinzelt zu meckern begannen und sich gegenseitig mit ihren kleinen Hörnern stießen. Einige Hunde wechselten zwischen Sonne und Schatten hin und her, so als könnten sie sich nicht entscheiden, was angenehmer war. Vorher waren sie bereits aufmerksam mehrmals alles abgelaufen und hatten jeden Knochen, jeden Fleischfetzen aufgespürt und gefressen. Sogar das getrocknete Blut hatten sie vom Boden aufgeleckt und nur widerwillig den körnigen Sand, der sich mit der Asche vermischt hatte, wieder ausgespuckt.

Soles erster Gedanke als sie erwachte war, lieber Gott im Himmel, hoffentlich liegt eine von Hannes' Aspirintabletten noch in meinem Schminktäschchen, und sollte es so sein, wie komme ich an ein Glas Wasser?

Ihr Blick fiel auf die Cola-Dose, und sie begann, in ihrer Tasche zu kramen. Sie hatte rasende Kopfschmerzen und ein dumpfes Gefühl in der Magengegend, das sich gefräßig ausbreitete, wenn sie an den gestrigen Abend dachte.

«Hannes, du bist ein Schatz», murmelte sie, als sie die Tablette gefunden hatte und mit einem Seufzer in das leere Weinglas warf und die Cola darüber goss. Sie zog die Beine an und verschränkte ihre Hände unterhalb der Knie. Und jetzt, Sole Schuler, worauf wartest du? Auf eine Tasse Kaffee oder auf ein Telefongespräch? Vielleicht von Hannes aus dem Krankenhaus oder von Mama Shapake aus dem *Ovambo*-Land, die ihren wild gewordenen Sohn sprechen will, der leider nicht geholt werden kann, weil er in irgendeiner Hütte seinen Rausch ausschläft, in den er sich gestern Abend bei seinem Ausflug in die Steinzeit fallen ließ. Vorsätzlich und ohne Rücksicht auf die mitgeschleppte Sole. Ach ja, sicher liegt er auch nicht allein.

Ich muss frische Luft haben, dachte Sole mürrisch und stand auf. Als sie den Vorhang zur Seite schob und mit dem nadelfeinen Ästchen feststeckte – Komahira hatte es ihr gezeigt –, sah sie Malange mit großen Schritten auf ihre Hütte zugelaufen kommen. Ihr Gesicht war fröhlich, mehr noch, arglos, und sie hielt in ihren Händen eine Holzschale, die sie Sole reichte.

«Na, wie viele wilde Tiere hat Richard gestern noch dargestellt?», fragte sie ironisch das Mädchen. «Und in welche Hütte durfte er sich dann mit der *kraal*-Schönheit zurückziehen?»

Misstrauisch betrachtete sie den weißlichen Schleim und beschloss sofort, nichts davon zu essen, obwohl sie ziemlich hungrig war. Stattdessen griff sie nach der Banane, die noch als Reiseproviant in ihrer Tasche lag. Malange lächelte. Sie zeigte auf ihre Freundinnen, die bereits den äußeren Ring der *ozonganda* verlassen hatten und eine kleinere Herde von Kälbern vor sich her trieben. Sie klopfte mit der Hand auf die Brust und zeigte wieder auf Sole.

*«Injo matu kawonge.»**

«Ja, ich komme mit», erriet Sole ihre Bemerkung, «was soll ich auch hier.»

Sie setzte sich Richards Hut auf und zog sich die festen Stiefel an. Aus dem Haufen in der Ecke zog sie die Stofftasche hervor, die sie gestern zufällig gesehen hatte, und warf einige Dinge hinein, die, wie sie meinte, für die nächsten Stunden außerhalb des *kraals* nötig sein könnten. Den letzten Apfel, ein Messer, Creme und natürlich die Wasserflasche. Sie wunderte sich, dass sich die Mädchen nicht die Füße verbrannten, denn selbst durch

* Wir gehen, komm mit uns

ihre dicken Schuhsohlen fühlte sie die Hitze, die von den Steinen und dem Sand ausstrahlte. Es ist eigentlich idiotisch, in der Mittagshitze durch die Gegend zu laufen. Hätte der Hut keine Krempe, würde die Luft einem glatt die Lungen versengen, dachte sie. Aber vielleicht herrschen hier nach einem Schlachtfest wieder andere Sitten. Und schließlich, irgendeiner muss sich ja um das arme Vieh kümmern.

Zwei Mädchen trugen Behälter, Sole wusste nicht, warum und wofür. Die beiden anderen hielten Gerten in den Händen. Sie pfiffen und schnalzten und pikten die Rinder in ihre Flanken und Rücken. Offensichtlich wussten sie genau, wie die Tiere zusammengehalten werden mussten. Sie kauten auf einem Zweig herum, spuckten Teile davon aus und brachen sich an einem Strauch, der zufällig am Weg stand, einen nächsten Zweig ab.

Malange reichte Sole einen Zweig. *«Omuzema»*, sagte sie und bedeutete ihr, darauf zu kauen.

Sole bemerkte sofort den erfrischenden Geschmack. Sie machte es den Mädchen nach und rieb sich ebenfalls mit dem angekauten Stück Rinde die Zähne. Toll, dachte sie, genauso gut wie eine Zahnbürste. Malange streckte den Arm aus und zeigte in die Richtung einer Hügelkette, die weit vor ihnen lag.

«Da willst du hin?», fragte Sole ungläubig. «Wie lange brauchen wir dafür?»

Malange lachte. Offensichtlich hatte sie Sole verstanden, denn sie schüttelte den Kopf und tänzelte ein wenig.

Nach zwei Stunden gemächlichen Schlenderns kamen sie an das *rivier*, das deutliche Zeichen des starken Regens der vergangenen Tage aufwies. Kleine Wassertümpel lagen von der Sonne geschützt unter Bäumen mit großflächigen Blättern. Die Mädchen trieben die Rinder an die erste Senke, die Wasser führte, und begannen, aus einer nächsten die mitgebrachten Behälter mit Wasser zu füllen. Sie kicherten fröhlich, während sie ihre Füße in ein drittes Loch tauchten, und Malange bedeutete Sole mit einem Handzeichen, es ihnen gleichzutun.

Sole lachte erregt. Sie riss sich das Hemd vom Körper und zog auch die Hose aus. Nackt legte sie sich in ein längliches Wasserloch. Der Boden war weich, lehmig und sie bewegte sich ein wenig hin und her, damit sie tiefer zu liegen kam und das Wasser auch ihren Bauch und ihre Schenkel erreichte.

«Mein Gott», rief sie, «genau das hat mir gefehlt. Malange, du hast mindestens drei Wünsche bei mir frei.» Sie streckte die Beine weit von sich, hob sie ein wenig hoch und verdrehte übermütig die Füße. Ein Mädchen trat zu ihr hin und betrachtete interessiert die roten Fußnägel.

«Ich kann leider deine Sprache nicht», sagte Sole, «aber ich schätze mal, dass du scharf auf meinen Nagellack bist. Wenn du willst, kannst du deine Zehen damit bestreichen.» Sie kam sich großzügig vor. «Ich meine, ich leihe ihn dir, wenn wir wieder zurück sind.»

Sie planschte mit den Händen und freute sich an dem aufspritzenden Wasser. Jetzt erst gestattete sie sich, an die vergangene Nacht zu denken. An den Verrat, den Richard mit seinem Rückfall in das Gebaren schwarzer Eingeborener an ihr begangen hatte, seine Rücksichtslosigkeit, sie die Nacht allein zu lassen, überhaupt, welcher Gefahr er sie hier aussetzte. Es würde mir aber nichts ausmachen, wenn wir ein Paar wären, dachte sie trotzig. Aber er hat mit mir geschlafen und ist in der nächsten Nacht eine Hütte weitergegangen. Und ich dumme Kuh habe mit Gedanken an eine gemeinsame Zukunft gespielt.

Hat er denn *auch* davon gesprochen?, hauchte eine innere Stimme.

«Nein», sagte Sole laut und böse und betrachtete gereizt das Afrika, das sich ihr bot. Wie eine Biologiestunde, dachte sie. Man kann erkennen, dass hier unterirdisch Wasser vorhanden ist, sonst stünden an den beiden Ufern nicht die starken Laubbäume. Der Trockenfluss machte eine Biegung und verschwand in den Dschungel. Ihre Blicke wanderten wieder zurück und blieben nachlässig an einem grünlichen Haufen hängen, der, wie sie meinte, bei ihrer Ankunft noch nicht dort gelegen hatte.

«Malange», rief sie laut, «was ist das?», und zeigte in die Richtung.

Die Mädchen saßen an der Wasserlache rechts neben ihr. Auch sie genossen das kühle Nass. Sie scherzten und lachten miteinander und unterhielten sich leise. Wenn sie sich bewegten, schlugen ihre

Schmuckringe leicht gegeneinander, und Sole kam es vor, als ob in der Entfernung eine Windharfe spielen würde.

Malange hob den Kopf und folgte dem Zeigefinger von Sole. Beide erkannten in der gleichen Sekunde, dass sich dieser Haufen bewegte, und nicht nur das, er setzte sich schwankend, aber doch schnell in ihre Richtung in Bewegung. Ungläubig sahen sie vier angewinkelte Beine und einen riesigen Schwanz, der nach rechts und links schlug, dabei Sand aufnahm und in die Höhe peitschte.

Die Mädchen schrien: «*Ongandu, ongandu*», sprangen auf und liefen davon. Malange war unter ihnen, aber dann hielt sie an und rannte zu Sole zurück, die sich schwerfällig aus ihrem Wasserbad erhoben hatte und entsetzt auf die Echse starrte, die direkt auf sie zugelaufen kam. Malange riss an Soles Hand, um sie fortzuziehen. Plötzlich aber brach unmittelbar vor ihnen die Erde auf, und ein riesiger Krokodilskopf tauchte aus dem dunklen feuchten Boden hervor. Sofort begann um ihn herum der Sand zu zucken, wurde rissig wie ein brachliegendes Feld, das lange ohne Wasser leben musste, bröckelte und setzte schließlich den geschuppten Körper der Riesenechse aus ihrem Sandbett frei.

Malange schlug instinktiv einen Haken und lief, noch immer die nackte Sole an der Hand, zu den Bäumen hin. Sole hörte knirschende Geräusche hinter sich und wusste, dass es eines von den beiden Krokodilen war, das sie verfolgte. Sie jammerte und schluchzte und erwartete jede Sekunde, dass ein stinkendes Maul sie am Bein schnappen und zu Boden reißen würde.

Ein Schuss bellte durch das *rivier*. Dann ein dumpfer Aufprall. Beide Mädchen kreischten, und Sole verlor im weichen Sand das Gleichgewicht. Auf Händen und Knien robbte sie hysterisch heulend weiter und wagte nicht, sich umzudrehen.

«Sole», rief Richard mit donnernder Stimme, «bleib liegen. Rühr dich nicht. Es kommt alles in Ordnung.»

Sole blickte verstört in die Richtung der Stimme und sah Richard mit dem Gewehr im Anschlag am Ufer stehen. Unterhalb von ihm wand sich rasend und tobend die blutige Echse. Er hat dieser Bestie das Rückgrat zerschossen, dachte sie bewundernd trotz ihrer Angst, deshalb kann sie weder weglaufen noch angreifen. Mit aufgerissenen Augen und voller Ekel starrte sie auf das mächtige Tier.

Ruhig brachte Richard das Gewehr wieder in Anschlag und schoss gezielt auf das Herz. Das schwere Tier schnellte in die Höhe, die ausgefahrenen Krallen mühten sich ab, den sicheren Halt auf dem Boden wiederzuerlangen, in Bewegung zu bleiben, den Feind erneut anzugreifen. Wut loderte aus tückischen Augen. Das Reptil wollte den Krieg, aber der Körper begann, ihm den Gehorsam zu verweigern. Es spürte, wie das Leben weniger wurde, aber noch war die Bestie nicht bereit, ein Sterben zu akzeptieren. Der gewaltige Schwanz schlug unaufhörlich aus. Sie riss das Maul auf und wirbelte mit dem Kopf hin und her.

Richard schoss ein drittes Mal, diesmal in den geöffneten Rachen. Eine blutige Fontäne spritzte aus dem Schlund heraus, und ein grässliches, gurgelndes Zischen entwich den Lungen. Widerstrebend drehte sich das Krokodil zuckend zur Seite, und mit einem wütenden Schnauben gab es den Widerstand gegen den Tod auf.

Als Richard gegen Mittag wieder zu sich gekommen war und ihm Komahira gesagt hatte, Sole wäre mit den Mädchen und den Kälbern Wasser suchen gegangen, war ihm fast das Herz stehen geblieben. Wegen des jüngst gefallenen Regens kam für dieses Vorhaben nur der Trockenfluss hinten bei der Hügelkette in Frage. Er hatte sofort gewusst, was das bedeutete, und war zum Auto gelaufen und hatte sich das Gewehr geholt.

Sie bohren sich förmlich in feuchte Sandböden hinein, tauchen unter, so lange sie wollen, hatte er mit Schrecken gedacht, als er im schnellen Lauf die Richtung zum Fluss einschlug. Und wenn sie Hunger verspüren, wühlen sie sich nach oben, und jagen und töten alles, was sich ihnen gerade anbietet. Tiere, Menschen, einfach jedes Lebewesen, das täglich die beschwerliche Suche nach Wasser auf sich nehmen muss.

Er wusste natürlich, wo Krokodile sein konnten. Nicht umsonst lief er immer vor jeder Rast die *rivier*-Ufer ab. Er kannte ihre Fährten, die sie im Sand zeichneten, und wenn er auch nur einen winzigen Verdacht hatte, zog er mit seinen Gästen sofort weiter.

Der Gewitterregen war gewaltig gewesen, hatte Senken mit Wasser gefüllt – und vergrabene Ungeheuer geweckt. Krokodile nahmen keine Rücksicht auf Gäste aus dem Ausland. Der Magen zog sich ihm zusammen, wenn er nur daran dachte.

Komahira war ihm hinterhergelaufen, und er hatte sie gefragt, ob es in dieser Gegend schon einmal ein *ongandu* gegeben hat. Natürlich, hatte sie gelacht, in jedem Jahr. Sie war, atemlos von seinem schnellen Schritt stehen geblieben und hatte ihm nachgerufen, er solle sich keine Gedanken machen, denn sie alle würden doch von ihren Ahnen beschützt werden. Er aber hatte seinen Schritt beschleunigt und im Laufen das Gewehr repetiert.

«Wenn dir etwas zugestoßen wäre, hätte ich es mir nie verzeihen können.» Seine Stimme klang heiser, und er küsste Sole wie ein Besessener.

«Warum hast du mich allein gelassen –» Sole verhaspelte sich, ihre Worte waren kaum zu verstehen. Das Grauen über das Erlebte ließ ihre Stimme fast brechen. Dann begann sie wieder zu kreischen und schlug auf Richard ein.

«Gottverdammt, warum tust du mir das alles an?»

Er wehrte ihre schlagenden Hände ab. «Sole, ich wollte dir nie und nimmer etwas Böses antun. Ich habe mit den Männern *kari* getrunken, und später habe ich mich überreden lassen, die *Traumblume* zu rauchen. Mir fehlen ganze Stunden. Ich bin erst heute Mittag wieder zu mir gekommen.» Immer und immer wieder streichelte er ihr den Rücken, ihre Haare und nahm ihr Gesicht in beide Hände. «Verzeih mir», flüsterte er, «bitte, bitte verzeih mir. Ich habe dir wehgetan, und ich habe dich in Gefahr gebracht, aber all das wollte ich nicht. Glaube mir.»

Müde machte sich Sole von ihm los. «Was nützt es, wenn ich wieder okay bin. Du tust sowieso nur das, was du für richtig hältst. Lass mich, um Gottes willen, in Ruhe. Ich will nur noch eines: so schnell wie möglich nach Windhoek zurück. Mach dir bitte darum Gedanken. Malange», brüllte sie wütend in den Busch hinein, «komm endlich wieder raus, ich will ins Dorf zurück», und im gleichen Ton sagte sie zu Richard: «Das war übrigens gerade eine Anweisung.»

Völlig verschüchtert kamen die Mädchen angelaufen. Ängstlich suchten sie ihre Wasserbehälter zusammen, und erst jetzt wurde es Sole bewusst, dass sie noch nackt war. Zusammen mit Richard ging sie zu dem Platz, wo ihre Sachen lagen. Richard lief neben ihr, wich keinen Zentimeter von ihrer Seite. Sole versuchte, den blutigen Haufen, der einmal eine Echse gewesen war, zu ignorieren. Sie zog sich ihr Shirt und die Hose an und setzte sich dann in den Sand, um die Stiefel anzuziehen. Richard stand im Licht der inzwischen niedrig stehenden Sonne direkt vor ihr. Er hatte das Gewehr geschultert und betrachtete sie schuldbewusst. Kurz blinzelte sie nach oben, stand auf und griff nach ihrem Stoffbeutel. Angeekelt versuchte sie, das verendete Reptil zu übersehen. Plötzlich schrie sie schrill auf, sprang in einem großen Satz beiseite und zeigte entsetzt auf den mächtigen Schwanz des Krokodilkadavers, der sich ungestüm bewegte, in Sekundenschnelle ausholte, um mit aller Kraft, der letzten, gegen den verhassten Feind zu schlagen.

Mit einem Röcheln brach Richard vor Sole zusammen.

Sole robbte auf den Knien zu ihm hin und zerrte ihn einige Meter weg.

«Nein», jammerte sie, «nur das nicht. Wieso nur, ich denke, es ist tot. Mein Gott, was sollen wir jetzt bloß tun?»

«Verdammt», keuchte Richard, «es war nur ein Reflex, einer von vielen bei diesen Reptilien, selbst wenn sie tot sind. Ich war so dumm und stand zu dicht daneben.» Er stöhnte und griff mit der Hand nach dem Knöchel. «Hoffentlich ist mein Fuß nicht gebrochen.»

Sole schaute entgeistert auf das Blut, das aus der klaffenden Fleischwunde tropfte. Von der Wade bis zum Knöchel hatte die Schwanzspitze mit ihren messerscharfen Schuppen eine gezackte Wunde gerissen. Sie schluckte, zog schnell das T-Shirt wieder aus, riss einen breiten Streifen ab und wickelte ihn um das Bein.

«Versuche aufzustehen», sagte sie energisch und zog sich den Rest des T-Shirts wieder über, «ich werde dich stützen – wir werden es», verbesserte sie sich und half ihm hoch.

«Malange», schrie sie und winkte, «gib einem der Mädchen das Gewehr, und du stellst dich auf die andere Seite von Richard.»

Das Mädchen schaute sie unbeteiligt an, und Sole merkte, dass sie nichts begriffen hatte.

«Erklär ihr, was sie machen muss», drängte sie Richard, «wir müssen zurück, schnellstens.»

Der Rückweg schien unendlich lang zu sein. Immer wieder brach Richard ihnen vor Schmerzen zusammen, und sie mussten Pausen einlegen. Schon nach kurzer Zeit tropfte das Blut heftig aus dem Verband.

«Ich brauche dein Hemd», sagte Sole gepresst. Vorsichtig zog sie es Richard über den Kopf, riss es in Streifen und wechselte erneut den Verband. Aber schon nach wenigen hundert Metern quoll das Blut wieder durch die Baumwolle.

«So geht es nicht», sagte Sole und bedeutete Malange, gleichzeitig mit ihr Richard vorsichtig hinzusetzen. Er sank sofort zurück, und sie wusste, dass er durch den Blutverlust und die Schmerzen wieder ohnmächtig war. Sie griff nach ihrem Beutel und holte das Taschenmesser heraus.

«Schneid mir die Haare ab», befahl sie der *Ovahimba*, «und auch die beiden Hemdsärmel, schnell. Ich will alles zusammen verknoten und einen Pressverband anlegen.» Sie hielt dem Mädchen ihren Zopf hin und machte das Zeichen für Schneiden. Haare können wieder nachwachsen, dachte sie und betrachtete sorgenvoll die graue Dämmerung. Wir sollten vor der absoluten Dunkelheit im *kraal* sein, sonst kommt die nächste afrikanische Überraschung auf mich zu. Mein Gott, ich scheine ja alle Gefahren dieses Landes anzuziehen.

Die Mädchen schauten sie erwartungsvoll aus großen Augen an. Sie wollen, dass *ich* ihnen sage, was zu tun ist, dachte Sole. Wenn ich das so genau wüsste. Zwei Stunden haben wir für den Hinweg gebraucht, davon ist eine Stunde zurück geschafft, bleiben noch weitere sechzig Minuten.

«Hebt ihn mir auf den Rücken», wies sie die Mädchen kurz an und zeigte ihnen mit Gesten, wie sie es sich dachte. «Ich werde ihn nach Hause schleppen.»

Sie packte mit beiden Händen Richards Handgelenke, damit er auf ihrem Rücken die Balance behielt. Sole, denk an etwas Schönes, befahl sie sich, und ihr Atem rasselte. Sie schloss die Augen und zwang ihre Füße in kleinen Schritten vorwärts.

Du bist in Düsseldorf, draußen im Rheinstadion, du spielst Tennis. Du musst deine Partnerin besiegen. Erster Satz. Einstand. Vorteil. Es ist dein Spiel. Jetzt geht es um den Satz. Nimm ihr den Aufschlag ab. Sieh ihr in die Augen. Doppelfehler. Das ist gut. Gleich hast du sie – Sole würgte wegen des Gewichts von Richard. Er drohte, nach hinten abzurutschen. Dankbar bemerkte sie, dass sich zwei Mädchen rechts und links am Gürtel festkrallten und so mithalfen, ihn vorwärts zu zerren. Sie keuchte und bog sich nach vorne, damit sie ihre Last besser tragen konnte.

Sie bekam kaum mit, wie ihr der Mann vom Rücken genommen wurde. Sie hörte keine Fragen, ahnte keine Antworten. Hände und Arme führten sie sanft durch die Dunkelheit in ihre Hütte. Kurz bemerkte sie den vertrauten Geruch des Ziegenfells, und dann fiel sie erschöpft in einen tiefen, traumlosen Schlaf.

Die erste Frau des Häuptlings betrachtete missbilligend die Wunde.

Sanft legte sie die Blätter darauf, strich vorsichtig darüber, und hielt sie fest, damit sie sich nicht abrollen konnten. Mit einer Handbewegung scheuchte sie die beiden Witwen aus der Hütte, die ihr geholfen hatten, Richard zu entkleiden, und entzündete die Kerze, die sie sich aus der Hütte von *katiti ombappa* hatte holen lassen. Sie hockte sich vor den regungslosen Mann und ließ ihn nicht eine Sekunde aus den Augen.

Richard stöhnte, wollte sich aufrichten, lallte.

Beschwichtigend drückte sie ihn wieder sanft auf den Boden. Immer und immer wieder versuchte sie, ihm die Ruhe zu geben, die er haben musste, um seine Schmerzen ertragen zu können.

Als der Morgen graute und das erste fahle Licht in die Hütte drang, begannen seine Augenlider unruhig zu flattern, öffneten sich, schlossen sich wieder. Er hob eine Hand an seinen Kopf, ließ sie wieder sinken. Die Alte erhob sich. Das Schlimmste hatte er überstanden, die Nacht mit ihren bösen Dämonen und die Ohnmacht seines Körpers. Als er sie wahrnehmen konnte, bedeutete sie ihm, dass sie später wiederkommen würde.

«Wakewa?»[*], flüsterte Richard.

Die Alte machte eine wiegende Gebärde und rieb sich kurz unterhalb ihrer linken Schulter. Bei Freunden. Sie zeigte nach draußen, nickte noch einmal und verließ die Hütte.

In Richard kroch eine wilde Angst hoch.

Dieses gottverdammte afrikanische Erbe in mir. Entweder *kari* oder den Rausch der *Traumblume*. Aber doch nicht beides. Ich kenne die Wirkung und habe es *trotzdem* getan. Wo, um Himmels willen, ist Sole? Was ist mit ihr geschehen? Die Unwissenheit machte ihn dumpf vor Angst. Er schob die grünen Blätter von seinem Bein und sah, dass es in einer dunkelroten Blutlache lag. Helles Blut sickerte weiter tropfenweise aus der Wunde, und als er das Bein bewegte, schrie er fast vor Schmerzen. Ich muss Antibiotika und desinfizierende Verbände bekommen, dachte er. Nur Sole weiß, wo der Medikamentenkoffer steht und was drin ist. Die Alte hat nach draußen gezeigt. Vielleicht liegt sie in einer Hütte in der Nähe.

«Sole», rief er, erst leise, dann lauter, «bitte, bitte komm.»

Nichts geschah, dann schrie er: «*Katiti ombappa*, ich brauche dich. Wenn du mir nicht hilfst, muss ich krepieren.»

Irgendwann hörte er schlurfende Schritte, und der Vorhang wurde beiseite geschoben.

«Ich liebe dich», sagte er zu einem schmutzigen, struppigen Kopf mit müden Augen. Zu einer kleiner Gestalt mit hängenden Schultern, die so gar nichts mehr mit der strahlenden Sole zu tun hatte, die er vor zwei Wochen im *Kalahari Sands* in Empfang genommen hatte. Aber er meinte es verdammt ehrlich.

Verzweifelt suchte er nach Worten. Er wollte nicht, dass sie annahm, ein dankbarer, weil kranker Mann würde mit solchen Redensarten um ihre Hilfe bitten.

«Wenn wir beide das hier überstehen», flüsterte er und konnte nicht verhindern, dass seine Stimme heiser war, «verspreche ich dir, nein, ich schwöre es: Nie mehr werde ich auch nur zwei Schritte von dir entfernt sein, und du wirst nie mehr Veranlassung haben, an mir zu zweifeln.»

[*] Wo bin ich?

Er wusste, dass ihm die Tränen über das Gesicht liefen, aber es war nicht der Schmerz, sondern die Tatsache, dass Sole langsam und unglaublich zärtlich über seine Wange strich.

Seit dieser Zeit hatten sie sich nicht mehr getrennt. Etwas war mit ihnen beiden geschehen. Sie teilten sich die Zeit mit ihren Stunden und Minuten. Sie machten sich vertraut im Umgang mit ihren Seelen. Arm in Arm schliefen sie ein, und eng umschlungen wachten sie auf. Jeder horchte nach dem Herzschlag des anderen, denn es war das Echo des eigenen. Oft schlossen sie ihre Augen, damit sie sich besser erkennen konnten.

Einmal flüsterte Sole: «Wie kann man ohne Vorwarnung und ohne Absicherung in eine solche Vertrautheit hineinfallen», und Richard hauchte in ihr Ohr: «Ich befürchte, wir sind keine normalen Menschen mehr.»

Und nicht eine Sekunde dachten sie daran, an einen Morgen zu denken, der sie in ihr früheres Leben zurückführen könnte. Jeden in sein eigenes.

11 Eine Hochzeit

Die Arm- und Beinreifen klirrten bei jeder Bewegung. Es war eines der vielen Geräusche, die von einem auf den anderen Tag in Soles Leben getreten waren. Vertraut und daseinsbestimmend. Wie auch das Meckern der Ziegen, wenn sie am späten Nachmittag von den größeren Kindern in den *kraal* getrieben wurden. Oder das Zischen der ersten Flamme, entzündet von der Häuptlingsfrau in der Dämmerung. Das Murmeln der schmalen dunklen Menschen, die bis spät in den Abend hinein friedlich am Feuer hockten, das rhythmische Klopfen von Stein auf Stein, der einsame Gesang eines Vogels im angrenzenden Busch.

Nach acht Tagen konnte Richard zum ersten Mal aufstehen. Das Fieber war endlich gesunken, und über der Wunde hatte sich hauchdünner Schorf gebildet. Sole hatte die Fleischfetzen am Tag nach dem Unfall in groben Stichen mit einer sterilen Nadel und einem antiseptischen Operationsfaden zusammengenäht. Beides hatte sie in ihrer Apotheke gefunden, und nur die Frau des Häuptlings hatte mitbekommen, dass sie sich danach hinter der Hütte übergeben musste. Die Alte hatte das nicht versickerte Erbrochene mit einem flachen Knochen aufgehoben und aus dem *kraal* hinaus in die Nähe des Felsens getragen. Später hatte sie mit einer anderen Frau sorgfältig den Mageninhalt betrachtet, und ihre Miene war ernst und sorgenvoll gewesen.

Auf den Hirtenstab des Häuptlings gestützt, humpelte Richard durch die *ozonganda*. Als Erstes besuchte er sein Auto und robbte sich mühsam durch das Innere. Anschließend ging er zum Häuptling.

«Wir können ja ein Fest veranstalten. Grünschote Richard ist wieder auferstanden», meinte Sole trocken, als er erschöpft zurückkam, «aber diesmal trinke ich *kari* und rauche die *Traumblume*, Herr Krokodilstöter. Was halten Sie davon?»

Sie blickte ihn liebevoll an, verbot sich aber, ihm zu helfen.

«Sole», begann Richard, «wir müssen miteinander reden.»

«Aber ja», sagte sie beiläufig, nahm die beiden Holzteller, die sie gegen den Staub mit einem Handtuch bedeckt hatte, und stellte sie auf den Campingtisch, den sie sich aus dem Wagen geholt hatte.

Sie hatten sich beide an den Hirsebrei gewöhnt. Sole meinte sogar, dass ihr Magen davon besser geworden war. Sie bestand darauf, die Teller selbst zu säubern. Die Mutter von Malange kochte für sie mit, und Malange brachte täglich die Ration für sie in die Hütte. Sie war jedes Mal etwas aufgeregt, denn wenn Sole ihr den Topf abgenommen hatte, füllte sie stets die schwarze Hand mit Bonbons und nannte – mit Hilfe von Richard in der Sprache der *Himba* – die Namen der Familienmitglieder, die mit dieser Überraschung bedacht werden sollten. So kam nach und nach jeder der Sippe in den Genuss dieser Süßigkeit, die für sie fremd war, und alle waren höchst zufrieden.

«Der Häuptling, dein moralischer Vater, hat mich gefragt, ob wir uns entschieden haben.»

Richard betrachtete Soles Gesicht. Es war spitz geworden, schmal, und überhaupt, Sole sah nicht sehr gesund aus. Eine Welle der Zuneigung erfasste ihn.

«Ich soll dich endlich fragen, ob du mich heiraten willst, damit er nicht immer nach Ausreden suchen muss, wenn ich wieder am Tag in deiner Hütte angetroffen werde.»

«Wann können wir wieder zurück nach Windhoek fahren?»

Wie ein Hammer kam diese Frage.

«Wenn du willst, morgen früh.»

Richard sah Sole an.

«Du wirst für mich meine *kleine weiße Frau* bleiben, auch wenn du mich verlässt», sagte er und drehte sich unbeholfen um. Humpelnd und sich schwer auf den Stock stützend, schlurfte er über den Platz.

Richard hatte schweigend das Feuer vor ihrer Hütte angezündet und ließ sich schwerfällig an der Wand entlang zu Boden gleiten.

«Es ist merkwürdig», sagte Sole, «mit dem Sonnenuntergang sind auch alle Fliegen verschwunden. Aber kurz nach dem Sonnenaufgang ist die ganze Familie wieder da, und zwar Kopf für Kopf, abgezählt, mit Besuch aus dem Ausland.»

Richard schlang seinen Arm um sie. «Wir könnten vielleicht beruflich irgendetwas gemeinsam machen.»

«Du wirst es nicht glauben, es gab einen Moment, hier in den Hütten der *Ovahimba*, da habe ich unsere Visitenkarte schon vor mir gesehen.»

Sole lächelte triumphierend und legte den Kopf an seine Schulter.

«Warum, zum Teufel, bist du immer einen Tick schneller als ich?» Richard stupste zärtlich ihre Nase. «Also, was soll ich dem Häuptling sagen?»

«Schon als ich die *Pucki*-Bücher und dann die *Nesthäkchen*-Serie gelesen hatte, anschließend *Pippi Langstrumpf* in mich hineinfraß und *Jerry Cotton* der heimliche Held in meiner Pubertät war, wusste ich, dass für mich nur eine rituelle Hochzeit bei den *Ovahimba* im Nordwesten des afrikanischen Staates Namibia in Frage kommt.»

Sole rutschte unter dem Arm von Richard hindurch und ließ sich zu Boden gleiten. Ihre Schultern zuckten, und sie begann zu lachen. Erst leise kichernd, dann lauter, offener, und wegen des Lärms, den sie machte, zog sie sich das Hemd über das Gesicht, aber die glucksenden Geräusche wollten nicht verstummen.

«Richard, du bist verrückt und ich erst recht. Okay, haben wir einfach den Mut und tun es.»

Schon am frühen Morgen betrat die erste Frau des Häuptlings mit anderen Frauen ihre Hütte. Missbilligend strich sie über die Beine von Sole und schnalzte kopfschüttelnd mit der Zunge. Die Frauen machten es ihr übertrieben nach. Gebieterisch kniff sie eine leicht in den Arm und bedeutete ihr etwas, was Sole nicht verstand. Sie verstand eigentlich überhaupt nichts. Richard hatte ihr nur gesagt, der Häuptling und seine Familie würden ihnen die Hochzeit ausrichten, sozusagen in Vertretung der Eltern, und er hätte ihnen dafür eine weiteres Rind versprochen.

«Lass alles auf dich zukommen, dir passiert nichts Böses. Aber der Tradition muss hier entsprochen werden, und die ist auch für dich auszuhalten. Als Gegenleistung zum Rind erhalten wir die Gewissheit, dass keine schlechten Geister unsere Ehe belasten können. Ich muss nur leider für die Zeit deiner Vorbereitung dich und diese Hütte meiden.»

Richard hatte sie nach diesen Worten stürmisch an sich gedrückt und war dabei, die Hütte zu verlassen. Aber schon in der Öffnung machte er kehrt und riss Sole wieder in seine Arme. «Ich kann nicht mehr von dir lassen», hatte er gemurmelt und mit beiden Händen ihr Gesicht umfasst und jeden Zentimeter leidenschaftlich geküsst.

Sole hätte es gerne gesehen, wenn auch Malange und Komahira unter den Frauen gewesen wären, aber sie waren noch Mädchen und somit von den Stammesgesetzen her untauglich dafür, eine Braut herzurichten. Also blieben sie unter einem Baum sitzen, der ein Stück entfernt von der Hütte stand, jede mit einem Baby spielend, die ihnen von zwei Frauen zur Aufsicht überlassen worden waren.

Eine der Frauen kam zurück, und in ihren Armen lagen verschiedene Sorten von Pflanzenlianen, Gräsern und Tierhaaren. Sie legte alles sorgfältig auf den Boden, kniete sich hin und zog Sole zwischen ihre gespreizten Schenkel. Sole spürte, wie die Frau mit knochigen Händen in ihren abgeschnittenen Haaren wühlte, sie teilte, wieder zusammendrückte, scheinbar neu ordnete.

«Wie Affen unter sich», murmelte sie und war froh, dass man sie nicht verstand, denn jetzt ließen sich auch rechts und links von ihr zwei Frauen nieder und begannen, sich mit ihrem Kopf zu beschäftigen, eine Tätigkeit, die sich über mehr als drei Stunden hinziehen sollte.

Irgendwann wurde sie müde, und die Frauen legten ihr ein Gestell unter den Kopf, ohne von ihrer Arbeit abzulassen. Mit Gesten erklärten sie ihr, dass die Männer auf diesem *ongwinju* liegen würden, um ihre *ondumbu*, die eingebundene Haarpracht, nicht zu zerstören.

Sie lachten fröhlich und tätschelten ihren Rücken.

Sole merkte sofort, dass die zweite, jüngere Frau des Häuptlings gute Hände hatte. Sie ergriff sie und streichelte darüber. Die Frau sah sie überrascht an, verstand sie und begann, sanft über ihren Körper zu streichen, mal stärker, mal schwächer, und Sole spürte ein angenehmes Wohlbefinden. Sie schloss die Augen, weil sie nicht wollte, dass man den Genuss, den ihr diese Behandlung bereitete, ansah.

Irgendwann wurde Sole aufgerichtet. Die Frauen betrachteten sie einen Moment kritisch, dann aber klatschten sie kichernd in die Hände und redeten aufgeregt durcheinander. Erst als die erste Frau des Häuptlings gebieterisch die Hand hob, verstummte die Unterhaltung. Sole fixierend, nahm sie einer Frau zwei Holzdosen aus der Hand und stellte sie auf den Boden. Vielleicht ein Geschenk für mich, dachte Sole, weil einige Frauen wieder in die Hände klatschten und erwartungsvoll in die Hocke gingen.

Bedächtig öffnete die alte Frau einen der hölzernen Behälter, holte mit den Fingerkuppen Fett heraus und fing an, damit die Haut von Sole langsam und sanft zu massieren. Sie begann am Gesicht, glitt mit leichtem Druck über die Augen, die Nase, die Wangen, den Mund. Die Finger holten neues Fett, berührten die Ohren, den Hals, die Schultern.

Eine zweite Frau kauerte sich vor Sole hin. Sie hatte sich das Butterfett in die gewölbten Handflächen geschmiert und begann ihrerseits damit, beide Brüste in kreisenden und ausholenden Bewegungen damit einzureiben. Langsam und gleichmäßig glitten die Hände weiter hoch zu den Achseln, um dann in geraden Strichen wieder zur Brust zurückzukehren. Wie aus Versehen berührten sie die Brustwarzen, die sich sofort steil aufrichteten. Ihr Gesicht war jetzt dicht vor Sole und wirkte angestrengt.

Sole schluckte. Sie konnte sich nicht dagegen wehren, auch nicht, als plötzlich in ihrem Körper Hitze aufstieg und sich über Bauch und Brust legte.

Aber keine der Frauen lachte darüber.

Sole stützte sich auf die Arme und ließ den Kopf vorsichtig nach hinten sinken. Warum soll ich mich schämen, dachte sie, es ist hier Sitte, also ist es gut, und bemerkte zum ersten Mal, wie schwer ihr die mit Gräsern und Tierhaaren eingearbeiteten Zöpfe über Schulter und Rücken fielen. Ihr kurzes Haar schien völlig in ihnen aufgegangen zu sein. Sie spürte, wie die knochigen Hände auch hier das Fett in die Haarstränge und Kopfhaut einmassierten.

Die Frauen huschten geschäftig hin und her, die Luft in der kleinen Hütte hatte sich bei den vielen Menschen verbraucht, was Sole schläfrig machte. Die neue Frisur kann hübsch aussehen, und hübsch will ich unbedingt für Richard sein, dachte sie und gähnte verstohlen. Schade, dass ich ihre Sprache nicht spreche, ich würde sie fragen, welche Kräuter sie in das Fett einrühren. Es ist der Geruch, der aus jeder Hütte dringt, über jedem Feuer liegt, überhaupt im ganzen *kraal* zu Hause ist. Auch die Kinder riechen danach, und jeder noch so leise Windhauch trägt dieses Aroma mit sich.

Ihr Körper war jetzt vollständig eingefettet. Sie hatte sich sogar bücken müssen, damit auch die Stelle zwischen den Pobacken bedacht werden konnte. Nun öffnete die Häuptlingsfrau das zweite Holzdöschen, reichte es den anderen an und verließ wortlos die Hütte. Die Frauen puderten ihre Handflächen mit dem roten Ockerstaub ein und begannen leicht, fast zärtlich, auf den Körper von Sole einzuschlagen. Sole musste niesen, weil der farbige Staub durch die Luft wirbelte, bevor er sich auf ihrem eingefetteten Körper niederließ.

Die Frauen saßen zufrieden um sie herum. Ihre Unterhaltung war von Kichern unterbrochen. Immer wieder legten sie ihre Hände auf die rote Brust von Sole, strichen ihr über den Bauch und blickten sie fragend an.

«Natürlich will ich auch Kinder haben», meinte Sole und glaubte, den Sinn der Fragen zu verstehen. «Aber die Reihenfolge heißt bei uns: erst Beruf, dann Heirat und dann das Kind.» Sie lachte freundlich und bemerkte ein leises Gefühl einer Zugehörigkeit. Es sind Frauen wie ich, dachte sie, und es sind immer und überall die gleichen Dinge, die uns beschäftigen. Der Mann, das Kind, die Familie, der Alltag.

Der Ledervorhang wurde beiseite geschoben, und die erste Häuptlingsfrau betrat wieder die Hütte. Sie ließ Lederteile, Riemen, Bänder, Muscheln und Unmengen von Lederstücken, die mit Perlen bestickt waren, aus ihren Armen zu Boden fallen. Anerkennend durchwühlten die Frauen das Mitgebrachte, zogen das eine und das andere heraus, hielten es Sole an, legten es beiseite, um nach dem Nächsten zu greifen.

Die Häuptlingsfrau blickte Sole an. Sie machte die wiegende Gebärde einer Mutter mit ihrem Kind. Dann schüttelte sie den Kopf und zeigte auf die Erde. Sie wischte sich mit dem Handrücken über die Augen, raffte pantomimisch in der Luft das Mitgebrachte zusammen und zeigte auf den Bastkorb, der in der Ecke stand. Mit traurigem Gesicht kreuzte sie die Arme übereinander und senkte resigniert den Kopf. Dann zeigte sie wieder auf Sole, klopfte auf ihr Herz und deutete erneut die wiegende Gebärde an.

Sole hatte begriffen und stand auf.

«Ich soll deine Tochter sein», sagte sie leise. Zärtlich strich sie der alten Frau über die Wange. «Dann bist du meine Mama.»

«Mama, Mama», riefen die Frauen anerkennend und begannen, Sole die Ketten um den Hals zu legen.

Sole blinzelte, als sie die Hütte verließ. Am Stand der Sonne erkannte sie, dass es später Nachmittag sein musste. Das Gewicht der Knöchelreifen war so ungewohnt, dass sie fast gestolpert wäre, aber die beiden Frauen, die wie Soldaten neben ihr standen, hielten sie eisern in der Balance. Sie kam sich wie ein geschmückter Pfingstochse vor, ohne jede Chance einer Flucht.

Sie hätte sich gerne im Spiegel gesehen. Richard muss mich unbedingt fotografieren, ging es ihr durch den Kopf. Hoffentlich denkt er an den Fotoapparat. Wenn mich jetzt jemand aus Düsseldorf sehen würde! Würde man mich bedauern oder die Hände über dem Kopf zusammenschlagen? Ich glaube eher Letzteres. Sole Schuler, beruhigte sie sich, zumindest ist alles sehr exotisch. Wer heiratet schon im einundzwanzigsten Jahrhundert in einem afrikanischen *kraal*?

Mit dem schweren Armschmuck konnte sie kaum ihre Hände heben. Endlose Perlenschnüre aus getriebenem Draht, zwei breite weiße Reifen mit flammengeschwärzten Gravuren, jede Menge bunt bestickte Lederbänder. Das Gewicht zog ihre Gelenke nach unten, ermüdete sie. Die nackte Brust machte ihr nicht so viel aus, aber die Tatsache, dass ihr Geschlecht vorne nur sehr knapp von gefalteten und hinten von gewellten Lederstücken bedeckt wurde, war für sie ungewohnt, und sie schämte sich ein wenig. Wenn sie den Kopf bewegte, schlugen unzählige Zöpfe gegeneinander. Auch er war schwer durch die eingeflochtenen Dinge, und das Gewicht drückte auf ihren Nacken. Warum taten sich die Frauen das hier bei der Hitze nur an, dachte sie und trippelte in kleinen Schritten aus der Hütte.

Man stellte sie vor der ersten Frau des Häuptlings auf. Wie eine knallrote Puppe, dachte Sole belustigt, denn der Ockerstaub, der auf dunkler Haut einen warmen rötlichen Ton abgab, hatte ihre helle Hautfarbe in ein flammendes Rot getaucht.

An den Gesichtern der Dorfbewohner erkannte sie, dass sie wirklich seltsam aussehen musste, aber die Frau des Häuptlings sagte nichts weiter, sondern öffnete vielmehr mit einem feierlichen Gesicht ein Kästchen und holte eine große weiße Muschel heraus. Sole wusste sofort, dass es ein *Tritonshorn* war, das als persönliche Mitgift von der Mutter an die Tochter am Tage der Hochzeit übergeben wird. Richard hatte es ihr gesagt, damals, als sie zum ersten Mal auf Mitglieder dieser Sippe gestoßen waren.

Sole war gerührt über die Zuneigung, die ihr diese Frau entgegenbrachte. Sie war unsicher, wusste nicht, wie sie ihr danken sollte. Vielleicht sollte ich ihr ein oder zwei Ziegen schenken, dachte sie, ich muss Richard fragen.

Dann fingen die Frauen an zu singen, erst leise murmelnd, dann lauter, und Sole konnte einige Wörter mit dem üblichen «O» heraushören. Sie legten ihr nacheinander die Hände auf Schultern, Kopf und Brust, die Häuptlingsfrau als Einzige auf ihren Bauch, und Sole nahm an, dass diese Geste ihre Gebärfreudigkeit unterstützen sollte.

Die alte Frau griff in einen Beutel und zog ein ledriges Gebilde hervor. Sole spürte, dass eine fast heilige Handlung folgen sollte, denn die Frauen hörten augenblicklich mit dem Singen auf, raunten und wisperten und ließen die Augen nicht eine Sekunde von ihr und der Häuptlingsfrau.

Die Alte setzte ihr das Ding auf den Kopf und befestigte es mit kleinen Ästchen. Mein Gott, noch ein Pfund mehr, das geschleppt werden muss, dachte Sole, aber sie wusste, dass sie jetzt eine Brautkrone trug, und die Einkleidung damit abgeschlossen war. Sole Schuler war jetzt perfekt gekleidet, um mit dem Mann ihrer Wahl verheiratet zu werden.

Vor der Hütte standen die Mitglieder der Familie und warteten auf sie. Die Häuptlingsfrau fasste Sole an ihren Schultern, strich mit der Hand leicht über ihre Augen, so als wolle sie sie schließen, und schob sie sanft zwischen sich und die anderen. Langsam gingen alle über den Dorfplatz, passierten das Häuptlingszelt, gingen weiter an den Hütten vorbei und blieben schließlich vor einer alten Behausung im hinteren Bereich des *kraals* stehen.

Mit ernstem Gesicht stand der Häuptling mit einem Gefäß davor.

Sofort trat ein Mann heraus.

Es war Richard, der als *Ovambo*-Krieger geschmückt war, wie Sole unter ihren gesenkten Wimpern erkennen konnte. Auch er war nackt wie sie, bis auf die ähnlich gefalteten Ledertücher, die vorne und hinten herunterhingen und an der Taille von bestickten schmalen Schärpen gehalten wurden. Das Kopfhaar war mit einem dunklen Ledertuch bedeckt, und Reifen schmückten auch seine Handgelenke. Er sah so fremd aus, und Sole hatte Mühe, in diesem wilden Mann *ihren* Richard zu erkennen. Die Alte stieß sie leicht von hinten an. Sole öffnete die Augen und trat auf ihn zu.

Richard betrachtete sie ohne irgendeine Regung. Ernst streckte er ihr seine Arme entgegen, und sie wusste instinktiv, dass sie ihm das Gefäß zu reichen hatte, das ihr der Häuptling übergab. Es war mit Ziegenmilch gefüllt. Der ungeliebte Geruch drang sofort in ihre Nase, trotzdem bemühte sie sich um ein freundliches Lächeln.

Richard verweigerte die Entgegennahme des Gefäßes. Er wandte den Kopf ab, drehte sich abwehrend zur Seite, und die jungen Männer um ihn herum begannen aufgeregt auf ihn einzureden. Es war ein Spiel, wie Sole zu erkennen glaubte. Schließlich nahm er einen Schluck, und die ganze Gesellschaft um sie herum brach in freudiges Lachen und Händeklatschen aus. Der Topf wurde ihr zu schwer, und sie stellte ihn auf die Erde.

«Jetzt sind wir Mann und Frau», sagte leise der verkleidete Richard zu der verkleideten Sole, hob das Gefäß schnell wieder auf und hielt es mit ausgestreckten Armen in die Runde. Dann strahlte er sie aus seinem rot bestaubten Gesicht an. Sole war plötzlich feierlich zu Mute, vor allem, als Richard sie besitzergreifend an die Hand nahm und sie wieder zurückliefen, diesmal aber von Hütte zu Hütte. Jedes Mal stand der Bewohner davor und legte ihnen mit einer angedeuteten Verbeugung ein kleines Geschenk in die Hand.

Die Sonne war gerade untergegangen, als sie ihren Hüttengang beendet hatten. Das heilige Feuer war bereits vor der Häuptlingshütte gezündet worden, und ernst ließen sich die Menschen daran nieder. «Wir gedenken an diesem Feuer unserer Ahnen», sagte Richard leise, und Sole bemerkte mit großer Zufriedenheit, dass er sie dabei sehr verliebt ansah. Er raunte ihr ins Ohr: «Du bist wirklich die schönste Braut, die ich jemals gesehen habe. Nachher, wenn wir allein sind, werde ich dich im Schein der Kerzen fotografieren, und niemals wird ein anderer Mensch diese Fotos zu sehen bekommen.»

Sole genoss den leichten Wind, der aufgekommen war. Er brachte eine wunderbare Abkühlung, und passte zu dem feierlichen Anlass. Dankbar wurde er auch von den anderen angenommen.

Richard wusste, dass Sole das rohe Fleisch des erdrosselten Rindes nicht essen konnte, und so nahm er sie nach einer schicklichen Zeit an der Hand, und sie zogen sich mit dem Einverständnis des Häuptlings in ihre Hütte zurück.

«Warte eine Sekunde», sagte er und ging hinein, um die Kerzen anzuzünden. Sole kaute nervös auf ihrem Daumen. «Jetzt», sagte Richard und schob den Vorhang zur Seite.

Auf diese Überraschung war Sole nicht vorbereitet.

Die schweren italienischen Porzellanteller lagen, dekoriert mit Messer, Gabel, Löffel und Weinkelchen, auf einem gestärkten Tischtuch auf dem Boden. Drumherum standen Schüsseln mit Bohnen und Obstsalat, Kartoffeln und Wiener Würstchen, Schwarzwurzeln in Soße, geräuchertem Fisch, Eier mit Senf garniert, Käse in Stanniolpapier. Das Schwarzbrot, in kleine Würfel geschnitten, lag auf einer Papierserviette im Brotkorb. Eine Weinflasche stand in einem mit Wasser gefüllten Sektkübel – welche Verschwendung, und in der Mitte dieser malerischen Anordnung rankte eine grünblättrige Rispe aus einem Wasserglas.

Sole war fassungslos.

Sie befanden sich in einem afrikanischen *kraal*, unerreichbar für den Rest der Welt, und *er* präsentierte mit größter Grandezza aus ihrem letzten Dosenfundus ein Hochzeitsessen. Nur für sie beide. Es waren wie Zeichen aus einer anderen Welt. Ihr kamen die Tränen und mit ihnen zum ersten Mal das Gefühl, dass sie dabei war, zu *verwildern*.

«Wann hast du das alles gezaubert?», fragte sie und hatte Hemmungen, dem nackten fremden *Ovambo*-Mann um den Hals zu fallen.

«Ich werde nie wieder mehr als zwei Schritte von dir entfernt sein, und du wirst nie mehr Veranlassung haben, an mir zu zweifeln», wiederholte Richard heiser seine Worte von vor einigen Tagen, ergriff ihre Hand und schob ihr etwas Undefinierbares über den Finger.

«Echt goldenes Bonbonpapier», grinste er. «Wenn wir wieder zurück in Windhoek sind, bekommst du einen richtigen Ring, damit alle sehen können, dass der bekannte namibische Guide Richard Shapake von der schönsten Frau der Welt eingefangen worden ist.»

Sole wollte es eigentlich nicht, aber plötzlich dachte sie mit einem leichten Schrecken an ihre Eltern. Und als ob Richard in ihren Gedanken zu Hause wäre, sagte er ruhig: «Ich habe einen wunderbaren Anzug. Den werde ich anziehen, wenn ich mit deinen Eltern rede.»

Er zog sie in die Hütte. «Jetzt werden wir aber essen, damit wir ganz schnell zum schönsten Teil unserer Hochzeit kommen.»

Das meiste war ungenießbar, weil es zu lange ohne Kühlung im Auto gelegen hatte. Das war ihnen aber egal. Sie legten es beiseite, schenkten dafür öfter Wein nach und genossen den Abend ihrer Hochzeit in der dunklen, leicht muffig riechenden Eingeborenenhütte. Richard, in seinem ewigen Kampf mit dem Ledervorhang, nahm ihn ganz ab, und die frische Abendluft drang in den kleinen Raum hinein. Er brachte das Feuer draußen zum Aufflackern, legte aber weder Ziegen- noch Kälberdung in die Flammen. An der hinteren Hüttenseite lagen einige Hölzer, und er griff nach einem.

«Wir haben sie vom Häuptling zu unserer Hochzeit geschenkt bekommen. Sie haben einen besonders guten und aromatischen Duft», sagte er, und Sole roch nach den ersten Sekunden, dass dieses Holz wirklich etwas Besonderes war.

«Ich sehe den Himmel, die Sterne, den Mond –» Zu allem entschlossen, riss sie sich die Lederfetzen von ihrem Körper.

«Das Leben ist voller Überraschungen, allerdings mit Nebenwirkungen», flüsterte Richard zärtlich und zog an dem Bändel, sodass auch sein Schurz zu Boden fiel. «Mal erzeugen sie Glücksgefühle, mal können sie auch Kopfschmerzen bringen –»

«Letzteres heute bestimmt nicht», antwortete Sole und nahm ihren wilden schwarzen Mann in die Arme.

«Sie trinken *kari* und tanzen. Du kannst also schreien, es wird uns keiner hören.»

Heiser drang seine Stimme an ihr Ohr. Seine Hände schienen überall zu sein, und Sole merkte, wie die Lust in ihr aufstieg, sie erfüllte, jedes vernünftige Denken ausschaltete. Sie hörte sich seinen Namen rufen, nein, schreien, und endlich endlich brach dieses ungeheure Gefühl über sie herein, eins zu sein mit dem Mann, den sie sich erwählt hatte, den sie zu lieben glaubte.

Richard schlief neben ihr. Sein ledernes Kopfband hatte sich aufgelöst, und sie musste einfach über die krausen Haare streichen. Die Kerzen waren heruntergebrannt und verloschen. Sole suchte nach der Taschenlampe und verließ leise die Hütte. Drüben, bei ihren neuen Verwandten, waren die Feierlichkeiten auch zu Ende. Sie hatte keine Ahnung, wie spät es war. Über dem *kraal* lag eine träumerische Stille. Die Konturen der Hütten waren wie mit einem dicken schwarzen Stift nachgezeichnet, auch der Wall aus Zweigen und der Wildbusch, dessen Spitzen man am Tag gerade noch sehen konnte, bauschte sich jetzt übergroß auf. Ich muss nachdenken, aber allein, dachte Sole und lief bis zu dem großen Felsen, der vielleicht fünfzig Meter außerhalb der *ozonganda* lag und am Tag ein beliebter Treffpunkt der jungen Mädchen war.

Die vielen neuen Menschen in meinem Leben. Meine *neue* Mama, mein *neuer* Vater, Malange, Komahira und die vielen Frauen, deren Namen ich nicht kenne und die mich mit ihrer Kameradschaftlichkeit so rühren, *und* natürlich Richard.

In Deutschland braucht keiner etwas über diese Heirat zu erfahren, versuchte sie sich zu beruhigen. Wir könnten nach Windhoek zurückfahren. Morgen, übermorgen oder in der nächsten Woche oder in zwei Wochen oder noch später – ich würde mich mit Hannes nach einer tränenreichen Verabschiedung in den Flieger Richtung Deutschland setzen. Das Motto wäre: Es war toll, du warst toll, irgendwann komme ich wieder und dann machen wir vielleicht da weiter, wo wir aufgehört haben.

Der Stein, auf den sie sich gesetzt hatte, war noch warm von der Tageshitze, und es ließ sich gut darauf sitzen, fast wie in einem Sessel. Sole zog die Beine an und verschränkte die Arme. Neben dem übermächtig vollen Mond wirkten die Sterne blass und unscheinbar. Nur die Milchstraße ließ sich nicht durch ihn beirren, glitzerte in ihrem millionenfachen Licht. «Lieber Gott, wie kann man jemanden verlassen, den man zu lieben glaubt, dessen Duft man in sich trägt. Und dann sag mir, lieber Gott, warum verbietest du der lieben Vernunft wegen nicht solche Gedanken?»

Sole sprach laut in die Dunkelheit hin. Sofort kam die geflüsterte Antwort. Sie wollte es verhindern, aber sie musste ihr lauschen, denn es war ihr eigenes Gewissen. Sie wusste es. Die Wahrheit ist doch, hauchte diese Stimme, dass Sole Schuler zum ersten Mal die Grenzen nicht eingehalten hat. Sie schläft mit einem schwarzen Mann, hat ihn rituell geheiratet und findet es völlig natürlich, mit ihm und vielleicht fünfzig Eingeborenen in einem *kraal* zu leben. Ihre Eltern würden sich ihrer schämen. Ganz sicher. Die einzige Tochter mit einem Neger! Und nicht nur sie, alle würden sie verurteilen, vielleicht sogar verachten.

Ja, dachte Sole, das *genau* ist im Moment meine Situation.

«Was passiert, wenn ich ihn mit nach Deutschland nehme? Ich meine, irgendwie ist er ja Deutscher. Würden die anderen das aber *auch* so sehen?»

Soles Frage kam leise und traurig, und sie wusste, dass ihre Gedanken dabei waren, sich im Kreis zu drehen. Sie seufzte. Ich sollte das Los ziehen, auf dem die vier Worte stehen: *Sole, wieder vernünftig werden!*

Okay, lieber Gott, aber dann nicht sofort. Papa hat mir ja mit der Rückreise Zeit gelassen. Hannes und ich könnten irgendwann im Dezember zurückfliegen, und bis dahin würde ich mit Richard zusammen sein. Ich hätte genug Zeit, diese Sache zum Ende zu bringen. Anständig und in Freundschaft.

Aber warum bin ich nur so unglücklich?

Sole blickte in die Dunkelheit hinein und wischte sich mit dem Handrücken über das Gesicht. Ich muss schlimm aussehen, dachte sie bei sich. Blöde deutsche Tränen, vermischt mit dem Fett und dem roten Ockerstaub einer Afrikanerin, die mich als Tochter angenommen hat. Vielleicht sollte ich mit Richard über alles sprechen. Er wird sich wohl auch Gedanken über diese unmögliche Heirat gemacht haben. Vielleicht sieht er alles als einen großen Spaß. Wäre es dann leichter für uns? Könnten wir am Airport darüber lachen?

Nein, verbesserte sie sich, er vielleicht, aber mir würde es wehtun.

Sole wusste nicht, wie lange sie ihr Gesicht in die Hände gestützt hatte. Ein schwaches grollendes Geräusch ließ sie aufblicken.

Die Löwin war groß und braun und hockte regungslos auf ihren Hinterläufen. Sie saß so nah bei ihr, dass sie ihre feinen Wimpern erkennen konnte, auch das gelblich fahle Licht ihrer Augen.

Die Großkatze fixierte Sole unbeweglich. Nicht ein Muskel ihres schönen Gesichtes regte sich. Den Kopf hatte sie hoch aufgerichtet, nur die Ohren bewegten sich kaum wahrnehmbar, so als sollte alles unter ihrer Kontrolle bleiben.

Wartete sie darauf, dass bei mir die Angst ausbricht?, dachte Sole. Besitze ich erst dann für sie den Wert eines jagdlichen Spiels? Sole blickte ruhig in die schillernden Katzenaugen, die so gar keine Emotionen zeigten. Merkwürdigerweise hatte sie keine Angst. Aber dann registrierte sie eine Bewegung im Hintergrund. Etwas Helles, das langsam aus dem Schatten der unterschiedlichen Horizontfarben heraustrat, näher kam. Es wurde gelb und groß. Kräftiger als die Löwin, die sich nur einmal kurz umdrehte. Es hielt inne, wartete einen Moment und setzte sich wieder in Bewegung. Noch immer verharrte die Katze regungslos vor Sole. Nur einmal beugte sie kurz den Kopf nach unten und leckte nachlässig an ihrer Pranke. Dann endlich gaben ihn die zuckenden Nachtschatten der Savanne frei: In arroganter Pose stand er genau in der Mitte des Mondlichts.

Was für ein wunderbares Männchen.

Sole konnte sehen, welch üppige Mähne er hatte. Die dichten

Büschel an den Ellbogen standen weit ab, und der unruhige Schweif mit der vollen Haarquaste tanzte auf und ab wie der Taktstock eines Dirigenten. Er bewegte sich unschlüssig, abwartend, stieß Laute aus, die tief aus seinem Inneren kamen.

Die Löwin erhob sich, schüttelte mehrmals ihren Kopf. Nachdenklich betrachtete sie Sole für einen Moment, wie um Verständnis bittend, und lief dann dem Männchen entgegen.

Natürlich, sie hatte hier auf ihn gewartet, dachte Sole, und plötzlich begann ihr Kopf frei und klar zu werden. Meine Anwesenheit hatte sie in Kauf genommen, denn sie weiß, dass von mir keine Gefahr droht. Warum auch? Wir sind uns ähnlich. Wie Schwestern. Unsere Situation ist ähnlich. Es gibt einen Mann in unserem Leben, und wir sind unentschlossen. Sollen wir bei ihm bleiben? Oder sollen wir ihn verlassen?

Sole war verwirrt. Sie starrte die beiden Tiere an.

Der Löwe schien das Weibchen an dieser Stelle erwartet zu haben. Vertraut schlenderte er ihr entgegen. Seine Schulterblätter bewegten sich eckig unter der losen Haut. Abrupt warf er sein mächtiges Haupt hoch und schnupperte. Beruhigt ließ er es wieder sinken. Sie standen beieinander. Die Löwin berührte leicht seine Schnauze, und es schien, als wolle sie seinen Kopf in Soles Richtung lenken.

In eleganten Sprüngen lief sie von ihm weg, sprang wieder zu ihm hin, duckte sich, erhob sich und presst erregt den gespannten Körper an seine Flanke. Durch den Körper des Männchens ging ein Zittern, aber er blieb ruhig stehen, bewegte sich nicht.

Die Löwin ließ sich fallen, und Sole konnte sehen, dass ihr Bauchhaar heller gezeichnet war, es sah weich aus. Spielerisch teilte sie kleine Hiebe aus, und Sole hörte ihr sehnsüchtiges Schnurren.

Der Löwe beachtete sie nicht. Er starrte mit jener wichtigtuerischer Art in die Gegend, wie es wichtige Leute tun, die über wichtige Dinge nachdenken. Das Weibchen schien zu spüren, dass es immer noch nicht seine volle Aufmerksamkeit besaß. Nachlässig fegte es mit einer Tatze über seine Augen, ohne sie zu berühren und fauchte leise. Sofort spannte der Löwe überheblich die Muskeln seiner Vorderläufe und drehte sich um.

Er will weg, dachte Sole aufgeregt, weg von seiner Dame, aber dann schüttelte er sich und zuckte gelangweilt mit dem Rückenfell, so als sollte das alles nur eine Übung für sein Wohlbefinden sein. Er riss das Maul auf und gähnte, und Sole sah, dass ein Zahn rausgebrochen war. Das dunkle Loch wirkte bedrohlicher als die Zähne, die bis tief in den Schlund hinein zu sehen waren.

Das Weibchen hatte sich wieder erhoben. Es begann, auf Sole zuzuschleichen, mit durchhängendem Rücken und vorgestrecktem Kopf. Der Löwe folgte langsam. Dann standen ihr beide Tiere gegenüber, etwa zehn Meter von ihrem Herzen entfernt. Sole sah Triumph in den Augen der Löwin. Zärtlich begann sie das Männchen zu lecken, so als ob es ein Junges sei und ihre Pflege benötigte. Sie ließ Sole keinen Moment aus den Augen, die wie hypnotisiert auf dieses Bild der Eintracht und Verbundenheit starrte.

Mit einer ruckartigen Bewegung erhob die Löwin den Kopf, horchte für eine Sekunde in die dunkle Nacht hinein, um ihn dann sanft auf das Haupt des Löwen zu legen.

Sole wagte nicht, sich zu bewegen. Es schien alles so unwirklich, und es war ihr, als würde sie diesen Kontinent zum ersten Mal begreifen, seinen eigentlichen Pulsschlag spüren. *Das* ist das Leben, hörte sie plötzlich eine Stimme in sich, und sie klang anders als zuvor. Selbstbewusst fuhr die Stimme fort: Richard ist der Mann, der zu dir passen könnte. Wo ist dein Mut? Ergreife doch diese einmalige Gelegenheit. Wenn etwas aus dem Herzen heraus geschieht, kann es nicht schlecht oder falsch sein. Jeder hat nur ein Leben. Auch du. *Also lebe es.*

Mit einem Mal war Soles Niedergeschlagenheit verschwunden. Sie wusste plötzlich, dass es ihre eigene Unsicherheit gewesen war, die sie an ihrer Liebe zu Richard zweifeln ließ. Wie zur Bestätigung fauchte die Löwin mehrmals hintereinander, und schaute in Soles Richtung.

Plötzlich zerriss ein *«räätsch, räätsch»* die Verzauberung. Ein Vogel kündigte den neuen Morgen an.

Die Löwin sprang auf, wachsam umherblickend. Ebenso der Löwe. Für einen kurzen Moment versenkten sie ihre Blicke ineinander.

Dann sprangen sie davon.

In dem schimmernden Mondlicht konnte Sole erkennen, wie

sich die Tiere im gleichmäßigen Lauf, Seite an Seite, immer weiter von ihr entfernten. Und es war der letzte blasse Schein der Sterne in dem schon samtweichen Blau des jungen Morgens, das für einen Moment ihre majestätischen Körper in Silber tauchte, kurz bevor sie der Horizont verschluckte.

Mit klopfendem Herzen stand Sole auf. Das Schicksal hatte ihr eine Botschaft gesandt. Sie würde darüber nachdenken.

«Ich weiß nicht, ob es klug ist, ihre Gewohnheiten ändern zu wollen», sagte Richard.

Auf Anordnung von Sole legte er vier flache Steine auf den Boden und vier weitere daneben. Den größten von ihnen drückte er ihr in die Hand.

«Man kann doch nicht Stunde für Stunde zwei bis drei Maiskörner auf einen einzigen Stein legen, daraufschlagen und nach den nächsten greifen», sagte Sole etwas atemlos, weil sie dabei war, die gelegten Steine neu zu formieren.

«Man muss ihnen doch eine rationellere Art zeigen. So wie ich es hier zum Beispiel mache. Ein Mädchen bekommt die Aufgabe, drei Maiskörner auf die zweimal vier Steine zu legen. Ich zerbrösele sie mit vier Schlägen auf der einen Seite und mit vier Schlägen auf der anderen Seite. Während ich in der einen Reihe zuschlage, kann ein zweites Mädchen sofort in der anderen Reihe alles in eine Schale schieben, und das erste belegt die Steine wieder mit Körnern. Ich oder diejenige, die schlägt, braucht sich also nur jeweils nach rechts oder links zu drehen, bleibt im Schwung, während in der gleichen Zeit die beiden Mädchen entnehmen und auffüllen können. So können drei Personen in null Komma nichts die Voraussetzung für einen üppigen Maisbrei für alle schaffen, und das *in einem Drittel der sonst üblichen Zeit.*»

Aufgeregt sah Sole Richard an.

«Überhaupt, man könnte den Alltag hier viel besser und schneller organisieren.»

«Und was sollen sie mit der gewonnenen Zeit anfangen?»

Richard stand an den Baum gelehnt und kaute auf einem *omuzema*-Zweig. Sole spürte förmlich seine afrikanische Mentalität. Im hohen Bogen spuckte er die Reste auf den Boden, und sie schaute ihn missbilligend an.

«Du nimmst mich nicht ernst», sagte sie knapp und krempelte sich die Ärmel seines Safarihemds hoch, das sie trug. «Jetzt sag schon, hast du die Löwenfährten gefunden, oder gelte ich in euren Augen noch immer als übergeschnappt?»

Richard sah sie merkwürdig an.

«Wir haben sie gefunden, und der Häuptling meint, dass du so eine Art *Auserwählte* bist. Noch nie sind Löwen so nahe zu einem Menschen herangegangen, ohne ihn anzugreifen. Grünschote, sie hätten dich töten können.»

«Nein», sagte Sole, «das hatten sie nicht vor. Nicht eine Sekunde.»

Richard kratzte sich am Kopf. «Die Sippe hier hat bestimmt noch ein Gewehr der südafrikanischen Armee aus alten *SWAPO*-Zeiten unter irgendeiner Matte liegen, und wenn es ihnen jemals gelingen sollte, damit einen Wüstenlöwen zu erlegen, so wird man noch in hundert Jahren am Feuer davon erzählen. Sole, der Häuptling will wissen, ob du bereit bist, morgen zur gleichen Stunde noch einmal zu dem Stein zu gehen.»

«Damit sie sich irgendwo verstecken und die Tiere von hinten abknallen können? Kommt überhaupt nicht in Frage», sagte Sole empört, «und im Übrigen, der Besuch galt *mir*. Und das, was sie mir sagen wollten, haben sie gesagt. Heute Morgen. Sie werden nicht mehr wiederkommen. Ich weiß es.»

Richard lachte. «Du redest schon wie eine richtige Afrikanerin. Aber du hast Recht. Sie würden ihm die Hoden abschneiden: geröstete Löwenhoden machen tapfer. Sie würden sein Schnurrhaare ausrupfen: zermahlener Löwenbart, in Tee eingenommen, heilt Impotenz so – wie auch pulverisiertes Rhinozeroshorn. Sein Fett würden sie ihm abschälen: Es soll Gonorrhöe heilen. Die Mähne und das Fell würden in der Stadt verkauft werden, und seine Klauen und Zähne würden sie zu Schmuck verarbeiten. Der König der Savanne, der Wildnis und der Wüste, ein einziges Ersatzteillager.»

Sole strahlte ihn aus ihrem ockerverschmierten Gesicht an und umarmte ihn stürmisch. «Danke, dass du mich verstehst.»

Sie zogen sich früh von den anderen zurück. Richard brachte Decken und Kopfstützen nach draußen, und eng umschlungen lagen sie unter freiem Himmel.

«Zieh den blöden Fummel aus», sagte er, «wir sind frisch verheiratet, und uns ist jetzt alles erlaubt. Wenn dir kalt wird, werde ich dich mit meiner Haut wärmen.»

Er streichelte sie und begann, ihren Körper mit winzigen Küssen zu bedecken.

«Mir fällt gerade ein, dass du bis heute fast allen gefährlichen Tieren hier in Afrika begegnet bist, und zwar in spektakulärsten Situationen, um die dich jeder angereiste Großwildjäger beneiden würde. Jetzt fehlt nur noch ein Zusammenstoß mit einem Büffel, und ich bin eigentlich sicher, dass dieses Erlebnis genauso aufregend sein wird wie das mit der Schlange, dem Krokodil oder den beiden Löwen oder» – er raunte in ihr Ohr – «mit mir. Woran denkst du, kleines verschmiertes *katiti ombappa*?

«Mir fällt gerade ein, dass einmal so ein überheblicher männlicher weißer deutschstämmiger Arsch gesagt hat: *Wenn eine weiße Frau erst einmal mit einem Schwarzen geschlafen hat, ist sie für den Rest ihres Lebens versaut!* Ja genau, das waren seine Worte. Also, Häuptling Grünschote, was ist, wenn du mich verlässt? Bin ich dann eine versaute weiße Frau? Erledigt für diese Welt, oder bekomme ich die Chance für ein zweites Leben?»

Sole lachte glücklich und schlang impulsiv ihre Arme um ihn.

«Es geht dir also gut?», fragte Richard zärtlich.

«Ja, aber trotzdem verfolgt mich seit einigen Tagen nur *ein* Gedanke, mehr noch, ein utopisches Wunschdenken.»

«Und –?»

«Ich sehne mich nach einer Dusche. Aber nicht hier, nachdem ich gesehen habe, welche Mühen es kostet, Wasser aufzuspüren und hierher zu schleppen. Nein, ich möchte so gerne einmal wieder meinen Körper ganz eintauchen, vielleicht in einen See, oder zehn Minuten mit dir gemeinsam unter einem warmen Wasserstrahl stehen, mit Shampoo in den Haaren und Seife auf der Haut. Und eine große Toilette mit Fenster hätte ich auch gerne, mit Toilettenpapier, Spiegel und Bidet. Und das alles ohne Reue.»

«Habe ich dir schon gesagt, dass ich ein Meister im Erfüllen solcher Wünsche bin?», flüsterte Richard und drang sanft in sie ein.

Die knochige Hand glitt über Sole hinweg und rüttelte an Richards Schulter. Der Afrikaner war sofort wach, während Sole verstört in das Gesicht des alten Häuptlings blickte, der aufgeregt zu zischen begann. Richard unterbrach ihn mit einer Frage, aber der Alte fuhr fort, ihn am Arm zu rütteln und mit dem Finger nach draußen in den frühen Morgen zu zeigen.

«Was ist los?», fragte Sole und wusste in der gleichen Sekunde, dass die Zeit im Paradies zu Ende war.

«Wir müssen fort. Am Vormittag soll hier eine Polizeistreife vorbeikommen», antwortete Richard kurz und stand auf. «Der Häuptling hat den Wagen schon freilegen lassen. Ich hole ihn hierher, damit wir alles schnell einpacken können. Wir müssen sofort weg, damit die Leute hier noch Zeit haben, die Radspuren zu verwischen.»

Sie brauchten keine halbe Stunde, bis alles eingeladen war. Sole ging noch mal in die Hütte. «Darf ich das Ziegenfell mitnehmen oder vielleicht –», sie wollte fragen: kaufen, und hielt es dem alten Mann hin. Er nahm es ihr aus der Hand und überreichte es ihr mit einer tiefen Verbeugung.

«Er will es dir schenken», übersetzte Richard, «als Erinnerung an deine Zeit hier in der *ozonganda*. Er wünscht uns Glück und bedankt sich noch einmal für die beiden schönen Feste, die mit unserer Rinderspende gefeiert werden konnten.»

«Ndangi», sagte Sole. Sie hatte sich das Eingeborenenwort für *danke* von Richard sagen lassen und wieder verbeugte sich der alte Mann.

«Wir müssen fahren», drängte Richard, «steig ein.»

Sole hievte sich umständlich auf den Beifahrersitz. Plötzlich schallte leise ihr Name über den Platz.

«Sole.» Und noch einmal: «Sole.»

Es war die erste Frau des Häuptlings. Sie lief auf das Auto zu, an Soles Seite, und riss die Tür auf. Sole glitt wieder aus dem Wagen und nahm sie in die Arme.

«Du hast zum ersten Mal meinen Namen ausgesprochen. Danke, Mama», flüsterte sie gerührt. «Jetzt lasse ich etwas von mir hier zurück, und wenn es nur mein Name ist.» Sie legte ihren Kopf an die Schulter der alten Frau und sagte leise: «Mama, ich werde dich vermissen.»

Die Frau griff nach ihren Armen und schob sie von sich. Ernst redete sie auf Sole ein. Immer und immer wieder strich sie dabei über Soles Leib, die Brust und das Gesicht. «Richard, was meint sie?», fragte Sole irritiert, «ich kann sie nicht verstehen.»

Richard beugte sich vom Lenkrad weg und antwortete leise durch das geöffnete Autofenster. «Du sollst in den nächsten Monaten auf dich aufpassen. Und sie will, dass du zur Geburt deines Babys wieder zurückkommst, damit sie dir helfen kann.»

Sole stockte der Atem.

«Aber ich –.» Ungläubig sah sie zu ihm auf und dann wieder zu der alten Frau hin. Sie wollte sagen, dass sie *nicht* schwanger war, nicht schwanger sein konnte, aber mit einem Mal, und es war, als ob sie einen gewaltigen Stoß erhalten hatte, erkannte sie, dass es die Wahrheit war, die mit dem Wunsch dieser alten Frau offenbar wurde. Ihre ständige Übelkeit, die sie auf die äußeren Umstände geschoben hatte, das Ausbleiben ihrer Periode, die ungewohnte weinerliche Stimmung. und ihr fiel in erschreckender Klarheit der erste Abend in Afrika ein. Nein, es war der späte Nachmittag, sie erinnerte sich genau, als sie mit Hannes geschlafen und dabei an Richard gedacht hatte.

«Mein Gott», schluchzte sie und wandte sich ab.

Nicht verstehend blickte die Alte von einem zum anderen. Richard sprang aus dem Wagen und nahm Sole in seine Arme.

«Sie kann nicht verstehen, warum du weinst», sagte er vorsichtig, «und ehrlich gesagt, ich auch nicht. Ich hätte schon längst darauf kommen müssen, dass du schwanger bist, so oft, wie du in den letzten beiden Wochen gekotzt hast.» Er lächelte.

«Aber das Kind ist nicht von dir», wimmerte Sole.

«Aber es ist von *dir*», antwortete Richard. «Gestern habe ich dir gesagt, dass du anfängst, wie eine Afrikanerin zu denken. Setze es fort. Wir haben mehr als drei Wochen hier im *kraal* gelebt. Hast du *eine* unglückliche Mutter gesehen, *ein* unglückliches Kind, *einen* unglücklichen Vater? Jedes Kind wird hier mit größter Selbstverständlichkeit empfangen, ohne dass jemand wie bei euch Weißen mit erhobenem Zeigefinger den standesgemäßen Erzeuger überprüft. Hier ist jedes Kind willkommen und wächst in der Gemeinschaft auf. Es hat Eltern und jede Menge

Geschwister, Tanten und Onkel, Vettern und Kusinen, die es lieben und sich darum kümmern. Und was dich anbetrifft, es ist doch völlig egal, ob Hannes der Vater ist» – er machte eine unmerkliche Pause, «oder ich es bin. Wichtig ist doch, dass es *dein* Kind ist, dem du das Leben gibst. Dem du *dein* Lachen, *deinen* Mut und *deine* Fröhlichkeit schenkst. So, und nun drücke noch einmal die alte Frau. Ich werde ihr sagen, dass wir rechtzeitig vor der Geburt zurück sind.»

Richard machte eine kleine Pause.

«Du bist hier *ihre* Tochter geworden, und sie liebt dich. Du darfst ihr nicht die Freude an dieser Liebe nehmen, und *dir* nicht die Vorfreude auf das neue Leben.»

Er richtete einige Worte an die Alte, die sofort strahlte und aufgeregt mit dem Kopf nickte. Sole kramte in ihrer Tasche. Sie wollte *Mama* zum Abschied ein Geschenk machen, eine kleine bescheidene Erwiderung ihrer Fürsorge. Sie fand aber nichts, nur eine große Cremedose *Nivea* in der schönen blauen Farbe. Sie reichte sie ihr. Wortlos legte sie dabei ihre Hand auf das Herz der Frau, um dann kurz ihr eigenes zu berühren und stieg zurück ins Auto.

Der Tag hatte noch zu wenig Licht, und die beiden dunklen Gestalten hoben sich nur schwach von der Erde und den Hütten ab. Sole sah Richard an und holte tief Luft.

«Was heißt *Löwe* in ihrer Sprache?»

»Ongeyama.»

«Ndangi Mama, ndangi ongeyama», rief sie den beiden zu. Sie hatte Tränen in den Augen und winkte ihnen, bis sie nicht mehr zu sehen waren.

Richard fuhr ein Stück zurück und bog dann in den etwas breiteren Pirschweg ein. Er hatte den Häuptling nach dem Weg nach Windhoek gefragt, aber der alte Mann hatte mit dem Kopf geschüttelt und in nordöstliche Richtung gewiesen. Sie könnten so ein großes Stück in Richtung *Ovambo*-Land fahren, ohne auf die Straße zu müssen, hatte er gemeint.

Also suchen sie uns immer noch, dachte Richard. Und die mehr als tausend Kilometer zurück in den Süden des Landes können wir uns sparen, denn sicherlich wird uns eine Polizeistreife anhalten.

Vorsichtig lenkte er den Wagen durch den Busch und betrachtete kurz die junge Frau an seiner Seite.

Wir können also mit dem Auto nicht nach Windhoek zurück. Ich muss das allein machen. Später vom Dorf aus. Sole ist schwanger, ich lahme noch, und unser Autohaushalt ist in ziemlicher Unordnung. Es gibt kein frisches Hemd mehr an Bord, kein Wasser, und die Vorräte sind bis auf eine Dose Erbsen aufgebraucht. Das ist unsere Situation.

«Ich glaube, jetzt bin ich ein Fall für *meine* Mama», sagte er zu Sole. «Wir sollten anhalten und gemeinsam entscheiden, was zu tun ist.»

Sole überlegte kurz und schlug vor: «Warum fahren wir nicht einfach zu deiner Familie, warten dort ab und überdenken alles? Wie lange brauchen wir, um dorthin zu kommen?»

Dankbar schaute Richard sie an.

«Du bist schon eine erstaunliche Frau», sagte er. «Nicht nur, dass du mich wie ein Froschweibchen auf dem Buckel zurück ins Dorf getragen hast, das wäre sogar einer *Himba* nie in den Sinn gekommen. Du hast mich auch geheiratet, obwohl ich zu diesem Zeitpunkt ein kranker Mann war. Unvorstellbar für die Verhältnisse hier. Und jetzt willst du mich in das nächste Dorf begleiten.»

Sole wickelte zwei Bonbons aus ihrem goldenen Papier, faltete und formte das Stanniol in zwei Ringe. «Es sind die Letzten», sagte sie, «willst du deinen durch die Nase oder an den Finger? Übrigens, nicht in das nächste, sondern in *dein* Dorf.»

Richard musste lachen. Er beugte sich zu ihr hinüber und küsste sie.

«Weißt du eigentlich, welche Hochachtung man dir im *kraal* entgegengebracht hat? Die Sippe ist felsenfest davon überzeugt, dass dich die Krokodile nie getötet und die Löwen niemals angefallen hätten. Die Frau des Häuptlings hat es als Erste gesagt.»

«Was?», fragte Sole.

«Du wärst eine *oratana.* Ich kannte bis dahin das Wort auch noch nicht. Es bedeutet: *die Menschfrau, die eigene Wege schreitet.* Ich glaube, deshalb hat sie dich auch als ihre Tochter angenommen.»

Soles Augen wurden immer größer, dann fing sie an zu lachen. «Mein Gott, was seid ihr alle süß.»

«Na, ich weiß nicht.» Richard war leicht beleidigt. «Zucker ist süß, auch Schokolade, aber eine afrikanische Eingeborene, die eine fremde Frau, noch dazu eine Weiße, als eine quasi Gesandte aus ihrem Ahnenreich betrachtet – das ist nicht süß, das ist in diesem Teil Afrikas *wirklich* etwas Besonderes.» Dass Sole neben ihrer Unantastbarkeit wilden Tieren gegenüber noch andere Merkmale des Außergewöhnlichen an sich hat, hatte ihm die Häuptlingsfrau vor dem Morgen ihrer Hochzeit gesagt, und dabei bedeutsam gelächelt. Aber das sagte er ihr nicht.

Sie fanden ihren Garten Eden rein zufällig, wie auch vorher das Dorf mit dem Brunnen. Die Bewohner verkauften ihnen Melonen und Tomaten und selbst gemachtes, dunkles schweres Brot, alles wahre Reichtümer nach dem ewigen *millipapp*. Richard fragte vorsichtig nach dem Weg, und aus dem schrillen Geschnatter konnten sie entnehmen, dass sie auf der richtigen *pad* waren. Sie sollten vorsichtig fahren, denn der Weg würde schmaler werden und sich erst weit hinten wieder verbreitern.

Rechts und links wurde das Riedgras höher und höher, und Höckergänse mit ihren knubbeligen Schnäbeln zogen kreischend über sie hinweg. Es *musste* hier irgendwo Wasser sein, aber so sehr sich Richard auch bemühte, er fand es nicht. Kurze Zeit später gelangten sie auf eine freie Fläche, die, wie aus dem Rahmen eines Gemäldes herausgelöst, mit ihrem gelben dicken Gras in unendlicher Weite vor ihnen lag.

Es war für Richard immer etwas Einmaliges, in eine Savanne einzutauchen. Mochten ihm auch die hitzeflimmernden Luftschwaden fast den Atem nehmen, diese wunderbare gelbe Farbe des Savannengrases, zusammen mit dem blauen Himmel, dem heißen Wind, der sich unbarmherzig in die Haut einbrannte und gleichzeitig über Kilometer hinweg die leisen Wellenbewegungungen über die Ebene zauberte, all dies war für ihn prall und urwüchsig, und der Afrikaner in ihm bewunderte die Natur, die hart und kompromisslos ihre eigenen Gesetze anwandte, um den Menschen die mühsame Kultivierung des Bodens wieder abzujagen.

Er hielt an, schloss die Augen und holte tief Luft.

«Komm», sagte er zu Sole und kletterte mit ihr auf das Autodach. In der Ferne sahen sie Giraffen vorbeiziehen. Ihre wiegenden Körper waren nicht zu sehen, nur ihre gefleckten Hälse ragten aus dem hohen Gras.

«Richard, du hast eine wunderschöne Heimat», flüsterte Sole und griff nach seiner Hand. Überrascht sah er sie an. Genau das Wort hatte ihm gefehlt: Heimat.

Sie brauchten mehr als drei Stunden, um die Savanne zu durchfahren. Drei Stunden, eine afrikanische Ewigkeit. Richard fuhr langsam, denn es war schwierig, mit dem Wagen auf dem ausgetrockneten Elefantenpfad zu bleiben. Eine ermüdende Ruckelei und immer die Möglichkeit, dass bei der geringsten Unachtsamkeit ein Reifen platzen könnte. Als sie endlich den Busch mit seinen grünen Niederungen erreicht hatten, roch Richard es förmlich: *Wasser*. Die zwei ineinander übergehenden Mulden mit der klaren Kostbarkeit lagen in einer Erdsenke zwischen zwei hohen großblättrigen Bäumen. Auf ihrer Oberfläche schwammen noch die abgefallenen Blüten des Frühlings. Zu klein für ein Krokodil, zu versteckt für Menschen, zu unbequem für Raubtiere.

Als sie näher herankamen, flogen wachsame Sandhühner pfeifend auf, die in winzigen Schlucken von dem Wasser getrunken hatten. Gegen den klaren tiefblauen Himmel wirkten sie wie Nadelköpfe. Das Sonnenlicht wurde von dem üppigen Blattwerk in bizarre Muster gebrochen und feiner weißer Sand bedeckte den Boden. Es war *die* Idylle, die er sich zu finden gewünscht hatte – um sie Sole zu schenken.

Sole war bereits aus dem Wagen gesprungen. Verzückt blickte sie um sich. «Bleiben wir hier?», fragte sie Richard mit glänzenden Augen.

«Es ist mein Hochzeitsgeschenk für dich», sagte er lächelnd und stellte den Motor ab.

Als Erstes errichtete er die Dusche und weichte Waschpulver in einem Eimer auf. Er zog Sole zwischen seine Beine und machte sich an ihre Haare. Das Auswickeln war schwieriger, als er es sich vorgestellte hatte, und Sole schrie öfter leise auf, bis er alle Gräser und Tierhaare herausgerupft hatte. Sehnsüchtig schielte sie auf die Wassermulden, aber Richard zog sie unerbittlich, den Eimer in der Hand, zu einer entfernteren Stelle. Gründlich und fast scherzhaft seifte er erst sie und dann sich selbst mit der Lauge ein. Das ranzige rostbraune Fett löste sich nur schwer von ihrer Haut, und sie mussten sich mehrfach unter die Dusche stellen, bis ihre Körper sauber waren. Erst dann gab Richard ihren Badetümpel frei.

«Zwei von der Zivilisation vergessene Kinder planschen in einem afrikanischen Wasserloch», rief Sole glücklich. «Mister Shapake, lieben Sie eigentlich Ihre Frau?»

Richard schwamm zu ihr hin und küsste sie.

Später aßen sie die Melonen und legten Tomatenscheiben auf das dunkle Brot. Der Wein war gekühlt, und sie ließen ihre Gläser gegeneinander klingen. Müde streckten sie sich an der kleinen Feuerstelle aus, die Richard vorbereitet hatte. Natürlich mit dem duftenden Holz des Häuptlings, das er aus dem *Himba*-Dorf mitgenommen hatte.

«Erzähl mir doch etwas über deine Großmutter», bat Sole.

Richard schwieg. Nach einer Weile sagte er: «Sie redet immer in Gleichnissen.»

«Wie?», drängte Sole, und er hörte aus dem Klang ihrer Stimme, dass sie neugierig war, Das gefiel ihm. Ich sollte ihr von den Frauen meiner Familie erzählen, dachte er. Über ihren Stolz und wie sie ihr Leben gemeistert haben, und weshalb sie für mich zu den wichtigsten Menschen gehören, trotz meiner zweiten Erziehung in Deutschland. Sole wird dann entscheiden müssen, wie sie ihnen begegnet.

Er sah an der batteriegetriebenen Lampe einen Gecko entlanghuschen, der auf der Jagd nach Motten war, die von dem Licht angezogen wurden.

«Großmutter meint zum Beispiel», begann Richard, «dass ein Gecko anders ist als alle bunten Salamander, die wir kennen. Ähnlich anders wie vielleicht ein einzelner Mensch, mit schwarzer Hautfarbe unter vielen Menschen mit weißer Hautfarbe. Schau den Gecko drüben an der Lampe an. Siehst du die kleinen Pfötchen? Wenn er sie gegen die Glaswand drückt, sehen sie wie ausgeschnittene Weihnachtssterne aus. Mücken, Fliegen, Käfer, Motten – sie alle haben bei ihm keine Chance, und weißt du, warum? Sie sind unvorsichtig, weil sie denken, ach, es ist nur ein Gecko, der *Kaffer* unter allen Salamandern. Nur – *heute* ist der Gecko Sieger, aber *morgen* schon kann er von einem Tier gefressen werden, das größer und stärker ist als er.»

Er machte eine Pause und bettete Soles Kopf bequem in seinen Schoß.

«Großmutter hat mir dieses Spiel gezeigt. Eigentlich war es nie ein Spiel, mehr eine Parabel aus dem Leben für das Leben. Über Wochen hinweg haben wir Tiere beobachtet. Jäger und Gejagte. Sieger und Verlierer. Die siegreichen Tiere wurden immer größer, und irgendwann landeten wir bei dem Leoparden. Großmutter hat dann gesagt, siehst du, ab hier brauchen wir neben unserer körperlichen Kraft auch die Überlegenheit, die uns Menschen gegeben wurde, um uns die Tiere dieser Welt untertan zu machen.»

Richard sinnierte: «Großmutter redet eigentlich immer, ob jemand bei ihr ist oder nicht, und es ist immer etwas, das in direktem Zusammenhang zwischen Mensch, Tier und Natur steht. Hätte ich ihr doch besser zugehört. Ich besäße heute mehr Wissen über das dunkle Afrika und seine Menschen.»

Es klang etwas resignierend. Sole hörte es sofort. Sie streichelte kurz seinen Arm und meinte: «Nun ist es doch eine Schwarzweißgeschichte geworden. *Oonzi,* bleiben wir noch zwei oder drei Tage, bevor wir weiterfahren? Es ist so schön hier.»

Richard reagierte nicht sofort auf diese Frage, denn plötzlich stand *oumeme,* seine Großmutter, wie ein Geist vor ihm, nein, eigentlich zwischen ihm und Sole. Er sah ihre dunklen Augen vor sich, wie sie ihn missbilligend musterte, ihr hageres Gesicht wirkte durch die beiden strengen Falten auf der Stirne noch gemeißelter.

*Meme** wird leicht zu überreden sein, aber sie, die *oumeme,* das gewaltige Oberhaupt der Familie wird viele unangenehme Fragen stellen, dachte er und versuchte, ein aufkommendes unangenehmes Gefühl zu unterdrücken.

Der abnehmende Mond war steil zwischen den beiden Bäumen

* Mutter

emporgestiegen. Man konnte in seinem Licht in weiter Ferne kleine Hügel erkennen, die aussahen, als würde eine lang erwartete Kamelkarawane endlich aus dem Dunkel auftauchen und ihren Rastplatz ansteuern. «Warum nicht», antwortete Richard nach einer Weile, «es treibt uns ja keiner weiter.» Und erst später fiel ihm ein, dass laut einer Vereinbarung mit Herrn Doktor Schuler aus Düsseldorf am nächsten Tag der zweite Reisemonat für seine Tochter und ihren Verlobten beginnen sollte. Und dass in einem Windhoeker Krankenhaus ein Mitglied der Gruppe lag, und das andere im frisch verheirateten Zustand neben ihm.

Mein Gott, dachte er, welches Chaos in meinem Leben.

Das Schachbrett ist geblieben. Läufer, Türme und Pferde sind allerdings durcheinander geraten.

13 Tiefes Afrika

Erschreckt fuhr Sole hoch. Wie nach einem Startschuss ertönten Geräusche aller Art aus den Bäumen: Heulen und Quietschen, Kichern und Brüllen, Jaulen und Japsen, Grollen und Donnern, Brummen und Zischen, Pfeifen und Zimbal schlagen.

Sie sah Richard fragend an.

«Vögel», erklärte er, «aus jeder Familie, auch Paviane und andere Affen. Gazellenböcke, und ganz hinten, meine ich, hätte ich auch das Hüsteln eines Leoparden gehört. Alles Geräusche, die du in der Halbwüste nicht hörst, die aber im *grünen* Afrika bedeuten: Der Morgen ist da.» Er küsste sie leicht auf die Stirn. «Hast du gut geschlafen? Kaffee kommt sofort.»

«Kann ich nicht mehr vertragen», sagte Sole mühsam, denn es ging ihr nicht besonders gut, «Tee wäre besser.»

Wenig später saß sie im Schneidersitz auf ihrem Schlafsack. «Irgendwie habe ich Appetit nach etwas Festem», meinte sie

«Eine Dose Erbsen ist noch vorhanden, leider keine Melonen mehr, ein halber Laib Brot, vier Tomaten, Gewürze, Wein und Wasser. Missis Shapake, das war eine Küchenbestandsaufnahme.»

Richard sah sie prüfend an. «Irgendwann müssen wir wieder auf *pad*, auch des Einkaufens wegen. Deshalb meine ich, wir sollten langsam aufbrechen, rüber in das *Ovambo*-Land, in das Dorf meiner Mutter. Morgen vielleicht? Dort haben wir alles, sind sicher, und ich kann mich in irgendeinem Auto nach Windhoek bringen lassen und die Sache mit der Schießerei in Ordnung bringen.»

Er horchte und runzelte die Stirn. «Elefanten. Vielleicht fünfhundert Meter von hier.»

«Ich höre nichts», meinte Sole.

«Willst du sie sehen? Der Wind steht gut, zieh dir die Stiefel an, wir könnten uns anpirschen.» Richard hatte eine Idee. Kurz entschlossen nahm er das Gewehr aus der Halterung und steckte sich einige Patronen in die Tasche. Langsam ging er voraus, und Sole folgte ihm. Ab und zu knickte er Zweige um oder legte einen Ast quer über ihren Pfad.

«Damit wir wieder in unseren Garten Eden zurückfinden», erklärte er leise.

Sie traten aus dem Dickbusch heraus. Vor ihnen lag ein steinübersäter Hügel. Vorsichtig schlich Richard darauf zu. Er nahm Sole an der Hand und bedeutete ihr, dass sie zum Baum hinaufsteigen müssten, der einsam, vielleicht hundert Meter von ihnen entfernt, zwischen dem Geröll stand. Dort angekommen, kletterte Richard behände nach oben, deponierte das Gewehr in einer Astgabel und half Sole nachzukommen. Aufgeregt deutete er rechts auf den Busch und legte einen Finger auf den Mund.

Man konnte hören, wie die Elefanten durch das Gebüsch stampften, Bäume umrissen und entwurzelten. Man vernahm das Rumpeln ihrer Leiber und die Fressgeräusche, wenn sie mit den Rüsseln die Baumkronen abrissen und in ihre Mäuler stopften. Und man roch etwas Modriges. Sie waren da, ohne dass man sie sah.

Plötzlich, wie nach einer Ewigkeit, teilte sich der Busch, und ein alter Leitbulle trat heraus. Kampflustig streckte er den Rüssel in die Höhe, und klappte die riesigen zeltartigen zerfetzten Ohren nach vorne. Sein Schrei kam unerwartet, und Sole hielt sich erschreckt die Ohren zu. Eine schwere graue Kuh folgte, andere Kühe, ein junger männlicher Elefant, verspielte Jungtiere und Kälber. Unschlüssig standen sie am schützenden Dickicht und starrten blinzelnd auf die sonnenüberflutete Lichtung.

«Sie sind auf dem Weg zum Wasserloch», hauchte Richard Sole ins Ohr.

«Hoffentlich nicht unseres», wisperte Sole.

«Nein, ich habe keine Fährten gesehen.»

Eine Kuh bewegte sich schwerfällig in die Richtung, aus der Sole und Richard gekommen waren. Plötzlich hob sie ruckartig den Kopf und begann zu trompeten. Sofort liefen die Jungtiere unter die Bäuche der Kühe, und die größeren pressten sich an deren Flanken. Unmengen von klobigen Füßen, hochtretend wie Pferde, setzten sich in wirbelnder Eile in Bewegung, donnerten über die Lichtung, mit dem Ziel, den nächsten schützenden Busch zu erreichen. Der alte Bulle wollte den Rückzug sichern. Einige Jungtiere sollten ihm dabei helfen. Das Maul für mahnende Schreie geöffnet, schlenkerte er unruhig den Kopf hin und her und streckte den Rüssel prüfend in alle Richtungen. Ungeduldig rammte er mit seinem Leib einen Jungbullen, so als wolle er für mehr Beeilung sorgen. Sofort schlossen die anderen Tiere auf, und es folgte ein Schauspiel, das Sole wie abgesprochen und einstudiert vorkam. Diszipliniert hintereinander, in zügigem Schritt, mit der Leitkuh an der Spitze und dem alten Elefantenbullen am Ende, schritt die Herde an dem Baum vorbei und war kurze Zeit später im Dickbusch verschwunden.

«Das sind *unsere* Könige», sagte Richard stolz, «*Afrikas* Könige. Großartig, nicht wahr?» Er fuhr bedauernd fort: «Sie haben Witterung von uns bekommen. Wir hätten einen Bogen schlagen sollen, aber ich wusste nicht genau, aus welcher Richtung sie kommen würden. Es ist noch früh, lass uns noch eine Stunde sitzen bleiben, vielleicht tut sich noch etwas.»

Sie saßen eng aneinander gepresst auf einem Ast. Da sie sich mit den Füßen gegen eine Astgabel abstützen konnten, war es bequem, und sie hatten kein Problem, auf dem leicht schwankenden Baum das Gleichgewicht zu halten. Richard knipste einige Blätter vor ihnen ab, so dass sie einen großzügigeren Ausblick auf die Lichtung und den dahinter liegenden Busch hatten

Plötzlich kniff er leicht in Soles Arm und zeigte nach links.

«Da, sieh, ich wusste es», raunte er, «nach den Elefanten kommen in der Regel die Raubkatzen, mit ihnen die Schakale und Hyänen. Dann die Gazellen, die Wildschweine und zum Schluss das kleinere Getier. Warum? Sie alle profitieren von den Dickhäutern, die genau wissen, wo Wasser ist, selbst wenn es unter der Erde liegt.»

Ein goldbrauner Fleck leuchtete aus dem Busch, trat heraus. Argwöhnisch betrachtete das Gepardenweibchen ihre nähere Umgebung. Sole konnte deutlich die hellen Katzenaugen sehen, die in Sekundenschnelle alles erfassten. Für einen Moment blieb es unbeweglich stehen. Dann ein schwaches Krächzen und zwei Welpen sprangen unbekümmert auf die Lichtung. Die Mutter wandte ihnen kurz den Kopf zu, setzte sich in Bewegung und sprang, gefolgt von den Jungen, in Richtung der Elefantenherde davon.

Richard fuhr raunend fort: «Sie schlagen mit ihren schweren Füßen eine Mulde und bohren mit ihren Rüsseln so lange in die Tiefe, bis sie Wasser gefunden haben. Haben sie genug getrunken, ziehen sie weiter. Das Loch bleibt nur für eine kurze Zeit geöffnet, aber lange genug für die anderen Tiere, und dann fällt es wieder in sich zusammen.»

«Woher weißt du das alles?», wisperte Sole

«Hast du vergessen, dass ich Afrikaner bin?»

Richards Stimme hatte ein unbekannte Arroganz. Rasch griff er nach dem Gewehr. Er legte es an und Sole sah, wie sein Körper zu zittern begann. Er hob wieder den Kopf, holte tief Luft, und begann erneut zu zielen. In der gleichen Sekunde, als Sole den hellbraunen Körper der kleinen Gazelle entdeckte, schoss er, und sie wäre beinahe, erschreckt von dem lauten Knall, von dem Ast gerutscht, hätte Richard sie nicht im gleichen Moment am Arm gepackt und festgehalten. Mitleidig sah sie, wie das Tier einen hohen Satz machte, die Läufe einknickten, und es tot umfiel.

«Unser Abendessen», sagte Richard ruhig und sicherte das Gewehr, aber Sole sah, dass sein schwarzes Gesicht mit Schweiß bedeckt war und vor innerer Erregung zuckte.

«Warte einen Moment, das Leben muss entweichen – und man muss einem erlegten Tier seinen Respekt erweisen.» Er senkte den Kopf und atmete tief durch.

Er sprang vom Baum und Sole reichte ihm mit spitzen Fingern das Gewehr nach. Dann kletterte auch sie hinunter und folgte ihm vorsichtig.

«Ein guter Schuss, sagte Richard mit einem angedeuteten Lächeln. Er stand vor dem erlegten Tier und stieß es leicht mit der Stiefelspitze an.

«Wenn das herauskommt und *sie* vergessen, dass wir das Jahr 1993 schreiben, werden *sie* zwei schöne Bäume suchen und uns beide daran aufknüpfen. Halt, dich lassen sie bestimmt laufen. Eine weiße Haut kann keine Fehler machen.»

Sole sah ihn verständnislos an.

«Mit *sie* meine ich die ehemaligen weißen Herren.» Leicht sarkastisch fuhr er fort: «Früher war alles *unser* Land, und wir konnten jagen, wann, wo und was wir wollten. Nein, stimmt nicht ganz.

Gejagt wurde nur, wenn Fleisch für die Ernährung nötig war. Heute ist alles aufgeteilt, verteilt und manchmal unterteilt. Natürlich nicht nur in Namibia» – seine Stimme klang aggressiv –, «auf der ganzen Welt sind die Ufergrundstücke vergeben.»

Er zog das Messer aus der Lederscheide, die er an Schlaufen am Gürtel hängen hatte, klappte es auf und schlitzte dem Tier der Länge nach den Bauch auf. Mit einem Ruck riss er die Eingeweide heraus. Das Blut sprudelte ihm entgegen und versickerte im Boden.

«Sieh weg, Sole», rief er ihr zu, «du fängst todsicher gleich an zu kotzen.»

Sole sagte nichts, aber sie roch bereits das warme süßliche Blut, zusammen mit dem entleerten spinatgrünen Mageninhalt und begann zu würgen. Sie presste sich ein Taschentuch auf Mund und Nase und setzte sich ein Stück weg. Sie wollte Richard weiter zusehen, der sich umsichtig und gezielt an die Arbeit machte.

Er schälte die Leber aus den Eingeweiden und warf die Gedärme in den Busch. Dann griff er in den warmen Tierkörper und holte das Herz heraus, das zerschossen war und blutete. Er öffnete mit zwei Fingern das Tiermaul und schnitt die Zunge ab. Leber, Herz und Zunge legte er beiseite. Den Kopf trennte er ab und warf ihn ebenfalls in Richtung Gedärme.

Breitbeinig stand er über dem Tier, und Sole sah, wie sich seine Muskeln unter dem dünnen Hemd vor Anstrengung bewegten. Er ergriff die Vorderläufe und richtete den Körper auf, um ihn an einen stärkeren Strauchstamm zu lehnen. Mit einem Stock hielt er die beiden Bauchlappen auseinander, so dass das restliche Blut herauslaufen konnte. Das Tier drohte abzurutschen, aber Richard bückte sich blitzschnell und ergriff einen Ast, der ihm am nächsten lag, und stemmte ihn so in den Körper, dass dieser aufrecht stehen blieb. Er rupfte Grasbüschel ab und rieb damit das Innere des ausgeweideten Tieres aus. Das Messer stach er mehrfach in den Boden, bis es sauber war, und mit dem Rest der Grasbüschel reinigte er den Schaft. Er klappte es wieder zusammen und steckte es an die Gürtellasche.

«Hast du schon einmal etwas verloren, ich meine, durch ein plötzliches Gesetz, das mir nichts, dir nichts, von einem Tag auf den anderen, konträr zu den Gewohnheiten eines Volkes erlassen wurde?»

Richard sah sie fragend an, aber es kam keine Antwort. Er bückte sich und strich mit seinen blutverschmierten Händen über das Gras und versuchte so, sie einigermaßen sauber zu bekommen. Horden von schwarzen großen Fliegen tauchten plötzlich auf und begannen, mit lautem Summen umherzuschwärmen. Obwohl Sole einen Zweig abbrach und damit wild um sich schlug, setzten sie sich auf sie, auf Richard und auf das ausgenommene Tier.

«Das hast du doch nicht zum ersten Mal gemacht?»

Sie ignorierte mit dieser Feststellung seiner Frage, weil sie darüber nachdenken wollte. Er hatte wieder in seinem seltsam aggressiven Ton gesprochen.

Richard sagte nichts darauf. Er sah kurz zum Himmel hoch, und Sole folgte seinem Blick. «Wir müssen schnellstens weg von hier, die Geier kreisen schon, und möglicherweise bekommen das irgendwo Menschen mit.»

Erneut blickte er prüfend nach oben, und wieder hörte sie den unangenehmen Ton in seiner Stimme: «Vielleicht bin ich dir ja mal so viel wert, dass du mir meine Fragen beantwortest.» Er riss Stock und Ast aus dem ausgeweideten Tierleib, legte die Innereien hinein und warf sich die Gazelle über die Schultern.

«Ich muss sie zu unserem Platz tragen. Mit dem Wagen komme ich nicht bis hierher. Nimm das Gewehr und geh vor. Achte auf die abgebrochenen Äste und Stöcke auf dem Weg.»

Sole zuckte zusammen, als sie sah, wie der erste Geier in schwerfälligem Gleitflug direkt hinter ihr auf den Boden plumpste. Nach einigen Metern drehte sie sich noch einmal um. Angeekelt sah sie, wie jede Menge dieser hässlichen Vögel mit ihren blutigen Schnäbeln in den schleimigen Eingeweiden wühlten.

«Sie werden von dem Aufbruch nichts übrig lassen», sagte Richard, «und wenn doch, so werden Ameisen den Rest besorgen. Auch das ist Afrika. Der Tod lauert überall, aber eine Leiche als Beweis wirst du hier niemals finden. Im Übrigen – der afrikanische Busch braucht die Geier.»

Sole empfand seinen Ton ungewohnt hart, fast böse.

«Sie müssen den Tod entsorgen, und der darf nicht fehlen, wenn das Leben jung und übermütig bleiben soll.» Richard rückte sich das Tier auf dem Rücken zurecht und folgte Sole.

«Trotzdem sind es scheußliche Vögel, sie sehen aus wie Totengräber mit krummen Hälsen», sagte sie und bemühte sich, ihre Stimme versöhnlich klingen zu lassen.

«Haben bei euch die Totengräber krumme Hälse?», fragte Richard spöttisch.

Wortlos gingen sie zurück, und Sole war bemüht, jedes umgeknickte Ästchen zu finden, damit sie sich nicht verliefen. In der Nähe ihres Rastplatzes zischte Richard kaum hörbar hinter ihr. Sie drehte sich sofort um und schaute ihn fragend an.

«Wir waren lange weg und müssen daher erst überprüfen, ob mit unserem Platz alles in Ordnung ist», murmelte er undeutlich. Er zerrte am Reißverschluss seiner Hose und urinierte einige Tropfen um den Tierkörper herum. Sole betrachtete ihn entgeistert. Abrupt drehte sie sich um und ging in die Richtung ihres Camps.

«Geh langsam vor, und halte vorsichtshalber das Gewehr im Anschlag», rief er ihr leise hinterher, «ich muss noch für einen Moment bei der Gazelle bleiben.»

Richard legte sein Taschentuch auf den Wildkörper. Die Sache mit dem Urin hatte ihm die Großmutter gesagt, die Sache mit dem Taschentuch hatte er weißen Jägern abgeschaut. Jetzt würde in nächster Zeit kein wildes Tier an die Gazelle gehen.

Sein Zurückbleiben bei dem erlegten Wild war ein Vorwand gewesen. Er wollte für einen Moment allein sein, sich ausruhen, wieder Luft bekommen und auch den Grund seiner plötzlichen Aggressivität herausfinden.

Es war die Jagd, dachte er. Das Recht, sich das Wild zu nehmen, das man will, das, was man braucht. Ich unterstehe Gesetzen, die von Weißen hier in *meinem* Land installiert worden sind. Wir haben sie weggejagt, unsere eigenen Leute haben jetzt das Sagen, aber ich diene und gehorche immer noch –

Ein Schuss peitschte durch die Luft, und Richard schrie in der gleichen Sekunde: «Sole, ist alles okay?»

Er schnellte in die Höhe und rannte los. Fast hätte er Sole umgestoßen, die das Gewehr in einer Astgabel aufliegen hatte und noch immer im Anschlag stand. Triumphierend sah sie ihn an.

«Wir hatten Besuch, Mister, drüben am Wasser, und das wollte ich nicht dulden.»

Entgeistert betrachtete Richard die große dunkle Schlange am oberen Teil ihres Wasserlochs, die, zu einem Drittel ihrer Größe aufgerichtet, in wütender Attacke fauchend und mit letzten Kräften immer wieder mit geöffnetem Maul nach vorne schoss, um den unbekannten Feind anzugreifen.

«Eine *Mamba*»* stieß er hervor, «mein Gott, Grünschote, du hast sie paralysiert, zwar ein bisschen zu tief, aber immerhin. Ich wusste gar nicht, dass du so gut schießen kannst. Schieß noch einmal und versuche, sie etwas höher zu treffen.»

Sole zog das Gewehr in die Schulter ein, konzentrierte sich und schoss noch einmal. Wie von einem Stein getroffen, sackte die Schlange in sich zusammen und fiel auf den Boden. Ihr Leib zuckte und ringelte sich zu einem graufarbenen Haufen.

Befriedigt sagte Richard: «Sie ist zum Saufen gekommen. Gut, dass sie tot ist. Schlangen bringen Unruhe. Nebenbei gesagt sind sie auch der Grund, weshalb wir Menschen aus dem Paradies geworfen wurden. Und sie sind wie Frauen: *Nicht berechenbar.*»

Er nahm Sole in den Arm.

«Wir gehen *nicht* hin, um nachzusehen, ob sie auch wirklich tot ist. Denn *was* hat uns das Krokodilabenteuer gelehrt?»

Er streichelte ihren Arm und zog ihren Kopf an seine Schulter.

«Tapfere Sole, tapfere Grünschote, tapfere *katiti ombappa*, wenn ich das deiner afrikanischen Mama erzähle, wird sie fragen, weshalb wir uns wundern, denn ihre Tochter Sole ist eben eine *oratana*, eine Auserwählte. Ich werde dein Jagdglück nachher abziehen, salzen, in eine Plastiktüte stecken, in die *coolbox* legen und oben bei Mutter für dich draus ein Hutband gerben.»

Fast ungläubig betrachtete sie Richard, und trotzdem war aus seinen Worten ein leichter Spott zu hören. «Meine Frau, nicht nur eine Führungskraft für kommende *Himba*-Generationen, auch eine Mambatöterin, wer hätte das gedacht?»

* Giftigste Schlange Namibias

Sole entzog sich seinen Armen, ließ das Gewehr fallen, und übergab sich.

«Richard», heulte sie, «mir ist speiübel», und übergab sich noch einmal unter heftigem Würgen.

«Das sind deine Reflexe, die sich mit dem Baby nicht vertragen», tröstete sie Richard. «Sie werden sich aber schnell wieder normalisieren.»

Er zog sie von dem Erbrochenen weg, setzte sich mit ihr auf den Boden und legte ihren Kopf in seinen Schoß, so dass Sole ganz entspannt liegen konnte. Liebevoll streichelte er ihr Haar und drückte kleine Küsse hinein.

«Sorry, Grünschote», murmelte er, «ich war heute Morgen nicht gut drauf. Immer wenn ich in das ursprüngliche, ich meine, in *mein* Afrika eintauche, wie vorhin bei dem Anblick der Elefanten in freier Wildbahn, und sehe, wie zuverlässig die Naturgesetze ohne menschliches Eingreifen funktionieren, immer dann werde ich daran erinnert, dass auch dieses Land, *mein* Land, ohne meine Zustimmung als Bürger neu geregelt und aufgeteilt worden ist. Sogar mein eigener Vater war daran beteiligt, und es spielt leider überhaupt keine Rolle, dass wir eine *schwarze Regierung* haben. Die Weißen mit ihren gottverdammten weißen Gebräuchen, ihren gottverdammten weißen Gedanken und ihrem gottverdammten weißen Durchsetzungsvermögen stehen nach wie vor dahinter. Die Zeiten meiner Großväter sind vorbei und mit ihnen ihre Art zu leben, wie es immer Sitte und Brauch war. Genau das bereitet mir ab und zu Schwierigkeiten.»

Sole lächelte erschöpft. «*Oonzi*, schmier mir bitte nach Möglichkeit nicht das Blut von deinen Händen in die Haare, sonst musst du sie heute Abend noch einmal waschen. Ich kann den Geruch einfach nicht ertragen.»

«Sorry», sagte Richard wieder. Er ließ vorsichtig ihren Kopf zu Boden gleiten, stand auf und ging zum Waschplatz. Während er seine Hände einseifte, fuhr er lauter fort: «Wenn diese Gedanken kommen, spüre ich förmlich, wie der Ärger in mir hochkriecht wie eine Ameise, gegen deren Überfall man sich nicht wehren kann, wenn die Hände gefesselt sind. Ich werde ungerecht, und das Schlimmste ist, *ich weiß es.* Deine unschuldige Frage, woher ich alles weiß, das, was mit Afrika zu tun hat, fand ich deshalb so ungehörig, weil man *das* als Afrikaner eben weiß, so wie man als Europäer weiß, dass man erst bei Grün die Straße überqueren darf. Und es war *meine* kleine weiße Frau, die mich das gefragt hat.»

Er kam zurück und setzte sich wieder zu Sole.

«Kannst du mich verstehen? Und kannst du damit leben, dass ich manchmal vergesse, dass du diese andere verdammte Hautfarbe hast und Europäerin bist?»

«Ich habe gemerkt, dass du mit dir nicht im Reinen gewesen bist. Gib aber sofort ohne Wenn und Aber zu, dass ich, obwohl ich weiß *und* Europäerin *und* Sole Schuler bin, sehr besonnen reagiert habe. Bei Hannes wäre diese Story anders gelaufen.» Zärtlicher als sie wollte, blickte sie ihn an. «Obwohl es jetzt hier so eine schöne Stimmung ist, muss ich dich fragen – warum hast du um das Tier gepinkelt?»

«Mein Gott, unser Abendessen!»

Er sprang auf, lief zum Busch und rief ihr zu: «Verwittern nennt man das. Damit in der Zwischenzeit kein wildes Tier drangeht. Ich bin in drei Minuten wieder zurück.» Aber dann blieb er stehen und fügt grinsend hinzu: «Never forget, wir Schwarze haben den schärfsten Urin auf der gesamten Erdkugel.»

«Von vierundzwanzig Stunden am Tag bist du zehn Minuten lang ein Verrückter, ein afrikanischer», murmelte Sole und spürte, wie ihre Lebensgeister langsam zurückkamen. Sie schloss die Augen und drehte sich auf die Seite.

Als sie wieder wach wurde, war es schon fast dunkel.

Ein kleines Feuer brannte, der Tisch war mit einem Tuch bedeckt, und ein ruhig brennendes Windlicht beleuchtete Messer, Gabel, Teller und Gläser. Auf einer mit grünen Blättern dekorierten Platte lagen duftende Fleischspießchen. Sole reckte sich leicht, der Geruch machte sie hungrig, und sie freute sich auf das Abendessen. Sie hörte Richard unter dem kleinen Zeltvordach hantieren, und eine angenehme Ruhe kam über sie. Er kann ein verdammter Kerl sein, dachte sie, beleidigend und anmaßend. Und immer thematisiert er in unserer Beziehung seine Hautfarbe. Sie holte tief Luft und war dankbar, dass die Übelkeit verschwunden war. Ich darf mich nicht provozieren lassen – und nicht erlauben, dass er meine weiße Haut als Waffe gegen mich benutzt. Oder spielt er nur mit mir? Einmal die Rolle eines Afrikaners, einmal die eines Europäers?

Sie beobachtete unter halb geschlossenen Lidern, wie Richard zwei der vier Tomaten zerschnitt, um sie als Salat anzurichten. Er griff in eine Dose und ließ die Gewürze, zwischen zwei Fingern mahlend, herunterrieseln. Wie unsere Köchin in Düsseldorf, fiel ihr ein. Sie betrachtete ihn weiter, aber eigentlich versuchte sie, sich selbst einen Spiegel vorzuhalten, wie so oft in den letzten Tagen, wenn sie es nicht verhindern konnte, dass die Vernunft wieder dabei war, in ihr Denken einzugreifen.

Sie sah seine schmale Gestalt, in dem flackernden Feuer wirkte er wild und afrikanisch. Die goldene Uhr an dem Handgelenk war wieder europäisch. Wie auch der dunkle Kopf mit den wachsamen Augen, die sie aufmerksam beobachteten.

«Du kannst deine Augen ruhig ganz aufmachen», rief Richard ihr rüber, «ich sehe, dass es dir wieder besser geht. Am Waschtisch habe ich Mundwasser hergerichtet, und wenn du dich nach Auswertung deiner Beobachtungen entschließen kannst, in meine Arme zurückzukehren, kann ich dir auch ein Glas Wein anbieten. Es wird dir gut tun und dem Baby sicherlich nicht schaden.»

Sole richtete sich leicht auf. In dieser Sekunde begriff sie, dass sie mit Richard leben wollte. Nicht nur hier im Busch, auch wenn sie wieder zurück waren, wo immer das sein sollte. Auch in Deutschland. Und auch vor ihren Eltern. Überhaupt vor den Augen aller Menschen. Sie fühlte sich in diesem Moment stark genug, Vorurteilen und Geringschätzung zu begegnen. «Das ist eine gute Idee», sagte sie, und nach einer winzigen Pause: «Richard, wir müssen miteinander reden. Irgendwann.»

Es war einer der Abende, der sie süchtig nach Afrika machte.

Die Nacht hatte den Tag abgelöst, und es herrschte eine friedliche Ruhe. Nur noch vereinzelt riefen sich Grillen ihre Geschichten zu. Auch das Kastagnettengeklapper der Perlhühner, die wohl irgendwo im Busch auf ihren Schlafbäumen saßen, war fast verstummt. Man konnte hören, wenn sie beim Aufbaumen mit ihren

Flügeln gegen das Blattwerk schlugen. Ab und zu ein kratzendes, huschendes Geräusch im Busch, vielleicht eine kleine Schlange, die eine Maus fing. Nichts, worüber man beunruhigt sein musste. Gefahr klang anders. Ja, Sole hatte viel von Richard gelernt, mehr noch, sie begann, die Zusammenhänge in der Natur zu erkennen. *Afrikanisch* zu erkennen.

Die Luft war weich und zärtlich, keine Hitze mehr. Unzählige Sterne hatten ihren Platz am Himmelszelt eingenommen, und der Mond begann still und bedächtig aufzusteigen.

Sole lag in Richards Armen, und sie betrachteten gemeinsam entspannt die Flammen, die fleißig am Holz nagten und ab und zu befriedigt zischten, wenn sie wieder ein weiteres Stück Materie erobert hatten.

Das Zusammenleben mit Richard ist so völlig anders als das mit Hannes, ging es ihr plötzlich durch den Kopf, und ihr wurde bewusst, wie selbstverständlich sie in die schützende Geborgenheit ihres afrikanischen Mannes hineingeglitten war.

Und ihr wurde bewusst, dass ihr *bisheriges* Leben und das Leben *hier* begonnen hatten, ineinander zu laufen, wie ein Rinnsal, dem sich Blätter und Halme anschlossen, die sich zufällig begegneten. Letztere waren die Erlebnisse, die ihr widerfahren waren, ungewöhnlich nach europäischen Maßstäben, normal für afrikanische. Aber die wichtigste Erkenntnis war, sie, Sole, lief den Ereignissen nicht mehr hinterher, wollte sie nicht mehr korrigieren wie in Europa. Sie befand sich jeden Tag ausschließlich in der Gegenwart. Nur – warum keine Vergangenheit? Warum keine Zukunft?

Die Antwort lag plötzlich klar vor ihr: Weil sie sich dazu gezwungen hatte, nicht an ein Ende zu denken. Mit dieser Erkenntnis näherte sie sich langsam dem dumpfen Gefühl in ihrem Herzen, dem sie die ganze Zeit über aus dem Weg gegangen war.

Siehst du eine Chance mit Richard? Willst du überhaupt eine?

Die innere Stimme klang streng und sprach klar das aus, was Sole beiseite gelegt hatte, um später darüber nachzudenken.

Wenn ihr zusammenbleiben wollt, *muss* er dich noch einmal fragen. Vor dem Gesetz. Und du *musst* antworten. Und es *muss* euch beiden bewusst sein, dass das einfache Leben hier im Busch nur ein

Geschenk auf Zeit ist, denn wenn ihr zurück seid, ist es eure Pflicht, herauszufinden, wo euer Platz innerhalb der menschlichen Gesellschaft sein kann. Okay, die Sache mit den Visitenkarten und dem, was dahinter steckt, könnte ein Anfang sein.

Aber: *Will er es auch?*

Oder will er lieber weiter Buschmann spielen und ab und zu der *black lover* einer neugierigen weißen Frau sein? Auch ihr habt einen Beitrag für die Erhaltung der menschlichen Gemeinschaft zu leisten. Und hier gibt es Regeln, flüsterte die Stimme weiter, und jeder Staat der Erde, jede Familie, jede Sippe fordert von den Ihren deren Einhaltung. Ihr könnt also nicht in den Busch gehen und beschließen, das ist unser Leben, hier herrschen unsere Gesetze. Wenn Kinder da sind, haben sie ein Recht auf Normalität, die ihnen nur die Gemeinschaft geben kann. Sie werden jede Kraft brauchen, um mit ihrem Aussehen zurechtzukommen – Sole verbannte die Stimme aus ihren Gedanken, aber trotzdem: das Stichwort war gefallen. *Kinder. Das Erste wird weiß sein, das Nächste farbig ...*

«Darf ich noch ein Glas Wein haben?», fragte Sole fröhlich den Mann, in dessen Armen sie lag und der keine Ahnung zu haben schien, womit sie sich so angestrengt beschäftigte.

Denn plötzlich konnte sie selbst fortfahren mit der Formulierung ihrer Gedanken. Sie brauchte keine Stimme mehr, die sie aufrüttelte, und diese verdammte, immer wiederkehrende Unsicherheit, die sie glaubte, bereits überwunden zu haben, war jetzt endgültig verschwunden. Sole wusste nun ziemlich genau, was sie wollte, oder besser gesagt, was sie nicht wollte.

Es war ein Spiel, erkannte sie. Hannes und ich hatten uns in unserer Anpassung an das Land verkleidet, und der Afrikaner Richard hatte mitgespielt. Aber es war zu Ende, spätestens seit sie Hannes im Krankenhaus zurückgelassen hatten.

Wenn Richard es mit uns beiden ernst meint, wird ein Teil von mir mit seiner Hilfe Afrikanerin, so wie ein Teil von ihm Europäer bleiben wird. Wir könnten uns ergänzen, und die Chance wäre größer, dass es mit uns gut geht. Wir könnten immer in unseren Garten Eden zurückkehren, und sei es nur, um eine kurze Zeit so zu leben, wie wir es in diesen Tagen getan haben.

Sole schaute Richard an.

Ich bin bereit zu einem gemeinsamen Leben mit einem schwarzen Richard. Bist du auch bereit zu einem gemeinsam Leben mit einer weißen Sole?

Aber sie sprach diese Frage nicht aus.

Richard muss sich darüber Klarheit verschaffen und es mir sagen, dachte sie, spätestens dann, wenn wir an der Stadtgrenze von Windhoek stehen. Wenn er sich dazu nicht aufraffen kann, fliege ich mit Hannes zurück nach Deutschland. *Und zwar sofort.*

Sole spürte förmlich, wie plötzlich der starke Wille ihres Vaters in ihr Denken eingriff. Danke, Papa! Es war wie eine Entscheidung. Erleichtert holte sie tief Luft und streichelte stürmisch die Wange von Richard, der sie mit erstauntem Blick ansah.

«Frag doch endlich», drängte sie ihn, «interessierst du dich nicht für meine Gedanken?»

«Du wirst sie mir schon sagen», erwiderte er.

Es war eine Antwort, die ein europäischer Mann nie gegeben hätte, und Sole musste lachen. Ihr kam Hannes in den Sinn, der alles getan hätte, um Einlass in ihre geheimste Gedankenwelt zu bekommen.

Richard warf noch ein Stück Holz in die Flammen.

«In deinem Köpfchen flattern Visitenkarten, die Ankunft in Windhoek, das ungeborene Baby, eine Zukunft in Afrika oder Deutschland. Meine schwarze Haut und deine weiße Haut. Alles zusammen in Fragen eingewickelt und verschnürt, auf die ich noch keine Antworten weiß. Ich weiß nur, dass sie eines Tages vor uns liegen werden. Wie Blumen werden sie sich uns entgegenstrecken. Wir werden uns bücken, sie pflücken und in eine Vase zwischen uns stellen. Und wenn sie verblüht sind, wirst du sie vielleicht pressen und in ein Buch legen. Als Erinnerung. Aber bevor dies alles nicht passiert ist, sieh mich nicht mehr so energisch deutsch an.»

Sole war sprachlos.

Er begann, ihre Arme zu streicheln. Seine Finger glitten zwischen ihre, verbogen sie, und strichen sie wieder glatt. Ungewöhnlich ernst fuhr er fort: «Alles kommt auf *uns* zu, wir brauchen nicht hinterherzulaufen. Jetzt, in dieser Sekunde, hat das Schicksal bereits entschieden, was mit uns beiden passiert. Drängen wir also nicht, geben wir ihm die Chance, es uns auf seine Art mitzuteilen.»

«Aber –», wollte sie neu beginnen. Doch Richard legte leicht seine Hand auf ihren Mund. Sie sah das Weiß seiner Augen und im Kontrast dazu Licht und Schatten, die das flackernde Feuer verursachte. Er war ihr in diesem Moment wieder sehr fremd.

«Erzähl mir etwas über die schwarze Mamba», sagte sie mühsam, weil ihre ganze Welt wieder einmal durcheinander geraten war.

Er lachte und merkwürdigerweise klang es sehr zärtlich.

«Sie ist unsere gefährlichste Schlange. Ihr Gift ist sehr stark und lähmt innerhalb von Sekunden das ganze Nervensystem. Vorhin, als du geschlafen hast, habe ich sie abgehäutet und den Kopf separat in ein leeres Gurkenglas getan. Wenn du willst und stark genug dafür bist, zeige ich dir morgen, warum sie die *schwarze Mamba* heißt, obwohl sie eigentlich grau ist –»

«Ich muss es nicht sehen, wichtig ist, dass sie tot ist.» Sole blickte angestrengt in die Nacht. *Kinder, das eine weiß, das andere farbig.* Sie begann an ihren Nägeln zu knabbern.

«Ihr Schlund ist nämlich schwarz, und ihre kleinen gebogenen Giftzähne sitzen ganz vorne im Oberkiefer. Das eine ist eklig, das andere tödlich.»

Wie zufällig schob Richard ihr Shirt nach oben und begann, ihre Brust zu küssen. Sofort rückte Sole von ihm ab. Sie wollte nicht mit ihm Liebe machen, nicht jetzt nach diesen Worten, die für sie wie eine Absage geklungen hatten. Aber er reagierte nicht auf ihre Ablehnung. Seine Lippen wanderten zu ihren Achseln, ihren Hals hinauf, zu ihrem Gesicht, während seine Hände sie entkleideten. Sole war machtlos gegen seine Kraft und gegen ihre eigenen Gefühle. Er rollte sich auf sie, und sie begann bei dem Gedanken zu zittern, er könnte es sich anders überlegen. Wie eine Ertrinkende schlang sie ihre Arme um ihn und wehrte sich nicht mehr. Sie freute sich auf die machtvolle Lust, die zwischen ihnen sein würde, sie war bereit, erwartete sie ungeduldig.

Richard blieb in ihr, und sie fühlte, wie er nach ihrer Explosion wieder stark wurde. Er hörte nicht auf, sie in sanfter Wildheit zu küssen, trieb sie zum nächsten Höhepunkt, verströmte sich wieder. Sole öffnete die Augen. Sie war atemlos, erschöpft von dem

Liebesspiel, wollte ein wenig abrücken, um ihm neben sich Platz zu machen, aber er zwang sie mit seinen Schenkeln zur Ruhe. Wie ein Dressurpferd, das seinen Herrn aufsitzen lässt, dachte sie neu erregt, und es machte sie an, dass er wollte, dass sie die Beine gespreizt und für ihn geöffnet ließ. Richard blieb ruhig in ihr. Sie konnte nicht in sein Gesicht sehen, denn er hatte es in ihr Haar gedrückt, aber langsam, unendlich langsam begann er erneut mit kreisenden Bewegungen das Liebesspiel.

«Du bist verrückt», keuchte Sole und krallte sich an seinem Gesäß fest. Es war rund und fest, und sie merkte, wie eine neue, sehr fremde Erregung in ihr hochstieg.

«Lass dich fallen», raunte er, «und wenn du das Glück in dir spürst, schrei, damit ich wieder von vorne beginnen kann. Schrei, hörst du, schrei», und es klang wie ein Befehl.

Sole wusste nicht mehr, wie oft er sie genommen hatte, ein- oder zweimal rief Richard etwas, sie verstand es nicht. Sie saß auf seinem Schoß und zitterte unter seinen Stößen. Sie lag unter ihm, wand sich, rieb sich an ihm, berührte ihn. Er drang in sie ein, verließ sie, forderte sie heraus und füllte sie wieder und wieder mit seiner Männlichkeit.

Alles Blut schien in ihr Becken geflossen zu sein, das sich widerspruchslos von Richard beherrschen ließ. Ihr Herz raste. Überall war Hitze, ohnmächtige Hitze – eine Sexualität, wie sie sie noch nie erlebt hatte. Sie würde nie mehr mit einem anderen Mann schlafen können, ohne an die Lust zu denken, die sie hier mit Richard erlebte.

«Ich will überhaupt nicht mehr mit anderen Männern schlafen», schluchzte sie und klammerte sich an den Mann, der sie so besiegte.

«Schsch», flüsterte Richard, wollte sich aber nicht von ihr lösen, «ich habe doch auf uns aufgepasst. Nur in dieser totalen Erschöpfung können wir herausfinden, was das Schicksal mit uns vorhat. Sonst sind wir zu sehr abgelenkt.»

Seine Küsse waren überaus zärtlich, aber sie vermischten sich mit ihren Tränen, waren salzig und schmeckten nach Abschied. Warum? Nein, ich will nicht, dass er mich verlässt. Instinktiv hob Sole ihr Becken und zog langsam die Muskeln zusammen, um ihn festzuhalten. Mit geschlossenen Augen lag sie zitternd und nach Atem ringend unter dem Mann und versuchte, sich auf die neue Vereinigung zu konzentrieren, sehnte sie herbei. Eine plötzliche Schwäche lähmte sie. Sie atmete hastig, versuchte sie abzuwehren, doch so sehr sie sich auch bemühte, der Körper gehorchte nicht. Doch dann fühlte sie, wie sein Penis in ihr zuckte. Er hob seinen Kopf, und sie konnte in seinem wunderbaren wilden Gesicht erkennen, dass nicht nur sie dabei war, ihren Verstand zu verlieren. In unendlicher Zärtlichkeit klommen sie noch einmal auf den Gipfel ihrer Lust, ließen sie langsam wie eine einzige Meereswelle über ihre Körper strömen und glitten dann in das schützende Dunkel einer vollkommenen Erschöpfung. Mit einem gutturalen Laut bäumte sich Richard auf, und brach dann über Sole zusammen.

Sein Gesicht lag dicht an ihrem, und sie sah, wie schön seine geschwungenen Lippen waren, wie energisch das Kinn, wie attraktiv der negroide Schnitt seiner Augen. Sole liebte ihn sehr und zum ersten Mal ohne jede Bedingung.

Der Wind strich über ihre Körper, ohne ihren Schweiß zu trocknen. Spielerisch hob er Soles Haar und wehte ihre Spitzen über Richards Gesicht, in die Augen, über seinen Mund. Mit einer leichten Bewegung strich sie der Afrikaner zur Seite. «Wir sind jetzt eins», flüsterte er, «also können wir uns alles sagen. Du brauchst mir nichts vorzumachen. Warte –»

Er stand auf und holte ein Plaid aus dem Wagen. Zitternd vor Erschöpfung lagen sie Arm in Arm unter der Decken, wie allein auf der Welt, über ihnen der dunkle Himmel mit den Sternen.

«Wie kannst du glauben, dass ich dir etwas vorgemacht habe», flüsterte Sole rau, und in ihrer Kehle war ein Brennen, weil sie wusste, dass er Recht hatte. Hatte sie *jemals* geliebt? Nur einen Einzigen von denen, die sie besessen hatten? Hatte sie *jemals* nach einer körperlichen Vereinigung die geistige eingefordert? Oder waren ihr *jemals* die starken emotionalen Bindungen begegnet, wie sie in den ehrlichsten Momenten zwischen Mann und Frau geflochten wurden? Warum kamen hier und jetzt diese Fragen, warum noch nie bei einem anderen Mann?

«Wirst du mit mir leben können, auch wenn es Momente gibt, wo du meine schwarze Identität nicht begreifst?»

Richards Stimme war heiser und unkontrolliert.

«Ja.»

«Wirst du mir einen Sohn schenken?»

«Ja.»

«Wirst du meiner Mutter die Ehre geben, auf die sie Anspruch hat?»

«Ja.»

Richard legte seine Hand gegen ihre Wange. Sein Gesicht zuckte.

«Wir *könnten* es möglich machen.»

«Ich habe dich gesucht», flüsterte Sole und wusste, dass es die Wahrheit war. Sie brachte ihren Mund noch näher an sein Ohr heran, und ihre Stimme wurde immer leiser. Die Intensität dieser Intimität war ihr neu, sie atmete unregelmäßig, und es fiel ihr schwer, sich zu konzentrieren. Sie stammelte Worte der Liebe, die sie noch nie einem Mann gesagt hatte, gab mit geschlossenen Augen ihren Gedanken ihr eigenes Leben, befreite sie von jedem überflüssigen Ballast und hauchte sie dem Mann zu, den sie liebte.

Denn sie hatte begriffen, worin seine Zerrissenheit lag, die alles so verkomplizierte.

Aufgewachsen in zwei verschiedenen Kulturen, pendelte er auch heute noch zwischen ihnen hin und her. Hier herausgerissen, dort neu eingepflanzt. In plötzlicher Klarheit erkannte sie, dass er unsicher war, nicht wusste, wo tatsächlich seine Wurzeln steckten. Unendlich zärtlich umfasste sie mit beiden Händen seinen Kopf und zog ihn auf ihre Brust.

Wann war er wer? Oder anders ausgedrückt: Wusste er, wann er wer war? Ein einfacher Afrikaner im *kraal* seiner Familie? Oder ein selbstsicherer Bürger in einem modernen Staat, gleichberechtigt mit jedem Weißen, der aus dem Flugzeug steigt, um sich von ihm sein Land zeigen zu lassen?

«Bei deiner Familie oder in der Stadt, ich werde überall mit dir leben können», flüsterte sie. Aber sie musste ihn auch fragen – und auf seine Antworten achten.

Sie presste ihre zitternden Gliedmaßen an ihn, denn sie fror vor innerer Erregung. Sie fühlte die Wärme seiner Haut, aber eine aus dem Herzen kommende Liebe hatte sie noch nicht gespürt.

«Wirst du mit mir leben können, auch wenn es Momente gibt, wo du meine weiße Identität nicht begreifst?»

«Ja.»

«Wirst du meinen Kindern ein guter Vater sein?»

«Ja.»

«Wirst du meinen Eltern die Ehre geben, auf die sie Anspruch haben?»

«Ja.»

«Dann wird alles gut», hauchte sie und schloss die Augen, damit er nicht sah, dass sie voller Tränen waren. Zum ersten Mal in ihrem Leben hatte sie einen Menschen verstanden.

14 Sie müssen weiter

«Mann von Sole Shapake, bitte, kratz mich mal am Rücken, da, wo früher meine Flügel saßen.»

«Sole Schuler, gib es zu, du warst nie ein Engel, du gehörtest immer nur zum Fußvolk.»

«Das glaubst du. Ich darf dir sagen, ich war sogar achtfach geflügelt, je viermal für Sommer und Winter.»

Richard bog den Kopf zurück und lachte schallend. Er saß im Schneidersitz auf dem Boden und schnitt mit einer Schere das Fleisch der Gazelle in Streifen.

«Warum machst du das?», fragte Sole neugierig.

«Du weißt aber auch gar nichts von Afrika», seufzte Richard. «Das gibt *biltong*, Trockenfleisch. Diese Fleischstreifen werden gewürzt, und dann hänge ich sie auf der Wäscheleine in die Sonne zum Trocknen. *Biltong* hat eine lange Geschichte in Afrika. Als die Buren vor hundertzwanzig Jahren ihren großen Treck über diesen ungezähmten Kontinent begannen, hatten sie dieses Fleisch unter ihren Sätteln liegen. Sie ritten es praktisch weich und gebrauchten es für sich und ihre Familien, sozusagen als eiserne Ration. *Meme* ist ganz verrückt danach, wie überhaupt jeder Mensch hier in Afrika. Wir werden es ihr als Gastgeschenk mitbringen» – er überlegte –, «nein, du wirst es machen. Wir müssen sie nämlich sanft stimmen, sehr sanft sogar, damit sie sich auf unsere Seite stellt. Immerhin bringt ihr der geliebte *oonzi* eine weiße Schwiegertochter nach Hause, die, so wie ich sie selbst einschätze, nicht vorhat, ihr den Haushalt abzunehmen. Und damit es nicht zu einfach für uns wird, erwartet *diese* Fehlentscheidung bereits ein Kind, sodass alle Umstimmungsversuche umsonst wären. Bei dieser Gelegenheit, lass dir um Gottes willen nicht anmerken, dass es einen weißen Vater hat. Das brauchen *meme* und *oumeme* wirklich noch nicht zu wissen.»

«Kommt noch mehr?», fragte Sole leicht ironisch und wühlte in der Tüte nach dem letzten Gummibärchen.

Richard grinste sie an. «Die Frage der Mitgift ist noch nicht geklärt. Vermutlich die schwerste Nachlässigkeit von mir. Übrigens, geh bitte nicht an den Plastiksack in der *coolbox*, die Mambahaut liegt darin. Und ertrage noch für eine halbe Stunden den laufenden Motor, ich muss für Kühlung sorgen.»

«Brr», ekelte sich Sole.

«Dir ist langweilig, ja? Du könntest dich mit der Wäsche beschäftigen. Ich würde vorschlagen, wir fahren übermorgen, gleich nach Sonnenaufgang. Dann haben wir wirklich nichts mehr zu essen, würden aber mit sauberer Wäche und getrocknetem *biltong* bei meiner Mutter eintreffen und könnten ihr zur Ablenkung von unseren Untaten jede Menge über deine richtige weiße und deine falsche schwarze Mama erzählen. Solche Geschichten liebt sie nämlich.»

Vorsichtig lenkte Richard den schweren Wagen durch das Gelände. Er wollte die asphaltierte Straße meiden, um nicht in eine der Kontrollen zu geraten, die in dieser Gegend üblich waren, um Grenzgänger aus Angola aufzuspüren. Seine Augen fanden nur mühsam die verschlungenen Wege durch den Busch, die teilweise nach der letzten Regenzeit von der Natur zurückerobert worden waren. Dann tauchte plötzlich aus dem Nichts ein roter Sandweg auf, der rechts und links verschwenderisch von dunkelgrünen Buschstauden gesäumt war. Auch in der Mitte wuchs das Kleingebüsch mit den unzähligen gelben Blüten, die wie Sterne aus den Blättern hervorleuchteten. Die knorrigen Zweige ratschten geräuschvoll am Unterboden des Autos entlang. Sole schaute verzückt aus dem Wagen, und es kam ihr vor, als würde das Auto durch ein Blumenmeer schwimmen.

Manchmal mussten sie anhalten und aussteigen, um Äste oder sogar kleinere Baumstämme aus dem Weg zu räumen, und manchmal mussten sie auch zurücksetzen oder in einem großen Bogen das dichte Unterholz umfahren. Es gab oft keinen Pfad, sondern nur eine allgemeine Richtung, und so brauchten sie Stunden für kleinste Entfernungen.

Sole bemerkte am Stand der Sonne, dass sie nordwestlich fuhren, denn sie brannte durch das Rückfenster auf ihren Nacken. Sie feuchtete ein kleines Frotteetuch mit dem Wasser aus ihrer Trinkflasche an und legte es in den Nacken.

«Nicht zu lange», mahnte Richard, «der Fahrtwind ist tückisch, du kannst dir einen steifen Hals holen», und rückte es ihr dennoch zurecht.

Eine Schar Perlhühner trippelten über den Weg. Richard stoppte leicht, weil sie aufgeregt mit steifen Köpfen vor der Kühlerhaube herliefen und mit ihren Flügeln schlugen. Als sie sich von dem röhrenden Gefährt bedroht fühlten, erhoben sie sich fast senkrecht in die Luft, die Beine dicht an den schweren Leib gezogen, und flatterten schwerfällig auf den nächsten Baum zu.

«Jetzt habe ich endlich kapiert, wie Flugzeuge funktionieren», sagte Sole gespresst und atmete laut aus, «starten, Beine einziehen und hoch. Bitte, Richard, dürfen *wir* noch etwas weich gerittenes Burenfleisch haben? *Wir* haben nämlich einen Mordshunger. Apfelsinen und Gurken wären auch gut. Mannomann, ist mir schlecht von der Rumpelei.»

Irgendwann näherten sie sich dem *Ovambo*-Land. Sie fuhren über großflächige Ebenen, vorbei an unterschiedlichem Ackerland, wo alte Frauen und Männer auf den Feldern arbeiteten. Sole betrachtete interessiert ihre dunklen faltigen Gesichter. Richard machte Sole auf die primitiven Geräte in ihren Händen aufmerksam.

«So wie vor hundert, zweihundert oder noch mehr Jahren», meinte er. «Was könnte man aus diesem fruchtbaren Land mit moderner Technologie machen? Wenn man mich ließe, würde ich mir zutrauen, meinem Volk eine zeitgerechte Landwirtschaft nahe zu bringen.» Und nach einer Pause: «Damit sie endlich unabhängig von den scheißklugen weißen Farmern werden, die wirklich meinen, ohne sie ginge das Land unter.»

Sole sagte nichts dazu. Sie wollte es später tun, wenn sie sich besser kannten, *wenn sie ihn besser kannte*. Kurz kam ihr in den Sinn, wie er bei Hannes und ihr zu Beginn ihrer *pad* so voll des Lobes über die weißen Farmer gewesen war. Es ist so viel Kontroverses in seinem Wesen, dachte sie und streichelte ihm leicht über den Arm.

Sie bemerkte, dass viel Mais angepflanzt wurde. Mais, wohin das Auge blickte. Selbst die Ufer der schmalen ausgetrockneten *riviers* waren damit bestückt, wie auch die freien Flächen um die Baumstümpfe herum.

«Ich sehe gerne auf Maisfelder», sagte sie. «Wir in Deutschland pflanzen dieses Gemüse jetzt auch verstärkt an. In der Mitte des Sommers sind die Felder am schönsten. Der Mais selbst ist noch nicht ausgereift, wohl aber der Stamm, der ihn trägt. Wenn ich merke, dass in der Sonnenhitze Wind aufkommt, fahre ich los, bis ich ein großes Maisfeld finde. Ich suche mir dann einen Platz, dass ich es im Ganzen übersehen kann, und stecke in den Autoplayer eine CD mit klassischer Musik. Die starken Halme, die Blätter in ihren verschiedenen Grüntönen, das zarte weißliche Gelb der Kolben, die vereinzelt hervorblitzen, und darüber die weinroten Kronen. Alles schwebt, wiegt und wogt im Takt der Musik.» Sie sah ihn an. «Das ist auch etwas, was ich dir zeigen will.»

«Aus dir spricht *die* geborene Kamerafrau, eine träumende dazu –», sagte Richard zärtlich und suchte ihren Blick.

Sie fuhren in ein verlassenes Dorf ein. Die Lehmhütten waren auseinander gebrochen, und der festgetretene Boden war übersät mit Blättern und Baumfrüchten aus dem letzten Herbst. Richard hielt an und nahm Sole an der Hand.

«Jetzt zeige ich dir einmal, wo das offensichtlich weiter gewanderte Oberhaupt dieser Familie seine Hütte stehen hatte. Und an welchem Platz die Hütte der ersten, die Hütte der zweiten und die Hütte der eventuell dritten Frau gestanden haben –»

«Mein lieber Mann», unterbrach ihn Sole, «du brauchst mir nichts zu erklären. Ich war diesbezüglich bereits bei Rachel in der Schule. Ich weiß alles, und wenn du glaubst, dass ich mich bei dir auf Vielweiberei einlasse –»

Richard lachte und nahm sie in die Arme, wiegte sie ein wenig. «Ich weiß, wie es bei euch zugeht, also musst du auch wissen, wie es bei uns zugeht», flüsterte er.

Langsam tuckerten sie weiter, vorbei an dichten Dornbusch-Einfriedungen, die jeder Hitze zu trotzen schienen. «Für unsere Rinder, damit sie nicht verloren gehen», sagte Richard kurz und konzentrierte sich auf den mit Steinen übersäten, abschüssigen Weg. *Unsere*, dachte Sole und lächelte.

Einmal sahen sie vier weibliche Kudus in einem Kahlschlag. Sie waren grau, hatten lange Hälse, und ihre kleinen Köpfe mit den übergroßen Ohren wollten nicht so recht zu den wuchtigen Bäuchen passen.

«Der Kudu ist die schönste afrikanische Antilopenart» – Richard sah alles und bemerkte alles –, «vielleicht zu vergleichen mit eurem Rothirsch, nur finde ich, dass unser Kudubulle mit den fliehenden gedrehten Hörnern, der dichten Halsmähne und der weißen Zeichnung auf seiner Decke einfach kraftvoller und animalischer wirkt als jedes europäische Wild. Er ist ein wunderbares Stück Afrika. Schätze, ich komme mit dem Benzin nicht aus», bemerkte er übergangslos, «der Vierradantrieb hat so viel geschluckt. Ich muss ihn aber eingeschaltet lassen, sonst kann es sein, dass wir irgendwo stecken bleiben.»

«Was will uns diese Werbung sagen?», fragte Sole im singenden Ton. Sie trug den festen Tropenhut, Modell *Großbritannien*, den Hannes ihr in dem Windhoeker Geschäft in dem *Kalahari-Sands*-Komplex spontan aufgesetzt und gekauft hatte, und versuchte konzentriert, den letzten Tropfen Sonnencreme aus der Tube zu pressen.

«Das bedeutet, dass ich bei nächster Gelegenheit in die Nähe einer Tankstelle zu fahren habe, und *katiti ombappa*, die kleine weiße Frau mit dieser unmöglichen Kolonialkappe, das Steuer übernehmen muss, damit ich mit einem Kanister zur Zapfsäule flitzen kann.» Er sah sie an. «Mit dem Auto, das mit Sicherheit überall bis ins kleinste Detail beschrieben ist, können wir leider nicht vorfahren.»

Der Busch stand jetzt dicht, fast undurchdringlich. Niedrige Hügel erhoben sich in der Ferne, und es dauerte mehr als zwei Stunden, bis die Gegend wieder leichter und offener wurde.

Richard riskierte nach kurzer Überlegung, auf der Straße zu fahren. Der Verkehr war stärker geworden, und so reihte er sich zwischen zwei Touristenbusse ein, in der Hoffnung, in deren doppelter Präsenz nicht weiter aufzufallen.

Interessiert beobachtete Sole die Menschen.

Frauen trugen bunte Bündel auf ihren Köpfen und hielten nackte Kinder an den Händen. Ihre Hautfarben reichten von Ebenholzschwarz über bräunlich Gelb bis Dunkel- oder Hellbraun, und Sole schaute gebannt auf ihre Lippen, die unterschiedlicher nicht sein konnten. Dick und geschwungen die einen, oder schmal und fast von einem zum anderen Ohr reichend die anderen. Einige Frauen hatten Lippen, die fein geschwungen waren, wie auch ihre Nasen und die Form ihrer Augen. Sie waren auch eleganter in ihren Bewegungen, und ihre Haut war heller. Sie trugen ihre Köpfe hoch und hatten einen wiegenden Gang. Kurz kreuzte sich Soles Blick mit dem einer dieser Frauen, und sie war betroffen über die unbeteiligte Einsamkeit, die aus ihm sprach. Plötzlich schoss es Sole durch den Kopf, dass es weiße Männer gewesen sein mussten, die sie gezeugt hatten. Ja, dachte sie, es muss so sein, denn sie hatte noch nie in Gesprächen auch nur ansatzweise gehört, dass es vielleicht auch umgekehrt sein konnte.

Meine Kinder werden einen schwarzen Vater haben, ging es ihr durch den Kopf, bis auf das Erste, und neben ihrer neuen Zuversicht schlich sich plötzlich ein kleines trauriges Gefühl ein. Sie schob es schnell beiseite und schaute nach vorne.

Waren Männer bei den Frauen, so wedelten sie mit ihren hölzernen Spazierstöcken und wollten mitgenommen werden. Sole winkte ihnen, trotz leichtem Kopfschütteln von Richard, aus dem geöffneten Fenster zu, und wenn sie an ihnen vorbei waren, konnte sie im Seitenspiegel sehen, wie ihr aus zahnlosen Mündern fröhlich nachgelacht wurde.

Sie waren kurz vor Ruacana, als Richard sich entschloss, in eine kleine Dorfanlage hineinzufahren, die parallel zur Straße lag. Er hatte von der Straße aus das Grün aus den frischen Strohdächern herausragen sehen und Sole darauf aufmerksam gemacht. Sie sah eine kleine Anzahl von runden Hütten, die, in Palisadenart erbaut, unter schützenden Wildfeigenbäumen standen. Sie wirkten verlassen, wären nicht die mageren Hunde kläffend angelaufen gekommen, wie man sie überall in Afrika antrifft.

Sole bemerkte, wie Richard aufmerksam die Umgebung betrachtete, kurz nickte und sie beruhigend ansah.

Vor dem offenen Eingang einer Hütte entdeckte sie eine alte Frau mit einem Turban, die genüsslich eine Pfeife rauchte und gelassen dem ausgestoßenen Rauch nachblickte. Ohne sich zu bewegen, zeigte sie mit ihrer knochigen Hand in Richtung eines Feldes, das unmittelbar neben den Hütten lag. Junge Frauen mit Säuglingen auf dem Rücken arbeiteten schwatzend dort, ab und zu hörte man ein Lachen, wenn es dem leichten Wind gefiel, es in die Richtung der Hütten zu wehen.

Richard stellte auf Leerlauf und zog die Handbremse an. Als er aus dem Wagen sprang, richteten sie die Frauen zwar neugierig auf, aber sie blieben reserviert, und er musste zweimal seine Frage stellen, bis sie antworteten. Offensichtlich freuten sie sich, dass er so mühelos ihren Dialekt sprach, denn sie gaben ihre distanzierende Haltung auf und zeigten immer wieder mit den Fingern in die Richtung geradeaus. Richard dankte, indem er nickend die Hände leicht zusammendrückte. Er ging nach hinten und zerrte den Kanister aus der Verankerung.

«Ruacana hat eine Tankstelle. Leider auch eine Polizeistation und jede Menge neugierige Menschen, die keine Arbeit haben.» Richard runzelte die Stirn, als er wieder zu ihr ins Auto stieg. «Wir müssen es trotzdem versuchen. Aber jetzt *musst du* den Wagen fahren. Halte kurz vor der Tankstelle, damit ich herausspringen kann, und fahre dann langsam weiter, bis du einen geeigneten Platz zum Halten siehst, möglichst auf dieser Seite. Ich werde mich beeilen.»

Er verzog das Gesicht und sprach weiter, barscher, als er wollte. «Bitte, bitte, liebe Touristin Sole Schuler, verbandelte Shapake, befolge hier und heute ausnahmsweise ohne Kommentar, ohne Gegenfrage und ohne eigenmächtiges Handeln meine Anweisungen. Bleibe mit deinem Arsch im Auto, was auch immer passiert. Wenn dich jemand anspricht, der nur einen Hauch von Polizist oder irgendetwas Offizielles an sich hat, rede englisch mit ihm und vergiss nicht, einen kräftigen amerikanischen Akzent beizumischen. Stell ihm ununterbrochen Fragen. Er wird über Antworten nachdenken. Das kann dauern und schenkt uns die Zeit, die wir brauchen. Sag ihm, dein Mann hätte im Tankstellenshop die Zigaretten vergessen. Knall ihn mit amerikanischen Vergleichen voll und lass durchblicken, dass du hier in Namibia nach meinen afrikanischen Wurzeln suchst, damit er, wenn er mich zurückkommen sieht, annimmt, dass ich ein Afroamerikaner bin. Hast du das alles verstanden?»

Er machte eine kurze Pause.

«Drüben passiert es nämlich schon mal, dass eine Frau *weiß* mit einem Mann *schwarz* verheiratet oder zumindest zusammen ist, ohne, dass gleich die Welt zusammenbricht. Hier sind wir in beiden Lagern noch nicht so weit. Und jetzt übernimm das Steuer», befahl er.

«Affen plappern, grunzen und bellen», meinte Sole leicht ironisch. «Ich glaube, du hast vergessen, dass *ich* Frau Richard Shapake bin. Es wird schon schief gehen.»

Sie küsste ihn leicht auf die Wange und fuhr langsam an.

Unwirsch machte sich das kleine zerlumpte Mädchen von der Hand der Größeren frei. Beide ließen aber nicht eine Sekunde ihre Augen von Sole, die etwas gelangweilt im Auto saß, mit dem Blick regelmäßig den Rückspiegel streifte, und die Beine bequem gegen das Armaturenbrett gestützt hatte. Sie griff in die Tasche und holte ein Kaugummi heraus. Fassungslos betrachteten die Kinder, wie sie es aus dem Papier wickelte und sich diese Köstlichkeit in den Mund steckte.

Sole sah ihr Mienenspiel und lachte.

«Wollt ihr auch eines?», rief sie gutmütig zu ihnen rüber und wedelte mit dem Silberpapier. Langsam kamen die beiden näher. Sole griff in das Bonbonsäckchen und legte jedem Kind eine Süßigkeit in die Hand. Dabei grinste sie ihnen freundlich zu und lehnte sich wieder zurück. Erneut glitten ihre Blicke prüfend in den Rückspiegel, den Seitenspiegel und auf die andere Straßenseite. Völig überrumpelt starrte sie auf das plötzliche Durcheinander von nackten Armen, die durch das heruntergekurbelte Beifahrerfenster stießen. Sie sah, wie Finger blitzschnell die unverschlossene Tür öffneten, wie Kinder, Kinder und noch mehr Kinder schreiend versuchten, in das Innere des Autos zu kommen, sie bedrängten, ihr in die Hosentasche griffen und die Bonbons herauszerrten, die Autoklappen aufrissen und nach Essbarem wühlten. Sie stürzten sich auf den Jungen, der das Pech hatte, die Bonbontüte unter dem Sitz zu finden. Ihr Geschrei entwickelte sich in Sekundenschnelle zu einem qualvollen Getöse, und Sole ahnte mehr, als dass sie es sehen konnte, dass die dichte Staubwolke, die über die Straße auf sie zukam, weitere Kinder in sich verbarg.

Ihr erwartungsvolles Gekreische tat ihren Ohren weh. Schon wollte sie die Tür zuziehen und das Fenster hochkurbeln, aber ein kleines Mädchen war schneller und hatte sich auf ihren Schoß gesetzt. Es schien ein verrücktes Spiel zu sein, da sah sie mit Entsetzen, wie das Kind gepackt und nach draußen und zu Boden gerissen wurde.

«Schluss jetzt», schrie sie, «haut ab, ich hab nichts mehr.»

Sie sprang aus dem Auto und boxte sich zwischen den Kindern hindurch zu dem wimmernden Geschöpf und hob es hoch. Aber nun waren es plötzlich schwarze Jugendliche, die mit obszönen Bewegungen um sie herumtanzten, auf die Motorhaube sprangen und laut und rücksichtslos mit den Fäusten auf das Blech einhämmerten. Vorne, hinten, oben auf dem Dach, überall waren sie und schlugen brutal auf die Kinder ein, die angstvoll zurückwichen.

Rasselnder Lärm, mal dumpf und scheppernd, mal schrill mit irrem Gelächter, begann Sole einzuhüllen, und sie wusste, dass die Situation außer Kontrolle geraten war. Ein Junge war über die Hinterbänke in das Innere des Wagens gekrochen und hatte die Tür von innen aufgestoßen. Grinsend begann er, das Kochgeschirr hinauszuschmeißen, wo es von den anderen grölend aufgefangen wurde. Sie hoben Steine auf, klemmten sich die Töpfe zwischen die Beine und schlugen rhythmisch auf die Topfböden ein. Ein zustimmendes Gekreische ertönte, als die passenden Kochdeckel geflogen kamen.

Sole hielt noch immer das kleine Mädchen im Arm. Geistesgegenwärtig beugte sie sich nach vorne und zog den Zündschlüssel aus dem Schloss, doch ein kräftiger Junge sprang sie von hinten an und riss an ihrer Hand. Sole wehrte sich und wollte ihm den Ellbogen in den Magen rammen, aber sie stolperte direkt in seine Hand, die sich in der gleichen Sekunde mit allen fünf Fingern auf ihrem Gesicht abzeichnete.

Sie fing an zu schreien. Laut und wütend, aber dann doch resignierend, denn sie musste erkennen, dass ihr keinerlei Gegenwehr möglich war. Zwei der Jungen drückten sie und das Kind brutal gegen die Autotür und schrien in abgehackten Worten: «Money, money, give us your dollars.»

Sie sah die verzerrten Gesichter, roch den Schweiß, spürte die Brutalität.

Ich muss hier verschwinden, dachte sie, aber, um Gottes willen, Richard bringt mich um, wenn ich sein Auto allein lasse.

Plötzlich legte sich eine donnernde Stimme über das Getöse.

*«Kapita goinja.»** Und Sole sah, wie ein Knüppel auf den Kopf des Jungen, der sie geschlagen hatte, niedersauste. Die Jugendlichen ließen blitzschnell von ihr ab und huschten wie geprügelte Hunde in alle Richtungen davon, ohne sich noch einmal umzusehen. Der Letzte sprang vom Dach und bekam den Knüppel nachgeworfen, so dass er der Länge nach hinfiel. Verstört rappelte er sich hoch und lief hinkend seinen Kumpanen hinterher. Das Geschrei war verstummt. Eine unnatürliche Stille umgab Sole, die noch immer das unglücklich schluchzende Kind auf dem Arm hatte. Wie ein Affenkind, dachte sie, ein dunkles, ein fremdes und jetzt auch noch ein mutterloses. Sofort schämte sie sich wegen dieses Vergleichs und drehte sich schuldbewusst um, um hier am späten Nachmittag, allein auf einer Straße im Norden von Namibia, nach einer besorgten Mutter Ausschau zu halten – und blickte in das runde Gesicht eines Polizisten, der sie mit unbewegter Miene musterte. Sie schob das Kind auf den anderen Arm und bemerkte irritiert, dass es unter dem roten Stofffetzen nackt war.

«You are right, Missis?»

Sole zuckte zusammen und presste das kleine Mädchen instinktiv an ihre Brust. Sofort hörte ihr ängstliches Schnauben auf, und sie legte das Köpfchen voll Vertrauen an Soles Schulter. Die Augen waren geschlossen, und ihre gewohnte Ordnung schien an der beschützenden Brust wiederhergestellt zu sein.

Der Polizist sah sie ohne jede Emotion an, gleichgültig, wie sie glaubte. Seine Stimme aber klang leise und drohend, und der Knüppel klopfte ungeduldig gegen sein Bein.

«What you do here? And where is the mother of this child? Where is your driver?»

* Was ist hier los?

Okay, Richard wollte, dass ich eine Vorstellung liefere, dachte Sole zitternd, aber doch halbwegs beruhigt, weil ihr ein Polizist weniger schlimm vorkam, als die Bande Halbwüchsiger von soeben.

Sie holte tief Luft und begann laut zu jammern.

In breitem Amerikanisch berichtete sie, dass ihr Mann einkaufen gehen wollte, noch nicht zurück war, dieses Kind auf ihren Arm gesprungen wäre, die Jugendlichen erst die Kinder überfallen hätten, dann sie berauben wollten, dass Namibia wunderschön sei, viel schöner als New York, wo jetzt der Winter beginnen würde und man damit begonnen hätte, die Fahrpreise der Untergrundbahn wieder zu erhöhen.

Sie schaute sich ununterbrochen um, in der Hoffnung, Richard zu entdecken. Dann blickte sie über die Schulter des Polizisten nach rechts und links, sah ihm ins Gesicht und meinte entschuldigend: «I look for the mother of this kid, she wants –»

Ja, dachte Sole, verdammt, wo kann nur die Mutter von diesem Kind sein? Immerhin weiß ich, was Schwarze vermuten können, wenn eine weiße Frau eines ihrer Kinder auf dem Arm hält. Schließlich habe ich es schon einmal erlebt. Mein Gott, was mag der Polizist denken? Plötzlich entdeckte sie Richard, der mit zwei dick gefüllten Plastiktüten in der einen Hand und dem Kanister in der anderen auf sie zugestürmt kam. Fast hätte sie ihm in Deutsch etwas zugerufen, aber sie besann sich und schrie: «Richard, honey, here I am», und lief ihm entgegen. Natürlich sah sie an seinem Gesichtsaudruck, dass er wütend war, nein, das war nicht der richtige Ausdruck, die Augen hatten einen gehetzten Ausdruck, während das Gesicht wie versteinert wirkte.

«Was ist?», fragte er zwischen zusammengepressten Lippen und betrachtete finster das Kind auf ihrem Arm.

Sole stotterte: «I had here a problem –»

«More than one problem,» verbesserte sie der Polizist und drehte sich zu Richard um.

Sole sah, wie sich Richards Gesichtsausdruck von einer Sekunde auf die andere veränderte. Ungläubig und dann höchst erleichtert ließ er mit einem Schrei die Taschen fallen, stellte den Benzinkanister ab und fiel dem Mann um den Hals. Beide klopften einander auf die Schultern, lachten, redeten in einer Sprache, die Sole nicht verstand. Offensichtlich zwei Freunde, die sich lange nicht mehr gesehen hatten.

«Sie ist eine Gastfrau aus Deutschland», sagte Richard auf Deutsch und nahm Sole an der Hand. «Sole Schuler, darf ich dir Hardlife, einen meiner Brüder vorstellen. Gott im Himmel, wer hat dir denn dieses Kind aufgedrückt?»

Hardlife lachte und nahm Sole das Mädchen aus dem Arm. «Will sehen, welche mother ist leichtsinnig mit eines von Kinder», radebrechte er, und der drohende Ton war aus seiner Stimme verschwunden.

Richard griff in seine Tasche und drückte ihm einige Scheine in die Hand.

«Wir wollen zu *meme* und *oumeme*», sagte er, «komm doch vorbei, ich muss mit dir etwas besprechen.»

Sole bemerkte, wie die Augen des Bruders rasch zwischen ihr und Richard hin und her glitten. Gastfrau, fauchte sie innerlich, es geht schon los.

«Ja», sagte sie und zwang sich zu einem Lächeln, «kommen Sie doch einmal vorbei, Richard und ich würden uns freuen. Und nochmals vielen Dank für Ihre Hilfe.»

Sie wusste, dass sie trotzig war.

«Ich hätte auch schreien können, hallo Jungs, ich geb einen aus. Wo ist hier der nächste *McDonald's*? Mein Gott, Richard, vielleicht wird dein und mein Leben einfacher, wenn ich ab sofort Schildkröte spiele. Die kriechen immer nur geradeaus, sagen nichts, hören nichts und dürfen von den Menschen nicht mehr gegessen werden.»

Richard hielt das Auto kurz an, beugte sich zu ihr hinüber und küsste sie.

«Es ist alles okay», sagte er, «manchmal ist Afrika schwierig, besonders für Frauen mit blonden Haaren auf der Durchreise, die eine Bonbontüte unter ihrem Sitz haben und auf einen Mann mit Benzinkanister warten.»

«Und was sollte die Vorstellung als Gastfrau –»

«Was den Schildkröten-Vorschlag anbetrifft, so bin ich verrückt nach Brüsten und knackigen Ärschen von fröhlichen Weibern trotz Schwangerschaft», lachte Richard, ohne auf ihre Frage einzugehen, und fuhr weiter.

Lange Zeit sprachen sie nicht miteinander.

Es war kurz nach vier Uhr, und Sole erkannte, dass sie sich in bewohntem Gebiet befinden mussten. Kleine, getretene Pfade schlängelten sich rechts und links des Hauptweges, es roch nach Feuer, und sie hörte vereinzelte Stimmen im Busch. Aber jedes Mal wenn eine Abzweigung kam, fuhr Richard daran vorbei, und einmal bekam Sole mit, wie er kurz in die Wegschneise hineinschielte.

«Der Kunene fließt hier ganz in der Nähe, daher gibt es hier keine Wasserprobleme», sagte er schnell und übergangslos. «Auf der anderen Seite liegt Angola. Wenn mir früher langweilig war, bin ich nachts an den Fluss gegangen und habe die Flüchtlinge beobachtet, wie sie schwimmend versuchten, auch mit Lasten auf ihren Köpfen, in unser halbwegs friedliches Land zu kommen.»

«Hat die Polizei das nicht verhindert?», fragte Sole und las in Richards Gesicht, dass er erleichtert war, dass sie nicht mehr darüber reden wollte, wer soeben Recht oder Unrecht hatte. Warum auch, dachte sie, irgendwie ist es unwichtig.

«Die Wassergrenze ist endlos lang und wird nur an einigen Stellen durch das Militär bewacht. Wenn Flüchtlinge in ein Dorf gelangen, bekommen sie von den Bewohnern nur einmal zu essen und zu trinken. Schlafen dürfen sie auf dem heiligen Platz, aber dann müssen sie weiterziehen.»

«Der heilige Platz? Warum?» Sole rückte ein wenig an Richard heran. Sie fühlte sich wohl, weil es keine gereizte Stimmung mehr zwischen ihnen gab und weil sie bald in Richards Dorf eintreffen würden. Sie sehnte sich nach einer Dusche und war gespannt auf seine Mutter.

«So einen Platz gibt es in jedem Dorf. Er ist heilig und dient den Verfolgten als erstes Asyl, aber nur für eine Nacht. Es ist immer *der* Platz, wo der letzte Häuptling auf einer pyramidenähnlichen Holzkonstruktion verbrannt wurde.»

Richard wollte ihr nicht sagen, dass der Häuptling früher in der Regel erdrosselt wurde, wenn die Bewohner der Meinung waren, dass er für seinen Job zu alt oder zu schwach war. Wenn ich das erzähle, wird sie vielleicht denken, dass ich oder andere aus meiner Familie ihr etwas antun wollen, wenn nicht alles so läuft, wie es ihr durch den Kopf spukt, dachte er vorsichtig.

«Ich sagte dir schon einmal, wir haben eine andere Einstellung zum Tod», schloss er seine Erklärung.

Richard schlang einen Arm um Sole und fuhr langsam durch den Busch. Mit einer Hand am Lenkrad korrigierte er ab und zu leicht die Richtung und machte Sole leise auf das eine oder andere aufmerksam.

Sie waren näher an graue Felsen herangekommen, die verstreut und in unterschiedlichsten Größen in der sandigen Ebene lagen. Richard sah auf die Uhr und hielt unschlüssig an einer Abzweigung an. An ihrer Ecke stand ein riesiger Affenbrotbaum. Die Sonne hatte sich bereits aus seinen verästelten Zweigen zurückgezogen und den Schatten Platz gemacht. Sole spürte, wie sich die frische frühabendliche Luft angenehm auf ihre Haut legte und atmete tief durch.

«Hier geht es zu meinem Dorf», sagte Richard einsilbig, «aber ich denke, es ist noch zu früh. Wir würden nur die Leute bei der Zubereitung des Abendessens stören.»

Sole sah ihn fragend an.

«Wir sollten uns noch die *Epupa-Falls* ansehen», fuhr Richard fort und wandte den Kopf ab, dass sie nicht in sein Gesicht sehen konnte. «Sie liegen ganz in der Nähe. Und wenn wir dann am späten Abend ins Dorf einfahren, werden dich Mutter und Großmutter mit ihren Fragen in Ruhe lassen» – er verzog sein Gesicht –, «zumindest bis morgen.»

Verlegen trommelte er mit zwei Fingern auf dem Lenkrad.

«Wir sollten heute Abend auch noch einmal in Ruhe zusammen essen. Allein. Ich habe im Shop Tomaten, Würstchen, Suppen und Brot gekauft. Die nächsten Tage werden turbulent sein, jeder wird dich kennen lernen wollen. Und wenn Mutter und Großmutter dich erst einmal in Beschlag genommen haben, bleibt nicht mehr viel Zeit für uns beide.»

Sole sagte nichts, sondern blickte interessiert aus dem Fenster.

«Da hinten stehen drei große Laubbäume direkt am Sandbett. Was glaubst du, können wir dort rasten, ich meine, ohne Gefahr?»

Sie blickte Richard ins Gesicht und sagte ruhig: «Ich denke, wir sollten die *Falls* ein anderes Mal besichtigen.»

Sie legte sich sorgfältig die aufgeschnittene Tomate auf das Brot.

«Du hast Angst, nicht wahr?»

Richard starrte sie an, und Sole wusste sofort, dass sie ihn mit dieser Feststellung überrascht hatte. Schweigend aßen sie zu Ende, aber gleich danach stellte er die Stühle so hin, dass sie nebeneinander saßen, das Feuer zu ihren Füßen.

«Und jetzt fang endlich an, über deine Mutter und Großmutter zu reden», sagte Sole bestimmt und goss ihm Wein nach.

«Willst du wirklich?», fragte er überflüssigerweise. Statt einer Antwort stand Sole noch einmal auf, nahm seinen Kopf in die Hände und küsste ihn auf die Stirn. Dann setzte sie sich neben ihn.

«Ich weiß nicht, wie wir den zweiten Teil unserer Beziehung angehen sollen», sagte Richard, «ich weiß es wirklich nicht.» Er wirkte niedergeschlagen

«Fang doch einfach an», meinte Sole. Sie hatte die Augen gesenkt und war damit beschäftigt, einen Apfel zu schälen.

«Es war auf der Farm eines ehemaligen *Schutztrupplers**, auf der *oumeme*, fast noch ein Kind, vor dem Eingang des Farmhauses halb verhungert und völlig erschöpft von den langen Fußmärschen zusammenbrach», begann er und sie konnte seinem Gesicht ansehen, dass er versuchte, tief in sein Gedächtnis einzutauchen.

«Sie hatte wegen der Armut ihre *ongandjo*** verlassen, nachdem sie ihre Eltern und Geschwister beerdigen musste, die buchstäblich verhungert waren. Mehr als sieben Jahre dauerte die Dürre, das ist länger, als ein Mensch ertragen kann. Nicht ein Tropfen Regen fiel, und die verdammte Sonne vernichtete alles Leben.

Es war ein großes Farmgelände, das sich der Großvater des jetzigen Eigentümers in das neu angelegte Parzellenbuch in Windhoek eintragen ließ, unmittelbar nachdem die so genannte Schutztruppe des deutschen Kaisers aufgelöst worden war.»

Seine Stimme wurde ironisch. «Ich nehme mal an, dass er sogar

* Mitglieder der deutschen Schutztruppe wurden die ersten weißen Siedler in Namibia

** Dörfliches Anwesen der Ovambo

ordnungsgemäß gezahlt hat. An wen auch immer. Viele junge Männer hatten sich damals mit finanzieller Hilfe ihrer europäischen Verwandten oder von ihrem ersparten Sold oder auf Kredit Farmland gekauft. Sole, versteh mich recht, ich will jetzt hier nicht diesen Teil der namibischen Vergangenheit neu aufrollen, ich will nur versuchen, die damaligen Zeiten so darzustellen, dass du dir ein Bild machen kannst. Zum Beispiel, wie sich das Leben der Ureinwohner verändert hatte, als sie völlig unvorbereitet in ihrem eigenen Land zu Untertanen von Weißen wurden, die man nach dem Willen eures Kanzlers Bismarck in unser Land verfrachtet hatte, um deutsche Kaufleute vor uns und anderen Stämmen zu schützen.»

Sole steckte Richard eine Apfelscheibe in den Mund und streichelte kurz seine Wange. Richard kaute langsam und fuhr dann leise fort: «Es ist mir sehr wichtig, dass ich mit dir neutral und ohne Druck über die Geschichte meiner und deiner Leute reden kann, so wie *ich* sie sehe, als ein in Afrika geborener, in Deutschland aufgewachsener und ein wieder nach Afrika zurückgekehrter Mann.

Jedes europäische Land hatte damals Kolonien in Afrika. Der afrikanische Kontinent war mehr oder weniger aufgeteilt. Die Engländer waren im südlichen Afrika eigentlich überall, die Deutschen kaum, und es gefiel ihnen, diesen letzten Teil im Südwesten unter ihre Souveränität zu bringen – »

«Hat mein Urahn jetzt Boden *mit* oder *ohne* Wasser verkauft», unterbrach Sole ihn lächelnd, «Hannes ist dir damals die Antwort schuldig geblieben.»

«Du hast es nicht vergessen. Danke», sagte Richard. «Also, um es kurz zu machen, Großmutter durfte bleiben. Erst als Magd für die Arbeiten draußen, dann als Mädchen für alles im Haus. Sie war geschickt und folgsam, zwei Eigenschaften, die bei den Deutschen an erster Stelle stehen, egal, in welcher Generation. Ach ja, und nach dem ersten Gottesdienst erhielt sie vom Hausherrn den Namen der letzten österreichischen Kaiserin, *Zita*, aufgedrückt. was ihr damals ziemlich komisch vorkam, da sie doch schon einen Namen hatte. Man erklärte ihr als Grund für die Neubenennung, dass diese Frau nur mit ihrem unerschütterlichen christlichen Glauben die vielen Schicksalsschläge ertragen hatte, und es daher eine Ehre wäre, diesen Namen zu tragen. Großmutter vermutete aber eher, dass sich das *a* am Ende dieses Namens besser dem ewig schrillen Schrei nach ihr anglich, der immer dann über den Hof schallte, wenn sie gerade in der entgegengesetzten Richtung irgendeine Arbeit für die *Missis** erledigte. Irgendwann gewöhnte sie sich aber daran und der fremde Klang dieses Namens aus einer anderen Welt kam später ihrem Ruf als *omupuliki* sehr zugute.»

Richard seufzte. «Du siehst, nicht einmal unsere Namen hat man uns gelassen. Halt, Grünschote, das war polemisch. Was lehrt uns das Fernsehen aus dem amerikanischen Gerichtssaal? *Die Geschworenen werden gebeten, diesen Satz aus ihrem Gedächtnis zu streichen.*»

Er schaute sich nach der Weinflasche um, aber Sole hatte schon nach hinten gegriffen und sie aus dem Kübel genommen. «Bleib», sagte sie, «sprich weiter», und goss beide Gläser voll.

«Das Wissen, das sich Großmutter in den zehn Jahren auf dieser deutschen Farm angeeignet hatte, erstreckte sich auf die ständige Sauberkeit der Wäsche, das tägliche Ausfegen der Räume und natürlich auf die bedingungslose Akzeptanz der weißen Herrschaft. Darüber hinaus musste sie Sommer wie Winter der in langen Röcken gekleideten Missis bei der Zubereitung der seltsamen Mahlzeiten helfen *und* ihr den hölzernen Medizinkasten mit den vielen Fächern tragen, wenn diese zu den schwarzen Arbeitern in ihre Hütten ging, um ihre Krankheiten zu heilen.

Aber sie lernte.

Die Sitten der Weißen prägten sie zwar, aber sie hat nie dabei ihre eigenen vergessen. So wie sie die Medizin ihrer Mutter in Erinnerung behielt, die Kräuter und wie sie angewendet wurden, so beobachtete sie die neue Medizin ihrer Missis. Sie nahm auch wahr, wie dankbar und gläubig der Kranke zu *der* Person aufblickte, von der er sich Hilfe versprach, und so stand es für sie schon früh fest, dass sie irgendwann als *Heilende* in ihr Dorf zurückkehren würde.»

Richard schwieg. Umständlich bohrte er die Spirale des Fla-

* So wurde die weiße Hausfrau von allen Schwarzen genannt

schenöffners in den Korken hinein und hielt beim Herausziehen mit der Kraft seiner Schenkel die Flasche fest. Langsam war das letzte Tageslicht verblasst, zog sich zwischen die Bäume zurück, und der Wind begann wieder mit seinen Spielen, die Äste, Blätter, Zweige zusammen mit dem geringen Sternenlicht durch bizarre Bilder wippen ließen.

«Ich mag sie, deine Großmutter», sagte Sole in die Stille hinein. «Sie ist so bodenständig.» Sie schwiegen beide.

«Und wie kommt deine Mutter in diese Geschichte?» Ihre Frage kam leicht und voller Verständnis für ihn.

«Ein Wanderarbeiter. Schwarz, fröhlich und ohne jede Verantwortung.»

Richards Stimme klang bitter, und Sole ahnte, dass er sich dessen nicht bewusst war. «Großmutter wollte ihr Kind nicht auf einer *Schutztruppler*-Farm zur Welt bringen. Sie meinte, sie würde sich als Sklavin fühlen, aber Missis hat sie dazu überredet. Wohl mit Hilfe ihres Medizinkastens. *Meme* wurde also auf dieser Farm geboren, christlich auf den Namen Merlene getauft und wuchs die ersten fünf, sechs oder sieben Jahre dort auf. Gemeinsam mit den Kindern von Missis. Zwischen Badezuber am Samstag, Rührei am Morgen und Nachtgebet vor dem Schlafengehen.»

Er stand auf und legte ein Holzscheit in das Feuer. Als er sich setzte, ließ er sein Glas gegen das von Sole klingen. «Das war anständig von den Weißen», sagte er kurz angebunden.

Sole musste lächeln.

«Jetzt kommt eine schöne Geschichte. Ich muss sie dem kommenden Geschehen vorwegnehmen. *Oumeme* hat den Vater von Missis bis zu seinem Tod betreut. Sie habe gute Hände, hatte er seiner Tochter gesagt, und daraufhin hat die ganze Familie beschlossen, Zita, die schwarze Primitive, gewähren zu lassen. Als er starb, durfte sie sich als Belohnung für ihre Pflege etwas aus dem Nachlass dieses Mannes aussuchen. Großmutter entschied sich für die Kuckucksuhr, die irgendwann um die Jahrhundertwende als Aussteuerstück der jungen Frau des *Schutztrupplers* ins Land gekommen war. Sie hatte sehr wohl mitbekommen, wie die Missis geschluckt hatte, als sie auf die Uhr mit dem fröhlichen Vogel zeigte, jedoch versprochen war versprochen. Zwar versuchte man, ihre Aufmerksamkeit auf ein anderes Stück zu lenken, aber *oumeme* beharrte auf dem merkwürdigen Vogelhaus, und schließlich durfte sie es von der Wand nehmen und in ihre kleine Behausung bringen. Wenn sie irgendwann die Entscheidung getroffen hat, dich in ihre Hütte einzuladen, und das würde die Akzeptanz deiner Person bedeuten, wirst du die Uhr an der Wand hängen sehen. Und ist sie mehr als gnädig gestimmt, geschieht es in der Mittagszeit.»

Richard lachte.

«Dann nämlich schnellt dieser Vogel wie von Sinnen vor sein Türchen und darf zwölfmal sein entfesseltes *kuckuck* in die geordnete Welt der *Ovambo* herausschreien. Jeden Tag zieht sie die schweren Tannenzapfen nach oben, so wie ihr es die Missis vor vielen Jahren beigebracht hat.»

Die Luft unter der Akazie wurde angenehm klar, und der plötzlich aufgetretene Abendwind spielte mit den kurzen Haaren von Sole, die sich nicht in den Pferdeschwanz einbinden lassen wollten. Sie kuschelte sich in den Arm von Richard, und beide lagen eng umschlungen auf dem Boden, die Stuhllehnen im Rücken und den Sternenhimmel über sich. Sole konnte spüren, dass Richard jetzt anders war als die Stunden vorher. Gelöster, fast heiter. Es tut ihm gut, über seine Familie zu reden, dachte sie. Es muss schon tagelang auf seiner Seele gelegen haben. Die Vergangenheit und die Gegenwart und wie sie, Sole, in beide hineinpassen könnte. Richard fuhr fort. Spielerisch teilte er eine Strähne aus Soles Haaren ab, wickelt sie um seinen Finger, ließ sie wieder fallen, knüpfte neu.

«Die Vogeluhr, die weiße Medizin und ihr unglaubliches Wissen um Menschen und Dinge und wie sie zusammenpassen, das haben sie zu einer anerkannten *omupuliki* gemacht. Neben dem schwachen *omalenga**, den wir im Moment haben, ist sie die wichtigste Person in der *oshilongo***. Du weißt, was das bedeutet?»

Sole schüttelte verneinend den Kopf.

«Dieser Mensch darf Amulette herstellen und ist der oberste Sachverständige in Fragen jeder Ordnung. Er darf unsere Religion

* Häuptling
** Gesamtes Stammesgebiet

definieren, einschließlich der mehr als tausend Geister, die uns begleiten, und ist kundig sowohl in den guten und bösen, als auch in den übersinnlichen Kräften. Er ist Schamane, Wahrsager und ein Heilender aller vier Ebenen zugleich.»

Richard holte tief Luft, und es lag Stolz in seiner Stimme.

«*So* ein Mensch ist *meine* Großmutter Zita.»

Sole hatte sich aus seinem Arm befreit und ihren Kopf in die Hände gestützt. Richard stand auf und lehnte sich an die Akazie.

«Irgendwann meinte Großmutter, dass es Zeit wäre, wieder nach Hause zu gehen, und so hat sie gegen den Willen von Missis ihr Bündel gepackt, das gesparte Geld darin versteckt, die Deutsch sprechende Merlene an die Hand genommen und ist in das Dorf ihrer Ahnen zurückgelaufen. Obwohl sie niemanden mehr hatte. Keine Eltern. Keine Geschwister. Keinen Mann. Die Frau des neuen *omalenga* nahm sie anstelle einer Tochter an, nachdem sie ihr bei einer unangenehmen Unterleibskrankheit geholfen hatte.»

Richard wandte sich vom Baum ab. Breitbeinig stand er unmittelbar vor Sole, die Arme hinter dem Kopf verschränkt. Es kam ihr vor, als wollte er jetzt alles sagen, denn die Worte sprudelten förmlich aus seinem Gedächtnis, und er wirkte aufgewühlt von dem Strom der Erinnerungen.

«Großmutter Zita hat vier Sprüche bei den Deutschen gelernt, die mich mein ganzes Leben begleitet haben und eigentlich auch immer und überall anwendbar waren. Der erste ist: *Jeder Brand hat seinen eigenen Rauch*, der zweite: *Wenn junge Bäume gerade wachsen sollen, muss man manchmal etwas abschlagen*, der dritte: *Alte Kühe können vergessen, dass auch sie Kälber gewesen sind*, und der vierte, der wichtigste: *Du kannst nicht gleichzeitig Affe und Erdnuss sein.*»

Sole fing an zu lachen. Aber es war kein Auslachen, im Gegenteil. Sie trat zu ihm hin, nahm ihn in die Arme und wiegte ihn gerührt hin und her. «Ich wusste es. Wer zwischen solchen Weisheiten aufgewachsen ist, kann sich nur zu einem Individualisten entwickeln, wie du einer bist. Aber jetzt sag mir, wie kann man nur vor einer so großartigen Frau Angst haben?»

Richard sagte ernst: «Es ist keine Angst, es ist absoluter Respekt. Sie und meine Mutter haben mich in der Tradition unserer Ahnen erzogen. Als ich als Kind wegging, sagte *oumeme* zu mir, dass ein Mann immer für den Samen, den er sät, Verantwortung übernehmen muss. Als ich als Mann zurückkehrte, fragte sie sofort, ob ich in dem fernen Land meinen Samen verströmt hätte –»

«Und nun bringst du ihr eine Frau mit weißer Hautfarbe und einem beginnenden Leben unter ihrem Herzen und weißt nicht, ob du die Wahrheit sagen sollst oder nicht», vollendete Sole ruhig und nahm wieder seinen mit tausend und mehr Gedanken gefüllten Kopf in ihre Hände.

«Ja», sagte Richard einfach.

Er löste sich aus ihrer Umarmung und stocherte im Feuer herum.

«Das war eine Mammutbeschreibung von Großmutter Zita. Jetzt skizziere ich dir noch schnell das Leben meiner Mutter, und dann sollten wir langsam aufbrechen. Oder auch nicht.»

Die letzten drei Worte lagen leise und in seltsamer Schwere zwischen ihnen.

«*Meme* bewohnt eine kleine Hütte, die etwas entfernt von Großmutters liegt. Sie hat nicht die Gabe des Heilens geerbt. Sie organisiert mehr die Zeit um das Wirken von *oumeme*, achtet auf sie, wenn sie sich zum Beispiel in Trance befindet, und bemüht sich um das Entgelt. Sie hat sich vor unserem Dorf ein Feld mit Mais, Bohnen, Kürbissen, Wassermelonen, Erdnüssen und sogar Tomaten angelegt. Es kostet sie viel Kraft, es zu bewässern. Mehr als eine halbe Stunde täglich braucht sie, um an den Kunene zu gehen, und fünfundvierzig Minuten, um mit den gefüllten Krügen auf einem Leiterwagen zurückzukommen. Sie verbringt Stunden damit, das Unkraut zu entfernen, Pflanzen für besseres Wachstum freizulegen oder die schwachen Tomatenstauden mit Stöcken zu stützen. Aber alles wächst und gedeiht unter ihren Händen besser als bei jedem anderen im Dorf. Wie auch die rosafarbene Bougainvillea an der Lehmwand ihres Hauses und von der keiner weiß, wer sie gepflanzt hat. Wenn zufällig Fremde durch unser Dorf laufen und ihre Schönheit bemerken, zeigen die Bewohner immer auf meine *meme* und sagen, das ist die Frau, die sich singend mit den Pflanzen unterhält. Lach nicht, es ist wirklich so.

Ein- oder zweimal im Monat wandert sie zur Straße, die zu den Wasserfällen führt, und verkauft ihre geernteten Früchte an vorbeiziehende Touristen. In der Winterzeit schleppt sie Makalanipalmwedel, die sie im Sommer gepflückt und getrocknet hat, in andere Dörfer, weil sie dort dringend für neue Hausbauten gebraucht werden und man vergessen hat, sich rechtzeitig darum zu kümmern.

Meme ist bewundernswert geschäftstüchtig. Kommt sie am Abend nach Hause, klimpern in ihrer Rocktasche die Geldstücke, und wenn sie dann müde vor ihrer Hütte sitzt, steckt sie die Hand in die Tasche, und an ihrem zufriedenen Gesicht können alle erkennen, wie erfolgreich der Tag für sie gelaufen ist.»

Richard stockte und sah Sole an. «Ich wusste gar nicht, wie viel es über sie zu erzählen gibt», sagte er, «und wie sehr ich mich freue, sie wieder zu sehen.»

Er nahm ihre Hand und drückte sie. Die Erinnerung floss aus ihm heraus, ähnlich wie ein Rinnsal, das nach langer Trockenzeit seinen Weg heimlich durch ein Flussbett sucht, um sich vor der Kraft der Sonne zu verbergen, dachte Sole und benützte unbewusst zum ersten Mal einen afrikanischen Vergleich.

«*Meme* Merlene hat nach dem Tod von *tate** noch zweimal geheiratet. Sie war damals gerade erst Anfang dreißig, viel zu jung für ein Witwendasein. Der erste Ehemann hat sie verprügelt, und es war ihm egal, ob sein kleiner Sohn zusah oder nicht. Irgendwann hat sie zurückgeschlagen und sich dann scheiden lassen. Der zweite Mann ist eines Tages aufgestanden, weggegangen und nie mehr zurückgekommen. Warum, weiß kein Mensch. Ich glaube, *meme* hat ihn geliebt, und ich kann mich erinnern, dass er sehr liebevoll mit uns allen umgegangen ist, natürlich besonders mit dem Kind, das sie ihm geboren hat. Vor der dritten Ehe hat Großmutter Zita schlimme Dinge im Kaffeesatz gelesen» – Richard lachte –, «das war gerade wieder deutsches Denken. Nein, ich glaube, ihn hat sie aus Angst vor einem weiteren Missgriff erst gar nicht geheiratet, obwohl sie ziemlich schnell mit Farewell schwanger wurde. Meine liebe Sole, ich habe also noch drei Halbbrüder. Insgesamt sind wir vier Brüder von vier verschiedenen Männern. In unseren Kreisen eine ganz normale Geschichte. Hardlife, den Sohn des Schlägers, hast du auf der Straße

* Ovambo-Ausdruck für Vater

nach Ruacana kennen gelernt. Er lebt in der Polizeikaserne. Goodwill, der Junge von dem Verschwundenen, hat schon als ganz junger Mann in ein anderes Dorf hineingeheiratet, und der Kleinste, Farewell, er ist jetzt drei oder vier Jahre alt, lebt noch in der Hütte von *meme*. So war es jedenfalls, als ich das letzte Mal hier war.»

Sole lächelte. «Hardlife, Goodwill und Farewell, das sind wirklich Namen, die man nicht vergessen kann.»

«Es sind Namen, die zu den Enkelkindern einer *omupuliki* passen», entgegnete Richard voller Würde, «wobei uns *meme* versprochen hat, dass Farewell wirklich ihr letztes Kind sein soll. Ich glaube, daher auch dieser endgültige Name.»

Die Stimmung zwischen ihnen war frei von jeder Schärfe oder Irritation. Sole bemühte sich, Richards Familiengeschichte locker zu sehen, denn es war Vergangenheit. Sie und Richard lebten in der Gegenwart mit Blick in die Zukunft, die nach Möglichkeit im modernen Afrika sein sollte. Sie hatten sich entschlossen, zu heiraten – und sie hatten es getan. Nun mussten sie auch mit der Reaktion ihrer Familien fertig werden. Die erste Hürde war *meme* und *oumeme,* die zweite war Papa und Mama in Düsseldorf, aber daran wollte sie noch nicht denken. «Großmutter unterstellt *meme* immer, dass sie mit voller Absicht ihre deutschen Sprachkenntnisse in die Verkaufsgespräche auf der Straße einbringt und bewusst durcheinander wirbelt. Jeder Tourist, der anhält, fragt natürlich, woher sie so gut deutsch kann, und jeder erhält von ihr die Antwort, dass sie auf einer deutschen Farm geboren wurde und auch dort aufgewachsen war. Logisch, dass keiner zurück zu seinem Auto geht, ohne *meme* etwas abgekauft zu haben.»

Es wurde kühler, was nach der Hitze des staubigen Tages angenehm war. Sole streckte die Beine aus, zog sie wieder an und umschlang sie mit den Armen. Sie versuchte, sich die beiden Frauen vorzustellen, versuchte sie nicht als Eingeborene zu sehen, sondern als Mutter und Großmutter von Richard, dem Mann, den sie liebte.

«*Oumeme* Zita beherrscht natürlich noch die deutsche Sprache, ebenso wie *meme*, aber beide sprechen sie nicht mehr, oder besser gesagt, sie wollen sie nicht mehr sprechen. Sie sind der Meinung, wir hätten uns damals diese *fremden* Wörter anstelle von *unseren* Wörtern nicht aufzwingen lassen dürfen.»

Sole sah, wie Richard die dünne Mondsichel betrachtete, die weit von ihnen entfernt hell über dem Grünbusch aufgegangen war. Sie wusste genau, was er jetzt aussprechen wollte – musste. Und richtig, langsam sagte er in die Stille hinein: «*Oumeme* ist stolz. Sehr stolz. Auf ihre Hautfarbe, auf ihr Wissen und auf mich. Weil ich es als Einziger geschafft habe, Anschluss an das moderne Namibia zu finden, ohne die *Hütten* zu verleugnen. Und sie erwartet von mir, dass ich diesen Weg weitergehe, zum Wohle meines Volkes und zur Ehre meiner Familie. *Und jetzt bringe ich eine weiße Frau mit.*»

Er blickte sie schmerzvoll an. «Sole Schuler, *das* ist mein Problem.»

Voller Mitleid betrachtete Sole Richard, wie er regungslos dasaß, eingehüllt in Erinnerungen und noch mehr gefangen in der Gegenwart, die aber kurioserweise von seiner Vergangenheit bestimmt wurde. Er schaute geradeaus, um ihren Blicken nicht begegnen zu müssen.

«Ich weiß nicht, wie die beiden Frauen auf dich reagieren werden», sagte er leise. «Willst du immer noch mit in mein Dorf kommen?»

Sole dachte nach, wägte ab, überprüfte ihr Gefühl.

«Selbstverständlich», sagte sie fest, «es gibt keinen Grund für uns, zu kneifen. Weder hier in deiner *ongandjo*, noch in dem Haus meiner Eltern in Düsseldorf.»

Und energisch drückte sie ihre Faust in seine Hände.

15 Ein neues Dorf – eine neue Familie

«Heute bin ich dran, schon wieder», seufzte Sole und wühlte sich aus dem Schlafsack. «Zusammen mit Mamochisane und Nagare. Deine Großmutter hat es gestern angewiesen, und deine Mutter musste ihren Befehl an uns weitergeben. Entweder hat es bei der anderen *crew* ein Problem gegeben, oder ich soll erzogen werden, weil ich gestern das Wasser *ihrer* Palme für meinen unwürdigen Körper genommen habe.»

Sie streifte sich den Jogginganzug über und suchte nach ihren Schuhen.

«Auf jedem Fleck der Welt fände ich *sie* traumhaft», brummte sie leise, «nur hier bedeutet es Arbeit, Schweiß und unbedingte Folgsamkeit.»

Sie griff sich den Eimer, der vor der Hütte stand, und folgte den beiden anderen Frauen, die bereits auf sie warteten. Kurz drehte sie sich noch einmal zu Richard um.

«Wir sind in etwa einer Stunde zurück. Kannst du Engel spielen und mir heute anstelle von Tee eine ordentliche Tasse Kaffee machen?»

Vor drei Tagen waren sie am späten Abend in sein Dorf gekommen.

Richard hatte den Wagen in einiger Entfernung zur ersten Hütte geparkt, Sole an der Hand genommen und war mit ihr vor den Kreis der Feuer getreten.

Sie konnte sehen, wie die Schatten auf den dunklen Gesichtern der Männer im flackernden Licht getanzt hatten. Einige hatten sie missbilligend angesehen, dann die Köpfe zusammengesteckt und leise miteinander gesprochen. Sole war eigentlich nur neugierig auf *meme* und *oumeme* gewesen, aber sie konnte in dem Kreis keine Frau ausmachen. Während Richard in seiner Sprache zu den Männern redete, betrachtete sie deren hagere Oberkörper, und ihr kamen die übergroßen naiven Holzskulpturen in den Sinn, die sie bei den Schnitzern auf dem Markt in Okahandja gesehen hatte. Hannes war ihr damals lachend aus dem Inneren eines Standes mit einer gewundenen, schwarz geflammten Holzschlange entgegengekommen. Sie hatte sie ihm aus der Hand geschlagen und ihn böse angefaucht. Mein Gott, wie lange war das schon her. Und jetzt stand sie hier im Dunklen, in einem afrikansichen Dorf, und Augenpaare, viele, entsetzlich viele, in denen das Weiß unruhig hin und her huschte, starrten sie an, verfolgten sie.

Trotz der Hand von Richard hatte Sole plötzlich Angst.

Setz dich, hatte Richard gemurmelt, ich gehe *meme* holen, und sie hatte sich mit klopfendem Herzen folgsam niedergelassen, ihre Beine gekreuzt und die Hände abwartend in den Schoß gelegt.

Es war eine große, wuchtige Schwarze, die mit Richard aus einer der hinteren Hütten trat und mit ihm langsam zur Feuerstelle kam. Sie hatte ein braunes Wolltuch um ihre Schultern geschlungen, und auch der Rock war dunkel. Im Gehen sprach sie leise mit Richard, der einmal fast hilflos die Schultern zuckte und verneinend den Kopf schüttelte, um dann wieder ergeben zu nicken.

Sie war langsam auf Sole zugegangen und hatte sie von oben bis unten gemustert. Sole war sofort aufgestanden und ihr mit ausgestreckter Hand entgegengegangen. Beide Hände von Merlene waren jedoch unter den Achseln vergraben, und ihr Gesichtsausdruck konnte nur mit Mühe die Feindseligkeit verbergen.

Meme, das ist Sole, hatte Richard leicht verlegen gesagt und Soles ausgestreckte Hand ergriffen und seiner Mutter hingehalten. Erst dann hatte die Frau eine Hand von ihrem Körper gelöst und ein gutturales Wortgemisch erreichte Sole.

«Abend, Frau, wie geht Ihnen?»

Sole entschuldigte sich für die späte Ankunft, und sie entschuldigte sich, dass sie kein Geschenk zur Hand hatte. Sie stotterte unsicher und begann erneut, sich für irgendetwas zu entschuldigen –

«Is' gut», sagte die Frau, und Sole bemerkte zum ersten Mal, dass ihre Lippen den gleichen Schwung hatten wie die von Richard.

«Ich und Farewell zu *oumeme*, du meine Hütte. Morgen sehen», sagte sie und drehte sich um.

«Nein, *meme*, nur keine Umstände», sagte Richard schnell. «Sole und ich schlafen auf unserem Wagen. Morgen reden wir über alles Weitere.» Sole war bei dem Wort *unserem* ein mittlerer Steinbrocken von der Seele gefallen.

«Ich habe ihr nicht gesagt, dass wir nur einige Tage hier bleiben», flüsterte Richard Sole ins Ohr. Sie lagen in ihren Schlafsäcken, oben auf ihrem Auto, und Sole hielt krampfhaft die Hand von Richard.

«*Meme* hat mich natürlich gleich gefragt, ob du schwanger bist. Ich habe ja gesagt, und daraufhin hat sie bestimmt, dass du morgen als Erstes mit ihr einen Platz für die Hütte suchen gehst.»

«Aber warum», flüsterte Sole etwas ängstlich.

«Das ist hier so üblich», hauchte ihr Richard ins Ohr. «Wenn ein Kind unterwegs ist, beziehungsweise bevor es geboren ist, müssen Vater und Mutter ihre eigene Hütte haben. Sag nichts dazu. Und, um Gottes willen, auch nicht, dass ein anderer Mann der Vater ist. Natürlich wird dein Kind nicht hier auf die Welt kommen, das brauchen sie aber nicht zu wissen. Wir müssen erst einmal so tun, als ob. Ich versuche, in den nächsten Tagen nach Windhoek zu kommen, damit ich die Schießgeschichte aus der Welt schaffe. Hardlife wird mir dabei helfen. Danach bleiben wir noch anstandshalber ein bis zwei Tage hier und kehren dann nach Windhoek zurück.»

Richard brachte sie am nächsten Morgen nach dem Früchstück zu seiner Mutter. Sofort stapfte diese los, und Sole lief ihr wie ein kleines Hündchen hinterher. Sie bemühte sich ehrlich, zu verstehen, warum nicht *der* Platz, warum vielleicht ein anderer, warum auch der nicht – alles umsonst, sie fragte, vorsichtig, mit Nachdruck, Merlene gab keine Antwort, sah sie nicht einmal an.

Mehr als zwei Stunden lief sie mit ihr über das Dorfgelände. Die Sonne stieg höher und höher, es wurde von Minute zu Minute heißer, und Sole sah mit Schrecken die komplizierten Pfahlbauten, auf die Merlene immer wieder mit vage angedeuteten Ratschlägen hinwies. Einmal musste sie sich erschöpft vor eine Hütte in den Schatten setzen. Sie sah Merlene bittend an und strich sich über den Bauch.

«Wann?», fragte Richards Mutter.

Sole wurde rot und senkte den Blick. Ich will nicht lügen, dachte sie trotzig, meinetwegen kann sie annehmen, dass ich mich ihrem Richard an den Hals geworfen habe, aber dass es das Kind von Hannes ist, geht nur Richard und mich etwas an.

«Es ist hier in Afrika passiert», sagte sie, «ich habe mich erst in das Land und dann in deinen Sohn verliebt.»

Zum ersten Mal huschte so etwas wie ein Lächeln über Merlenes Gesicht.

«*Oonzi* guter Junge», sagte sie, «und stark.»

Als sie wieder zum Dorfplatz zurückkehrten, schielte Sole zu Richard hinüber, der vor der Hütte seiner Großmutter saß und in aller Ruhe mit ihr sprach. Eine kleine alte Frau, die ein buntes Kopftuch trug und scheinbar unbeteiligt den Worten ihres Enkels lauschte. Offensichtlich wollte sie Sole nicht bemerken, denn sie rief ihrer Tochter in der Sprache der vielen O etwas zu. Ohne den Blick von ihrem Enkel zu lassen. Sole war unschlüssig, ob sie zu der alten Frau und Richard hinübergehen sollte, aber Merlene nahm ihr die Entscheidung ab, indem sie heftig nach ihrer Hand griff und meinte: «Du morgen Wasser holen», und sie schnell in die entgegengesetzte Richtung zog.

Die sechs Eimer wurden mit dem Flusswasser gefüllt und auf einem wackligen Leiterwagen ins Dorf transportiert. Drei Eimer täglich für die Dorfgemeinschaft, wie Mamochisane ihr signalisierte, und alle zwei Tage drei Eimer für die Palme, die, wie ein Zeichen aus einer anderen Welt, mitten auf dem Dorfplatz stand.

Sole hatte sich nach kurzer Überlegung die Eimer für die Palme für ihre persönlichen Bedürfnisse an das Auto geschleppt. Sie gierte förmlich nach frischem Wasser. Richard hatte zwar die kleine Dusche aufgestellt, aber vergessen für das Wasser zu sorgen.

Die beiden Frauen hatten gekichert und sich viel sagend angesehen.

Am Abend kam es dann zu der ersten Begegnung mit der Großmutter.

Ohne jeden Gruß stellte sie sich an das Auto und deutete auf den Vorhang, den Richard vor die Dusche gespannt hatte. Ihre Augen glühten in dem hageren Gesicht.

«Du morgen wieder Wasser holen. Wenn du eigenes Wasser wollen, dann eigenen Eimer. *Sie* ihren eigenen Rhythmus» – mit Nachdruck zeigte sie auf die Palme –, «du nicht stören.» In ihrer Stimme lag so viel Autorität, dass Sole nicht wagte, zu widersprechen. Sie wollte etwas sagen, sich entschuldigen, aber die Alte hatte sich bereits umgedreht und war gegangen.

Sole stolperte müde hinter den Frauen und dem Leiterwagen her. Die Sonne war noch nicht aufgegangen, und der Tag war grau und kühl. Die Vorstellung, erst in einer Stunden zurück zu sein, machte sie missmutig. Zum ersten Mal war ihr alles lästig: die Hitze, der ewige rote Staub, die Primitivität, das Nichtverstehen der Sprache und auch der strenge Ziegengeruch, der über allen und allem lag.

Mehr als zwei Stunden hatte sie gestern Abend mit Richard über die Möglichkeit diskutiert, mit ihm zurück nach Windhoek zu fahren. Sie kam mit *seinen* Leuten nicht zurecht, das spürte sie, und schon gar nicht mit den beiden Hexen, wie sie in Gedanken seine Mutter und Großmutter nannte, die so viel Einfluss auf ihn hatten.

«Ich kann jetzt nicht schon wieder gehen, ich bin doch gerade erst angekommen», hatte er fast unwillig gesagt. «Versuche, dich nützlich zu machen, ich helfe dir dabei, und wenn mein Bruder Hardlife kommt, wird er mir sagen können, wann ich mit wem nach Windhoek fahren kann, um diese blöde Geschichte am *rivier* zu klären.»

Er ist wieder Afrikaner, hatte sie sofort gedacht. Was gestern gesagt wurde, gilt heute nicht mehr, morgen vielleicht oder auch nicht und übermorgen – ? Denkt man hier überhaupt so weit im Voraus? Die Hitze schränkt sofort alles Handeln ein – und er hat es zugelassen.

Plötzlich blitzte es im Blattwerk.

Es war, als ob in Lichtgeschwindigkeit Farbe über den Weg, die Luft, über die ganze Natur gegossen wurde. Vögel stiegen, schrille Töne ausstoßend, auf, und in den grünen Baumkronen summten und zwitscherten unsichtbare Kreaturen. Mit strahlender Macht stemmte sich die Sonne über den Horizont hoch. Jetzt erst war der eigentliche Tag angebrochen.

Sole bemerkte erstaunt, dass über Nacht an manchen spitzen

Enden des dünnen Buschgrases winzige rot leuchtende Blüten aufgegangen waren. Auch an den noch winterlich kahlen Ästen der Sträucher steckten weiße und rosafarbene Blüten, die sie gestern noch nicht gesehen hatte. Das Schönste an diesem vergessenen Dorf hier ist sein afrikanischer Frühling, dachte sie und reckte sich müde in den ersten warmen Strahlen. Die beiden Frauen schienen ähnlich zu denken. Waren sie vorher still und in sich gekehrt, schwatzten sie jetzt leise miteinander und blieben auch mal stehen, um auf etwas hinzuweisen.

«Könntet ihr mich verstehen, könnte ich euch auch das eine oder andere beibringen», rief Sole ihnen zu und rupfte im Vorbeigehen an einem Zweig drei große Blätter ab. «Zum Beispiel sagt man bei uns in Deutschland, dass, wenn Schäfchenwolken am Himmel stehen, es innerhalb eines Tages regnen wird.»

Die Frauen blieben stehen und betrachteten sie unschlüssig.

«Na ja», meinte Sole resigniert, «wenn ich euch sage, dass es Sturm gibt, wenn die Fledermäuse tief fliegen oder der Nikolaus kommt, wenn Hunde morgens zwischen sechs und sieben Uhr knurren, so ist das ein Scherz, aber was soll's, ihr versteht mich ja doch nicht.»

«Doch», sagte Nagare, «ich zweites Kind von drittes Kind von *oumeme* Zita. Ich auch Blut von *oonzi*, und ich verstehe deutsche Sprache, weil meine *meme* auch bei Deutschen gearbeitet.»

Sole sah sie ungläubig an.

«Warum redest du dann nicht mit mir?», fragte sie aufsässig, «ich werde langsam verrückt, weil mich hier jeder nur wortlos anstarrt.»

Sie gab dem Leiterwagen wütend einen Stoß, sodass die leeren Eimer mit lautem Gepolter umfielen. Die Frauen begannen zu lachen, und während Nagare die Eimer wieder aufstellte, schob Mamochisane den Karren weiter.

Nagare legte die Hand auf Soles Schulter. «Komm, wir Fluss sitzen, zusammen.»

Der flache rote Sitzstein lag auf einer kleinen Anhöhe, eine knappe halbe Stunde Fußweg vom Dorf entfernt. Sole hatte ihn zufällig gefunden, und es wurde der einzige Platz, an dem sie sich im Heimatdorf von Richard wohl fühlte. Mehr als eine Woche waren sie jetzt im Dorf, und Sole pendelte zwischen Verdruss, Scham und Langeweile hin und her.

Verdruss, wenn sie die Großmutter sah, die sie völlig ignorierte. Scham, weil sie keiner im Dorf als Richards Frau akzeptierte, und Langeweile, weil die Tage lang und unausgefüllt waren. Richard sah sie während des Tages so gut wie gar nicht. Wenn er nicht mit Mutter und Großmutter beschäftigt war, saß er mit den Männern zusammen oder verließ mit ihnen das Dorf, um irgendwann am späten Nachmittag wiederzukommen.

Sie hatte sich angewöhnt, am frühen Morgen zu *ihrer* Stelle hinaufzusteigen, natürlich nur dann, wenn sie nicht von der Oberhexe Zita zum Wasserholen eingeteilt war.

«Wenn du dir deinen Abort suchst, denke an die Schlangen», hatte ihr Richard am zweiten Tag vom Dach des Autos aus mahnend nachgerufen, als er die Schlafsäcke zusammenpackte und mit einer Plane abdeckte. Sie hatte, ohne sich umzudrehen, mit der Hand abgewunken und war weitergegangen.

Die roten Steine wirkten wie künstlich aufgetürmt, einer hielt den anderen im Gleichgewicht, und gelbes Savannengras verdeckte die Übergänge, sodass keine Spalten sichtbar waren. Sole trat mit kräften Tritten von der Mitte des einen Steins auf den nächsten. Auch das hatte ihr Richard geraten, als er sie am folgenden Tag begleitete, um zu prüfen, ob an diesem Platz alles in Ordnung war.

Beide hatten dieses mehr zufällige Zusammensein ausnahmsweise ohne Spannung verbracht. Aber es war plötzlich zu viel Stille und noch mehr Fremdheit zwischen ihnen. Jeder hing Gedanken nach, die dem anderen fremd waren.

Um sich und Richard Abstand zu ihrer unausgesprochenen Disharmonie zu verschaffen, erzählte ihm Sole, dass sie einmal während einer Wanderung in der Schweiz zugesehen hatte, wie mit Kränen und übergroßen Schaufeln riesiges Gestein aus dem Rhonefluss geborgen wurde, das namhafte Künstler sofort an Ort und Stelle zu einem außergewöhnlichen Kunstarrangement verarbeiteten und an eine wohlhabende Gemeinde verkaufen konnten. «Dieser Steinberg, auf dem wir sitzen, kann es mit jedem Kunstwerk aufnehmen», hatte sie abschließend gesagt. Sie wollte damit etwas

Nettes über sein Dorf sagen, ihm helfen, ihn stolz machen. Die Arme aufgestützt, hatte sie die milchigen Bergkuppeln in der Ferne betrachtet und die Akazien bewundert, die sich mit ihren leicht grünen Kronen in beeindruckender Kraft aus dem silbrigen Kleinbusch erhoben. In diesem Moment war ihr bewusst geworden, dass sie dabei war, ihre Lebendigkeit zu verlieren.

Wirst du mit mir leben können, auch wenn es Momente gibt, wo du meine schwarze Identität nicht begreifst?

Richard hatte nichts dazu gesagt, aber ihre Hand genommen und tief Luft geholt.

Wann war das gewesen, Sole? Gestern oder vorgestern, oder am Tag zuvor?

Es war Nachmittag.

Sole war noch einmal an *ihren* Platz gegangen, und hatte sich auf dem Stein niedergelassen. Sie zog die Knie an, umschlang sie mit den Armen und presste ihr Kinn dagegen.

Ganz offensichtlich war in der Tierwelt Paarungszeit. Die Eidechsen flitzten aufgeregt über die Sonnenflecken und fegten die Äste hoch. Rote und gelbe Köpfe, wie aufgesteckt auf dunkle, schuppig wirkende Körper, huschten mit ihren überlangen Körpern und schmalen Schwänzen, die sie wie eine Waffe hinter sich herzogen, über den staubigen Boden. Manche Tierchen waren auch pechschwarz und wirkten wie Taucher in Gummianzügen, bereit, einen wichtigen Auftrag zu übenehmen. Sole konnte sehen, wie sie mit ihren Glubschaugen die Oberfläche des Bodens prüften, wachsam und trotzdem ängstlich.

Ein kleiner schwarzer Blitz wollte ihr über die Füße huschen. Reflexartig bückte sich Sole, und eines der Tiere geriet in ihre Hände. Es war ein winziger Salamander, der durch eine Bewegung von ihr aufgescheucht worden war und in das sichere hölzerne Gestrüpp flüchten wollte. Sie setzte ihn auf einen Ast und beobachtete interessiert, wie er sich schüttelte, seine Pfoten ordnete, den Ast hinuntersauste und im nächsten Schlupfloch verschwand.

Sole konnte darüber nicht lächeln. Sie häufte zu seinem Schutz etwas Sand vor das Loch und rief ihm leise hinterher: «Das nächste Mal hast du nicht so viel Glück.»

Die Felsen musste ein Spielplatz der Salamander und Geckos

sein. Überall sah sie schwarze *Losung** liegen, verziert mit einem winzigen weißen Punkt. Richard hatte sie darauf hingewiesen. Richard, immer wieder Richard. Sie spürte, wie ihr Einfluss auf diesen Mann, in den sie sich so unbedacht verliebt hatte, schwand, und nicht nur das, sie konnte auch nichts dagegen tun.

«Scheiße», sagte Sole laut und deutlich, «Scheiße, Scheiße, Scheiße.»

Mach Bestandsaufnahme, ermahnte sie sich und wischte den kleinen Sandberg vor der Salamanderbehausung wieder weg. Vielleicht ist der Kleine zu schwach, um hindurchzuschlüpfen, und dann bin ich schuld daran, wenn er stirbt.

Richard ist wieder unter die Fittiche von Mutter und Großmutter geschlüpft. Das ist klar. Ich habe keinen Platz darunter, besser ausgedrückt: man hat mir keinen angeboten. Wegfahren kann *ich* nicht – ich habe kein Auto. Können *wir* auch nicht, wir haben zwar ein Auto, aber das wird von der Polizei gesucht. Ich sitze also hier in diesem Dorf im Norden von Namibia fest, bin schwanger, und Hannes, der Einzige, der mir helfen könnte, liegt seit Wochen in einem Windhoeker Krankenhaus. Toll, Sole Schuler, einfach toll, lange nicht mehr so mittendrin in einem großen braunen Gebilde der Extraklasse gesessen.

Sie wusste, dass sie mit einem beleidigten Gesichtsausdruck durch die Gegend lief. Schon seit Tagen, auch heute. Und die tägliche Betrachtung der Berge, jeden Tag hier allein auf dem Stein, lenkte sie auch nicht mehr von ihrer Situation ab. Sie bekam einfach nichts geregelt, weder ihre Gedanken noch das ständige unangenehme Pochen in der Magengegend. Und ich hab angenommen, Rassisten gibt es nur bei *uns*, fauchte es in ihr. Zita und Merlene lassen nichts aus, damit *ich* mich bei ihnen wie eine unerwünschte Außenseiterin fühle, mehr noch, wie ein Wurm, ein weißer, natürlich, der für einen Moment geduldet wird.

Interessiert betrachtete sie die dunkle Wolke, die sich hinten in der Ferne aufblähte, größer wurde und langsam auf sie und ihren Hügel zugesegelt kam.

Sofort dachte sie an Deutschland. An unstetes Aprilwetter und

* Tierkot

dunkle Karfreitage. Eigentlich ist es für das Ende des Tages noch zu früh. Wie viel Zeit liegt eigentlich in Deutschland zwischen Sonnenuntergang und Einbruch der Dunkelheit? Ich werde es feststellen, wenn ich wieder zurück bin. Hier geschieht alles schnell und übergangslos. Ein afrikanischer Paukenschlag. Einer von vielen. Bewusst ließ sie ihre Gedanken spazieren gehen. Sie würden sie ablenken von dem eigentlichen Problem, hoffentlich.

Sole seufzte wehleidig. Ich sollte wieder zurückfahren. Wenn ich nicht aufpasse, falle ich in den gleichen Trott wie die Schwarzen hier. Ich merke ja jetzt schon, wie mich die Tage nicht mehr prägen. Sie kommen und gehen, ausgefüllt mit nichtigem Geschehen. Das ist nicht gut für mich – und für Richard auch nicht. Zu Hause hat es bestimmt schon den ersten Frost gegeben, vielleicht auch Schnee, und in den Geschäften gibt es Lebkuchen und Buttergebäck zu kaufen.

«Zieh das Gummi aus deinem Haar», bat plötzlich eine leise Stimme neben ihr, «ich möchte wissen, ob es gewachsen ist.»

«Und wenn ich es mache, wie soll es dann weitergehen?», fragte sie verstimmt den schwarzen Mann an ihrer Seite. Der plötzliche überlaute Donner und nachfolgende Blitz ließen sie zusammenfahren. Von der einen zur anderen Sekunde begann es zu regnen. Nein, es war kein Regen. Der Himmel öffnete sich, und Wasser in unvorstellbarer Menge ergoss sich über jeden Millimeter der Erde.

Sole wollte Richard etwas zurufen, aber der aufgekommene heftige Wind und das Prasseln des Regens machten jede Verständigung unmöglich. Er zog sie hoch, und sie schrie in sein Ohr: «Wir müssen weg», und fügte gereizt hinzu: «Nur wohin?»

Die Tropfen, groß wie Glasmurmeln, ging es Sole durch den Kopf, prasselten auf sie herab, und sie fühlte, wie das Wasser zwischen ihren Brüsten hinunterlief. Dampf stieg auf und verhüllte den Boden. Der Lärm war ohrenbetäubend, eine donnernde Sinfonie, und sie spürte, dass der Erdboden bei jedem Donnerschlag erbebte.

«Wir können nirgendwohin, hast du das immer noch nicht begriffen?», brüllte Richard durch das Unwetter, und Sole wurde sofort wütend, weil er ja, verdammt noch mal, völlig Recht hatte.

«Dann sorge doch wenigstens dafür, dass wir eine eigene Hütte bekommen», schrie sie, «damit wir am Abend wissen, wo unser Zuhause ist, und wir nicht sichtbar für die gesamte Dorfgemeinschaft auf dem Wagendach unser nicht mehr vorhandenes Eheleben praktizieren müssen.»

Richard lachte, und plötzlich war er wieder stark und überlegen. Er schob mit einer Hand die Haare hinter ihr Ohr.

«Dumme kleine Grünschote, ich bin dir nachgegangen, um dir zu sagen, *dass sie fertig ist*. Ich habe sie in den letzten Tagen mit den Männern gebaut, deshalb hatte ich keine Zeit für dich. Es war mir doch völlig klar, dass *du sie nicht für uns beide bauen konntest*.

Selbst *meme* hat das eingesehen. Sie will sie dir übergeben, und damit hat sie dich als Tochter akzeptiert.»

Er begann sie zu küssen, und sie spürte sie wieder, seine eigenwillige Zuneigung, die für sie so selbstverständlich geworden war und die bei ihrer Ankunft in dem Dorf seiner Familie verloren gegangen schien. Jetzt, hier oben auf ihrem Berg, in der Wildheit der Natur, ohne Zuschauer und ohne die beiden Hexen, gebrauchte er sie wieder, die geschmeidigen Töne, setzte schamlos die Anziehungskraft seines Körpers ein. Sole wusste das sehr wohl. Er legte seine Hand auf ihre Brust, aber unwillig schob sie Sole beiseite.

«Und warum konnten wir sie nicht gemeinsam bauen?», fragte sie böse, weil sie sich überrumpelt fühlte. Erst hatte Richard sie abgestellt, so wie man einen überflüssigen Stuhl in eine Kammer schiebt, und jetzt zog er den Richard und die Sole aus dem Paradies der vergangen Tage wieder hervor, wie ein Zauberer die weißen Hasen aus dem Hut. Nein, Richard Shapake, nicht mit mir –.

«Psssch», flüsterte er und zerrte blitzschnell inmitten eines mächtigen Donnerschlages ihre Arme aus der Bluse, schob die Hose runter, machte das Gleiche bei sich, und sie standen sich nackt gegenüber. Seine dunklen Hände wirbelten streichelnd über ihre Haut, griffen ihre Haare, pressten ihre Lippen an seine Lippen. Seine Küsse waren fordernd, animalisch, wie Bisse eines Tieres beim Bespringen des Weibchens. Plötzlich fühlte sich Sole, als ob fremde Mächte sie aus einem Farbbild herausgeschnitten hätten. Der heiße Nebel um sie herum verwischte die Konturen ihrer Körper, sie wurden neu geformt, in den Farben Schwarz und Weiß, Weiß und Schwarz.

Richard drang ohne Vorspiel in sie ein, und sie wehrte sich nicht. Du bist so dumm, beschimpfte sie sich halbherzig, aber stellte sich auf die Zehenspitzen, um ihn besser aufnehmen zu können. Richard entfernte sich ein Stück von ihr, ohne ihren Körper zu verlassen, und seine Stöße wurden schneller, heftiger. Er bog sich zurück und schrie in Ekstase Wörter in den entfesselten Regensturm hinein, die sie nicht verstand. Als er sich in ihr ergoss, zitterten seine Schultern, und er schlang wieder beide Arme um sie. Sie krallte sich an seinen Rücken, wimmerte und ließ den Kopf nach hinten sinken. Ungestüm riss der Sturm an ihren Haaren und der kalte Regen schmerzte auf ihrer Haut.

«Jetzt du», flüsterte er heiser und begann mit langsamen Bewegungen von neuem das Liebesspiel. Alles war so unwirklich. Wie ein heidnischer Ritus. Sie beide mit ihrem Bedürfnis, sich mit den Elementen zu verbinden, in ihre Kraft einzutauchen, mit ihnen zu verschmelzen. Blickte Sole nach unten, sah sie nur den Stein, auf dem sie standen. Er war rund und zerklüftet, kein Gras wuchs um ihn herum. Der Nebel formte einen Kreis um ihn, stieg etwas höher, erreichte ihre Knöchel. Blickte sie nach oben, so waren es die grauen Schleier um sie herum, die Richard und sie von allem irdischen Sein zu trennen schienen. Sie beide gehörten keinem mehr. Gehörten sie jetzt sich? Allein?

Richard liebte sie mehrere Male.

Sie war wund, außer Atem, hatte Schmerzen, aber sie war glücklich. Die schlechten Gedanken hatten sie verlassen. Es gab sie nicht mehr.

Wie mit einem Zauberschlag hörte das Gewitter auf, auch der Regen, das Prasseln der Tropfen auf ihre Haut, das ihr Minuten vorher noch wehgetan hatte. Die grauen Wolken rissen auf, und die Nebelschwaden wehten, in Auflösung begriffen, an ihnen vorüber. Zitternd und ernüchtert standen sie beieinander.

«Verweile doch, du bist so schön», hauchte der Afrikaner mit geschlossenen Augen in ihr Ohr. «Euer Goethe hat es Faust sagen lassen, aber er hat sich nicht getraut, den Grund dafür niederzuschreiben.»

Er presste ihren feuchten Körper an sich, und sie schwankten ein wenig, da sie noch nicht in die Wirklichkeit zurückgefunden hatten.

«Du riechst gut, wie ein scharfes Tierweibchen», sagte Richard plötzlich laut, «ein afrikanisches, natürlich. Und du bleibst meine *katiti ombappa*, ob du es willst oder nicht.» Jetzt lag Triumph in seiner Stimme.

Sole war erschöpft und sagte nichts. Er drehte sanft ihren Kopf in die Richtung der Berge. «Siehst du ihn?», fragte er, «ich habe vergessen, warum ein Regenbogen Glück bringen soll. Irgendwann ist es mir in Deutschland erzählt worden –»

Der Regenbogen leuchtete machtvoll in den Spektralfarben. Er spannte sich vom Fuß des linken Hügels hin bis zum Boden des Tals, das vor ihnen lag, und seine Schönheit traf Sole völlig unvorbereitet. Sie begann, vor Erschöpfung mit den Zähnen zu klappern. Richard hob sein Hemd auf und rieb sie damit ab.

«Du hast ja durch den Regen krause Haare bekommen. Wie wir in Afrika, nur eben blond.»

Sole wusste, dass er damit ihre Scham meinte und lächelte schwach – und besiegt. «In meinem Märchenbuch steht», sagte sie mühsam, «wenn jemand eine von den beiden Schalen findet, aus denen der Regenbogen steigt oder in die er sinkt, wird ihn das Glück nie verlassen.»

«Wir warten ein wenig, bis er näher an uns herankommt», meinte Richard fröhlich. «Dann steigen wir ab. Du läufst zu der rechten Schale hin, ich bin schneller und laufe zu der linken. So werden wir beide Enden zu fassen bekommen. Wenn es stimmt» – und er sah sie zärtlich an –, «werden wir vielleicht wahnsinnig vor Glück. Wer weiß.»

Sole musste lachen.

Wie befreit zog sie sich eilig die unangenehm nassen Sachen an, und wirklich, der Regenbogen begann sich leicht zu drehen und kam ihnen entgegen.

«Jetzt», rief Richard, und sie liefen Hand in Hand den Berg hinunter.

Es war schon dunkel, als sie wieder im Dorf eintrafen, sich immer noch an den Händen haltend. Der Wind hatte die Regenwolken vertrieben, und das Licht des aufziehenden Halbmonds hob die Silhouette der Palme übergroß von dem nachtblauen Himmel ab. Aber niemand saß zu ihren Füßen.

Es war überhaupt kein Mensch draußen. Das Dorf wirkte wie ausgestorben. Sole dachte, dass das Unwetter alle in ihre Hütten getrieben hatte, doch sie irrte sich. Eine Gestalt kauerte im Schatten des Baumstammes. Sie musste auf sie beide gewartet haben, denn jetzt stand sie schwerfällig auf, öffnete umständlich ihren Umhang, um ihn dann wieder neu geordnet ineinander zu schlingen.

Es war *meme*.

Sie sprach kein Wort, blickte sie nur verdrießlich an, und ihre Lippen zuckten.

«Ja?», fragte Richard seine Mutter.

Sole war dankbar, dass er sie nicht losließ. Sie standen sich wortlos gegenüber, und plötzlich hatte Sole die Idee, ihre Schwiegermutter in den Arm zu nehmen.

«Vielen Dank, dass du auf uns gewartest hast», sagte sie etwas verlegen und war über die Dunkelheit dankbar. Es hätte sie beschämt, wenn *meme* ihr von den Küssen gerötetes Gesicht gesehen hätte. «Richard und ich wollten nicht durch den Regen nach Hause laufen.»

«Wenn ich einen grünen Zweig im Herzen trage, wird sich ein Singvogel darauf niederlassen», murmelte Merlene und blickt Sole fest in die Augen, «komm, Tochter, ich will dich in deine Hütte führen. Du warten», fuhr sie Richard an, «wir dich rufen», und löste Soles Hand von der ihres Mannes.

Die beiden Frauen gingen quer über den Dorfplatz, der von Hütten gesäumt war. Kleine Feuer flackerten in ihnen, und überall waren die Ledervorhänge zurückgeschlagen, aber sie begegneten nicht einer einzigen Person. Dann passierten sie die zweite Reihe der Hütten, die schon lichter war. Auch hier kleine Feuerstellen, aber auch hier keine Blicke, die ihnen folgten. Es war eine ungewohnte Ruhe, durch die Merlene und Sole schritten. Sie gingen weiter, ließen das Kälbergehege rechts liegen, worüber Sole sehr dankbar war, denn sie dachte sofort an die unzähligen Fliegen, die sich tagtäglich auf den Tierleibern niederließen und auch ihre nächste Umgebung nicht verschonten. Es kamen nur noch vereinzelte Hütten zwei, drei – ein kleiner offener Platz.

Plötzlich erklangen Trommeln.

Die Schläge klangen leise und verhalten, anders als sonst, wie Sole sofort bemerkte. Eine zärtliche Musik begann sich zu formieren, begleitete ihre Schritte, glich sich ihrer Langsamkeit an, gespielt von unsichtbaren Solisten.

Meme sagte nichts, aber sie schien über die durch die Nacht schwingenden Klänge zufrieden zu sein. Ab und zu holte sie Luft, und dann drückte sie ganz besonders fest Soles Hand. Es war jetzt vollständig dunkel, Wolken hatten den Mond verdeckt. Sole sah auch keine Feuer mehr. *Meme* blieb stehen, drehte sich von ihr weg und rief leise in das Dunkel hinein. Sofort kam ein größerer Junge mit einer Fackel in der Hand gelaufen. Er lief an Sole vorbei, und sie konnte sehen, dass sein Gesicht einen freudig erregten Ausdruck hatte. Die Flamme zitterte unruhig bei jedem Schritt und erhellte nur schwach ihre nächste Umgebung. Nach wenigen Metern blieb der Junge stehen, streckte den Arm mit dem Licht weit vor – und eine Hütte wurde sichtbar. Schnell hielt er die Fackel an den kleinen Reisighaufen, der vorbereitet in der Mulde lag, und – begleitet von einem Zischen – wurde es augenblicklich hell.

Ihr eigenes Hüttenfeuer vor ihrer eigenen Hütte.

Sole sah, dass grüne Gräser, zu Strängen verknotet, auf dem Dach des Hauses lagen und dass die Wände aus frisch gespaltenem Holz waren, denn sie waren noch nicht von der Sonne verbrannt. Sie sah in die Öffnung, dass ihre beiden Schlafsäcke auf dem gefegten Boden lagen, und an dicken Nägeln einzelne Kleidungsstücke von ihr und Richard hingen. Ihr Rucksack hing von der keilförmigen Decke, und ein rotes Seidentuch hielt die aus Zweigen und Gräsern gearbeitete Schwingtüre offen. Blitzschnell fiel Sole ein, dass sie dieses Tuch von Hannes geschenkt bekommen hatte, im letzten Jahr, als er während einer Messe bei einer chinesischen Firma jobbte. Sie schluckte. Könnte es eine Botschaft von ihm sein: *Vertrau ihnen, es ist alles in Ordnung?*

Meme hatte sie losgelassen und schaute sie erwartungsvoll an. Nichts Verdrießliches war mehr in ihrem Gesicht, und Sole flüchtete buchstäblich in ihre Arme. Sie war durcheinander und erschöpft.

«Diese Hütte ist schön, ich danke dir», wisperte sie und wusste, dass sie Tränen in den Augen hatte. Endlich hatte sie ein eigenes Zuhause, war keine Ausgestoßene mehr. Hier würde sie wieder zu Kräften kommen – und die Gemeinschaft mit Richard neu beginnen können.

Schwerfällig sagte die Afrikanerin in ihre Gedanken hinein: «Du Macht über Richard. Du wieder fortwollen von hier. Ihn mitnehmen. Ich weiß. Aber er *Sohn der Hütten*. Bringe ihn wieder, damit er nicht vergessen. Kommt beide wieder. Bitte.» Sie blickte nach oben und sprach wie zu sich selbst weiter: «Die Welt zwei Pole, aber ihr auch zwei Pole. Ich gesehen. Das ist gut und daher muss so sein.»

Sole lag noch immer an ihrer Brust. «Wir werden wiederkommen – *meme*.» Zum ersten Mal gebrauchte sie dieses Wort. «Ich gebe dir *mein* Wort darauf.»

Sie bat Richard, die Tür offen stehen zu lassen, und so konnten sie in das Mondlicht sehen, das sie in seinen zeitlosen Frieden hüllte. Er legte sich neben sie und nahm sie in die Arme. Zum ersten Mal seit ihrer Ankunft in seinem Dorf schliefen sie wieder eng umschlungen ein.

Die Schmerzen im Unterleib weckten sie auf. Irgendetwas war ungewöhnlich an diesem frühen Morgen, dem ersten im eigenen Heim. Sole dachte einen Moment nach, dann wusste sie es: Die Vögel zwitscherten nicht. Aber warum nicht? Vorsichtig öffnete sie die Augen. Der Schlafsack von Richard war zurückgeschlagen. Er war also schon weg.

Die Hüttenöffnung erschien ihr wie ein wogendes Lichtermeer. Sonnenstrahlen krochen wie kleine unvorsichtige Schlangen in die Hütte herein. Dann verwandelten sie sich in Käfer und krabbelten die Gegenstände hoch, wollten weiter, aber mussten dann kurz vor ihrem Lager aufgeben, weil die Schatten zu stark waren.

Sole verschränkte die Arme hinter dem Nacken. Für mich ist es einfacher, dachte sie, ich brauche nicht aufzugeben. Nur einige wenige Schritte, dann stehe ich wieder im Licht, und sie zog den Reißverschluss des Schlafsacks auf.

Entsetzt sah sie auf die Blutlache, in der sie lag.

«Richard», schrie sie, «um Gottes willen, ich verliere mein Kind.»

Die Großmutter erhob drohend den Arm. Kaskaden von winzig kleinen Lichtern tropften von ihrem dunklen Arm herunter. Sie beugte sich über eine Ziege, umschlang sie mit dem anderen Arm, und Sole wusste genau, dass das Tier jetzt, in dieser Sekunde, getötet wurde.

«Nein», schrie sie und ruderte mit den Armen, wollte die Frau daran hindern.

«Wir machen es so, damit der Todeskampf nicht die Ruhe der anderen Tiere stört.»

Sole sah in die Augen eines schwarzen Mannes. Warum sind sie so weit aufgerissen?

«Ich soll dich fragen, wann wir endlich heiraten.»

Warum hielt Hannes ihren Arm fest? Alles ist weiß um ihn herum. Natürlich, er liegt im Bett. Er muss gekühlt weden. Wohin hat Richard das Eis getan?

Richard, wer ist Richard?

Dann die schrille Stimme: «Jeder Brand hat seinen Rauch, *kalunga** lässt sich nicht täuschen.»

Wer oder was ist *kalunga*?

Jemand hebt sie hoch. Sie presst die Beine zusammen, weiß, dass etwas aus ihr herausfließen will, etwas Warmes, und es tut weh. Jede Bewegung.

«Ihr wisst, dass sie nicht in der Hütte bleiben darf.»

Es ist eine krächzende Stimme, voller Autorität.

«Bringe sie aus dem Dorf, gleich hinter den Dorfwall. Merlene wird dir helfen.» Und noch einmal, laut und gebieterisch: «Sie *darf* nicht hier bleiben.»

Sole riss die Augen auf, bemühte sich, sie offen zu halten. Warum keucht *meme* so? Ich sollte meinen Kopf nicht gegen ihre Brust legen, dachte Sole verwirrt. Warum lassen sie mich nicht in Ruhe? Sie sollen das Feuer anmachen, dann ist mir nicht so kalt.

* Spirituelle Existenz des höchsten Wesens bei den Ovambos

Sie wusste, dass sie nicht auftrat, denn ihre Füße berührten nur ab und zu den Boden. Also wurde sie geschleppt. Brachte man sie weg? Wohin? Und immer diese Wärme zwischen ihren Beinen. Ihr Kopf sank nach vorne. Sie sah Blut, viel Blut. Es kam aus ihrem Körper, lief an ihren Beinen entlang.

«Sole, hörst du mich?»

Von weit her drang eine bekannte Stimme an ihr Ohr.

Sie wurde in den Schatten eines kleinen Baumes gelegt. Sofort krümmte sie sich wieder zusammen, hielt sich den Bauch, wischte sich mit dem Arm über das Gesicht, das nass war. Die salzigen Schweißtropfen liefen in ihren Mund und brannten unangenehm.

«Oumeme», brüllte die Stimme, «so komm doch endlich. Du musst Sole helfen.»

Sole kannte die Stimme, und sie kannte sie doch nicht.

Eine Hand tätschelte ihre Wange. «Tochter, ich bin bei dir.»

Sole öffnete mühsam die Augen. Richard beugte sich über sie.

«Du verlierst dein Baby», schluchzte er, «ich musste dich hierher bringen. Es darf nicht im Dorf passieren.»

Wieder eine Welle des Schmerzes, und erneut krümmte sich Sole und presste die Hände auf ihren Unterleib. Aber der Schmerz hatte sie aus ihrer Ohnmacht herausgerissen, wach gemacht. Richard hatte gesagt, dass sie ihr Kind verlor. Wie verliert man ein Kind? Sie musste nachdenken, was sie zu tun hatte.

Eine Gestalt trat aus der Zaunöffnung hervor. Sole starrte sie mit großen Augen an. Es war Richards Großmutter.

Sie hatte ihr buntes Kleidergewirr abgelegt und trug ein graues Gewand, das über und über mit weißen Figuren bestickt war. Auch das gewohnte Kopftuch fehlte, stattdessen hatte sie sich einen Turban aus dem gleichen Stoff umgeschlungen. Ihr sonst leicht gebeugter Rücken war kerzengerade aufgerichtet, und ihre Schultern waren gestrafft. Sie nahm einem Jungen einen Holzkasten aus der Hand und scheuchte ihn hinter den Zaun zurück.

Dann beugte sie sich über Sole.

Ihr unbewegliches Gesicht hatte die klassische Schönheit eines alterslosen Menschen, so wie man sie manchmal in Ausstellungen zu sehen bekommt. Sole sah alles in einer seltsamen Klarheit, als wäre sie eine fremde Person. Sie atmete schwer. Sie wusste nicht, wie sie sich verhalten sollte. Das Pflichtbewusstsein, das auf dem Gesicht der alten Frau lag, erinnerte sie plötzlich an Richards Beschreibung der *weißen Missis* aus der Kolonialzeit.

Eine knochige Hand zog ihre Hände von ihrem Leib. Sie strich über die Beine, lockerte sie, rückte ihren Körper gerade und schob etwas Undefinierbares unter ihr Becken. *Meme* flüsterte ihr beruhigende Wort ins Ohr. Sole verstand sie nicht, und Richards Mutter wiederholte: «Keine Angst, Frau von Sohn, es ist die *omupuliki, Heilerin aller vier Ebenen*. Sie dir helfen.»

Sie fächelte ihr mit einem Tuch zu, und Richard hielt ihr einen Becher mit Wasser ano den Mund. Sie trank, und der leichte Luftzug tat ihr gut. Sole merkte, wie sie sich entspannte. Die Schmerzen waren noch da, heftig, rissen in ihrem Unterleib, stürmten in den Kopf, rauschten in den Ohren, aber die Angst war gewichen – in dem Moment, als sich die Hände der *omupuliki* auf sie gelegt hatten.

Zita schnalzte, und sofort trat Merlene zu Sole, richtete ihren Oberkörper ein wenig auf, und bedeutete ihrem Sohn, sich hinter Sole zu setzen. Richard kam ihrer Anweisung nach. Vorsichtig zog er sie zu sich heran, bettete sie bequem an seine Brust und lehnte sich mit ihr gegen den Baumstamm.

«Du musst ihr noch die Beine anwinkeln», flüsterte er seiner Mutter zu, «und sie sollte sich mit den Händen am Boden abstützen. Sie wird dann besser mithelfen können.»

Zita nickte zufrieden, und auf ihr Handzeichen hin begann Merlene laut singend, den Leib von Sole mit kreisenden Bewegungen zu massieren. Soles Gesicht war schneeweiß, und sie hielt die Augen geschlossen. Sie wusste, dass jetzt irgendwann ihre Frucht abgehen würde. War es die Strafe für ihre Leidenschaft zu Richard? Sie fühlte sich schuldig, und Tränen rannten ihr über die Wangen, tropften auf Richards Hände, die sie festhielten.

Die *omupuliki* griff nach einem Stock und zog um sie alle einen Kreis.

«Du musst wach bleiben», flüsterte Richard, und Sole riss gehorsam die Augen auf.

Zita ging außerhalb des Kreises in die Hocke und streckte die gefalteten Hände in die Höhe. Dann umschlang sie ihre Schultern und begann sich zu wiegen. Der Oberkörper war eine einzige kreisende Bewegung. Sie schloss die Augen, und plötzlich hörte *meme* abrupt auf zu singen – und in diesem Augenblick begann die Heilerin zu reden.

Ihre Worte in einer Sprache, die Sole nicht verstand, waren erst leise, wurden immer lauter. Dann klangen sie aggressiv, fordernd, und plötzlich waren sie kaum hörbar. Sie stiegen hoch auf wie eine Spirale, um im dunklen Timbre wieder abzustürzen. Sie schrie und fuchtelte mit beiden Händen in der Luft herum, rutschte auf den Knien über den Boden, röchelte und wühlte mit den Händen in der losen Erde. Und sie sang in schrillen Vokalen, hielt die Töne, spuckte sie wieder aus. Dann erhob sie sich aus dem Staub, drehte den Kopf in die vier Himmelsrichtungen, öffnete die Augen und streckte zornig beide Fäuste nach vorne.

Sole verfolgte das Tun der alten Frau. Trotz der starken Schmerzen war eine seltsame Ruhe über sie gekommen. Sie war sich sicher, dass die *omupuliki* ihr helfen würde. Es würde geschehen, was geschehen musste. Vorsichtig versuchte sie, einen Blick auf Richards Gesicht zu werfen. Sie sah, wie er vertrauensvoll seine Großmutter beobachtete, gebannt ihre Riten verfolgte. *Das* sind seine afrikanischen Wurzeln, dachte sie.

Zita stellte sich breitbeinig, der Sonne zugewandt, hin. Der leichte Wind bewegte ihr kaftanartiges Gewand. Immer und immer wieder strich sie mit beiden Händen über ihren Körper, von der Brust langsam hinunter bis zu den Schenkeln. Waren vorher ihre Laute voller unterschiedlicher Emotionen, so klangen sie jetzt nur noch bittend und demütig. Immer stärker strich sie über ihren Leib, als wolle sie etwas heraustreiben. Plötzlich schrie sie laut auf und fiel, wie von einem Schlag getroffen, auf die Erde.

In der gleichen Sekunde verließ ein blutiger Klumpen den Körper von Sole.

Meme betrachtete ihn kurz, sie griff mit einem Tuch danach, wickelten den Klumpen ein und legte ihn beiseite. Dann beugte sie sich über Sole und strich ihr die feuchten Haare aus dem Gesicht.

«Es war noch früh. Du keinen Schaden nehmen. Ihr noch viele Kinder bekommen», sagte sie und löste Sole aus Richards Armen, um sie flach auf den Boden zu legen. Mit beiden Händen presste sie den Bauch zusammen, strich ihn sanft wieder auseinander und rieb mehrmals mit den Handrücken langsam nach unten. Sole spürte, wie das Schlechte herauszufließen begann. Sie sah auch, dass das herausgedrückte Blut zwischen ihren gespreizten Beinen immer weniger wurde, und schließlich kein Tropfen mehr kam.

Und sie sah schuldbewusst, dass die alte Frau völlig erschöpft, das Gesicht dem Boden zugewandt, zusammengebrochen war. Sie hatte ihre Arme und Beine weit ausgebreitet, und ihr Atem war schwach und unregelmäßig. Sole kamen die Bilder von fanatischen Katholiken in den Sinn, die in dieser Kreuzstellung vor dem Altar auf die Bestätigung ihrer Berufung warten mussten.

Brennendes Mitleid erfüllte sie.

Meme schien ihre Gedanken zu kennen. «Nicht schlimm, *omupuliki* nur die Hälfte einer Stunde nicht unter uns. Sie müde durch Wegjagen von *onnawi olakki**.» Sie wandte sich an ihren Sohn: «Du bringst Sole in Hütte, ich nachher sehen», und setzte sich neben ihre Mutter.

Als Richard Sole auf den Arm nahm, raste ein schneidender Schmerz durch ihren Körper. Sie schrie laut, und dann spürte sie nichts mehr. Sie hatte das Bewusstsein verloren.

An den Schatten draußen erkannte Sole, dass es schon später Nachmittag sein musste. Bald würde es dunkel sein, dache sie und sah jetzt erst, dass Richard ihr gegenübersaß. Er hatte ein Buch auf den Knien liegen, aber seine Augen blickten geradeaus, waren wie abgeschaltet.

«He», flüsterte sie und sofort kniete er sich neben sie und zog sanft ihren Kopf an sich. «Du bist in einigen Tagen wieder gesund.» Seine Stimme klang heiser, voller Schuldgefühl und Sorge.

Damals, als er das Krokodil geschossen hatte, erinnerte sie sich, hatte sie auch diesen Ton an ihm gehört. «Schlechtes Glück, ein Baby zu verlieren», sagte sie leise. Richard schluckte. «Du trägst keine Schuld», sagte er. «Wenn ein in den *Hütten* Geborener zurückkehrt und noch dazu eine schwangere Ehefrau mitbringt, muss *kalunga* gefragt werden», sagte er gepresst. «Ich war so sehr

* Schlechtes Glück

mit dem Hüttenbau beschäftigt und habe Großmutter keine Zeit gelassen, unser neues Zuhause von allen bösen Geistern und unsichtbaren Mächten zu reinigen.» Er streichelte ihr Haar, die Augen, die Lippen.

«Vielleicht sollten wir so schnell wie möglich nach Windhoek fahren», sagte er. «Vielleicht ist es besser, wenn du dort zu einem Arzt gehst. Ich bin mir nicht sicher, ob dir Großmutter richtig helfen konnte.»

«Aber ich», sagte Sole und richtete sich ein wenig auf. Der große Schmerz war vergangen, es gab keine Hölle mehr wie heute Morgen.

«Wir haben einiges falsch gemacht», sagte sie mit fester Stimme, aber sie lächelte dabei. «Zum Beispiel die Frage meiner Mitgift. Wie konntest du eine schwangere Ehefrau mit leeren Händen in dein Dorf bringen?»

Sie ließ sich wieder zurücksinken. «Du gehst jetzt sofort zu *meme* und *oumeme* und sagst ihnen, dass *mein* Vater nicht weniger als zwanzig Schafe, zehn Ziegen und zwei Rinder für seine Tochter als Mitgift lockergemacht hat.»

Richard war verblüfft. «Bei einer solchen Mitgift wird Merlene schwer in Sorge sein und höllisch aufpassen, dass du nicht von Männern aus anderen Dörfern geraubt wirst und –» Er schwieg, weil Merlene die Hütte betrat. Sie schaute Sole in die Augen, zog das Lid ein wenig nach unten und nickte zufrieden. Dann schob sie ihr etwas zwischen die Beine und presste sie zusammen.

«Früher, als ich immer aufgeschlagene Knie hatte, bekam ich die Blätter auch draufgelegt», sagte Richard. «Ihr Weißen habt großartiges antiseptisches Verbandsmaterial. Wir haben nur *mopane*-Blätter. Aber wenn man sie vorkaut, stillen sie den Blutfluss und fördern die Gerinnung.»

Sole bekam mit, wie Merlene ihrem Sohn kurz über die Haare strich und Richard sie dankbar ansah.

«Ich morgen wiederkommen», sagte sie und verließ die Hütte.

«Was ist noch?», fragte Sole. Sie konnte in seinem Gesicht lesen und wusste, dass ihn noch etwas bedrückte.

«Ich muss es Großmutter vergelten, dass sie den Kreis um dich gezogen hat, um dich zu schützen, damit du gesund wirst. Jeder muss das tun, der ihre Magie in Anspruch nimmt.»

Sole dachte nach.

«Sole Shapake wird euch alle hier verblüffen. Deine mystische Großmutter, deine Mutter, die räuberischen Männer aus anderen Dörfern und ganz besonders dich. Ihr Papa wird nämlich neben der Mitgift noch weitere fünf Schafe, fünf Ziegen und zwei Rinder für das Dorf spenden. Damit dürften wohl sämtliche gezogenen Kreise vergolten sein. Oder?»

Richard legte seinen Mund an ihr Ohr.

«Damit bist du die attraktivste Schwiegertochter der letzten Jahre, die hier in das Dorf gekommen ist. Ich werde noch heute Abend diese ungeheuerlichen neuen Reichtümer vor *meme* und *oumeme* ausbreiten.» Er lachte verhalten.

Sole kuschelte sich an ihn. Sie liebte dieses leise zärtliche Lachen. Leicht rieb sie die Nase an seiner. Durch den Geruch seiner Haut fühlte sie sich beschützt und getröstet.

«Du musst jetzt schlafen, damit du schnell gesund wirst.»

Er stand schon in der Tür, als er sich noch einmal umdrehte und traurig sagte: «Übrigens, wir gelten zwar hier als verheiratet, aber du hast ein Kind verloren, und deshalb brauchst du dich nicht mehr an die Ehe gebunden zu fühlen.»

Sole starrte ihn ungläubig an.

In der gleichen Sekunde flog ein grauer Vogel mit buntem Schopf mit einem lang gezogenen *quäää* an ihm vorbei, in ihre Hütte hinein. Richard begann wieder zu lachen. Er kam zurück, beugte sich über Sole und küsste sie.

«Es ist ein *go-away-bird*. Einer, der alles und jeden verscheucht. Einen besseren Wächter für eine Ehefrau und Geliebte kann man sich nicht vorstellen. Großmutter oder *kalunga*, einer von beiden muss ihn mir geschickt haben.»

«Großmutter oder *kalunga*», wiederholte Sole etwas unwillig, «schon wieder die beiden. Hör zu» – sie richtete sich ein wenig auf –, «schreib es auf die Dorftafel, dass mein Papa meine Mitgift um weitere zwei Rinder, also auf sechs stramme Kerle insgesamt erhöht, weil ich unwiderruflich eingewilligt habe, deine Frau zu bleiben. Vielleicht lassen sich ja die Viecher über meine Kreditkarte in Windhoek kaufen, oder wir beide gehen auf eine Auktion, wenn ich wieder okay bin.»

Richard kniete sich wieder zu ihr hin, grinsend.

«Du bist eine raffinierte *katiti ombappa*. Über eine so hohe Mitgift wird hier noch in Jahrzehnten gesprochen werden. Zita und Merlene werden sie annehmen müssen und das ganze Dorf wird grenzenlos mit *meiner* Frau angeben.»

Sole zog die Nase hoch, weil sie nicht wollte, dass ihr die Tränen in die Augen stiegen. «Meine *Ovahimba*-Mama würde vielleicht sagen: Wie kann man nur als nichtafrikanische Schwangere in einem Monat, dessen Namen mit einem *R* endet, die Hütte eines Afrikaners betreten. Oder vielleicht: Mein Kind, das alles ist nur passiert, weil du vergessen hast, dreimal um die Dorfpalme zu laufen, oder: Mit welchem Fuß ist dein Mann am Abend zuvor in seinen Schlafsack gehüpft, oder –»

«Sie könnte in allem Recht haben», flüsterte Richard, und endlich sah Sole wieder die kleinen Kobolde in seinen Augen tanzen.

«Mein afrikanischer Mann», sagte sie leise, «gib mir Zeit zum Gesundwerden und dann sollten wir endlich alles regeln.»

Richard legte sich neben sie und Sole kuschelte sich tief in seinen Arm. Lange sprachen sie kein Wort. Vereinzeltes Vogelgezwitscher drang zu ihnen herein, wie auch das leichte Rauschen der Baumkronen, und dann kam die Stille, wie sie nur ein afrikanisches Dorf hervorbringen kann. Sole fühlte ein starkes Glücksgefühl in sich aufsteigen.

«Ich möchte mit dir auf einer zugefrorenen holländischen Gracht Schlittschuh laufen», flüsterte sie und wusste sofort, dass der sehnsüchtige Klang in ihren Worten Heimweh nach einer Rückkehr nach Deutschland *gemeinsam mit* Richard war. «Und die Stadt Petra besuchen. Zwischen den Felsbehausungen Dinge aus der Vergangenheit finden, die du mir dann erklären musst. Ich möchte auch mit dir an der Klagemauer von Jerusalem stehen und anschließend an der Bar im *King David** eine *Bloody Mary* trinken. Es ist für mich die schönste Stadt der Welt. Ich möchte, dass meine Freunde auch deine Freunde werden» – sie machte eine Pause –,

* Hotel in Jerusalem

«und ich möchte ein Kind vor dir. Irgendwann, aber dann sollten unsere beiden Familien auch glücklich darüber sein.»

Richard hielt sie fest in seinen Armen. Über ihren Kopf hinweg flüsterte er: «Einmal im Jahr, um euer christliches Weihnachtsfest herum und wenn bei uns der erste Regen gefallen ist, gibt es in dem schwarzen Afrika die *verzauberte Nacht*. In dieser Nacht *schläft* die Natur für eine Stunde. Der große Kunene hört auf zu fließen, das Gras wächst nicht weiter, die Bäume strecken sich nicht mehr, und die bösen Geister werden mit Starrheit belegt. Das ist die Nacht, wo wir Menschen um ein Wunder bitten dürfen.»

Er begann mit der freien Hand über ihre Haare zu streichen und schloss mit den Fingerkuppen ihre Augen. Zart ließ er sie weiter über ihr Gesicht gleiten. Sole roch die Haut seiner Hand, spürte ihre Wärme.

«Jeder von uns möchte tausendmal diese Nacht mit tausend Wundern erleben.» Er drehte sanft ihr Gesicht zu sich her. «Ich habe noch nie um ein Wunder gebeten. Ich hatte nie den Wunsch danach. Aber jetzt, heute, mit dir, möchte ich um das Wunder bitten, mit dir zusammenbleiben zu dürfen.»

Er küsste sie auf die Augen und bettete vorsichtig ihren Körper in den Schlafsack zurück.

«Ich schlafe heute in der Hütte von *meme*. Du musst Ruhe haben. Morgen früh fahre ich mit einem Freund von Hardlife nach Windhoek. Ich versuche, so schnell wie möglich wieder zurück zu sein. Merlene und Zita werden sich um dich kümmern. Versuche, mit ihnen klarzukommen. Ich habe Großmutter den Autoschlüssel gegeben. Sie hat die richtige Autorität, aber du kannst ihn natürlich jederzeit haben, schon der Wäsche wegen.»

Sole betrachtete ihn nachdenklich. Irgendwie bewunderte sie ihn, wie er übergangslos diesen gewaltigen emotionalen Abstand schaffte, aber sie wusste, dass sie seine Entscheidung zu akzeptieren hatte.

«Vergiss nicht, die Büffel einzukaufen, damit ich meine Mitgift in die Sache mit dem *Klarkommen* einbringen kann.» Sie hatte Tränen in den Augen und fühlte sich plötzlich erschöpft.

Wieder lachte Richard. «*Katiti ombappa*, es sind Rinder, keine Büffel», und fort war er.

16 Missverständnisse

Merlene betrat schwerfällig die Hütte. Sie entfernte bei Sole die Blätter des gestrigen Tages, die noch zwischen ihren Beinen lagen, steckte sie in ein mitgebrachtes Säckchen und legte neue an ihre Scheide.

«Danke», sagte Sole und zog den mitgebrachten Holzteller mit der weißen Flüssigkeit an sich heran. Sie merkte, dass sie Hunger hatte, und es war ihr egal, wie es schmeckte. Auch störte sie der leichte Ziegengeruch nicht mehr. Einen Tag und zwei Nächte hatte sie durchgeschlafen, und sie fühlte sich so frisch wie lange nicht mehr.

«Heute mit fischen gehen?», fragte Richards Mutter. «Du musst aufstehen, laufen mit mir am Arm. Ganz wenig und dann wieder sitzen und ausruhen.»

«Ja», sagte Sole, «das ist eine gute Idee. Vielleicht kann ich mich dann auch im Fluss waschen.»

«Waschen nicht im Fluss, nie», meinte Merlene. «Mamochisane holt Wassereimer für Hütte.»

«Aber hoffentlich nicht den Palmeneimer», rutschte es Sole heraus.

Sie grinsten beide.

Merlene sagte: «Kein Palmeneimer, Eimer nur für Sole.»

«Du nennst mich ja bei meinem Namen», staunte Sole, «zum ersten Mal. Wie darf ich dich eigentlich nennen?»

«*Meme* für meine Kinder, alle», sagte die Mutter von Richard, «du jetzt meine Tochter.»

Sole hatte sich aufgesetzt und die Schale in die andere Hand genommen.

«*Meme*», begann sie und löffelte den Milchreis, der etwas ranzig schmeckte, «ich möchte mir aus dem Auto einige Sachen holen. Begleitest du mich? Dann wasche ich mich, und dann sehen wir weiter.»

Die beiden Frauen gingen langsam durch das Dorf, vorbei an vielen Hütten, vor denen emsig gearbeitet wurde. Man betrachtete sie neugierig, und manchmal rief ihnen eine Frau etwas zu. Merlene blieb aber jede Erwiderung schuldig. Sie hatte sich am Arm von Sole eingehakt und passte sich fürsorglich ihrem langsamen Schritt an.

Es war später Vormittag und der sonnendurchglühte Weg hin zu der schattigen Stelle unter dem Baum, wo Richards Auto stand, kam Sole vor wie der Übergang von einem Schmelzofen in einen Gefrierschrank.

Das Fenster am Fahrersitz war eingeschlagen. Sole sah sofort den Stein, der auf dem Polster lag, zusammen mit den Kabelsträngen, die aus dem Armaturenbrett heraushingen.

«*Kalunga*», zischte Merlene voller Verachtung, «und jetzt auch Diebe unter uns.»

«Ja», meinte Sole, «da hat sich wohl jemand stark für das Radio interessiert. Schade, dass auch das Fenster dabei draufgehen musste. Richard wird sauer sein.»

Sie ging zur Rückseite und schloss die Tür auf. Ihre Tasche stand gleich vorne, sodass sie nicht in den Wagen hineinkriechen musste. Sie zog einige Wäschestücke heraus und drückte die Tür wieder zu.

«*Meme*, sag mir, was oder wer ist *kalunga*?» Fragend schaute Sole Richards Mutter an.

«Wir sofort zu Zita», erregt griff die Schwarze nach Sole, riss ihr die Sachen aus der Hand, warf sie auf den Boden und zerrte sie hinter sich her. Immer wieder schüttelte sie den Kopf, schien ratlos zu sein und beschleunigte ihre Schritte, dass Sole Schmerzen in ihrem Unterleib verspürte.

«*Kalunga* ist böse mit unser Dorf. Ich weiß es.» Wütend presste sie die Worte hervor, mehr zu sich als zu Sole, die wieder fragte: «Wer, verdammt, ist *kalunga*?»

Richards Mutter antwortete erst nach einigem Nachdenken. Sie bückte sich, um dem Ast einer Fächerakazie auszuweichen. Dann schüttelte sie den Kopf, ungläubig und ängstlich zugleich. «*Kalunga* ist *nawa**, ist höchstes Wesen, gerechtes Wesen. Gut mit Zita. Ist zuständig für Regen, gut oder schlecht. Ist zuständig für Tiere, gut oder schlecht. Ist zuständig für uns Menschen hier. Auch gut oder schlecht. Und immer gut zu Dorf.»

* Gut

Sie blickte Sole unsicher an.

«Warum deine Fehlgeburt? Warum Zita Angst, dass Besuch von weißer Haut schlecht ist für uns. Vielleicht Dämonen dich begleiten. Wir hier wohlhabendes Dorf. Jetzt Diebe hier. Erst Dinge stehlen, dann vielleicht unser Glück? Wir doch alles gemacht, was *kalunga* wollen. Blut deines Kindes nicht in Dorf geflossen. Blut vergraben, keiner weiß, wo, nur Zita.»

Sie betrachtete Sole unglücklich. «Zita wird wissen. Du kommen mit.»

Schnell liefen sie zurück, und Sole bekam Herzklopfen, als Merlene und sie auf die Hütte der *omupuliki* zustürmten.

Sole sah als Erstes, dass die alte Frau wieder den grauen Kaftan trug, den sie während der Fehlgeburt flüchtig zwischen den Schmerzwellen an ihr gesehen hatte. Wieder war auch der kleine vogelartige Kopf mit einem Turban umschlungen. Um ihren Hals hingen eine vertrocknete Schlangenhaut, weiß mit schwarzen welligen Streifen. Es muss eine Zebraschlange sein, ging ihr flüchtig durch den Kopf. Richard hatte irgendwann einmal erwähnt, dass diese Reptilien über zwei Meter weit gezielt spucken können und dass ihr Biss absolut tödlich ist. Aber alle Laboratorien würden sich um dieses Gift reißen, weil es für die Humanmedizin sehr wertvoll ist.

Es war offensichtlich, dass Zita sie erwartete.

Wie eine Rachegöttin stand sie in der Öffnung der Hütte. Kerzengerade, der Mund ein einziger Strich, und aus den schwarzen Augen schossen ihnen Blicke entgegen. Böse, wie es Sole schien. Merlene ließ sie los und trat zur Seite. Sie hatte die Augen gesenkt, und ihre plötzliche Unterwürfigkeit berührte Sole seltsam.

Ich habe keine Angst, dachte sie, bei Gott, nein, aber ich muss etwas tun, etwas Auffälliges, damit diese selbst ernannte Zauberin innehält und noch einmal nachdenkt, bevor sie damit beginnt, mir durch ihre Magie Schaden zuzufügen.

Spontan legte sie beide Hände auf ihre Brust, schaute der Alten in die Augen, sog sich an ihnen fest und begann überlaut zu deklamieren: «Zu Dionys, dem Tyrannen, schlich Damon, den Dolch im Gewande, ihn schlugen die Häscher in Bande. Was wolltest du mit dem Dolche, sprich, entgegnete finster der Wüterich. Die Stadt vom Tyrannen befreien. Das sollst du am Kreuze bereuen –»

Sole sprach den Vers in einem Atemzug, aber dann musste sie innehalten, um Luft zu holen. Sie fixierte Zita weiter und fuhr fort: «Ich bin, sprach jener, zum Sterben bereit und bitte nicht um mein Leben, doch willst du Gnade mir geben, so bitte ich um drei Tage Zeit, bis ich die Schwester dem Gatten gefreit. Den Freund lass ich dir als Bürgen –»

Zita betrachtete sie finster, und es ging nicht eine einzige Bewegung von ihr aus.

Sole hielt inne und rang nach Luft. Für eine Sekunde war sie unschlüssig, was sie tun sollte, aber dann breitete sie die Arme aus, reckte den Kopf nach oben und schrie mit der ganzen Kraft, die in ihr war, in die Richtung der beiden Frauen: «*Ihn* magst du, entrinn *ich*, erwürgen.»

Sole keuchte übertrieben. Aber sie zitterte auch, und das war nicht gespielt. Und dann tat sie etwas Erstaunliches. Sie beugte ihren Kopf und kniete sich nieder. Direkt vor die Füße der *omupuliki, der Heilerin aller vier Ebenen* des Dorfes von Richard Shapake.

Zita rührte sich nicht. Nicht eine Gemütsbewegung war ihrem Gesicht anzusehen. Sole schielte ein wenig zu Merlene hin, wollte wissen, wie diese Vorstellung bei ihr angekommen war, und bemerkte einen Hauch von Überraschung.

«Weiße Frau von *oonzi* Mut», murmelte ihre Schwiegermutter, drehte sich um und ging.

Zita trat einen Schritt auf Sole zu. «Komm in meine Hütte, wir miteinander reden.»

Als Sole die von Richard beschriebene Kuckucksuhr sah, war sie beruhigt. Fast alle Tanten aus ihrer Familie hatten eine, und jede war alt und nett. Wo eine Kuckucksuhr hängt, kann mir nichts Böses passieren, dachte sie und fragte Zita, ob sie sich auch setzen dürfte, weil diese bereits in die Hocke gegangen war. Zita zischte etwas Ablehnendes, aber Sole hatte sich schon niedergelassen. Ihr war klar, dass sie konsequent in das Spiel dieses alten Drachens einsteigen musste, damit sie überhaupt den Hauch einer Chance bekam, akzeptiert zu werden. Und sehr wichtig erschien es ihr, der Alten zu zeigen, dass sie keine Angst hatte.

Ich könnte mir im Gegenzug zu ihren eventuellen Gemeinheiten *auch* eine Menge Dinge ausdenken, überlegte sie und ließ Zitas Gesicht nicht eine einzige Sekunde aus den Augen. Vielleicht Sackhüpfen mit Helau-Rufen durch das Dorf oder Topfschlagen im Takt mit dem gepfiffenen Radetzky-Marsch, Kopfstand mit Überschlag um die Dorfpalme herum, Steppen mit einem unsichtbaren Fred Astaire im Arm. Sole wusste, dass sie renitent war. Du kriegst mich nicht, begehrte sie innerlich auf, ich kann viele kuriose Dinge von der Leine lassen.

Sie saßen sich wortlos gegenüber. Trotz aller Kampflust war Sole etwas mulmig zu Mute. Der steingefasste Feuerkreis war voller ausgebrannter Asche, die bei der kleinsten Bewegung sanft hochgewirbelt wurde und sich ebenso sanft wieder niederließ. Die Alte blieb stumm, aber Sole bemerkte, dass es die Asche war, die sie so angestrengt beobachtete.

«Ein Volk, das seine Vergangenheit vergisst, hat keine Zukunft», murmelte Zita nach endlos langer Zeit, «und man lernt auch nicht vom Reden, sondern von Generation zu Generation. Was willst du also von uns?» Sie schaute Sole zum ersten Mal hier in ihrer Hütte direkt ins Gesicht.

Sole war über diese Frage verblüfft. Was sollte sie schon von diesem Dorf wollen, in dem sie und Richard mehr oder weniger gestrandet waren.

«Nichts», sagte sie.

«Das nicht glauben», brauste die Alte auf. «Du stark. Stärke will immer verändern, also fühlt sich *kalunga* von dir herausgefordert. Vor drei Tagen Kuh gekalbt und ist dabei verendet. Und jetzt wir einen Dieb unter uns.»

«Und du glaubst, dass ich an allem schuld bin?», rief Sole empört und merkte nicht, dass ihre Stimme ebenfalls laut geworden war.

Herrisch winkte die Alte ab. «*Kalunga* redet mit *mir* in diesen Zeichen, wie willst *du* sie mit deiner weißen Haut verstehen?»

Dann schwieg sie wieder, und auch Sole beschloss, sprachlos zu werden und abzuwarten. Zita nachahmend, verschränkte Sole ebenfalls Arme und Beine ineinander und starrte regungslos auf die Welt, die sich ihr draußen durch die schmale Hüttenöffnung zeigte. Was hätte sie auch anderes tun sollen? Sie wusste noch nicht einmal, was man von ihr erwartete.

Rötlich leuchteten in der Ferne die verwitterten Felsen. Es musste jetzt Mittagszeit sein, denn die Hitze drückte machtvoll in die Hütte. Sole begann schläfrig zu werden. In ihren Ohren summte es, und die Geräusche von dem inneren Dorfleben vermengten sich mit Gedanken, die nicht mehr fassbar waren.

Plötzlich zuckte sie hoch, weil ein heißer Wind durch die Hütte jagte und ihr Sandkörner stechend ins Gesicht schlugen. Sie musste eingeschlafen sein, vielleicht durch die abgestandene heiße Luft in der Hütte. Zita saß jetzt neben ihr. Wann hatte sie ihre Position verändert? Sie schien zu schlafen, oder war sie etwa tot? Sole rückte näher an sie heran, um ihren Atem zu prüfen. Nein, sie schlief, aber ihr Atem war wirklich kaum zu hören.

Es war alles so unwirklich. Draußen war die Welt in ein staubiges Blau gehüllt, der Wind wurde heißer und stärker.

Sole trug ein ärmelloses T-Shirt und kurze Shorts, und schnell klebte dieser gottverdammte Sand wie Melasse auf ihrer nackten Haut. Feine Körner waren ihr bereits in die Augen gedrungen und begannen jetzt auch, sich in ihrer Nase festzusetzen. Wenn sie auf die Zähne biss, knirschten sie. Sole begriff, dass Zita und sie buchstäblich überfallen wurden. Sie runzelte die Stirn.

Bei der Geschwindigkeit, wie dieser Sand durch diesen merkwürdigen Wind in die Hütte getragen wurde, würden sie in der nächsten Stunde darunter begraben sein. Bei diesem Gedanken wurde ihr unbehaglich zu Mute. Was, um Himmels willen, sollte sie tun?

Zita regte sich noch immer nicht, und Sole war jetzt davon überzeugt, dass sie ohnmächtig geworden war. Oder befand sie sich in Trance? Das soll es ja geben.

Unschlüssig blickte sie durch die Türöffnung. Draußen war kein Mensch, den sie um Hilfe bitten könnte, abgesehen davon würde der heulende Wind sowieso jeden Ruf von ihr verschlucken. Sie sah, wie sich die Äste im Sturm bogen, wie Sand und Erde aufgewirbelt wurden und entfesselt durch das Dorf fegten und sich das Tageslicht in ein unwirkliches Dunkelblau verfinsterte.

Sie zog Zita vom Eingang weg und legte sie auf die Matte, die sie in der hinteren Ecke entdeckte. Mit jeder Bewegung, die sie verrichtete, peitschte mehr Sand gegen sie und füllte die Hütte. Sie musste die Öffnung abdecken, aber womit? Der Sand war verrückt geworden. Es war ihr und Zitas Feind.

Sole sah eine kleine Truhe in der Ecke der Hütte stehen. Durfte sie sie öffnen? Eigentlich nicht, aber vielleicht ließ sich etwas finden, womit sie den Eingang der Hütte notdürftig schließen konnte. Hastig durchwühlte sie den Holzkasten und fand schließlich eine Felldecke, die sie gegen den Wind in die Öffnung presste. Sie bemerkte angenähte Bänder an beiden Seiten, die sich an den Haken der Holzrahmen festbinden ließen. Offensichtlich die Wintertür der Alten, dachte sie und war erleichtert, weil es ihr damit gelang, Sturm und Sand draußen zu halten. Der Sauerstoff wird allerdings noch weniger werden, befürchtete sie und merkte, wie die stickige Luft unangenehm ihre Lungen füllte.

Die alte Frau machte ihr Sorgen. Sie hatte die Augen weit geöffnet, aber sie nahm nichts wahr. Weder Sole noch die Umgebung. Die Arme hatte sie fest an den Oberkörper gepresst und die Finger waren unnatürlich ineinander verkrallt. Sie wirkte wie eine Mumie, der man vergeblich versucht hatte, den Anschein von Lebendigkeit zu geben.

Sole überlegte.

Sie ist im Hellen eingeschlafen oder ohnmächtig geworden. Wenn sie aufwacht, was hoffentlich bald sein wird, könnte sie über die Dunkelheit hier in ihrer Hütte verwirrt sein. Vielleicht sollte ich sie in die Arme nehmen, um sie sofort beruhigen zu können.

Also setzte sie sich an die Holzwand und zog die Alte vorsichtig zu sich herüber. Als sie sie umfasste, merkte sie, wie dünn und knochig sie war. Wie eine gläserne Gestalt, dachte Sole und wunderte sich über ihre plötzliche Zuneigung für diese rabiate Frau, die ihr das Leben so schwer machte.

Ihr fiel ein, dass sie früher als Kind bei einem nächtlichen Gewitter immer zum Bett ihrer Eltern gelaufen war. Papa hatte sie schon erwartet und sein Kopfkissen in die Mitte gelegt, und Mama hatte die Decke über sie geschlagen. Beide lagen dann ihr zugewandt und hatten ihre Arme über sie gelegt. Nie hatte sie sich beschützter gefühlt als in diesen Momenten. Mein eigenes Kind konnte ich nicht schützen. Ich habe es verloren, bevor ich es lieben konnte. Der Gedanke bestürzte sie. Zum ersten Mal gestattete Sole sich, daran zu denken, und zum ersten Mal war der Schmerz nicht körperlich. Ich hätte ein Kind gehabt, und es hätte mein Leben verändert, dachte sie. Soll ich mit Hannes darüber reden? Wann? In Windhoek oder in Deutschland? Er wird mich schuldig sprechen. Ich weiß es genau.

Sole weinte und bemerkte es nicht.

Sie blickte auf die alte Frau, die in ihren Armen lag. Sie war ihr anvertraut worden, von wem auch immer. Hier im tiefsten Afrika. In deren Hütte. Hinter einem schützenden Vorhang. Eine alte Schwarze, ohne jede Bedeutung für die schnelllebige westliche Welt. *Man lernt nicht vom Reden, sondern von Generation zu Generation*, hatte sie ihr zugefaucht – und Recht gehabt! Der Turban löste sich, und behutsam streichelte Sole ihre Haare, das Gesicht mit den Furchen und die mageren Schultern. Zart hielt sie die *omupuliki* dieses Dorfes umschlungen, wiegte sie hin und her. Plötzlich war sie bereit, ihre mystische Unerbittlichkeit zu akzeptieren, mehr noch, sie begann, ihr stures Festhalten an alten Traditionen zu bewundern.

Und ohne dass es ihr bewusst wurde, nahm Sole die klassische Position einer Eingeborenen ein.

Sie wartete.

«*Kalunga* ist einverstanden.»

Sole schreckte bei den Worten hoch und blickte in glühende Augen, die zu einer plötzlich wieder lebendig gewordenen Zita gehörten. Sie wand sich aus Soles Armen und betrachtete aufmerksam den Sand auf dem Boden wie auch die Felldecke, die in der Hüttenöffnung hing.

«Gut, gut», sagte sie und riss die Bänder los. «Komm raus», befahl sie Sole, die ihr folgte, ohne etwas zu sagen.

Der Sturm war vorbei, aber der mitgeführte rote Sand hatte das

Dorf zu einem utopischen Gemälde werden lassen. Wege und Plätze, die Laubdächer der Hütten und selbst die mächtigen Palmenwedel waren mit feinem rotem Sand überzogen. Rot gepuderte Schafe liefen blökend über den Dorfplatz, und die vormals weißbraun gefleckten Ziegen sahen aus, als hätte man einen Farbtopf nach ihnen geworfen.

Einige Frauen waren damit beschäftigt, die Hütten auszufegen, und es roch auch bereits wieder nach Holzfeuer und Körperwärme. Selbst die Sonne war wieder zu sehen. Sie stand knapp über dem Horizont und brachte die abziehenden Wolkenfelder zum Glühen.

Zita rief mehrmals mit energischer Stimme durch das Dorf. Vereinzelt erhielt sie Antwort, die sie zu befriedigen schien. Schnellen Schrittes und Sole an der Hand, stapfte sie in Richtung Kälbergehege.

«Mach es fett, wir werden es demnächst *kanga* bringen», sagte sie auf Deutsch zu dem jungen Mann und zeigte auf das kleine Tierchen ohne Mutter, dem gerade versucht wurde, einige Tropfen Milch einzuflößen. Der Junge senkte den Kopf, und Sole hörte, wie er unterwürfig *«eeno omupuliki»* sagte und Milch in das Gefäß nachschüttete.

«Merlene», rief Zita gebieterisch über den Platz, «mach für uns etwas zu essen. Ich muss mit Sole reden. *Kalunga* will, dass ich mit ihr zu *kanga* gehe.»

Verschwörerisch blickte sie Sole an, zum ersten Mal ohne Misstrauen und Abwehr. «Wenn ich deutsch rede, Leute wissen, dass alles höchst wichtig.»

Sole nickte seufzend. Mein Gott, wer oder was ist nun wieder *kanga*? Sie wollte in ihre Hütte, denn ihr Bauch begann zu schmerzen, wahrscheinlich wegen des langen Sitzens. Sie sagte es Zita, die sie durchdringend ansah und meinte, dass sie später mit Merlene zu ihr kommen würde.

«Ich erst Auto von Richard schützen», sagte sie, drehte sich um und bellte herrisch einige Namen in die Luft. Sole lief in ihre Hütte, kroch erschöpft in ihren Schlafsack und war sofort eingeschlafen.

Als Sole wach wurde, saßen ihr Zita und Merlene mit übereinander geschlagenen Beinen gegenüber. Sie hatten den Vorhang zurückgebunden, und die warme afrikanische Nacht füllte angenehm ihre Hütte. Es war, als hätte es den Sturm nie gegeben.

«Ein böser Dämon gleichzeitig mit dir in das Dorf gekommen. Ich nicht sofort bemerkt, weil dachte, die Veränderungen von dir.»

Sole wusste nicht, wie lange die beiden Frauen schon bei ihr waren, und roch etwas Seltsames an ihnen.

«Es ist *kari*», sagte Zita ruhig, und zu ihrer Tochter gewandt: «Geh nach Hause, du wirst gleich in deinen langen Schlaf fallen.»

Merlene rappelte sich gehorsam hoch. Sie strich Sole leicht über den Kopf und verließ die Hütte. Zita rückte eine Holzschale zu Sole hin.

«Trink», befahl sie, «du morgen wieder gesund.»

Warum bin ich bei dieser Frau nur so folgsam, fragte sich Sole und schlürfte unter ihrem strengen Blick ein bitteres Gebräu in sich hinein, das offensichtlich mit diesem ekligen afrikanischen Bier versetzt war.

«Böser Dämon in zwei Frauen gefahren. Sie erst gestritten, dann geschlagen. Dann sich mit Sand beworfen. In Augen und Nase. Hat sie am nächsten Tag krank gemacht. Dann Kuh verendet, du Kind verloren. Dann Dämon in Mann gefahren. Ältester Sohn von junger Schwester von erster Mann Merlene hat gestohlen Radio aus Auto von Richard. Dann Sturm. Aber *kalunga* mir gesagt, alles das musste sein, damit ich, die *omupuliki*, weiß, dass du stark und gut für unser Dorf und daher auch gut für Zita.»

Die alte Frau sah Sole bezwingend an. «Zita alt.»

«Ja», meinte Sole und fühlte sich bei dieser Feststellung ziemlich überflüssig, «und wie soll ich dir helfen?»

«Morgen vielleicht. Oder anderer Tag», sagte Zita und erhob sich. An der Öffnung drehte sie sich noch einmal um.

«Du gute Hände. Lagen auf meinem Körper. Und auf Seele. Du nicht zugelassen, dass Dämon in meine Hütte kam. Ich konnte ruhig zu *kalunga* gehen.»

Sie trat hinaus, und sofort hatte die Dunkelheit sie verschluckt.

Es musste ein Zaubertrank gewesen sein, den Sole von Zita erhalten hatte, denn ihr fielen die Augen sofort wieder zu. Als sie am nächsten Morgen wach wurde, war sie frisch und ausgeruht und hatte keine Schmerzen mehr. Aus den anderen Hütten drang das bekannte Rumoren, das sich mit dem leisen Gemurmel der Frauen vermischte. Ein Hund bellte und Kinderlachen wehte durch die Luft. Alles war vertraut, und Sole kroch erleichtert aus ihrem Schlafsack.

Vor der Hütte standen zwei voll gefüllte Wassereimer.

Nagare oder Mamochisane, fragte sich Sole. Egal, aber es geschah bestimmt auf Anordnung von Zita. Warum nur war dieser Drachen plötzlich so lieb zu ihr?

Sie beschloss, vor dem Waschen zu der alten Frau hinüberzulaufen, damit sie ihr das Auto aufschließen und sie sich neue Wäsche herausholen konnte. Aber genau in dieser Sekunde stand sie vor ihr, und Sole zuckte fast schuldbewusst zusammen.

«Du nicht an Auto gehen, du mir sagen, was du haben möchtest.»

Sie kicherte.

«Ältester Sohn von junger Schwester von erster Mann Merlene hat Radio zurückgebracht. Aber ich trotzdem gestern Nachmittag noch Puffotter gefangen, lebendig. Allen gezeigt und dann in Auto gelegt. Keiner wird mehr an Auto gehen und stehlen wollen. Puffotter Acht geben.»

Entsetzt schlug sich Sole die Hand an den Mund und dachte an den Zwischenfall mit Hannes. Sie sah Zita an.

«Was willst du aus Auto?», fragte die alte Frau, «muss gleich Schlange Wasser bringen, damit sie wachsam bleiben.»

«Bringe mir bitte die Tasche mit, die hinten rechts steht», brachte Sole mühsam heraus, «aber prüfe, um Gottes willen, vorher, ob sie sich nicht zufällig darin eingenistet hat.»

Zita blickte sie merkwürdig an. «Du Angst, immer noch. Wir dir nehmen müssen, bevor zu *kanga* gehen.»

Sole saß in ihrer Hütte und grübelte über die neue Freundlichkeit von Zita nach. Richard war jetzt drei Tage fort, und nach wie vor hatte sie das unheimliche Gefühl, allein gelassen zu sein, sowie sich die Dunkelheit über das Dorf senkte. Nicht nur, dass sie panische

Angst vor Schlangen hatte, die ohne weiteres unbemerkt in ihre offene Hütte kriechen konnten – an den Puffotterpolizisten in Richards Auto durfte sie erst gar nicht denken –, nein, es waren die vielen Menschen mit der schwarzen Hautfarbe.

Sie machen mich nervös, gestand sie sich ein, und sie wollte sich von ihnen auch nicht berühren lassen. Hatte Zita überhaupt Einfluss auf sie? Vielleicht rasteten sie nach dem Genuss von *kari* aus und überfielen Frauen. Weiße weiße Frauen. Vielleicht sie?

Sole nahm sich ein Buch, wollte sich ablenken, aber Merlene kam schon ziemlich früh, um ihr etwas zu essen zu bringen. Sie schien ihre gedrückte Stimmung zu spüren, denn sie war ungewöhnlich sanft zu ihr und bemerkte nebenbei: «Zita meinen, du vielleicht morgen Lust mit Kinder sammeln gehen?»

«Sammeln gehen?», fragte Sole leicht aufsässig. «Und was? Vielleicht *kanga*?»

Meme lächelte nachsichtig. «In dieses Monat wir sammeln Ameisen, Heuschrecken und andere Insekten. Dann auch Beeren und Wurzeln. Die alle jetzt reifen.»

«Schön, und warum?»

«Du weißt es *immer* noch nicht?», fragte Richards Mutter verwundert und verließ die Hütte.

Aus den Hütten war am Abend kein Laut zu hören. Es war, als ob die Mondsichel jedes Geräusch aufsaugte. Das leise Gemurmel fehlte völlig, was auch Sole bemerkte. Hier und da vielleicht ein leises Rascheln eines Nachttieres, oder das leichte Flügelschlagen eines Vogels, der seine Stellung veränderte.

Sole kramte nach der Taschenlampe. Sie wollte sich ablenken, und das konnte sie am besten beim Lesen. Sie vertiefte sich in das Buch, und es gelang ihr wirklich, Abstand zwischen sich und ihrer Umgebung zu schaffen. Die Zeit verging, und sie wurde ruhiger. Doch dann blickte sie irritiert auf, weil sie meinte, ein Geräusch gehört zu haben.

Zita stand vor ihr. Wieder in ihrem grauen Kaftan. Und wieder hatte sie dieses Glühen in ihren Augen.

«Komm», forderte sie und zog Sole die Decke weg, in die sie sich gehüllt hatte. «Zieh dir etwas über, wir kommen spät zurück.»

Sie gingen durch das dunkle menschenleere Dorf, ließen den Holzzaun hinter sich und liefen über das angrenzende Stück Savanne. Zita schlug den linken Weg ein, den Sole schon vom Wasserholen kannte, bog aber dann nach rechts ins Gebüsch, sie fest an der Hand haltend, und sie zwängten sich durch das kratzende Dickicht.

Sole wollte gerade protestieren, schon deshalb, weil es für die alte Frau anstrengend sein musste, denn sie keuchte heftig, und Sole spürte, dass ihre Hand feucht war. Aber dann traten sie unvermittelt auf eine Lichtung, die von einer kleinen Feuerstelle schwach beleuchtet war. Erst auf den zweiten Blick erkannte Sole, dass viele Menschen drum herum saßen und dass sie sich nicht bewegten. Irgendwie hatte Sole das Gefühl, dass alle gewartet hatten, denn alle blickten sie und Zita ernst an.

Die Stille war Sole unheimlich. Überhaupt war ihr alles unheimlich. Ihr wurde eiskalt, und sie begann zu zittern, als sie in das Weiße der Augen blickte, das sie schon im Dorf der *Ovahimba* beunruhigt hatte, das ihr immer im Dunkeln Angst einflößte.

Eine Frau stand auf, und Sole erkannte Merlene, die langsam auf sie zukam. Durch Zita ging ein Ruck. Kerzengerade stand sie vor dem Kreis, trat dann mit Sole hinein und zog ihren Arm hoch.

«Das ist die Frau des ersten Sohnes des ersten Mannes meiner einzigen Tochter.» Sie hielt inne. Dann begann Merlene mit monotoner Stimme zu reden und Sole nahm an, dass sie den Menschen am Feuer die Worte von Zita übersetzte.

«Sie trägt die weiße Haut, und sie kam mit einem Kind unter dem Herzen.»

Wieder übersetzte Merlene, und Zita schritt langsam mit Sole den inneren Kreis ab.

«Eine Kuh starb beim Kalben. Streit fuhr in zwei von unseren Frauen, und sie wurden krank. Ein Dieb war unter uns. Die Frau meines Enkels verlor ihr Kind, das nicht von unserer Rasse war.»

Sole erstarrte. Woher wusste Zita das?

«Aber nicht *kalunga* hat es ihr genommen, nicht *kalunga* hat Streit geschickt, nicht *kalunga* hat töten die Kuh. Es war der böse Dämon, der meine Stärke brechen wollen.»

Zita fuhr fort, als Merlene schwieg. «Und dann kam der rote

Sturm. Ich lag schwach in meiner Hütte, aber diese Frau hier an meiner Hand war stark, trotzte dem Dämon. Sie hat mich beschützt, und damit das ganze Dorf.»

Merlene hob fast beschwörend die Arme, und die Dorfbewohner murmelten leise.

Aus den Augen von Zita sprühten Blitze. «*Kalunga* hat es gefallen, *katiti ombappa* den Wert zu geben, zu uns zu gehören, in uns aufzugehen. Trotz ihrer weißen Haut.»

Merlene übersetzte wieder, und noch in die letzten Worte hinein begannen die Leute erregt miteinander zu sprechen. Sole konnte nicht heraushören, ob es Zustimmung oder Ablehnung war. Zita wartete kurz ab, wie eine Dompteuse, kam Sole in den Sinn, und fuhr fort: «Aber *kalunga* hat auch gefordert» – prüfend glitten ihre Augen über die Menschen –, «dass wir gemeinsam darüber abstimmen.»

Es kam Sole merkwürdig vor, wie die alte Frau hier, im Kreis der Dorfbewohner, so selbstverständlich Richards Kosenamen für sie aussprach, und die sofort eintretende Stille war ihr nicht geheuer.

Ein, wie ihr schien, uralter Mann erhob sich. Es war der ungeduldige Häuptling, der sie in den vergangenen Tagen noch nicht einmal beachtet hatte. Mühsam auf einen Stock gestützt, mit dem er ab und zu in ihre Richtung fuchtelte, redete er in abgehackten Sätzen in die Nacht, mal krächzend leise, dann wieder in hohen schrillen Tönen. Er setzte sich wieder und schien zu erstarren.

Die junge Frau neben ihm stand auf. Es war Nagare.

Sie hielt die Augen gesenkt. Ihre Stimme war leise und weich. Auch sie redete nicht direkt einen bestimmten Menschen an. Sole hatte aber das Gefühl, dass die junge Wasserträgerin für ihr Bleiben in der Dorfgemeinschaft sprach. Nacheinander erhoben sich ernst und bedächtig die Männer und Frauen des Dorfes und trafen ihre Entscheidung über Soles zukünftige Stellung in ihrer Sippe.

Richards Großmutter zog Sole zum jeweiligen Redner hin, und wenn er geendet hatte, nickte sie kurz mit dem Kopf und trat zum Nächsten. Einmal drückte sie kräftig Soles Hand, und Sole nahm an, dass sich jetzt die Mehrheit der Dorfbewohner für ihr Bleiben ausgesprochen hatte, obwohl zwei Frauen und drei Männer noch nicht zu Wort gekommen waren.

Dann aber hatten alle ihre Meinung gesagt, und Sole spürte an Zitas Verhalten, dass die Mehrheit auf Zitas Seite stand.

Die Heilerin trat mit Sole näher an das Feuer heran und ließ zum ersten Mal deren Hand los. Merlene zupfte von hinten an Soles Sweater, zog ihn über ihren Kopf und drängte sie, auch das weiße T-Shirt auszuziehen. Mit nacktem Oberkörper stand Sole in dem Kreis und fühlte sich alles andere als wohl.

Zita bückte sich und zog ihre Finger durch die abseits liegende, ausgekühlte Asche. Mit leichtem Druck begann sie an Soles Stirn, glitt über die Augen, die Wangen, den Mund. Immer wieder beugte sie sich hinab, um die Fingerkuppen in die Asche zu tauchen. Dann strich sie über den Hals, die Schultern, die Brüste.

Laut rief sie: «*Oonzi* hat diese Frau zu uns ins Dorf gebracht. Er hat ihr den Namen *katiti ombappa* gegeben, und es ist der Wille von *kalunga*, dass diese Frau bei uns bleibt. Sie ist unsere Schwester, wie ihre Söhne und Töchter unsere Kinder sein werden. So will es das Schicksal, so soll es ab heute sein.»

Immer noch missmutig reichte ihr der Häuptling eine große metallene Platte, die sie mit beiden Händen über ihren Kopf hielt. Regungslos, die Augen geschlossen. Eine Minute, zwei, drei. Unbeweglich und ohne jede Mimik stand sie da. Worauf wartet sie, dachte Sole unbehaglich und wagte ebenfalls nicht, sich zu bewegen. Plötzlich traf ein Lichtstrahl auf die Platte. Zita wirbelte herum und richtete ihn auf Sole. Es waren nur Bruchteile von Sekunden, aber ihre Gestalt leuchtete in der Dunkelheit wie der Feuerkranz der Wüstensonne. Sole war verblüfft. Sie kniff ihre Augen zusammen und rieb sich die Arme, denn sie spürte noch den Hauch der Wärme, der über sie geflossen und sich dann blitzschnell wieder von ihr entfernt hatte.

Diesmal ertönte zustimmendes Raunen.

Zitas Augen glühten, aber Sole spürte, dass sie am Ende ihrer Kräfte war. Vorsichtig umfasste sie die Frau an den Schultern und wollte sie aus dem Kreis führen. Doch sie machte sich los, nahm in herrischer Gebärde dem Häuptling den Stock aus der Hand und stocherte die Glut so weit auseinander, dass die letzte Helligkeit abrupt verschwand.

«Wir müssen *katiti ombappa* die Angst nehmen», rief sie in die

Menge und wiegte ihren mageren Körper bei den Worten hin und her, «jetzt und hier, damit ihr Herz bei uns bleibt.»

Mein Gott, ging es Sole durch den Kopf, was passiert denn jetzt noch? Sie nahm der merkwürdig atemlosen Merlene dankbar T-Shirt und Sweater aus der Hand, um sich wieder anzuziehen. Dabei ließ *meme* etwas fallen, und Sole erkannte Richards Taschenlampe. Merlene grinste verschwörerisch, hob sie schnell auf und versteckte sie unter ihrem Kittel. Sole hatte verstanden. Der Lichtstrahl aus dem Busch, Merlenes Kurzatmigkeit. Sie musste auch grinsen. Schon stark, dachte sie, wie meine Schwiegermutter und meine Schwiegergroßmutter ihre eigenen Leute austricksen.

«Auf welchem Baum bist du gewesen?», raunte sie *meme* zu.

«Halt den Mund, *katiti ombappa*, und konzentriere dich auf *oumeme*», flüsterte Merlene zurück, bevor sie von der Dunkelheit verschluckt wurde.

Zita ergriff wieder Soles Hand.

«Wir wollen dir helfen», sagt sie, «du uns trauen, mir trauen. Jeder Einzelne jetzt mit dir in den Busch gehen. Jeder Einzelne von uns dir zeigen, wie *er* mit der Dunkelheit umgeht. Du lernen, auf Geräusche achten, sie bestimmen. Wir dir zeigen im Dunkel Konturen von Bäumen und Sträucher, aber auch von Tieren, die sich bewegen. Oder ruhen. Du lernen, ihnen zu begegnen oder ihnen aus dem Weg gehen. Schlangen verdienen unseren Respekt, also musst du sie akzeptieren. Aber nie vergessen, dass sie für uns Menschen Hilfe und Gefahr sind. Und wenn du und ich zu *kanga* gehen, musst du an den Umgang mit ihnen gewöhnt sein.»

Sie schaute Sole ernst an.

«Deine rechte Hand gehört Führer. Nagare immer deine linke halten. Sie dich begleiten, um unser Wissen in die Worte deiner Sprache zu setzen.»

Dann legte Zita die Hand von Sole in die Hand des Häuptlings, verbeugte sich leicht und trat zurück.

Weit öffnete Zita ihre Arme und rief in die Dunkelheit: «Es ist nicht nur *mein* Kind. *Katiti ombappa* ist auch *eure* Schwester. Sie braucht unsere Hilfe, bis sie uns verstanden hat.»

Stunde für Stunde wurde Sole in den Busch geführt.

Leise übersetzte Nagare das Gemurmel des jeweiligen Führers oder der Führerin. Der Mond war durch Wolken verdeckt. Ob auch hier Zita mit ihrem Zauber nachgeholfen hatte?

Sie sah Schatten in der schwarzen Nacht, die sie noch nie bemerkt hatte. Sie lernte, dass man ausspucken musste, damit sich im geringsten Nass das Sternenlicht widerspiegeln konnte. Nur so konnte für Bruchteile von Sekunden ein Hauch von Helligkeit die Dunkelheit brechen. Sie begriff, dass der Silberschimmer zum stacheligen Dickbusch gehörte, dem man besser aus dem Weg ging, damit die Dornen nicht die Haut aufritzten. Sie erkannte die vor ihr liegende offene Savanne am leichten Wind, der über ihre Arme strich, eine kleine Wasserstelle am Geruch, der intensiver war als zwanzig Schritte vorher.

Kleine Tiere liefen vor ihnen davon. Käfer und winziges Gewürm duckten sich und flohen vor ihren Füßen. Jedes Einzelne hat sein eigenes Leben, und es sollte nicht an ihr liegen, es zu beenden. So wurde ihr bedeutet. Sie lernte ohne Uhr die Stunde der Nacht anhand der Sterne zu bestimmen, und als die Wolken sich verflüchtigten, wies man sie auf den Gang des Mondes hin. Als ihr ein kleines Stachelschwein über den Weg lief, war sie selbst erstaunt, wie einfach es war, eine Bewegung im Dunkeln zu erkennen und ihr auszuweichen. Jedes Mal, wenn sie an den nächsten Führer weitergegeben wurde, legte den der vorherige sanft seine beiden Hände auf den Kopf.

Nagare wich nicht von ihrer Seite.

Als Sole einmal vor Müdigkeit stolperte, sie lief gerade an der Hand einer Frau, ließ Nagare anhalten und die drei Frauen setzten sich auf den Boden und betrachteten die Sterne. Die Führerin legte Soles Hand auf ihren Leib. Das brauchte Nagare nicht zu übersetzen. Sole streichelte die Wange der Frau und wünschte ihr Glück.

Das Schwarz der Nacht war einem Grau gewichen. In wenigen Momenten würde der Tag die Nacht ablösen, und der große funkelnde Lichtstrahl würde vom Osten her auf sie zugetanzt kommen.

Sole saß mit den Menschen *ihres* Dorfes im Kreis. Übernächtigt, aber trotzdem seltsam aufgekratzt und voller Emotionen, die sie nicht bestimmen konnte. Sie wartete mit ihnen.

Und sie hatte keine Angst mehr.

Und dann ging sie auf, die afrikanische Sonne, und es schien Sole, als sollte ihr Leben in diesem Moment, für diese Stunde, für diese Minute neu geformt werden. Sie sah, wie der strahlende Ball das kleine Gebirge in der Ferne überflutete und dann fröhlich zu ihnen herübergerollt kam. Sein Leuchten legte sich auf die dunklen Köpfe, dann auf die müden Gesichter der Männer und Frauen. Blitzschnell erfassten die ihn begleitenden Strahlen ihre hockenden Gestalten, umgaben sie mit Wärme und Geborgenheit.

Auch Sole, die mitten unter ihnen saß.

17 Katiti ombappa

Sole erwachte. Es musste noch früh am Morgen sein, denn die Akazie warf noch keinen Schatten, und nur ein einzelner Vogel zwitscherte in unregelmäßigen Tönen irgendwo in ihren Zweigen.

Der große magere Hund sah sie unbeweglich an.

«Was willst du? Hau ab.» Sole runzelte die Stirn. Ihr waren die lautlosen und unbeweglichen Hunde Afrikas unheimlich. Dann erkannte sie, dass es eine Hündin war, die sie ab und zu außerhalb des Walls gesehen hatte. Der fahlgelbe Bauch hing ihr faltig herunter, und die Augen waren trüb.

«Was willst du?», fragte Sole noch einmal, diesmal schärfer, und machte mit der Hand eine Bewegung, um sie zu verscheuchen. Die Hündin hob die Pfote und ließ sie wieder sinken, sie knurrte ein wenig, wich aber keinen Zentimeter. Sie begann zu hecheln, ein dünner Speichelfaden lief ihr aus dem Maul, und schwerfällig scharrte sie mit der Pfote.

Sole lag in ihrem Schlafsack und betrachtete das Tier. Irgendetwas sollte ihr begreiflich gemacht werden, das war ihr jetzt klar. Seit der denkwürdigen Nacht im Busch achtete sie auf alle Zeichen. Sie seufzte ein wenig über den Starrsinn der Hündin, stand dann aber auf und schlüpfte in die Trainingshose. Als sie aus ihrer Hütte trat, drehte sich die Hündin sofort um und lief in Richtung Dorfausgang. Sole bemühte sich, jedes Geräusch zu vermeiden, aber schon vor dem Dorfplatz steckten einige Bewohner ihre Köpfe aus den Hütten und Augen blickten sie fragend an.

«Es ist nichts», rief sie leise und folgte dem Tier, das sich jetzt erschöpft auf den Boden fallen ließ. Sole sah, dass die Hündin geworfen haben musste, denn ihre Zitzen waren groß und rot und ihr Hinterteil blutig.

«Du willst mir deine Kleinen zeigen, stimmt es?», murmelte sie mitleidig. Die Hündin wand sich auf dem Boden, zappelte mit den Läufen und kam erst nach mehrmaligen Versuchen wieder auf die Beine. Sie schlich jetzt mehr, als dass sie lief. Sole folgte langsam.

Die Hündin verließ den Dorfwall und schleppte sich über die

kleine Grünmatte, hin zum mächtigen Affenbrotbaum, um dessen Stamm sich nach dem Regen schnell wachsende Grünpflanzen und dünne Lianen gerankt hatten.

Sole wusste instinktiv, dass sie dort geworfen hatte. Vorsichtig ging sie weiter, und richtig, tief im Grün lagen zwei Hundewinzlinge eng aneinander gepresst, mit geschlossenen Augen. Ein drittes lag etwas abseits. Es war tot.

Sole hörte hinter sich ein dumpfes Geräusch, und als sie sich umdrehte, blickte sie in Augen, in denen kaum noch Leben war. Langsam robbte die Hündin zu ihr hin. Mit letzter Kraft hob sie den Kopf und leckte kurz ihre Hand. Dann brachen die Augen, und der Kopf glitt, vom Tod besiegt, zur Seite.

«Nein, *oumeme*, das werde ich nicht tun», sagte Sole zu der alten Frau.

«Mach sie tot», beharrte die Alte und ignorierte Soles bittende Blicke, die auf der kleinen Last lagen, die sie in ihrem T-Shirt vor dem Bauch trug.

«*Kalunga* würde es nicht wollen», meinte Sole nachdrücklich und gebrauchte zum ersten Mal den Namen von Zitas Geist. Mit einem Blick auf die beiden Welpen an ihrem Körper fuhr sie mit gerunzelter Stirn fort: «Hätte *er* es gewollt, wären alle drei tot. Lass die Hündin vergraben und leg ihren Sohn dazu.» Leise sagte sie: «Zita, die beiden hier *müssen* am Leben bleiben. Sie sind mir anvertraut worden. Wie du vor einigen Tagen –»

Sole bemerkte sehr wohl den skeptischen Blick von Zita, und ihre Stimme wurde noch sanfter und bittender. «Ich werde in nächster Zeit weggehen, aber ich will doch wiederkommen, mit oder ohne Richard.» Sie legte ihre Hand auf den Arm der alten Frau. «*Oumeme*, hilf mir, damit sie durchkommen. Allein schaffe ich es nicht.» Und nach einer kleinen Pause: «Kannst du nicht verstehen, dass auch *ich* etwas hier zurücklassen möchte, und wenn man nur sagt, seht her, das sind die beiden Hunde von *katiti ombappa* –»

«Mamochisane soll Korb flechten», murmelte Zita mürrisch, und Sole hauchte ihr erleichtert einen Kuss auf die Wange.

«Schau dir die Läufe an», sagte sie fröhlich, «viermal weiße Socken und viermal weiße Strümpfe. Alles andere hat die Farbe von Milchschokolade. Ich werde sie Finchen und Paula nennen. Du musst während meiner Abwesenheit ihre Herrin sein, und wenn ich zurückkomme, werden –»

Es waren Schreie zu hören. Zuerst undeutlich, dann wehten sie immer klarer durch das Dorf zu ihnen her. Immer wieder hörte Sole die beiden Wörter *oshitoto ongwe** heraus, und sie sah, wie Merlene in ungewohnter Eile mit einigen Frauen an Zitas Hütte vorbeilief. Mit den Welpen in ihrem T-Shirt hastete Sole ihrer Schwiegermutter nach. Andere Dorfbewohner schlossen sich ihr an. Jeder hatte etwas zur Abwehr in der Hand, einer lief sogar mit einem Messer in der Faust mit.

Direkt außerhalb des Dorfwalls kamen ihnen aufgeregt zwei halbwüchsige Kinder entgegen. Scharf sprach Merlene eines an, und Sole konnte am Gesicht des Jungen erkennen, dass er Angst hatte. Immer wieder zeigte er in die Richtung der Ziegenherde, die vielleicht zweihundert Meter von ihnen entfernt graste. Auch die anderen Hirten kamen angelaufen.

«Ein Leopard hat Ziege gerissen. Ziege tot. Er sie aber liegen lassen, weil Hirten mit Steine schmeißen.»

Merlene atmete schwer und legte sich eine Hand auf die Brust.

«Das nicht das Schlimmste, bliebe es bei diesem Mal. Er jetzt Blut in Nase. Er wissen, dass hier jeden Tag sein Essen steht. Er wiederkommen und wiederkommen. Wir keine Möglichkeit, unsere Herde zu schützen.» Sie seufzte. «Schon wieder der böse Dämon.»

Eine junge Frau trat an Sole heran und sprach sie an. Sole schaute irritiert zu Merlene.

«Sie fragt, ob *katiti ombappa* helfen kann», übersetzte sie müde und verzog den Mund.

Sole kam eine Idee. Sie wandte sich ab und betrachtete prüfend den äußeren Schutzwall des Dorfes, in dessen Wölbung sich der einzelne Akazienbaum presste. Es war derjenige, unter dem sie die Fehlgeburt hatte. Die Blätter waren in den letzten Tagen aufgegangen. Man konnte ihrer Fülle wegen kaum mehr den Stamm sehen,

* Großer Leopard

und die verästelten Zweige sahen stark und gesund aus, vielleicht weil sie sich uneingeschränkt der Sonne entgegenstrecken konnten.

Sie dachte nach.

«Komm», sagte sie entschlossen zur Merlene und gebrauchte deren Worte von vor einigen Tagen, «wir müssen mit Zita reden.»

Sie bedeutete der Frau, mit beiden Händen ihre Bluse zu raffen, und legte vorsichtig die beiden Hunde hinein. «Bring sie zu Zita», befahl sie, griff nach der Hand ihrer Schwiegermutter und rannte los.

«*Oumeme*, das Baumhaus kann in die Akazie gebaut werden, mit einem bequemen Sitz, wo ich mich auch einmal während der Warterei hinlegen kann. Es muss eine Fensteröffnung haben, vielleicht etwas größer als mein Kopf, mit einer Auflage davor, damit ich das geladene Gewehr dort ohne Gefahr hinstellen kann. Und genau in der Richtung des Gewehrlaufs muss der kleine Pferch angelegt werden, höchstens sechzig bis achtzig Meter von mir entfernt. Ihr packt möglichst viele Ziegenlämmer ohne Mütter rein, damit sie ordentlich blöken. Der Leopard wird durch dieses Kindergeschrei angelockt, ist über seine leichte Beute erstaunt, deshalb unvorsichtig – und schon bekommt er eine Kugel von mir, oben aus dem Baumhaus heraus. Was sagst du dazu?»

Sole saß mit leuchtenden Augen im Schneidersitz vor der älteren Frau.

Merlene stand abseits und murmelte: «Wie das gut gehen?», aber Zita gebot ihr mit einer herrischen Armbewegung Schweigen.

Sie blickte die Frau ihres Enkels an, und Sole sah plötzlich in den listigen Augen eine versteckte Zustimmung, mehr noch, sie konnte Richards Großmutter ansehen, wie sie blitzschnell ihre Gedanken bündelte, ordnete, austauschte, neu kombinierte. Alte Hexe, wir fangen an, uns zu verstehen, dachte sie und verzog ihr Gesicht zu einem Lächeln.

«Du hast mir gesagt, dass du alt bist. Neulich», sagte sie, «erinnerst du dich? Ich bin jung. Also sollten wir das Raubtier gemeinsam jagen. Du führst meinen Kopf und meine Hände führen

Richards Gewehr.» Und nach einer Pause: «Es liegt mir wirklich gut in der Hand.»

Zitas Augen glühten. Aufgeregt klatschte sie in die Hände und erteilte Merlene Anweisungen, die diese laut nach draußen weitergab.

«Wir müssen es aber sofort tun», sagte Sole mit Nachdruck, «je eher ich auf den Ansitz gehe, desto weniger Ziegen müssen dran glauben. Am besten heute noch. Nur» – sie stockte etwas –, «*du* musst zum Auto und der Puffotter das Gewehr unter dem Hintern wegziehen. Ich kann das nicht.» Sie verzog angeekelt das Gesicht. «Die Patronen liegen in einem Holzkasten, ganz hinten unter einer Decke versteckt.»

Das ganze Dorf hatte sich an der Palme versammelt.

Die Frauen hielten die Säuglinge in den Armen, und an ihre Beine klammerten sich die Kleinkinder. Die älteren Kinder standen ruhig bei ihren Vätern, die sich auf den Boden gehockt hatten. Die Atmosphäre war ernst und angespannt.

«*Ich* habe starken Zauber gegen Leopard», begann Zita, und wie immer übersetzte Merlene, «aber *kalunga*, der Große und Mächtige, hat entschieden, dass es hier und jetzt der weiße Zauber von *katiti ombappa* sein muss.» Sie machte eine Pause und betrachtete jeden Einzelnen.

«Wir haben unserer Schwester geholfen, die Angst zu verlieren. Sie wird uns und unser Vieh vor dem Leoparden schützen.» Langsam hob sie die Arme, beugte den Kopf nach hinten und schrie: «Weil es *kalunga* so will.»

Sie will mich als ihre Nachfolgerin aufbauen, dachte Sole ungläubig und sah den beiden Frauen ziemlich entgeistert nach, wie sie eilig losliefen und die Leute zur Arbeit einteilten. Durch ihre Arbeit im deutschen Filmgeschehen war Sole ja reichlich an Exzentrik gewöhnt, aber trotzdem verblüffte sie die Rigorosität ihrer Schwiegergroßmutter bei der Manipulation ihrer eigenen Leute. Keiner hat hier eine Chance, sich eine eigene Meinung zu bilden.

Sie schüttelte den Kopf. Diese Frau schiebt alles und jedes auf den unsichtbaren *kalunga*, den offensichtlich nur sie kennt, und sofort läuft alles bestens – für sie.

Langsam schlenderte Sole zu der Akazie. Den Bau der Hütte wollte sie sich nicht entgehen lassen. Es herrschte eine rege Beteiligung. Praktisch alle Dorfbewohner waren zugegen, sogar die beiden Neugeborenen, die tief in den Rückentüchern ihrer Mütter hingen. Zita schickte einige Männer in den Busch, andere begannen auf ihre Anordnung hin an der Akazie ein Gerüst aufzubauen. Wieder andere wurden in die Hütten geschickt, um alles Handwerkszeug zu holen, das sich im Dorf befand.

Die Frauen und Kinder hockten sich in einem gewissen Abstand nieder und unterstützten die Männer mit lauten Zurufen. Es sollten wohl Ratschläge sein, die aber allesamt mit beleidigten oder verdrießlichen Gesichtern ignoriert wurden. Überhaupt schienen Sole die Frauen des Dorfes sehr stark und bestimmend zu sein, besonders wenn die Männer vor ihren Augen arbeiten mussten.

Die ersten Männer kamen schon bald zurück. Sie zogen Äste, Lianen und jede Menge Buschzeug hinter sich her und breiteten alles unterhalb des Baumes aus. Zwei plagten sich mit dickeren Stämmen ab. Grinsend wurden sie vor die Füße der Frau mit der lautesten Stimme geworfen. Die Alte lamentierte umständlich und hob drohend die Faust, weil einer der Stämme gegen ihre Beine gerollt war. Schnell zog sie ihn dann aber zu sich her und klemmte ihn zwischen die Schenkel.

Sole trat näher an sie heran, weil sie wissen wollte, was die Alte vorhatte.

Die Frau bedachte sie mit einem kurzen schlauen Blick und hielt ihr einen spitzen Stein entgegen. Sie begann in den Stamm eine Kerbe einzuritzen, die sie außen herumzog. Dann zupfte sie an der Rinde, bis sie ein kleines Stück davon in der Hand hielt. Gebieterisch winkte sie ein Kind zu sich heran und drückte ihm das Stück Rinde in die Hand. Langsam ging das Kind um den Baumstamm herum, sodass sich die Rinde wie ein Stück Band vom Stamm zu lösen begann. Sole konnte sehen, dass die Alte nur ab und zu mit dem Stein nachhelfen musste.

Ein anderes Kind trug das Band aus Rinde zu den anderen Materialien. Alle vier Stämme wurden auf diese Art gehäutet, und Sole begriff, dass hier die afrikanische Variante von Seil und Kordel geschaffen wurde, zusätzlich geflochten und gebändert. Natürlich, es war nur zu logisch. Einerseits konnten die Bänder nicht brechen, weil sie feucht waren, andererseits waren sie gerade deswegen sehr widerstandsfähig, weil sie sich beim Trocknen fester zusammenziehen würden.

Sie staunte.

Die entrindeten Stämme wurden an der Akazie und dem Holzwall aufgerichtet, nach oben gezogen und mit den Bändern an den Holzpfählen festgezurrt. Die Eckpfeiler der Baumhütte standen.

Schmale Jungen, die auf dem Holzsims balancierten, reichten die Grünbüsche hoch, und innerhalb kürzester Zeit waren auch die vier Laubwände fertig. Die Männer redeten kein Wort, aber Sole konnte beobachten, dass sie sich mit Blicken verständigten und dass einer immer dicht bei dem andern stand, um ihm weiteres Material anzureichen, das die Frauen unten auf dem Boden vorbereiteten. Mit ernsten Gesichtern arbeiteten sie nahezu perfekt Hand in Hand, und das immerhin in knapp drei Meter Höhe.

Sole ging zu zwei Frauen, die auf dem Boden dünne Bambusstöcke in gleich lange Teile schnitten und sie in Form eines Gitters zusammensteckten. In die Zwischenräume stopften sie Gras, in das sie Lianen hineinlegten und so mit dem Holz verknüpften, dass es nicht auseinander fiel. Vorsichtig wurde auch dieses Gebilde nach oben gereicht. Es sollte das Dach sein, was Sole erst nach einer Weile begriff.

Sie war voller Bewunderung. Ein Grashaus, ohne Nägel, Bindfaden, Sackleinen oder ähnlichem. Alles sicher in- und miteinander verschlungen, verbunden, verhakt.

Sie warf Zita kurz einen anerkennenden Blick zu, die auf einem Stuhl hockte und alles und jeden mit den Augen dirigierte, winkte zu ihr rüber und ging dann in die Hütte von Merlene. Merlene hatte immer eine Kanne mit kochendem Wasser im Feuer stehen. Und sie war verrückt nach italienischem Milchkaffee, wie Sole schnell herausgefunden hatte. Richard hatte ihr am Morgen seiner Abreise die letzte Dose *Cappuccino* in die Hütte gestellt. Sie war ihm dafür sehr dankbar, denn *meme* und sie hatten aus der Tasse Cappuccino nach dem Mittagessen ein kleines Ritual gemacht.

«Es ist ein afrikanisches Wunderwerk geworden», sagte Sole und hockte sich hin.

«*Du* bist für das Dorf eine wichtige Frau geworden», sagte ihre Schwiegermutter und schob genüsslich ihre Unterlippe über den Rand des Porzellanbechers. Sie hatte ihr schmackhaftes Schwarzbrot gebacken und aus dem Garten Tomaten geholt, weil sie wusste, dass es Sole gerne mochte. Zufrieden sah sie der jungen Frau beim Essen zu. Als sie fertig war, zeigte Merlene nickend mit dem Kopf in die Ecke.

«*Oumeme* hat Gewehr schon aus Auto geholt und dunkle Kleidung –»

Sole bewunderte mal wieder die Umsicht der alten Frau.

«Du jetzt schlafen. Wenn Schatten der Palmenblätter länger sind als Stamm, *meme* wird wecken. Haus bald fertig.» Ihr Gesicht bekam einen bedeutungsvollen Ausdruck. «Zita segnen, und dann Häuptling und alle Leute im Dorf dich hinbringen und Glück wünschen.»

Sie blickte Sole ernst an. «Ich froh, dass *oonzi* dich gebracht», und zog Sole an ihre riesige Brust. «Wenn du nicht weiter wissen, ganz laut rufen meinen Namen, und ich komme.»

Sole war gerührt.

«Ave Caesar, die Todgeweihten grüßen dich», zitierte sie den Ausspruch der Gladiatoren im alten Rom, wenn sie in der Arena vor ihrem Kaiser standen. So ungefähr fühlte sie sich jetzt auch.

Mit gerunzelter Stirn sagte Merlene: «Nicht tot, niemals», und drückte sie so heftig, dass Sole Angst um ihre Rippen bekam.

«Bis gleich», sagte sie zu ihrer Schwiegermutter, griff nach der Kleidung, dem Gewehr und den Patronen und ging in ihre Hütte. Sie konnte nicht einschlafen, also hielt sie die Augen geschlossen und versuchte sich zu entspannen.

Mein Gott, Sole, auf was hast du dich hier eingelassen, ging es ihr durch den Kopf. Weißt du eigentlich, dass du dich weder im Zoo noch im Zirkus befindest? Die glauben hier alle, dass sich eine Raubkatze mal eben schnell von einer friedlichen Düsseldorferin erschießen lässt. Nervös sprang sie aus dem Schlafsack und begann, sich die Sachen zurechtzulegen, die sie anziehen wollte. Mit Bedacht schnürte sie die Stiefel, steckte die Haare unter eine Kappe und lief noch einmal zu ihrem Toilettenplatz, um sich zu erleichtern.

Dann unterlud sie den Repetierer mit vier Patronen. Mehr wollte sie nicht mitnehmen, denn sie sollten nicht in der Hosentasche klimpern. In der nächtlichen Stille würde jedes Geräusch zu hören sein. Ob diese vier Stück ausreichend waren? Sie hatte keine Ahnung. Sie hängte sich das Gewehr mit dem Gurt quer über ihren Körper, damit sie die Hände frei hatte. Taschenlampe, Taschentuch, *Nivea*, Papier und Kugelschreiber steckte sie in den Rucksack und klemmte ihn, zusammen mit einer Decke, unter den Arm.

«Ready to take off», murmelte sie und begab sich zum Mittelpunkt des Dorfes.

Sie waren alle da.

Das Gemurmel ihrer neuen Brüder und Schwestern brach abrupt ab, und erwartungsvoll schauten sie Sole entgegen. Sole ging schnellen Schrittes auf sie zu, hielt aber inne, da sie hinter sich ein angestrengtes Keuchen hörte. Es war der Häuptling, der mit einer schweren Holzleiter, die er über seinem Kopf balancierte, auf sie zugelaufen kam. Zita betrachtete ihn streng, stellte sich aber an seine Seite und nickte Sole kurz zu. Dann setzten sich alle in Bewegung. Sole in ihrer Mitte. Eine von *kalunga* abgesegnete Prozession mit Sole Schuler als Hauptdarstellerin, dachte sie, aber sie spürte sehr wohl den Ernst und das Vertrauen zu ihr, und es rührte sie.

Der Häuptling lehnte die Leiter gegen den inneren Wall und nahm Rucksack und Decke von Soles Schulter. Zita griff natürlich nach dem Gewehr. Beide bedeuteten ihr, nach oben zu gehen. Sole wusste nicht, wie viele Augenpaare ihren Aufstieg verfolgten, aber wieder spürte sie das bedingungslose Vertrauen der Schwarzen, und sie bemühte sich, langsam und bedächtig die Sprossen hinaufzusteigen, damit sie nicht stolperte.

Oben stand der Junge, der damals das Feuer vor ihrer Hütte angezündet hatte. Er strahlte und machte eine Verbeugung, als er ihr die Tür offen hielt. Schnell griff er nach der hochgereichten Decke und dem Rucksack und legte beides in die Hütte.

Es war keine normale Hütte, wie man sie außerhalb eines *kraals* antraf. Unter anderen Umständen wäre Sole von diesem kleinen, ganz in Grün gehaltenen afrikanischen Palast begeistert gewesen. Vor dem kleinen Fenster, das weisungsgerecht auf den Pferch mit den blökenden Lämmern gerichtet war, stand Zitas Schemel mit der geschnitzten Rückenlehne. Welche Ehre, dachte Sole überrascht, sie glaubt also an mich, und dies ist ihr Beitrag zu diesem Unternehmen. Gleich daneben hatte man auf einer hölzernen Erhebung eine Lagerstatt angelegt, auf der bereits ihr Schlafsack ausgebreitet war. Sogar einen Tisch hatte man nach oben geschleppt. Er stand in der hinteren Ecke, auf ihm der italienische Porzellanbecher, den sie Merlene für den täglichen Kaffee geschenkt hatte, und eine gefüllte Wasserflasche. Überall die kleinen Zeichen ihrer neuen Familie. Sole lächelte dankbar.

Das Innere der Hütte war schon fast dunkel, aber unerhört romantisch, und sie musste an Richard denken. Gerührt stellte sie sich an die geöffnete Türe und blickte auf *ihr* Dorf hinunter. Sie sah in den Gesichtern der Menschen Zuneigung und Hoffnung gleichermaßen und wollte in diesem Moment auch wirklich nur eines: ihnen das Raubtier vom Hals schaffen – und, um Gottes willen, nicht danebenschießen.

Die Bewohner gingen durch das Dorf, um es durch die hintere Öffnung verlassen zu können. Langsam stellten sie sich an dem Pferch auf, in dem sich die kleinen Ziegen, von der Wärme der mütterlichen Leiber getrennt, ängstlich gegen die lose geknüpften Hölzer drückten.

Zita hatte natürlich ihre Trickkiste weit geöffnet. Sie fegte, das Gewehr über ihren Kopf haltend, an der kleinen Menge vorbei und murmelte mit verzerrtem Gesicht Wörter und Sätze, die keiner verstehen sollte. Dann wurde sie langsamer und schritt tänzelnd vor dem Baumhaus auf und ab. Auf ihr herrisches Kopfnicken hin löste sich der Häuptling von den anderen, ging in den Ziegenstall und griff sich ein Tier.

Sole blickte von oben durch die Öffnung auf die kleine Kirmes, die sich vor ihrem Baumhaus abspielte. Irgendwie wusste sie nicht, wie es weitergehen sollte. Sollten die Leute nicht langsam in ihre Hütten gehen? Die Sonne war untergegangen, und hinter ihrem letzten Rot war bereits die Dunkelheit aufgezogen. In kürzester Zeit würde es Nacht sein, und sie musste sich noch vorbereiten.

Mitten in diese Überlegungen hinein sah sie entsetzt, wie der Häuptling mit einer raschen Geste ein Messer in das Genick der kleinen Ziege stieß, die mit einem schrillen Klagelaut in sich zusammensackte. Mein Gott, diese Wilden, dachte Sole angeekelt und empört. Musste das sein? Ihre Zuneigung zu Richards Volk war sofort erloschen.

Ein Junge kam mit einer Astgabel angelaufen. Mit einer Verbeugung vor dem Häuptling nahm er sein Messer und schlitzte den Tierkörper der Länge nach auf. Er stellte sich breitbeinig vor die Ziege, riss mit beiden Händen die Gedärme und Innereien heraus und zwängte das Tier dann in eine Astgabel. Schnell wurde diese von einem zweiten Jungen aufgerichtet und mit den Bändern an einem der Holzstämme des Pferchs festgezurrt. Wie eine übergroße Trophäe hing das arme Tierchen über den Köpfen seiner Gefährten, die vor Schreck völlig verstummt waren.

Was soll das, dachte Sole erbost. Wofür? Wozu?

Zita hatte sich jetzt das Gewehr am Riemen um den Körper gehängt. Wie die Partisanin aus dem Film *Wem die Stunde schlägt*. Einer von Soles Lieblingsfilmen, aus einem Leben, das hier und heute Lichtjahre von ihr entfernt schien. Sole holte tief Luft, die einzige Möglichkeit, ihrer Erregung Herr zu werden.

Zita schnipste mit den Fingern, und ein Halbwüchsiger rannte zu dem blutigen Haufen, hob ihn auf und legte ihn in eine Holzschüssel. Dann griff er nach dem langen Stock, der ihm gereicht wurde, und rannte in die beginnende Nacht.

«*Kalunga*», wimmerte die Alte mit hoher Stimme.

«*Kalunga*», wiederholte die Menge dumpf.

Die Heilerin bedeutete Merlene, die Leiter festzuhalten. Behände erklomm sie die Sprossen. Sole wusste zwar, dass sie sich vor den Augen der anderen nicht helfen ließ, aber wider Erwarten überließ sie ihr gnädig ihre Hand, und Sole zog sie die letzten beiden Sprossen hoch und in die Hütte hinein.

«Wenn du Hilfe brauchst, da –», zischte sie, führte Sole in die andere Ecke und legte zwei Finger auf einen Gegenstand, den Sole nicht kannte. «Zita in Nähe bleiben, alles hören –», und drückte gegen ein rundes Gummistück. Ein hupenähnliches Gekrächze ertönte. Mein Gott, dachte Sole, als sie die alte verrostete Kinderhupe sah, die zwischen Gräsern und Ästen eingearbeitet war. Welchem weißen Kind mag die wohl gehört haben?

Zita sah Sole zwingend an, und sie hatte das Gefühl, etwas sagen zu müssen. Also trat sie mit der Alten auf das kleine Podest, stellte sich hinter sie und legte ihr beide Hände auf die Schultern.

Bewusst feierlich und auch laut genug, damit es alle hören konnten, rief Sole: «*Omupuliki*, du bist das Wissen, du bist die Stärke. Beides nehme ich von dir entgegen, beides wird mich begleiten, schützen und leiten, und wenn es *kalunga* gefällt, wird sich das Raubtier vor mein Gewehr stellen, und ich werde es töten –»

Richards Großmutter nickte huldvoll in die Menge, drehte dann kurz den Kopf zu Sole und flüsterte: «Du gut von mir lernen.»

An ihrem zufriedenen Gesicht erkannte Sole, dass es die richtigen Worte gewesen sein mussten, denn nach der üblichen Übersetzung durch Merlene trug der feine Windhauch die gemurmelte Zustimmung der kleinen Menge in ihr Baumhaus. Es machte Sole stolz und zuversichtlich, und sie setzte sich wieder auf den Schemel. Meine erste Rede hier, offensichtlich ein Erfolg, kommt in Richards Schublade mit der Aufschrift *Klarkommen*, dachte sie zufrieden.

Zita stellte vorsichtig das Gewehr vor sie und huschte hinaus. An dem leichten Aufstampfen der Füße hörte Sole, dass sich die Dorfbewohner entfernten und über einen Umweg in ihre Hütten gingen. Sie nahm an, dass Zita ein absolutes Redeverbot erlassen hatte, vielleicht war sogar jede Bewegung untersagt, denn Kinderlachen oder Weinen waren abrupt verstummt. Es bellte auch kein Hund mehr, und selbst das vertraute Klappern der Töpfe hatte schlagartig aufgehört.

Das Dorf war lautlos geworden – bis auf die hastigen Schritte eines Mannes, der plötzlich aus dem linken Busch gerannt kam. Er hatte die Gedärme der Ziege auf einem Haken stecken und lief mit dem staubigen, blutigen Fleischball im Zickzack über die Lichtung zum Pferch. Irritiert blickte Sole durch die runde Öffnung, die einen kunstvoll geflochtenen Abschluss hatte, und bildete sich ein, den Gestank der aufgeplatzten Gedärme schon in der Nase zu haben.

Sie ärgerte sich. Da sie aber der Junge voller Bewunderung ansah, sagte sie nichts. Er stand mit seinen aufgespießten Innereien direkt unter ihrer Baumhütte. Fröhlich blickte er zu ihr hinauf, ballte die Faust und streckte den Daumen dabei nach oben. Seine weißen Zähne leuchteten in der Dunkelheit.

Wie ein Geist stand plötzlich *meme* neben ihm. Leise rief sie zu Sole hoch: «Alles in Ordnung, Tochter, Rutaka nur Fährte für bösen Leopard gelegt.»

Sie zog den Jungen zu sich und verschwand mit ihm in der Dunkelheit.

Sole rückte Zitas heiligen Schemel etwas näher an das Fensterloch heran. So wie es ihr in jener denkwürdigen Nacht beigebracht worden war, machte sie sich in der Dunkelheit mit den Begebenheiten und ihren Schatten vertraut.

Sie prägte sich die Silhouetten der in der Ferne stehenden Bäume und Sträucher ein, bemaß die Weiten um den Pferch herum und fotografierte mit den Augen die Landschaft, die jetzt völlig im Dunkel lag. Dabei versuchte sie, das weiße Fell der getöteten Ziege zu übersehen, das vor ihr als ein heller Fleck in der Luft zu schweben schien. Wenn natürlich der Leopard darangehen würde –

Mein Gott, war sie dumm gewesen. *Das* war der Grund, weshalb das Tier getötet wurde und der Junge eine Geruchsschleppe legen musste. In den Busch hinein, aus ihm heraus, um den Ziegenpferch und hin zum Baumhaus, in dem sie mit dem Gewehr saß. Trotzdem, es fiel ihr schwer, den Tod eines Tieres mit ansehen zu müssen. Daran werde ich mich nie gewöhnen können, dachte sie und lehnte sich zurück.

Mit geschlossenen Augen ließ Sole alles, was sie sich eingeprägt hatte, wie einen Film abspulen, zählte bis hundert, öffnete sie wieder und verglich gewissenhaft die Bilder. Das machte sie mehrere Male hintereinander, bis sie sich absolut sicher war, dass ihr Gedächtnis auch wirklich alles archiviert hatte. Jede Änderung würde ihr sofort auffallen, mochte es ein durch den Gang des Mondes veränderter Schatten sein – oder ein sich heranschleichendes Tier.

Dann legte sie das Gewehr an, zog es in die Armbeuge, so wie ihr es Richard beigebracht hatte, fixierte die Richtung und legte dabei den Finger leicht an den Abzug. Sie schob den Lauf vorsichtig in die Öffnung und übte so lange jeden Handgriff, der nötig war, um innerhalb von Sekunden schussfertig zu sein. Sie bemerkte, dass der Lauf, wenn sie das Gewehr aufnahm, an dem geflochtenen Gras entlangkratzte. Obwohl das Geräusch schwach war, könnte es sie verraten. So zog sie den dunklen Sweater aus dem Rucksack und legte ihn unter das Rohr. Jetzt war alles okay.

Sole war aufgeregt und fröstelte. Wieder stand sie auf, griff nach der Decke und hüllte sich darin ein. Dann war sie zufrieden. Endlich. Es war kurz nach acht Uhr. Sie repetierte die erste Patrone in den Lauf, entsicherte und lehnte sich zurück.

Sie war bereit. Sie wartete.

Das Hüsteln überraschte sie. Es passte nicht in das Schema ihres optischen Archivs.

Sole war in der Wärme der Decke eingenickt und riss alarmiert den Kopf hoch. Sie sah nichts, und es gab auch keine Veränderung. Der Halbmond war weitergezogen und hatte die Schatten neu verteilt. Darauf war ihr Gedächtnis eingestellt. Trotzdem spürte sie instinktiv, dass etwas anders war. Die Ziegenlämmer standen voller Panik zusammengepresst in ihrem *kraal*, und ihre kleinen Kinderstimmen klagten vereinzelt durch die Stille.

Da, wieder dieses Hüsteln. Warum hatte sie nicht auch die Geräusche archiviert? Verdammt, ist es ein Mensch oder ein Tier? Jeder Muskel in ihrem Körper war angespannt, und sie hielt die Luft an, um das laute Herzklopfen zu mindern. Rasch rief sie ihr Gedächtnis ab, stutzte, zögerte, begann erneut. Ja, es war der linke Busch, aus dem für einen winzigen Moment zwei schwache Lichter aufleuchteten. Sole fixierte diese Stelle und ließ ihre Blicke weiterwandern, damit sie wieder konzentriert zurückkehren konnten. Sie hielt die Luft an, denn sie sah, wie sich jetzt ohne jedes Geräusch *etwas* aus dem schützenden Dickicht herausschälte. Es war dunkel, aber helle Flecken trugen es nach vorne. Sie setzten sich in Bewegung, schwammen förmlich durch die Dunkelheit, in ihre Richtung. Langsam mischten sich die Flecken mit der Bewegung. Ein Tierkörper formte sich, Läufe, Kopf und gelbe Augen, die überall zu sein schienen.

Der Leopard war ungewöhnlich groß. Vorsichtig und geschmeidig lief er über die Lichtung. Für einen Augenblick blieb er stehen, hob den Kopf, um zu wittern, und setzte dann seinen Lauf fort. Sein Rücken zitterte leicht, als er wieder hüstelte. Er glitt hinter den Pferch, und Sole wusste instinktiv, dass er jetzt stehen bleiben würde, um nachzudenken.

Vorsichtig griff sie nach dem Gewehr.

Würde er sich eine lebendige Ziege greifen, oder würde er sich auf das *bait** stürzen – also an den gedeckten Tisch gehen? Nur in diesem Fall würde er wieder auf ihrer Seite auftauchen. Sole hielt vor Spannung die Luft an.

Der große gefleckte Körper tauchte hinter dem Pferch auf. Geduckt schlich er im Schatten des *kraals* auf die Astgabel zu. Für den Bruchteil einer Sekunde stand er hoch aufgerichtet und stolz da, die Breitseite Sole zugekehrt, den Kopf leicht erhoben.

Er hatte sich entschieden.

Er wollte an den gedeckten Tisch.

Mit einem gewaltigen Satz sprang er auf das schwankende Holzgitter und schlug mit der Pranke nach der toten Ziege. Gierig öffnete er das Maul und trieb ruckartig die scharfen Zähne in das Fleisch. Er verschlang den herausgerissenen Bissen, und auch den zweiten – und dann blickte er auf. Zu Sole hoch. Direkt in die Mündung des Gewehres. Die gelben Augen leuchteten und sein Maul war blutig. Er drehte leicht den Kopf, und in diese Bewegung hinein schoss Sole.

Das Gewehr fiel ihr aus der Hand. Zitternd hob sie es auf, repetierte und sicherte. Ihre Hände flatterten, und sie war nass geschwitzt vor Aufregung. Selbst auf ihren Augenlidern perlte Schweiß. Sie sah nichts mehr. Keinen Leoparden, weder flüchtig noch tot. Die Lämmer schrien und trommelten mit ihren Hufen gegen das Holz. Sole hörte, wie jemand eilig und keuchend über die Leiter heraufkam. Es war Zita. Wo, um Himmels willen, hatte sie sich die ganzen Stunden über versteckt gehalten?

«Ist tot?», fragte sie gespannt, und ihre Augen leuchteten fanatisch.

* Ein von Menschenhand getötetes Tier, das als Köder ein Raubtier anlocken soll

«Ich weiß es nicht», flüsterte Sole und trat aus dem Baumhaus heraus, um in die Nacht zu horchen. Die Stille wurde von wütendem Schnauben und Fauchen zerfetzt. Und immer wieder dumpfe Schläge gegen den Holzzaun. Die Ziegen konnten es nicht sein, denn sie hatten sich in der hintersten Ecke zu einem lebenden Turm aufgerichtet. Voller Panik kletterten sie immer und immer wieder auf den Rücken der anderen nach oben, um wieder heruntergestoßen zu werden.

Also *musste* der Leopard im *kraal* sein. Aber wo und wie hatte ihn die Kugel getroffen? Plötzlich bog sich der Zaun nach außen, fiel um, und der Kopf des Raubtieres stieß durch die Äste. Mit der unheimlichen Kraft der Vorderpranken zog er sich Zentimeter für Zentimeter nach vorne. Sole sah, dass ihm der hintere Teil des Körpers nicht mehr gehorchte.

Die Ziegenlämmer kreischten, verstummten abrupt. Sole hörte die Katze keuchen, sah jetzt in aller Deutlichkeit, wie sie würgte und mit der Tatze schlegelte, wie sie mit hängendem Träger torkelte und versuchte sich aufzurichten. Es war umsonst, immer wieder fiel sie zusammen, rollte schließlich auf den umgefallenen Zaun.

Die befreiten Ziegen stürmten an ihr vorbei, hinaus in die Dunkelheit.

Der Leopard riss den Fang auf, wollte fauchen, aber es kamen nur rasselnde Laute. Sole konnte sehen, dass er die Krallen einer seiner Pranken ausgefahren hatte. Sie schlug ins Leere, kraftlos, wie das ganze Tier. Mühsam versuchte er, liegend vorwärts zu kriechen. Seine gelben Augen fixierten den dunklen Busch vor sich. Nur noch wenige Meter, dann wäre er vor den Menschen gerettet.

Sole war wie gelähmt.

Warum kannte sie die Gedanken dieses Tieres? Warum wusste sie genau, was es vorhatte? Sie tat nichts, mehr noch, sie wusste nicht, was sie tun *sollte*. Unglücklich starrte sie auf ihr misslungenes Werk. Da ergriff Zita das Gewehr und drückte es ihr mit Nachdruck in die Hand.

«Schieß», befahl sie, und ohne nachzudenken, zog Sole gehorsam ein, entsicherte, und in der Sekunde, als das Raubtier in den dunklen, rettenden Schatten eintauchen wollte, schoss sie noch einmal. Sein schriller langer Todesschrei zerriss die Luft, aber noch in den letzten Laut hinein schrie Zita triumphierend: *«Oshitoto ongwe wakaka.»** Dann war Stille.

Ohne sich weiter um Sole zu kümmern, kletterte die alte Frau in Windeseile die Leiter am Baumhaus hinunter. Unten angekommen, richtete sie sich kerzengerade auf und begann, einen merkwürdigen Gesang anzustimmen. Dabei tänzelte sie in kleinen Schritten, beugte sich nach rechts, nach links. Mal hob sie die Arme, mal streckte sie sie weit von sich, und in dem Weiß ihrer aufgerissenen Augen rollten die Augäpfel wie zwei Spielbälle hin und her. Immer wieder fiel das Wort *oshitoto ongwe* für Leopard, aber auch Soles Name, *katiti ombappa*, kam oft über ihre Lippen, und *oonzi*, der Name, den Richard von seinen Eltern erhalten hatte. Dann klang ihre Stimme zärtlich, und sie überkreuzte wiegend die Arme auf ihrer Brust. Für Soles Ohren war es eine Art Singspiel auf Afrikanisch. Mal schnell, mal langsam und getragen, seltsam und fremd.

Sole beobachtete unschlüssig Zitas Darbietung.

Ich sollte herausfinden, ob der Leopard auch wirklich tot war und nicht vielleicht nur verwundet, dachte sie. Katzen sollen sieben Leben haben, vielleicht habe ich ihm nur zwei genommen, und er liegt jetzt irgendwo und konzentriert sich auf seine restlichen fünf.

Sie war erschöpft, aber mehr noch bedrückte sie, dass sie getötet hatte. Liebend gerne hätte sie sich jetzt in die Dunkelheit ihrer Hütte verkrochen, nachgedacht und versucht, mit sich ins Reine zu kommen, aber sie wusste, dass sie erst den Anschuss zu überprüfen hatte, und das mit einem entsicherten Gewehr in der Hand. Sie würde auf den Morgen warten müssen. Müde setzte sie sich wieder auf Zitas Schemel.

Sie konnte in ihrem Baumhaus hören, wie es im Dorf rumorte. Natürlich, die Leute haben die Schüsse gehört, und jetzt wollen sie trotz der nächtlichen Stunde aufstehen und Anteil am Geschehen nehmen.

Zita kreischte in höchsten Tönen, und die ersten Männer kamen

* Der Leopard ist tot

aus ihren Hütten gelaufen und lachten glücklich. Weitere folgten aus allen Richtungen, rufend und fragend. Frauen und Kinder begleiteten sie aufgeregt. Fast alle hielten Fackeln in den Händen, sodass der Platz unter ihrem Baumhaus innerhalb kürzester Zeit fast taghell erleuchtet war. Erst jetzt fiel Sole ein, nach der Uhrzeit zu sehen.

Es war vier Uhr. In etwas mehr als einer Stunde würde der Morgen grauen. Sie unterlud die beiden Patronen, warf sich Rucksack und Gewehr über die Schultern und begann vorsichtig, die Holzleiter hinabzusteigen.

Zita tanzte in grotesken Sprüngen, und die Laute, die sie dabei von sich gab, klangen immer verrückter. Die Dorfbewohner standen in einem großen Kreis um sie herum und klatschten dazu im Takt. Sie musste Unglaubliches von sich geben, denn mal lachten ihre Zuhörer, mal hielten sie im gespielten Schrecken inne oder waren mucksmäuschenstill, um auch alles mitzubekommen. Und immer wieder die Worte: *oshitoto ongwe, katiti ombappa* und *oonzi*, die sie mit Nachdruck in ihre Darbietung einbrachte.

Sole stand auf der vorletzten Sprosse. Plötzlich begriff sie: Zita besang die erfolgreiche Jagd und den Tod des Leoparden. Und das alles wäre nur möglich gewesen, weil ihr Enkelsohn eine *kleine weiße Frau* und ein Gewehr in das Dorf gebracht hatte, und sie, Zita, sich dieser Weißhäutigen angenommen hatte. Und natürlich *kalunga* ...

Ich hätte es wissen müssen, dachte Sole belustigt, meine angeheiratete Großmutter hat ihre eigene Vorstellung vom Ablauf des Geschehens.

Kaum war sie unten angelangt, beendete Zita ihre Darbietung und zog sie zu sich, umschlang sie, presste sie an ihren mageren Körper. Gebieterisch schnalzte sie mit hoch erhobenen Fingern die Dorfbewohner heran. Die Ersten näherten sich mit gefalteten Händen, machten vor den beiden Frauen eine Verbeugung und traten dann für die Nächsten beiseite. War die Stimmung der Schwarzen vorher aufgeregt, fast euphorisch, blickte Sole jetzt ausnahmslos in feierliche und ehrfurchtsvolle Gesichter.

Ruhig und abwartend standen sie hintereinander, um Sole ihren Dank auszusprechen. Auch Merlene war unter ihnen. Als sie zu den beiden Frauen trat, lächelte sie und legte Sole sanft eine Hand an die Wange. Mit der anderen stupste sie den kleinen Farewell vorwärts, der Sole nasebohrend betrachtete. Nagare, schüchtern wie immer, ging neben Mamochisane. Beide legten eine Hand auf ihr Herz und sahen Sole bedeutungsvoll an.

Es war offensichtlich, dass sie die Hauptperson war, und sie schaute deshalb etwas beunruhigt zu Zita, weil sie sich nicht vorstellen konnte, dass dies der Alten recht sein würde. Aber Zita strahlte sie an, und Sole begriff, dass sie diese Frau wieder einmal unterschätzt hatte. *Diese* Nacht war ihre ureigene Inszenierung.

Beiläufig suchte Zita vier Männer aus, junge, starke Kerle, und schickte sie mit einem Kopfnicken in die Richtung der Lämmer außerhalb des *kraals*. Sole wollte sie noch ermahnen, vorsichtig zu sein, wollte mit dem Gewehr hinterher, doch Zita hielt sie ungeduldig fest, und dann waren sie schon losgerannt.

«Es wäre besser, wir würden mit dem Suchen warten. Es ist zu gefährlich», sagte sie leise zu Richards Großmutter, doch die Alte schüttelte den Kopf.

Die Danksagungen wollten kein Ende nehmen und Sole dachte sehnsüchtig an ihre Hütte. Ihr fiel ein, dass ihr Schlafsack noch oben im Baumhaus war, und sie wollte noch einmal hinaufsteigen, um ihn zu holen. Zita kniff sie jedoch in den Arm, und ihre funkelnden Augen wiesen nach unten.

Der Häuptling kam aus dem Dunkel herangetänzelt. Ketten, bunte Bänder und Tierzähne hingen schwer um seinen Hals. Er war nackt, bis auf den gekräuselten Lederschurz, der vor dem Geschlecht hing. Heftig schwenkte er ein keulenartiges Gebilde, zog in kuriosen Schritten unsichtbare Kreise, ging zurück, warf sich wieder nach vorne, reckte den Kopf nach oben und stieß wirre Worte aus, deren Sinn Sole nicht verstand. Das unruhige Licht der Fackeln ließ seine Bewegungen ruckartig erscheinen, und als er näher kam, sah Sole an seinen aufgerissenen Augen, dass er voll unter dem Einfluss der *Traumblume* stand.

Die Dorfbewohner machten Platz, bildeten eine Gasse, in die er tanzend, rufend und immer wieder gestikulierend einbog. Er führte die vier ausgewählten Männer an, die einen gefleckten Kadaver, an den Läufen zwischen zwei Stöcken gebunden, aus dem

Dunkel in das helle Licht trugen. Sie trugen schwer, und ihre Schritte in die Richtung der beiden Frauen waren etwas ungleichmäßig. Sole riss die Augen auf und sah, dass es *ihr* Leopard war.

Sie wollte ihnen entgegengehen, aber Zita hielt sie fest. «Warte», sagte sie kaum hörbar, «es ist deine Stunde, alles Schicksal jetzt nur zu dir kommen.»

Das Rückgrat der Raubkatze bog sich durch, wie sie so zwischen den Trägern hing, und ihr Schwanz schleifte über den Boden. Der Kopf baumelte zur Seite und ihre erloschenen Augen standen offen. Der Häuptling und die Männer waren bei Sole und Zita angelangt. Vorsichtig legten sie den massigen Körper vor ihnen ab. Die Leute flüsterten und wisperten aufgeregt, als sie ihren Todfeind endgültig besiegt auf dem Boden liegen sahen.

Sole dagegen betrachtete die Raubkatze schuldbewusst.

Ja, es war ein wunderschönes Tier. Das gefleckte Fell glänzte im Schein der Fackeln, und Sole war versucht, darüber zu streicheln, wollte um Entschuldigung bitten für ihre Tat. War es richtig, dass sie ihn getötet hatte? Ihr Blick ging zu seinen ausgefahrenen tödlichen Krallen, mit denen er bis zum Schluss versucht haben musste, den Tod abzuwehren, weiter zu den langen scharfen Zähnen, die entblößt unter den steifen Schnurrhaaren lagen, und schaudernd sah sie, dass aus dem aufgerissenen Bauch blutiges Gedärm heraushing. Hier musste ihn der erste Schuss getroffen haben, aber wo war die zweite Kugel?

Zita griff plötzlich einen Finger von Sole und steckte ihn in ein kleines Loch direkt hinter dem Ohr. «Dort der Tod», sagt sie zufrieden und zog Sole auf die andere Seite des Tierkörpers, um auf den großen, zerfransten Ausschuss der Kugel hinzuweisen. Wie, verdammt noch mal, kommt sie nur immer an meine Gedanken heran, dachte Sole und wollte etwas zu Zita sagen, aber die alte Frau legte einen Finger auf den Mund und lächelte verschmitzt.

Der Häuptling setzte zum Sprechen an. Sole verstand zwar nichts, aber sie merkte wohl, dass die gewohnte unterschwellige Feindseligkeit in Stimme und Gestik nicht mehr vorhanden war. Und nicht nur das. Er strahlte sie förmlich an, verbeugte sich mehrfach, und als er die Augen zum dunklen Himmel hob, vernahm Sole auch wieder den geheimnisvollen Namen des geheimnisvollen Dorfgeistes: *kalunga*.

Der Häuptling bedeutete den Trägern, die Katze auf den Rücken zu legen, bückte sich und schlitzte mit einem Messer das weiße Bauchfell auf. Das Blut trat gurgelnd aus, und offensichtlich begeistert tunkte er beide Hände in diesen Lebenssaft, um dann konzentriert in dem Körper herumzuwühlen. Er zerrte das wuchtige Gedärm heraus und legte es getrennt von Magen, Leber und Niere auf die Seite. Erneut tauchten die Hände ein, suchten, zerrten und kratzten von innen an dem Tierleib entlang, bis sie zum Herz gelangten. Sole war über sich selbst erstaunt. Noch vor einigen Tagen hätte dieses blutige Treiben bei ihr einen Brechreiz ausgelöst. Hier und jetzt schien alles normal zu sein. Der Tod der Katze, die Blutlache, in der sie lag, das Ausweiden des Tierkörpers.

Der Häuptling wandte ihr glücklich sein fast zahnloses Gesicht zu. Noch einen Ruck, er schwankte ein wenig, und dann zog er das unversehrte Herz aus dem Körper. Bedächtig legte er es in eine Holzschale, die ihm hingehalten wurde, und trat zu Sole.

«Du von *kalunga* gesandt» – diesmal übersetzte Zita, und Sole hörte aus ihrer Stimme eine große Zufriedenheit –, «daher die Kraft, Leoparden zu töten. Ich, Häuptling, übergebe *katiti ombappa* Herz von Leopard für ihren Mut.»

Sole überlegte schnell. Vielleicht wäre es gut so zu reagieren, wie es keiner von ihr erwarten würde. Und es könnte eine Chance sein, ihn als Freund zu gewinnen.

«Ich danke dir, Häuptling.» Sie bemühte sich, den richtigen Ton zu treffen. Nicht unterwürfig, aber auch nicht herablassend in der Art der Weißen. Zita übersetzte weiter, obwohl Merlene pflichtbewusst zu ihr getreten war.

«Ich danke dir auch für die Aufnahme in deinem Dorf. Ich weiß wohl, dass es der Wille von *kalunga* war, aber was ist ein Wille ohne Freunde, die ihn unterstützen?»

Zita warf ihr rasch einen warnenden Blick zu, den Sole aber ignorierte. Sie hoffte, dass die Alte den Sinn ihrer Worte nicht verfälschte oder gar für ihre Politik veränderte. Als Zita mit der Übersetzung geendet hatte, fuhr Sole fort: «Du hast mir das Herz des Leoparden gereicht. Du hast Recht, ich habe ihn getötet, aber das konnte ich nur, weil mir mein Mann Richard die Möglichkeit dazu gegeben hat, und du und dein Dorf dafür die Voraussetzungen geschaffen haben.» Sie machte eine bedeutungsvolle Pause. «Und weil *kalunga* es so wollte.»

Sole wusste, dass Zita ihre Worte nicht recht waren, denn sie murmelte nur noch die Übersetzung, und der Häuptling begann schon wieder, die Stirn krauszuziehen. Scheiße, dachte Sole, warum ist dieses Weib nur so störrisch.

Da griff Merlene ein.

Laut wiederholte sie in ihrer Sprache, was Sole gesagt hatte. Und sofort glättete sich die Stirn des Häuptlings und nicht nur er, auch die Dorfbewohner hingen voller Zustimmung an Merlenes Lippen.

Sole nahm ihm die Holzschale aus der Hand, hob sie über ihren Kopf und rief in die Menge: «Das Herz dieser Raubkatze gehört uns allen. Ich gebe es unserem Häuptling, weil er in seiner Weisheit seine Kraft unter uns allen gerecht aufteilen wird.»

Noch in Merlenes Übersetzung hinein drückte sie dem Häuptling die Schale samt Herz in die Hand. Der Häuptling war offensichtlich überrascht und geschmeichelt, aber nur Sole bekam mit, wie er schnell Zita mit einem prüfenden Blick ansah.

Die *omupuliki* des Dorfes bewegte nicht einen Muskel ihres Gesichtes, und erst als in der Menge erneut ein zustimmendes Gemurmel aufkam, bedachte er Sole mit einem strahlenden Blick.

Sie wusste, dass sie dem kleinen alten Mann mit dieser Geste viel Gesicht vor den Dorfbewohnern gegeben hatte. Vorsichtig stellte er das Gefäß auf den Boden und ließ sich noch einmal das Messer reichen. Übereifrig watete er mit seinen nackten Füßen durch das Blut, trennte mit wenigen Schnitten dem Raubtier die Hoden ab und hielt sie Sole aufgeregt in seinen geöffneten Händen vor die Nase.

Es hatte ihr keiner gesagt, aber instinktiv legte sie ihre beiden Handflächen spontan auf die seinen, sodass die beiden felligen Kugeln abgedeckt zwischen ihren Händen lagen.

«Männer und Frauen des Dorfes», setzte Sole an und gab ihrer Stimme einen lauten, pathetischen Klang. «Ich bin gern in euer Dorf gekommen, aber bald muss ich wieder fort, und ich weiß nicht, wann ich zurückkomme. So gebe ich auch diese Gabe an unseren Häuptling weiter. Möge er die Kraft eines Leoparden bekommen, damit er seinem Volk und *kalunga* dienen kann.» Sie zog ihre Hände von den Hoden zurück.

Unsicher, ob Sole nicht vielleicht ihre Meinung ändern könnte, warf der so reichlich Beschenkte noch während der Übersetzung von Merlene rasch die Hoden auf das Herz, stellte sich die Holzschüssel auf den Kopf und entfernte sich mit einem hochzufriedenen Gesichtsausdruck.

«Du essen sollen, nicht er», knurrte Zita, und Sole hörte einen starken Unwillen aus ihren Worten, «jetzt er Kraft, die dir gehört.»

«Ich gehe schlafen, *das* brauche ich für meine Kraft», antwortete Sole sichtlich erschöpft. Sie schnappte sich den Rucksack und das Gewehr und schlurfte in die Richtung ihrer Hütte. Ein freundlicher Geist hatte bereits ihren Schlafsack hineingelegt. War es *kalunga*? Die Müdigkeit machte sie zynisch. Egal – sie kroch in Richards Schlafsack, wollte in seinen vertrauten Geruch eintauchen, ihn spüren, ihn vermissen. Und während sie sein kleines Kissen zurechtrückte, damit es unter ihr Ohr passte, war sie schon eingeschlafen.

18 Eine Omupuliki bekommt Hilfe

Der unappetitliche Aasgeier hockte trotz seines unförmigen Körpers mühelos auf dem obersten Ast eines starken Laubbaumes. Ein zweiter kam angesegelt und ließ sich schwerfällig neben ihm nieder.

Sole konnte die beiden gut von ihrem Stein aus beobachten, wie auch die unzähligen Brüder und Schwestern, die am Himmel kreisten. Vielleicht waren es fünfzig oder auch hundert. Geier und der süßliche Geruch von Tod und Verwesung in der Luft sind eine Einheit, dachte Sole und rümpfte die Nase. Da, ein Vogel wagte den Sturzflug nach unten, setzte sich auf ein dunkles Gebilde und schlug demonstrativ mit den großen Flügeln. Sie griff nach dem Fernglas, und ihre Blicke glitten über die nächste Ebene mit ihren buschigen Erhöhungen. Dann sah sie es.

Es war ein Kudu, der verendet zwischen zwei Dickbuschstauden lag. Sie konnte ihn an seinen gedrehten Hörnern gut erkennen, und sie konnte auch sehen, dass sich bereits eine starke Hyäne mit zwei Welpen an seinem Körper zu schaffen machte. Die afrikanischen Naturgesetze, dachte Sole. Wenn heute ein Tier getötet wird, ist es morgen ein sauberes Gerippe. Alles hier ist vergleichbar mit einer Kette. Ein Glied greift in das andere, aber sie wird niemals geschlossen, weil unabhängig von jedem Geschehen der Ablauf ständig neu beginnt.

Sole war zu ihrem Platz hinaufgestiegen, weil sie nachdenken wollte.

Wie sich ihr Leben verändert hatte. Als normale deutsche Touristin war sie nach Afrika gekommen. Wann? Vor vier oder sechs oder acht Wochen? Sie hatte ein Kind empfangen und es wieder verloren. Sie hatte einen Mann verlassen, weil sie sich in einen anderen verliebt hatte, einen, der sie wieder neugierig auf ihr Leben machte, der anders war als alle Männer, die sie je gekannt hatte. Auch stärker und besitzergreifender.

Sie stützte ihre Arme auf. Denk nach, befahl sie sich.

Sole Schuler lebt in einem Eingeborenendorf.

Dort hat sie ihre eigene Hütte und ist die angeheiratete Verwandte der wichtigsten Frau eines Dorfes, einer *Heilerin aller vier Ebenen*. Sie hat einen Leoparden erlegt und wird deshalb seit dieser Nacht wie ein höheres Wesen behandelt. Sie braucht sich nicht mehr um ihr Essen kümmern, ihre Wäsche wird gewaschen, die Wassereimer sind immer voll gefüllt. Sie seufzte. Es waren ihre einzigen Aufgaben gewesen, aber nach ihrem erfolgreichen Leopardenmord waren sie von heute auf morgen weggefallen, und sie nahm an, dass es *oumeme* veranlasst hatte, wie überhaupt alles. Einerseits verging die Zeit in diesem vergessenen Dorf unglaublich langsam, andererseits hatte sie in der neuen Untätigkeit das Gefühl, dass ihr die Zeit unter den Händen zerrann. Mein Gott, wann kam Richard endlich zurück? Sie konnte doch nicht ihr ganzes Leben in diesem *kraal* bleiben.

Plötzlich trug der Wind ein leichtes Hüsteln an sie heran, nein, mehr ein menschliches Keuchen. Sie stand auf und stellte sich vorsichtig hinter die Ringelschotenakazie, sodass sie nicht sofort zu entdecken war.

Es war der Häuptling und hinter ihm die kleine stille Nagare. Sole trat aus dem Schatten heraus, und kaum hatte er sie entdeckt, winkte er schon mit seinen krummen Fingern in ihre Richtung. Sole sagte nichts, war aber etwas verwundert, als er seinen Stock beiseite legte und in die Hocke ging. Nachdrücklich forderte er sie auf, das Gleiche zu tun. Nur Nagare sollte stehen bleiben. Er legte zwei Finger auf seinen Mund, zeigte zu ihr hin und dann zu Sole. Aha, dachte Sole, Nagare soll übersetzen. Jetzt war sie gespannt, was dieses verschrobene Männchen von ihr wollte. Es musste etwas Geheimnisvolles sein, denn sonst wäre er in ihre Hütte gekommen oder hätte den Weg über Zita genommen. Immerhin saß sie jetzt jeden Abend am Feuer der Heilerin.

Er wäre alt, bedeutete ihr der Häuptling durch Nagara. Sein Sohn wäre schon vor vielen Jahren mit seiner Familie in die Stadt gezogen. Der älteste Sohn seines jüngsten Bruders würde seit zwei Jahren bei ihm in seiner Hütte wohnen, weil seine Mutter zu der Schwester gezogen wäre, die aufgrund ihrer zweiten Heirat mit den anderen Kindern in dem Dorf des neuen Mannes lebte, das kurz vor der Grenze zu Botswana lag –

«Halt», unterbrach Sole Nagare, «die familiären Zusammenhänge kann ich schon jetzt nicht mehr auseinander halten. Frag ihn bitte, was genau er von mir will.»

Irritiert schaute sie der Alte an.

«Wie soll ich dich um etwas bitten, wenn du nicht zuhörst», jammerte er und nahm umständlich etwas ab, das um seinen Hals geschlungen war.

«Katiti ombappa», begann er in kehligen Lauten, und seine Worte sprudelten wie ein Wasserfall von seinen Lippen. Er redete ohne Pause, gestikulierte wild mit den Armen, verdrehte die Augen und strich mehrfach mit der Hand über Herz und Körper. Bestimmt mehr als zehn Minuten hielt sein Wortschwall an, und seine Stimme hob und senkte sich, war mal scharf und böse, dann wieder ruhig und bedächtig.

Endlich hatte er geendet. Mit dem letzten Wort reichte er Nagare den kleinen Gegenstand, den er vorher vom Hals abgenommen hatte. Jetzt war Sole wirklich gespannt auf Nagares Übersetzung.

«Er meinen», sagte das Mädchen, «dass großes Glück für Dorf, dass du Leoparden geschossen und noch mehr großes Glück, dass *katiti ombappa* so gut schießen.»

Nagare machte eine Pause.

«Und ganz besonderes Glück für Häuptling, dass du ihm Herz und Hoden überlassen. Für seine Kraft, da er alter Mann. Aber Leopard drei Dinge, die Kraft haben. Zwei er hat, aber dritte er dir geben wollen. Seine *wish-and-luckbones**.»

Nagare hängte ihr ein winziges Ledersäckchen um, das an einer dünnen Kordel aus getrocknetem Tierdarm hing. Sole befühlte es zuerst, griff dann mit einem Finger hinein und pulte zwei unscheinbare schmale Knochen heraus, an denen noch kleine Fleischpartikelchen hingen. An den ehrfurchtsvollen Augen der jungen Schwarzen erkannte sie, dass es etwas Außergewöhnliches sein musste. Auch der Häuptling sah sie gespannt an, und sie beschloss, große Freude zu zeigen und diese dritte Leopardenkraft von ihm anzunehmen. Er nickte befriedigt und blickte zungenschnalzend zu Nagare hin.

* Kleine Knochen, die bei den Raubkatzen rechts und links im Trägerfleisch sitzen und bei Jägern wie auch Eingeborenen als Glücksamulette sehr begehrt sind

«Er Freude, dass du Freude. Er aber Bitte an dich», fuhr sie fort. «Ältester Sohn von jüngster Bruder lebt mit ihm zusammen in seiner Hütte –»

«Das hatten wir doch bereits», unterbrach sie Sole leicht genervt, was ihr aber sofort Leid tat, als sie Nagares ängstliches Gesicht sah.

«Also gut, was ist mit dem ältesten Sohn des jüngsten Bruders?»

«Bruder von Häuptling nix gut. Böse, weil Häuptling Häuptling und nicht Bruder. Will jetzt Sohn wiederhaben. Aber guter Häuptling lebt doch schon so lange mit ihm zusammen. Dieser Sohn wie eigener Sohn. Wer soll Häuptling Essen machen? Wer an Arm zu Feuer führen? Wer ihm helfen Geister deuten? Auch ältester Sohn von jüngster Bruder will nicht verlassen guten Häuptling, weil Leben in seiner Hütte große Ehre.»

«Tja», meinte Sole, «dann sind sich doch alle einig. Wo ist hier das Problem?»

Ernst sagte Nagare: «Großes Problem, weil Sohn immer Vater gehorchen muss. Häuptling meint, du ihm helfen können und ich dir seinen Wunsch jetzt in dein Ohr sagen, damit Wind nicht weiterträgt.» Sie beugte sich zu Sole hinunter, an ihr Ohr –

Als Sole das ungeheuerliche Begehren des Alten begriff, sprang sie spontan auf und brüllte ihn an: «Du gemeiner Kerl, das könnte dir so passen. Mich für deine dunklen Zwecke zu missbrauchen.»

Sie war wütend. Jetzt hatte sie sich so angestrengt, sein Wohlwollen zu erringen, und schon musste sie sich gegen ihn wehren. Was würde Zita zu diesem Ansinnen sagen? Krampfhaft suchte sie nach Worten, um ihn weiter zu beschimpfen, aber auch nach einer Möglichkeit, seine schändlichen Gedanken zu stören, auszuradieren, und trotzdem sein Gesicht zu wahren. Leider waren die Worte aber ausgesprochen, vor Nagare, und das war das Problem. Sole blickte ihn finster an und überlegte.

Zitas Dorfgeist kam ihr in den Sinn. Natürlich, dachte sie, es gibt nichts Verlässlicheres als diesen *kalunga*, den sie immer zitiert und vor dem alle so viel Respekt haben.

Gut, dachte sie weiter, wollen wir doch mal sehen, wie viel Kraft in ihm steckt.

«*Kalunga* wir dich strafen für dieses Denken», fauchte sie den

Alten an, «*kalunga* wird dir nicht nur diese, er wird dir alle Worte wegnehmen. Er wird sie begraben. An einer unbekannten Stelle –»

Sole sah, wie die Augen des Alten erst ungläubig schauten, sich dann aber vor Entsetzen weiteten.

«*Kalunga* wird deine Gedanken nie vergessen. Und erst recht nicht, dass du seine Hand, die mich und mein Gewehr führt, veranlassen wolltest, *deinen eigenen Bruder zu erschießen.*»

Der Häuptling duckte sich wie ein Tier. Er begann zu wimmern. Nagare hockte jetzt auf dem Boden, verwirrt und ängstlich. Sole sah es mit großer Befriedigung und kam richtig in Fahrt. Theatralisch hob sie die Arme und brüllte: «*Kalunga* wird sich von dir abwenden, und er wird das Licht deiner Augen verdunkeln. Er wird –» sie brach ihre Verwünschungen ab, weil sie nachdenken musste. Womit konnte sie noch drohen?

Dann tat er ihr Leid.

In sich zusammengesunken war er nur noch ein Häufchen Elend, und Menschen, die am Boden liegen, trat man nicht. Ich sollte ihn wieder aufrichten, ihm sein verlorenes Gesicht wiedergeben. Aber wie, nachdem ich ihn mit Hilfe von *kalunga* zerschmettert habe? Sie überlegte, und es kam ihr eine Idee.

Mit einem tiefen Seufzer ließ sie sich, die Augen geschlossen, zu Boden gleiten und breitete Arme und Beine weit aus. Schrill rief sie: «Der Häuptling ist ein guter Mann», und im tiefen Tonfall sprach sie weiter: «Aber er hatte Böses im Sinn.»

Wieder schraubte sie die Stimme nach oben. «Aber er *musste* doch diese schändlichen Worte sagen, um *katiti ombappa* zu prüfen.» Wieder in tiefer Stimmlage: «So hat er recht getan, denn es ist seine Pflicht, auf das Dorf zu achten und Schaden von ihm abzuwenden.»

Sole wartet einige Sekunden, riss die Augen wieder auf und erhob sich. Schüttelte die Schultern, reckte sich, so als ob sie aus einem tiefen Schlaf erwacht wäre und fragte Nagare, was eigentlich passiert sei.

Aufgeregt erklärte sie, dass *kalunga* durch ihren, *katiti ombappas* Mund gesprochen hätte, und während sie schnell und drängend auf den ungläubigen Häuptling einredete, half sie ihm, aus der unterwürfigen Stellung hochzukommen.

«Aber was genau hat *kalunga* gesagt?», hakte Sole heuchlerisch interessiert nach.

«Häuptling dich mit seiner Frage auf Probe stellen und du Probe bestanden», sagte sie völlig überzeugt und zufrieden.

Sole stellte sich vor den alten Mann. Mit der linken Hand berührte sie den Lederbeutel, mit der rechten ergriff sie seine Hand.

«Gehe in Frieden, mein Sohn», sagte sie ernst und erinnerte sich an den Ton des Pastors bei ihrer Konfirmation: «*Kalunga* ist mit dir.» Die Schwarze schaute sie ehrfürchtig an, und umgehend folgte eine gewisperte Übersetzung. Der Häuptling verbeugte sich und legte zwei Finger küssend an die Stirn. Dann nahm er den Stab und schritt eilig den Hügel hinunter. Nagare folgte ihm. Sie drehte sich aber noch einmal um und lächelte Sole verschmitzt an. Mein Gott, welches Theater, dachte Sole, aber immerhin habe ich einem Menschen das Leben gerettet. Ohne mein Show hätte er vielleicht demnächst von irgendjemandem einen Giftbecher vorgesetzt bekommen, oder ihm wäre eine Schlange untergeschoben worden. Sie setzte sich wieder auf ihren Stein.

Flink wühlte sich eine Gestalt aus dem gegenüberliegenden Gebüsch.

«Du schon mehr können als ich will.»

Sole war nicht überrascht, Zita hier zu sehen. *Wer* kann schon *was* vor ihr verbergen? Halt, sollte sie etwa angeklagt werden?

Die Augen der alten Frau blitzten verschwörerisch, und sie machte Anstalten, sich neben Sole zu hocken. In Ruhe und einmal nicht gejagt von einem inneren Auftrag, wie Sole bemerkte. Sie rückte ein wenig zur Seite, um ihr Platz zu machen. Einträchtig saßen die beiden unterschiedlichen Frauen beieinander, sprachen nicht, ruhten in ihren Gedanken. Dann räusperte sich Zita: «Woher?», und Sole wusste genau, was sie meinte.

«Ich arbeite in Deutschland in der Filmbranche», sagte sie, und zum ersten Mal ging ihr auf, dass Zita überhaupt nichts von ihr wusste. «Wir drehen Filme», versuchte sie zu erklären, «die dann im Kino zu sehen sind, oder im Fernsehen. Jede Fantasie wird vorher auf die Reaktion hin, die sie auslöst, getestet. Man kann in diesem Beruf nicht spontan arbeiten, alles ist vorher festgelegt. Und das habe ich gerade auch hier umgesetzt.»

Sie machte eine Pause. «Du weißt, was der Häuptling von mir verlangt hat?»

Zita wischte mit einer heftigen Handbewegung die Frage von sich. Sie nimmt den Häuptling nicht ernst, erkannte Sole und sah die alte Frau an. Wie soll ich dieser Eingeborenen den Teil der Welt beschreiben, wo ich zu Hause bin – trotz ihrer Schlauheit –, dachte sie, und wieder schien Zita ihre Gedanken zu kennen, denn sie ergriff die Hand von Sole, und sagte einfach: «Erzähl –»

Sole sprach von ihren Eltern, von der sorglosen Kindheit und Jugend, die sie erlebt hatte. Von Thaddeus Wechselberger, der ihr vier Jahre lang auf Kosten ihres Vaters die geheimnisvolle Welt der Fotografie und Kamerakunst nahe gebracht hatte.

«Vier Jahre?», fragte Zita ungläubig, «und jetzt kannst du lebendige Bilder machen?»

«So ähnlich», lächelte Sole, «aber das reicht mir nicht. Ich will Farben suchen und finden, will sie miteinander verbinden, ihnen Bewegung geben, dass sie verschmelzen, ineinander aufgehen. Und was dann herauskommt, das will ich festhalten. Deshalb bin ich auch nach Afrika gekommen. Hier soll die unverbrauchte Natur noch Farben zaubern, die es bei uns nicht mehr gibt.»

«Und der andere Mann?», fragte Zita, «der im Krankenhaus liegt?»

«Ja», sagte Sole langsam, «das ist Hannes –»

«Hannes», wiederholte die Heilerin ohne jede Betonung.

Die Schatten der Hügel waren länger geworden, und die Sonne hatte den fast ockerfarbenen Ton des späten Nachmittages bekommen. Langsam legte er sich jetzt auf das Grün der Bäume und Sträucher, vermischte sich mit deren Farben, wurde eins mit ihnen. Sole sah es, und ihr Herz öffnete sich weit. Sie wollte plötzlich, dass Zita die Wahrheit erfuhr, wollte nicht mehr ihre Fehler schönreden, keine Schuld weitergeben.»

«Er hat mich aufgefangen, als ich dabei war, mir selbst wehzutun», sagte sie ruhig. «Ich war krank von den Männern, von dem schnellen Leben und von dem ständigen Manipulieren der Gefühle, was den Großteil meiner Arbeit ausmachte. Hannes war der Vertraute aus meiner Kindheit. Keiner kennt mich so gut wie er, nicht einmal mein Vater. Und er war sofort für mich da.»

Sole griff nach einigen kleinen Steinen und versuchte, sie auf ein unsichtbares Ziel zu werfen, während Zita ohne jede Bewegung neben ihr saß, den Oberkörper vorgebeugt, die knochigen Hände ineinander verflochten.

«Ich war sehr dankbar. Und danach sehr bequem.»

Jetzt warf Sole einen größeren Stein. Als er auf dem Boden auftraf, wurde er von einem kleinen Ast gebremst, sodass seine Kraft für einen weiteren Sprung erlosch. Es könnte Hannes und meine Geschichte sein, dachte sie, auf das Minimum eines Geschehens reduziert. Er ist der kleine Ast, der mich, den Stein, aufhält, einen weiteren Sprung zu wagen. Oder davon abhält?

«Als ich Richard traf, damals bei unserer Ankunft in Afrika, sind alle Schmetterlinge auf mich zugeflogen, die es in eurem Land hier gibt. Und dann hat er mir die Farben Afrikas gezeigt, und ich begann, ihn und sein Land ein wenig zu verstehen. Sorry, Zita» – Sole blickte der alten Frau ins Gesicht –, «aber ich habe nie gelernt, mich gegen meine Gefühle zu wehren.» Nach einer Pause: «Das Kind war von Hannes, aber Richard hat es akzeptiert. Doch schon lange bevor ich es verloren hatte, habe ich Hannes gesagt, dass ich ihn nicht heiraten werde.» Nach einer weiteren Pause fuhr sie leise fort: «Ich könnte mit Richard leben, denn ich glaube, ich liebe ihn.»

«*Katiti ombappa* ist für sich selbst keine Überraschung mehr. Sie weiß alles über sich», sagte die Alte kurz, «und wie steht Richard dazu?»

«Siehst du, *oumeme*», sagte Sole fast heiter, «genau *das* weiß ich nicht.»

Merlene stand vor ihrer Hütte. Sole sah es von ihrem Schlafsack aus.

«Warum bleibst du draußen stehen», rief sie ihr zu, «komm rein.»

Schon lange hatte sie sich daran gewöhnt, dass man hier die Hütten betrat, wann immer man wollte. Selbst Mamochisane, die ihr jetzt meistens am Morgen das Wasser brachte, kam immer kurz zu ihr herein, sagte etwas Unverständliches und strich ihr dabei über die Wange.

Merlene nahm sich den kleinen Hocker und setzte sich vor Sole. «Farewell krank», platzte es aus ihr heraus.

Sole gähnte: «Und was fehlt ihm?»

«Augen zu, entzündet mit Eiter», sagte Merlene sorgenvoll und stand wieder auf, um den Wassereimer von draußen in die Hütte zu tragen. Dabei seufzte sie und suchte den Blick von Sole.

«Dann brauchen wir Zita», bemerkte Sole, «sie muss meinen Medikamentenkoffer aus dem Auto holen. Ich kann das nicht, weil ich einen Horror vor der Puffotter habe.»

«Zita darf nicht wissen, dass ich dich bitten, nach Farewell sehen. Sie ist die *omupuliki*. Aber leider ihre Medizin nicht geholfen. Was ich meinen, vielleicht helfen die von *katiti ombappa*?»

Sole hörte sehr wohl den hoffnungsvollen Ton aus Merlenes Stimme. Sie dachte nach. «Wo ist Farewell?»

«In meiner Hütte.»

«Gut, ich komme nachher mit Zita zu dir auf eine Tasse Kaffee. Leg den Jungen so hin, dass ich ihn zufällig entdecke. Vielleicht kann ich ihm helfen.»

Nachdem Sole wieder ihre Stunde des Nachdenkens auf dem Stein verbracht hatte, schlenderte sie zu Zitas Hütte. Sie wusste, dass sie das Wohlwollen der alten Frau besaß. Merlene hatte ihr gestern gesagt, dass die Dorfbewohner ihre Position als sehr ungewöhnlich betrachten würden, denn in der Vergangenheit hätte Zita nie ihre Macht mit einer zweiten Person geteilt. Du bist nicht nur ihre Tochter, hatte sie bedeutungsvoll gesagt, sondern *katiti ombappa*, mit der *kalunga* spricht und die das Dorf zusätzlich mit ihrem eigenen Zauber beschützt.

Zita saß vor ihrer Hütte, wie immer unbeweglich, und Sole erkannte an dem kurzen Aufblitzen in ihren Augen, dass die Alte auf sie gewartet hatte.

Sole setzte sich nicht zu ihr, was sie sonst immer tat, sondern blieb stehen, rieb ihren Magen und meinte: «Ich habe Lust auf einen europäischen Kaffee. Vielleicht hat Merlene kochendes Wasser. Kommst du mit?»

Zita sah Sole mit gerunzelten Augenbrauen an. Sie huschte in ihre Hütte, und als sie wieder heraustrat, bemerkte Sole sofort ein ihr unbekanntes Amulett, das sie an einer geflochtenen Schnur um den Hals hängen hatte. Interessiert ging sie näher an die Alte heran und sah, dass es vermutlich aus einer Muschelschale geschnitzt war. In den feinen eingeritzten Furchen, die in einem hellen Rot eingefärbt waren, erkannte sie einzelne Körperteile, die sich bei jeder Bewegung Zitas ebenfalls zu bewegen schienen. Auch den Lederbeutel, der quer über ihrem Körper hing, hatte sie noch nie an ihr gesehen.

«Du wirkst heute sehr gebieterisch und *eine Menge* heilig», sagte Sole und lächelte.

«Farewell krank, meine Medizin nützt nicht, vielleicht deine», sagte die Alte kurz und legte ihre Hand auf Soles Arm. Wie konnte ich nur eine Sekunde glauben, dass dieser Hexe etwas entgeht, dachte Sole belustigt. Und dass sie sich von mir zu Merlenes Hütte führen lässt, vor den Augen aller, hat bestimmt auch seinen Grund.

Das Kind lag unruhig auf seiner Schlafdecke vor der Hütte und quengelte leise vor sich hin. Die Augen waren geschlossen und gelbliche Flüssigkeit hing angetrocknet in den Wimpern.

Sole verzichtete darauf, Merlene um den Kaffee zu bitten. Sie wusste, dieses Theater hätte Zita beleidigt. Sie kniete sich neben das Kind und betrachtete es. Dann stand sie wieder auf und blickte die beiden Frauen nachdenklich an.

«Ich kann Farewell helfen. Mit einer Salbe. Das ist kein Problem. Aber ich habe noch eine ganz andere Idee. Solange ich hier bin, könnten wir doch einmal am Tag eine medizinische Beratung für die Dorfbewohner abhalten. Zita in ihrer Eigenschaft als *omupuliki*, ich helfe ihr mit der weißen Medizin, und du, Merlene, sorgst für Ordnung und übersetzt. Mein Koffer ist randvoll mit Medikamenten und Salben gegen Kopfschmerzen, Durchfall, Verstopfung, Übelkeit, Malaria und Wunden aller Art. Wenn jemand den Mut findet, mit seinen Wehwehchen zu mir zu kommen, natürlich über Zita, werde ich an den geschilderten Symptomen wissen, ob ich ein Mittel in meiner Reiseapotheke dagegen habe. Ich weiß von meinen vielen Kindermädchen eine Menge über Krankheiten und wie sie sich heilen lassen.» Sie machte eine Pause und blickte Zita an: «Meine Zeit hier wäre dann ausgefüllter.»

Zita sagte nichts. Sie dachte nach. Dann nickte sie und schnalzte mit dem Finger zu Merlene hin.

«Heute, vor Sonnenuntergang. Vor meiner Hütte.»

Sole strahlte sie an. «Farewell wird unser erster Patient.»

Sie reichte Zita wieder ihren Arm, aber die Alte war bereits aufgestanden und eilte in Richtung Auto davon.

«Viele Jahre sie jeden Gedanken an Alter verdrängt», sagte Merlene, ihr nachblickend, «obwohl sie weiß, dass es ihre Pflicht, das Dorf versorgt zurückzulassen, wenn *kalunga* mit ihr die große Reise macht.» Sie blickte Sole an. «Du gute Nachfolgerin von Zita sein können. Aber vielleicht du nur kurze Zeit hier bei uns. Dann wieder weggehen wie ein Winter, der dem Sommer folgt und der wiederum dem Winter. Oder aber hier bleiben mit Richard. Oder ohne.» Das Letztere sagte sie ganz leise.

Misstrauisch blickte Sole ihre Schwiegermutter an.

«Und du weißt wirklich nicht, wann Richard zurückkommen könnte?»

Es war ein heißer Tag gewesen, ohne jede Luftbewegung und ohne eine einzige Wolke am Himmel. Langsam senkte sich jetzt die Sonne dem Horizont zu, und die ersten Schatten krochen unterhalb ihren lang gezogenen Strahlen hervor. Mensch und Tier begannen aufzuatmen und warteten sehnsüchtig auf die Abendkühle.

Zita saß würdevoll in ihrem Holzsessel in der Öffnung ihrer Hütte. Sie hatte wieder den grauen Kaftan mit den weißen Stickereien angelegt und über ihren kleinen vogelartigen Kopf den dazu passenden Turban gestülpt. Die Haut der Zebraschlange war mehrfach um ihren Hals geschlungen, wie auch das Muschelamulett mit dem Lederbeutel. Merlene stand neben ihr. Obwohl es noch ziemlich heiß war, hatte sie sich ihren dunklen Umhang um ihren mächtigen Körper drapiert. Neu war die goldene Brosche in der Form eines Blattes, die alles zusammenhielt.

Sole hatte sie ihr geschenkt, am Nachmittag, als sie die Inszenierung des kommenden Geschehens in die Hände gelegt bekam.

«Du bist der Zerberus unserer Gruppe», hatte sie zu ihr gesagt, und natürlich hatte Merlene sofort gefragt: «Was ein Zerberus?» Sole war ihr die Antwort schuldig geblieben. Sie hatte gelacht und war wie ein Wirbelwind in Zitas Hütte gestürmt, um noch einmal den ausgelegten Inhalt ihres Medikamentenkoffers zu überprüfen, sich die Mittel einzuprägen und das eine und andere neu auf dem kleinen Holztisch zu ordnen.

Endlich eine Aufgabe, sie freute sich darauf.

Am Nachmittag war sie mit Zita zum Wagen gegangen, um alles herauszuholen, was für die Sprechstunden nützlich sein konnte. In ihrer Angst vor der Puffotterschlange war sie allerdings mehrere Meter vor dem Auto stehen geblieben und hatte Zita ihre Wünsche zugerufen. Zita hatte wie ein junges Mädchen gekichert, aber das Gewünschte sofort gefunden und herausgetragen.

Etwas entfernt von Zitas Hütte war auf Soles Vorschlag hin ein kleines Feuer gezündet worden, in dessen Glut Merlenes Wasserkanne stand. Daneben hatte Sole Richards kleinen Campingtisch postiert, ein Geschirrhandtuch drübergelegt und darauf die tiefen italienischen Porzellanteller gestellt, zusammen mit der großen Flasche Kamillosan, die sie auf allen Reisen mit sich führte. Ein T-Shirt hatte sie geopfert und daraus jede Menge Leinenlappen gerissen. Sie lagen, ordentlich geschichtet, neben den Tropfen, Salben, Tabletten und Verbänden, wie auch das Nageletui und das Täschchen mit Nadel und Faden.

Aber die Überraschung an dem gesamten Arrangement war sie, Sole, selbst. In dem Holzkasten von Zita hatte sie ein rotes Etwas gefunden.

«Darf ich?», hatte sie Richards Großmutter gefragt und sich das alte Gewand übergezogen. Zita hatte verlegen auf dem Boden der Kiste gewühlt und schließlich ein mit bunten Bändern verziertes passendes Kopftuch hervorgezogen. Sole spürte sofort die innere Bewegung der alten Heilerin, und sie ahnte auch, warum. War es richtig, dass sie das Kleid aus Zitas Jugendzeit trug? Dann sah sie, wie Merlene ihre Hand auf den Arm der Mutter legte und ruhig sagte: «Es ist gut und richtig so», und wie Zita zustimmend nickte und ausnahmsweise den Blick senkte.

Als sich Sole zurechtgemacht zu den beiden Frauen stellte, bedeutete ihr die alte Frau, sich vor ihr hinzuknien. Sie griff an ihren Hals, zog die Schlangenhaut über den Kopf und streifte sie ihr schnell über. «Ich *omupuliki* der vier Ebenen, du *katiti ombappa* mit weißer Medizin.»

«Danke *oumeme*», hatte Sole überrascht gemurmelt.

Die ersten Bewohner ließen sich in einem gebührenden Abstand von Zitas Hütte nieder. Vielleicht zehn bis fünfzehn Personen, überschlug Sole kurz. Sie redeten aufgeregt durcheinander, versuchten sich gegenseitig zu übertönen und zeigten auf Beine oder Bäuche. Merlene klatschte in die Hände. Sole nahm an, dass damit die Sprechstunde eröffnet war.

Ernst winkte Zita Merlenes Sohn zu sich heran. Sie nahm seinen Kopf in die Hände, drehte ihn hin und her und presste mit zwei Fingern gegen seine Schläfen. Dann blickte sie zu Sole, die hinter ihr stand.

«Es sind Motten», sagte sie und runzelte die Stirn. «Sie nisten Eier in ruhige Häute von Augen. Vielleicht weggehen, vielleicht nicht. Wenn ja, gut, wenn nein, vielleicht später nicht mehr gut sehen.»

Sole verbeugte sich vor Zita, bevor sie sich den Jungen ansah. Seine Augen war dick geschwollen und von Eiter verklebt. Sie setzte ihn auf den Schemel und bedeutete Merlene, etwas von dem kochenden Wasser in einen Teller zu gießen. Dann zog sie sich vor allen Augen demonstrativ die dünnen Gummihandschuhe über, die Hannes vor ihrer Abreise besorgt hatte – danke Hannes, dachte sie flüchtig, öffnete die Kamillosanflasche und ließ die dicken dunklen Tropfen in den Teller träufeln. Sie nahm eines der vorbereiteten Leinenläppchen, tunkte es ein und begann vorsichtig und zart, die Augen des Jungen auszuwaschen. Immer und immer wieder, bis sie frei waren von jedem Schmutz und Eiter.

Zita nickte zustimmend, griff aber nach einem weiteren Tuch und drückte es Sole in die Hand.

«Noch einmal», sagte sie mit Autorität, und Sole befolgte ohne Widerworte diese Anweisung.

Sie will das letzte Wort haben, dachte sie und fragte laut und überdeutlich für die anderen: «Ist es so gut, *omupuliki*?»

Zita nickte sehr zufrieden. Sole legte ein kleines Handtuch über das Gesicht des Jungen, dann ging sie an den Tisch und betrachtete die Medikamente, die ausgebreitet vor ihr lagen. Morgens und mittags die Tropfen, dachte sie, und für die Nacht eine starke Heilsalbe. So würde ich es machen. Sie griff nach den kleinen Ampullen und trat wieder hinaus.

«Merlene, sieh dir an, was du machen musst», rief sie und zog das Handtuch von Farewells Gesicht. Rasch brach sie die Ampulle auf, bog den Kopf des Jungen nach hinten und träufelte ihm die Medizin in beide Augen.

«Wenn er schlafen geht, sag mir Bescheid, er muss eine Salbe in seine Augenschleimhäute bekommen. Das sollte jeden Tag, eine Woche lang gemacht werden, dann hat er es überstanden.»

Merlene sah sie dankbar an und hob ihren Sohn mit beiden Armen hoch.

«Ich schnell in Hütte bringen, dann wieder da», sagte sie und rannte mit ihm davon.

Hoheitsvoll schnalzte Zita nach dem nächsten Patienten.

Es war eine junge Frau. Demütig und mit gesenktem Kopf berührte sie kurz Zitas Amulett. Sie sprach so leise, dass Zita zweimal nachfragen musste. Verschämt zeigte sie auf den linken Knöchel, und als die Heilerin mit einem starken Griff das Bein zu sich heranzog, schrie sie auf, entschuldigte sich aber sofort unterwürfig und mit Tränen des Schmerzes in den Augen.

«Holzspan, muss herauswachsen, vielleicht nächste Jahreszeit – oder?» Zita schob sie zu Sole hin. Der Knöchel war bläulich angeschwollen, in der Mitte steckte ein kleines Stückchen Holz, das sich tief in das Fleisch hineingebohrt hatte.

«Einmal hatte ich ein Kinderfräulein, die hat alles mit Seifenlauge geregelt», sagte Sole nachdenklich, «ich werde es hier auch versuchen.» Sie griff nach Richards Seifenpuder, den sie auch mit in die Sprechstunde genommen hatte, schüttete reichlich davon in eine Schüssel und ließ sie von Merlene, die wieder zurückgekommen war, mit heißem Wasser auffüllen.

«*Meme*, sie muss sich hier auf den Schemel setzen und den Fuß mit dem entzündeten Knöchel in die Lauge stecken. Nach dem letzten Patienten nehme ich sie mir dann vor.»

Schwerfällig und leicht torkelnd trat die nächste Frau aus dem Kreis auf sie zu. Auch sie berührte kurz Zitas Amulett, wandte sich aber dann an Sole. Immer und immer wieder strich sie über ihren Leib, berührte den Mund mit den Fingern, würgte verhalten und zupfte an ihrer Haut.

Zita winkte Sole heran. «Sie Malaria. Jetzt Zeit dafür, weil Regen kommt. Haut schwitzt, viel Übelkeit, viel Fieber.»

«Bist du schwanger?», fragte Sole und legte vorsichtig ihre Hand auf den Bauch. Die Frau schüttelte schwach den Kopf, dann sank sie erschöpft zu Boden. Sole war sicher, dass es so war, wie Zita sagte.

Sie hatte für sich und Hannes je eine Malaria-Soforthilfe mitgenommen. Der nette Professor Schlipköther von der Düsseldorfer Universität hatte sie ihr verschrieben, aber vor einer Einnahme gewarnt, sollte sie ein Baby erwarten. Dabei hatte er ihr freundlich zugeblinzelt. Mein Gott, wenn der wüsste, dass ich Medizinfrau in Afrika spiele, ging es Sole durch den Kopf. Oder erst mein Doktor Grethe aus der Aachener Straße. Der jedes Mal Höllenangst wegen der Reisekapriolen seiner Patientinnen aussteht und deshalb schon vor Jahren die Oberhoheit über deren Gesundheit an sich gerissen hat.

Eine Soforthilfe könnte sie abgeben, die zweite würde sie vorsichtshalber behalten.

Sie riss die Packung auf und überflog die Gebrauchsanweisung, verglich die beschriebenen Symptome mit denen der jungen Schwarzen, die apathisch auf dem Boden lag. Sole nahm einen Papierbecher, füllte ihn mit abgekochtem Wasser und kniete sich neben die Frau, hob ihren Kopf hoch und setzte den Becher an ihre Lippen.

«Nimm die Tablette mit dem Wasser», sagte sie. «*Meme* Merlene wird dir morgen früh die zweite Tablette geben und die dritte am Abend. Meide die Sonne und bleibe in der Hütte liegen. Trinke nur abgekochtes Wasser, so viel du kannst. *Meme*» – rief sie laut –, «du musst ihr das ganz genau übersetzen, und sag ihr, dass ich alles überprüfen werde.»

Zwei Frauen stützten die Kranke und brachten sie weg, aber Sole hörte noch, wie sie *«iyaloo»* flüsterte.

Der nächste Patient war ein junger Mann. Sein Gesicht wirkte etwas verkniffen und er schien Schmerzen zu haben, denn er holte unnatürlich oft und tief Luft. Die strenge Ausdünstung seines Körpers stieg Sole unangenehm in die Nase, aber sie fragte sich, wie sie wohl für diese Leute riechen musste. Sein Blick streifte Sole herausfordernd, und er wollte ihr schon seinen Arm hinstrecken, als er sich aber anders besann und ihn Zita hinhielt. Die alte Frau beachtete ihn nicht. Sie blickte zu Sole, verzog den Mund und sagte: «Arm entzündet, morgen schlimmer.»

Sole betrachtete die Wunde über Zitas Schulter hinweg. Sie murmelte Zita zu: «Ich könnte sie mit einem Desinfektionsspray säubern und anschließend mit einer Penicillinsalbe behandeln.»

Die alte Frau nickte mit einem undefinierbaren Gesichtsausdruck, entschied aber dann: «Hier Zitas Medizin besser.»

Sie schnalzte mit den Fingern in die Richtung ihrer Tochter, die ihr eilfertig einen Holztopf hinstellte. Zita tauchte mit zwei Fingern hinein und holte eine schwarze Paste heraus. Sole sah, dass sie sich dehnte, als wäre sie mit Gummi versetzt. Merlene reichte ihr ein großes Blatt, dessen bräunliche Ränder bereits ausgefranst waren, und Zita strich langsam und bedächtig ihre Salbe darauf. Merlene drückte den Mann auf die Knie und bedeutete ihm, dass er zur *omupuliki* hinrobben sollte. Von allem scheinbar unbeteiligt, summte die alte Frau leise vor sich hin, legte ihm das Blatt mit der Salbe auf die offene Wunde, strich mehrfach pressend mit beiden Händen darüber, bis das Blatt die Form des Armes angenommen hatte. Sie griff in den Strohkorb hinter sich, entnahm ihm ein Stück dünne Borke und wickelte sie um den Arm, schlang zwei getrocknete Graslianen darum und entließ den Mann mit einer Handbewegung.

«Darf ich einmal sehen?», fragte Sole und berührte leicht den Arm des Mannes. Zitas Verband sah aus wie eine eigens angefertigte Manschette. «Das ist gut», sagte sie, «wirklich sehr gut. Vielleicht sollte er aber noch eine Tablette gegen die Entzündung einnehmen. Ich meine nur sicherheitshalber, oder –»

Zita zischte dem Mann etwas zu. Er blieb stehen und nahm die Tablette und den Wasserbecher von Sole entgegen. Beides schluckte er, ohne den Blick von ihr abzuwenden. Sorgfältig stellte er den Plastikbecher auf den Tisch zurück, verneigte sich vor den Frauen und entfernte sich.

Sole blinzelte nach oben. Das Tageslicht wurde schwächer, und bald würde die Dunkelheit hereinbrechen.

«Ich versuche noch, den Holzspan herauszuziehen, und dann sollte für heute Schluss sein», meinte sie. Merlene übersetzte ihre Worte für die Leute, aber keiner machte Anstalten, aufzustehen.

«Keiner mehr krank, aber sie wollen sehen, was du mit der Frau mit Holz im Fuß machst», erklärte sie Sole.

Vorsichtig tupfte Sole mit einem Leinenläppchen den Fuß trocken und bedeutete der Frau, sich seitlich auf den Boden zu legen.

«Sag, sie soll sich entspannen. Ich werde jetzt versuchen, den Holzspan mit einer Pinzette herauszuziehen. Die Lauge hat die Haut weich gemacht, sodass es hoffentlich nicht so sehr wehtun wird.»

Die Frau blickte Sole an, und ihre dunklen Augen waren voller Vertrauen. Wie bei Richard, durchzuckte es Sole, damals am Morgen, als ich zu ihm ging, weil er Hilfe brauchte. Sie versuchte, sich entspannt hinzusetzen. Vorsichtig zog sie den Fuß zu sich heran, desinfizierte die Pinzette mit dem Spray wie auch die Wunde und begann, nach dem Ende des Spans zu suchen. Sie fand es nicht, da die Haut dunkel war. Das hatte sie nicht bedacht. Vielleicht finden ihn meine Fingerkuppen, dachte sie und schloss konzentriert die Augen. Langsam und vorsichtig strich sie über die Wunde. Da, sie fühlte ihn. Mit einem Finger fixierte sie die Stelle und öffnete wieder die Augen. Vorsichtig setzte sie die Pinzette an. «Jetzt», sagte sie laut, als sie den Span zu fassen bekam, und zog das Übel heraus.

Die junge Frau war zusammengezuckt, aber Sole beruhigte sie und zeigte auf das kleine Holzstück, das in der Pinzette lag. «Das hattest du in deinem Knöchel stecken», sagte sie und legte es in ihre Hand. «Jetzt bekommst du noch Salbe darauf, und morgen wird es schon besser sein.»

Anerkennend ruhten die Blicke der Leute auf Sole. Sie murmelten leise und erhoben sich, um in ihre Hütten zu gehen, während sich Sole die dünnen Gummihandschuhe von den Händen streifte.

«Morgen viel mehr Leute», brummte Merlene stolz, «heute sie nur sehen und prüfen.»

Sole kauerte sich vor Zita hin. «Bitte, bitte, liebe *oumeme*, geh doch noch einmal an Richards Wagen und zieh deiner Puffotter eine Flasche Wein von ihrem Hintern weg. Ich finde, wir sollten unsere erste gemeinsame Sprechstunde feiern. Nur wir drei.»

Die Alte erhob sich, zeigte aber bestimmend auf den Medikamententisch. Merlene begann sofort, die einzelnen Packungen und Salbentuben zusammenzuräumen und wieder in den kleinen braunen Koffer zu verstauen. Sole lief schnell zu ihrer Hütte. Sie wollte sich frisch machen und den roten Kaftan gegen Jeans und Sweater tauschen.

Die Dunkelheit hatte sich mittlerweile herabgesenkt, und vor Soles Zuhause war bereits das Feuer angezündet. Sole war dankbar über diese kleinen Zeichen der Wertschätzung, die ihr entgegengebracht wurden. Plötzlich kam ihr ein Gedanke, und sie griff nach der Taschenlampe, die wie immer zwischen zwei Hölzern am Eingang klemmte, und lief an Zitas Hütte vorbei in Richtung Auto.

Zita war bereits hineingekrochen und wühlte in der Kochnische. Sie streckte aber sofort ihren kleinen Kopf heraus, als sie Sole hörte.

«Richard hat hinten in einer Holzbox den CD-Player liegen», sagte Sole atemlos vom schnellen Gehen. «Die CD-Scheiben müssen daneben liegen. Wir könnten doch heute Abend ein Dorfkonzert veranstalten.»

Sie stand nahe am Auto, und der in das Innere des Wagens gehaltene Lichtkegel ihrer Taschenlampe wanderte unruhig hin und her. Er erfasste auch die Schlange, die sich gerade von der Innenseite der Tür abrollen wollte, um auf den Boden zu fallen. Sole hielt die Luft an und sprang instinktiv zur Seite. In der gleichen Sekunde war das Reptil im Dickicht verschwunden.

«Ich nicht finden deine Musik», sagte Zita.

Sole überlegte blitzschnell. Die Schlange war weg, ihr war nichts passiert. Warum sich also aufregen? Ihr neues afrikanisches Denken belustigte sie fast. Sie brauchte ja der Alten nicht zu sagen, dass ihre abschreckende Maßnahme das Weite gesucht hatte. Sollte sie doch annehmen, dass ihr diese Viecher nichts mehr ausmachen. Und mit diesem Gedanken kletterte sie in das Auto.

Überrascht sah sie Zita an. «Du keine Angst mehr vor Schlange?», fragte sie vorsichtig.

«Nein, warum? Du hast doch selbst gesagt, die Gefahr muss immer im Hinterkopf bleiben, sonst kann man hier nicht leben. Ich nach rechts und links geschaut, und da war nichts.» Sole grinste, klemmte sich den Player unter den Arm und half Richards Großmutter, aus dem Auto herauszusteigen.

Die drei Frauen saßen einträchtig vor Zitas Hütte und hatten ihre Beine von sich gestreckt. Sole fingerte sich das zerbröselte Käsegebäck aus der Tüte, die Zita auf ihr Zurufen hin noch in der Kochnische gefunden hatte. Es war die letzte Tüte, und die salzigen Plätzchen mussten ihr heute als Abendessen genügen, damit sie auf den üblichen *omahangy** verzichten konnte.

Zita hielt das italienische Glas in beiden Händen. Sie nippte vorsichtig an der für sie unbekannten roten Flüssigkeit und stellte dann das Glas beiseite. Merlene hatte aus ihrem Glas bereits einen größeren Schluck genommen und schmatzte zufrieden. Die alte Frau griff in den kleinen Korb neben sich und nahm die beiden Hundewelpen heraus.

«Du nehmen», sagte sie zu Sole, «sie an deinen Geruch gewöhnen, damit du für immer ihre Herrin.»

«Ach Gott», sagte Sole und schob die beiden Winzlinge in die Falte ihres Shirts, «wer von euch beiden ist Paula und wer Finchen? Hat euch *meine* Oma schon Futter gegeben?»

Sole schielte zu Zita hinüber. Hatte sie das Wörtchen *meine* mitbekommen?

«Viel Arbeit, weil alle vier Stunden Milch. Ab morgen andere Frau aus Dorf», sagte Zita, aber Sole sah, wie ein Ausdruck seltener Freude über ihr Gesicht huschte. Warum mache ich mir nur Gedanken, sie könnte vielleicht das eine oder andere nicht verstehen, dachte sie bei sich. Sie versteht alles viel schneller als jede Lichtgeschwindigkeit, und schob eine CD in den Player.

Als die wunderbare Musik der *Pastorale* ertönte, überfiel sie eine solche Sehnsucht nach Deutschland und ihren Eltern, dass sie

* Hirsebrei

hastig aufstand, die Welpen in den Korb legte und sich, von den beiden Frauen abgewandt, an den Baum stellte. Es war ihr, als ob sie plötzlich von dieser Musik gezwungen wurde, aus einem Traum aufzuwachen, aus einem afrikanischen, in den sie sich so bedenkenlos fallen lassen hatte. Je länger die vertraute Musik durch die Nacht perlte, desto machtvoller stieg die Erinnerung an ihr eigentliches Leben in ihr auf. Sie holte tief Luft. Sie sollte aufwachen und schnellstens nach Hause fliegen, damit wieder Ordnung in ihr Leben kam.

Die ersten Dorfbewohner kamen aus ihren Hütten und kauerten sich im Halbkreis um das Feuer ihrer *omupuliki*. Sole spürte die vielen Blicke, die auf ihrem Rücken ruhten, und von einer Sekunde auf die andere wurde ihr bewusst, dass sie keine Angst mehr hatte. Das ist vorbei, dachte sie, aber trotzdem war sie bedrückt, denn sie erkannte, dass sie Heimweh hatte nach ihrem klugen Vater, der verspielten Mutter, ja sogar nach Hannes. O je, wie sollte sie diesen Menschen ihr Handeln in der jüngsten Vergangenheit begreiflich machen? Und, zum Teufel, wo blieb nur Richard? Mehr als eine Woche war er schon weg.

«Ich bin müde und werde zu Bett gehen», sagte sie mutlos zu den beiden Frauen und stellte ihr volles Glas ab. Ihr war der Appetit vergangen.

Als sie ihre Hütte betrat und den großen Korb aus frisch geflochtenen Gräsern sah, war sie überrascht. Ein Geräusch ließ sie zusammenfahren. Es war der junge Mann, der in der Sprechstunde ihr gegenüber so misstraurisch gewesen war. Er sagte nichts, zeigte nur auf den Korb und fuhr mit der flachen Hand über sein Herz. Sole hob den Korb hoch und verneigte sich wortlos in seine Richtung.

Am Morgen wurde Sole von einem intensiven Kaffeeduft wach. Zita hatte ihr die dampfende Tasse vor die Nase gestellt. Sie saß mit gekreuzten Beinen vor ihr und strich ihr mit den knochigen Fingern durch das Haar, fast zärtlich, wie Sole meinte.

«Du keine guten Gedanken», sagte die alte Frau, «deshalb wir gehen heute zusammen zum Kunene, Fische fangen, und du mir zeigen, wie deine Küche zubereiten.»

«Wann kommt Richard zurück?», antwortete Sole ohne große Begeisterung.

Zita blickte sie prüfend an. «Weiß nicht. Wir deshalb *kanga* fragen. Morgen oder übermorgen.»

Auf dem Weg zum Fluss beobachtete Sole, wie die Kinder auf das Schnalzen von Zita hin an einen bestimmten Baum gingen und dort kleine Zweige abbrachen. Merlene hielt den mitgenommenen Sack offen, und vorsichtig, damit sie nicht brachen, wurden sie hineingesteckt. Es geht heute alles so gesittet und ruhig zu, dachte Sole, die neben Zita ging. Wie bei einem deutschen Sonntagsspaziergang. Bestimmt hängt das mit der Autorität ihrer *omupuliki* zusammen. Auch die drei jungen Frauen, die sie begleiteten, redeten nur leise miteinander. Sorgfältig beobachteten sie gegenseitig ihre Säuglinge, die in Tragetüchern an ihren Rücken hingen.

Je näher sie dem Fluss kamen, desto weißer wurde die Erde. Die roten Berge waren verschwunden und hoch gewachsenes Bambusgehölz breitete sich aus. Zita gab den Schritt vor. Ab und zu machte sie Sole auf Verschiedenes aufmerksam, und Sole tat so, als ob sie interessiert zuhörte. Ihre Gedanken waren aber weit von dem Dorf und seinen Menschen entfernt. Sie überlegte, wie sie nach Windhoek kommen, oder, wenn das nicht möglich war, wo die nächste Möglichkeit zum Telefonieren sein könnte. Vielleicht auf dem Weg zum Kunene? Vorsichtshalber hatte sie sich Geld eingesteckt, aber so, wie es aussah, bekam sie sicher nur wieder Natur pur zu sehen. Keine Spur von irgendeiner Zivilisation.

«Ich muss etwas unternehmen», sagte sie übergangslos zu Richards Großmutter. «Meine Eltern werden sich Sorgen machen. Ich sollte wieder zurück. Wie es aussieht, hat mich Richard vergessen. Also muss *ich* etwas tun», wiederholte sie mit Nachdruck.

«Alte Kühe vergessen, dass auch sie Kälber gewesen sind», murmelte Zita und blickte die Frau ihres Enkels an. Das ist doch einer ihrer Sprüche, fiel Sole ein, was will sie damit sagen?

Sie durchschritten ein kleines Dorf, wo ihnen Frauen und Kinder tanzend entgegenkamen. «Sohn des Häuptlings hat erste Frau gewählt, vielleicht heute Vermählung», vermutete Merlene. Die Männer mussten wohl gerade das Rind geschlachtet haben, denn der süßliche Blutgeruch waberte durch die heiße Luft, und Sole meinte, auch bereits das Summen der Fliegen zu hören, die sich um den besten Platz stritten. Sie presste sich das Taschentuch an die Nase, aber es half nichts, der Geruch hatte sie bereit eingeholt.

Eine alte Frau trat auf Zita zu, und wie Sole aus ihrer Gestik zu erkennen glaubte, wurden sie alle zu dieser Hochzeit eingeladen. Zita sprach schnell und abwehrend, ließ sich aber dann doch überreden, in eine Hütte zu gehen.

«Wartet», meinte sie kurz zu Sole und Merlene, und sofort stellte ihre Tochter gehorsam den Leinensack ab und setzte sich auf den Boden. Sie bedeutete Sole, das Gleiche zu tun, und rückte etwas zur Seite, damit auch sie sich an den Baumstamm lehnen konnte.

«*Oumeme* für Braut Amulett machen, auch für Kind», sagte sie. «Zauber dauert ein wenig.» Sie sah Sole aufmerksam an. «Bald du auch wieder Baby haben», und machte mit den Armen eine wiegende Bewegung.

«Glaube ich nicht», sagte Sole verdrießlich, «wie sollte das auch gehen? Richard führt ein hoffentlich fröhliches Leben in Windhoek, nach dem Motto: aus den Augen, aus dem Sinn. Offensichtlich hat er mich vergessen.»

«Vielleicht anderer Mann im Dorf», meinte Merlene vorsichtig.

Alarmiert sprang Sole aus der Hocke hoch. Sie wollte schon heftig widersprechen, als sie Zita aus der Hütte treten sah, umringt von Frauen, die mit *kari* gefüllte Blechdosen in den Händen hielten und fröhlich mit ihr redeten. Merlene stand umständlich wieder auf, und so konnte Sole ihr nur von der Seite zuzischen: «Das musst du mir aber nachher genauer erklären», bevor Zita wieder zu ihnen trat.

Richards Großmutter ergriff den Arm von Sole und stützte sich darauf. Sole wusste sehr wohl, dass Zita damit auf die Zugehörigkeit der *katiti ombappa* zu ihrer Familie hinweisen wollte, sagte aber nichts. Die Frauen des Dorfes begleiteten sie eine Weile, und ihre Kinder liefen wie kleine Hunde neben ihnen her. Irgendwann blieben sie stehen, legten ihre Handflächen Abschied nehmend aneinander und liefen singend und tanzend wieder in ihr Dorf zurück.

Die Luft wurde frischer, auch feuchter, und Sole wusste, ohne dass man es ihr sagte, dass der Fluss unmittelbar hinter dem dichten Schilfgebüsch liegen musste.

Und richtig, nach einigen wenigen Schritten lag der große Kunene vor ihnen.

Nach der Wasserarmut im Dorf kam es ihr verschwenderisch vor, wie er den Menschen diesseits und jenseits der Ufer sein lebenswichtiges Süßwasser zum Geschenk machte. Träge floss er in nordöstliche Richtung und ließ es zu, dass die Sonne mit seinem Wasser spielte, es zum Glitzern brachte, mit bunten Farben verzauberte. Sole erinnerte sich, wie sie in den ersten Tagen von Zita zum Wasserholen abkommandiert worden war. Während sie heute fast eine Stunde gelaufen waren, lag die Wasserstelle des Dorfes nur eine knappe halbe Stunde Fußweg davon entfernt. Der Tümpel musste also das Ende eines kleinen verborgenen Seitenarms dieses Flusses sein. Welches Glück für das Dorf und noch mehr Glück für Zitas Palme, dachte sie flüchtig.

Die Weite auf der anderen Seite des Flusses überraschte Sole. Die typischen Wassergräser wurden von kleinen Bodenstauden abgelöst, die wieder ein Stück weiter in gelbes Savannengras übergingen. Weit hinten waren blasse Berge zu erkennen, die am Horizont in den Himmel eintauchten, mit dessen blauer Farbe verschmolzen und die einzelnen Baumkronen, die aus den Ebenen herausragten, sahen mit ihren frischen grünen Blättern wie nachträglich in ein Bild hineingemalte Farbtupfer aus.

Es war das typische afrikanische Bild, das Sole zu lieben gelernt hatte. Nirgendwo ein Hauch von Zivilisation, die sie am Morgen noch vermisst hatte, und nach dem beengten Dorfleben der vergangenen Tage genoss sie diesen Anblick, mehr noch, er machte sie wieder unbefangen und fröhlich.

Drüben, auf der angolanischen Seite, standen Dorfbewohner und winkten ihnen zu. Kinder schwammen im Wasser, tauchten kreischend unter, und wenn sie wieder hoch kamen, schrien sie übermütig und verzerrten die ruhige Wasseroberfläche zu bizarren Wellen, die sich viel Zeit ließen, um irgendwann gegen die namibische Uferböschung auszulaufen. Ausgehöhlte Holzstämme glitten an beiden Ufern entlang, und ihre Insassen versuchten, ihre Boote mit seltsam geschnitzten Paddeln in Balance zu halten. Es herrschte ein unbekümmertes, fröhliches Treiben. Wie immer, wenn müßige Menschen auf Sonne und Wasser treffen, dachte Sole und wurde ruhiger. Es würde sich schon alles klären.

Die Luft war von vielen Stimmen erfüllt, und die entspannte Friedfertigkeit wehte zwischen den Grenzufern hin und her.

Die Kinder jauchzten voller Vorfreude auf das kühle Nass, und Sole sah, wie sie es den angolanischen Kindern gleichtun wollten, aber ihre Mütter schrien und versuchten, sie davon abzuhalten, in das Wasser zu springen.

Merlene zog ihr buntes Tuch von den Schultern und legte es auf den Boden.

«Hier Krokodile», sagte sie, aber als sie Soles erschrecktes Gesicht sah, beruhigte sie sie sofort. «Wir wissen, wie damit umgehen.»

Sie half ihrer Mutter, sich auf das Tuch zu setzen, dann teilte Merlene die eingesammelten Zweige aus, und die Kinder wedelten damit eifrig im Fluss herum. Schon kurze Zeit später tauchten die ersten Fische, mit dem Bauch nach oben, auf. Die Kinder sprangen am Ufer entlang und bemühten sich, die toten Fische mit langen dünnen Ästen aus dem Wasser zu holen. Eine der jungen Mütter sammelte sie ein und brachte sie zu Merlene.

«Saft aus dem *omuhongo*-Busch kann Fisch nicht vertragen. Er sterben, aber wir trotzdem essen können», belehrte die Schwiegermutter Sole.

«Was hast du vorhin mit dem anderen Mann gemeint?», fragte Sole und war irritiert, weil Zita ihre Hand nicht loslassen wollte.

Merlene ließ sich mit der Antwort Zeit. Sole bemerkte, wie sie rasch zu ihrer Mutter schielte. Auch sah sie, wie die Alte mit einem Blick einen Befehl zum Ufer signalisierte und wie daraufhin eine junge Frau schwerfällig mit einem bereits größeren Kind in dem Brustsack auf sie zugelaufen kam und demütig einen besonders großen Fisch vor ihre Füße legte.

«Katiti ombappa», flüsterte sie und legte ihre Handflächen aneinander.

«Danke», sagte Sole leicht verlegen und verzichete darauf, die

Frage an Merlene noch einmal zu wiederholen. Warum habe ich nur das Gefühl, wachsam sein zu müssen, dachte sie, ich werde sie nachher noch einmal fragen.

Später saßen sie im Schatten unter einem Baum. Zita, Merlene und Sole. Vor dem Uferschilf hatte Merlene mit der Hand eine Mulde in den Sand geformt und in ihr mit abgestorbenen Hölzern ein Feuer angezündet. So wurden sie von seinem Qualm und der Hitze nicht belästigt. Die anderen hatten sich ein Stück entfernt von ihnen hingesetzt und ihr eigenes kleines Feuer angemacht. Sie schwatzten leise, und nur ab und zu wehte der Wind einige Wortfetzen zu ihnen herüber.

Zita grub in ihrer Rocktasche und holte mit verschmitztem Gesicht ein Salzsäckchen heraus und rieb mit den groben Körnern die ausgenommenen Fische ein, die auf großen Blättern für das Garen im Feuer vor ihnen lagen. Merlene legte einige Tomaten dazu, grüne Kräuter und für jede eine große Kartoffel.

«Und *ich* soll euch sagen, wie man Fische zubereitet?», rief Sole übermütig und verdrehte die Augen, als sie den ersten Fisch mit den Fingern teilte. Sie spürte den Stolz der beiden Frauen – verstand ihn.

Als sie satt waren, dösten sie ein wenig im Schatten. Sie sprachen kein Wort, und jede hing ihren eigenen Gedanken nach, bis Sole laut und deutlich ihre Frage wiederholte.

«Merlene, was meinst du mit dem *anderen* Mann?»

Absichtlich runzelte sie streng die Stirn.

Die Schwarze holte tief Luft. Instinktiv nahm sie wieder ihre leicht abwehrende Körperhaltung ein. Die Arme vor der Brust verschränkt, die Beine gerade ausgestreckt, mit dem Rücken an den Baum gelehnt. Ohne Sole anzusehen, begann sie mit monotoner Stimme zu sprechen.

«Zita alt, irgendwann sterben, vielleicht in zwölf Monden, vielleicht in sechs, vielleicht viel später. Dann das Dorf keine *omupuliki* mehr. Sole ist jung. Ist gekommen in Nacht. Keine *omupuliki*, aber kennt weiße Medizin, keine Frau mit schwarzer Haut, aber *kalunga* spricht durch ihren Mund, ist also einverstanden mit *kleine weiße Frau*, mit *katiti ombappa*. *Oonzi* vielleicht nicht mehr zurück, wer weiß, daher Sole vielleicht neuen Mann aus Dorf.

Wichtiger Mann, vielleicht Sohn von Häuptling, vielleicht anderer. Wie sie will.» Sie schaute Sole ins Gesicht.

«Du mir sehr liebe Tochter, du sehr gute Tochter für Zita, und du gut für Dorf. Wir wollen, dass du hier bleiben bei uns. Zita dich lehren alles, damit du eines Tages neue *omupuliki* von Dorf. Damit Dorf gesund bleibt und kein Schaden durch Dämon.»

Fassungslos hatte Sole zugehört. Die Augen aufgerissen, stieß sie einen schrillen Schrei aus. Ungläubig lachend fuchtelte sie mit ihren Armen, schlug sich die Hand an die Stirn, hysterisch schrie sie: «Seid ihr verrückt geworden? Das ist doch unmö–»

Zita legte ihr blitzschnell die Hand auf den Mund. Heiser flüsterte sie: «Morgen du mit mir zu *kanga*. Dann sehen wir weiter –» In ihren Augen stand wieder das fanatische Leuchten.

Sole hielt die Luft an und schwieg.

19 Kanga

Sole hatte den roten Kaftan übergezogen, als Zita plötzlich in ihrer Hütte stand.

«Heute keine Medizinstunde», sagte sie bestimmend, «heute früh schlafen, weil morgen viel gehen nach *kanga*.»

Sie drehte sich um und lief mit schnellen Schritten durch das Dorf. Es war Sole recht, denn sie war nach dem langen Fußmarsch zum Kunene und zurück müde. Auch hatte sie das dringende Bedürfnis, allein zu sein. Sie spürte in ihrem Bauch ein dumpfes Gefühl, dem sie auf den Grund gehen wollte. Konnte es sein, dass Richards Ausbleiben irgendetwas mit den Zukunftsplänen der beiden Hexen zu tun hatte? Vielleicht hatte er ihr eine Mitteilung zukommen lassen, und eine der beiden hat sie abgefangen? Vielleicht wartete Richard auf sie in Windhoek?

Sole war unschlüssig, ob sie den Verdacht weiter ausspinnen sollte. Sie hockte sich auf ihren Schlafsack und versuchte ihre Gedanken zu ordnen.

Morgen gehe ich mit Zita zu diesem Objekt *kanga*, aber übermorgen wird mich jemand zu einem Telefon führen, wo immer das auch stehen mag, dachte sie grimmig.

Das kleine Kalb blökte ein wenig, aber das war auch das einzige Geräusch, das in der dunklen Nacht zu hören war. Zita hatte eine Kordel um seinen Hals geschlungen und das andere Ende direkt um ihren Leib geknotet. Sie wollte die Hände frei haben, denn in der einen Hand trug sie den Sack, den Merlene gestern für die *omuhongo*-Zweige benutzt hatte, und in der anderen hielt sie einen Wanderstock, mit dem sie ungeduldig auf die Erde pochte, weil sich Sole zu langsam aus dem Schlafsack herausschälte.

«Waschen nicht wichtig», ordnete sie an. «Wenn zurück, du deine Dusche, ich versprechen. Wir viel laufen. Durch Dunkel. Müssen an Stelle sein, bevor *kanga* wach.»

«Sag mir endlich, wer oder was, um Himmels willen, ist *kanga*?», wiederholte Sole unwillig ihre Frage von vor einigen Tagen, stand aber folgsam auf. Rasch sah sie auf die Uhr. Es war kurz nach vier, und wenn sie bei Sonnenaufgang bei *kanga* sein wollten, bedeutete dies, dass sie mindestens zwei Stunden zu laufen hatten. Wunderbar, dachte sie leicht zynisch, zwei lange Stunden durch die afrikanische Dunkelheit mit einem Kalb am Strick, und nur diese alte verschrobene Frau weiß, wohin wir gehen müssen und ob überhaupt die Chance besteht, anzukommen.

Sie nahm den Rucksack vom Haken und warf unlustig zwei Shirts, Creme, Bonbons und die obligatorische Taschenlampe hinein. Rasch stieg sie in die Shorts, zog einen dunklen Sweater über und suchte an der runden Wand nach ihren festen Stiefeln.

«Du direkt hinter meinem Körper», bestimmte Zita, kaum dass Sole die Schuhe zugebunden hatte, und begann mit energischen Schritten loszustapfen, das Kalb hinter sich herziehend und den Stock wie eine Blinde vor sich auf den Boden stoßend.

Merlene stand am Dorfausgang. Wie immer in ihr Wolltuch gehüllt. Und wie immer ohne eine Bewegung in ihrem Gesicht. Wie eine geschnitzte Statue aus Ebenholz. Warum fällt mir das nur immer im Dunkeln auf, dachte Sole und ließ sich von ihr an der Hand nehmen. Erst am Dickbusch, weit draußen vor dem Dorf, blieb sie stehen und ließ die Hand von Sole wieder los.

«Du achten auf *oumeme*», murmelte sie ihr ins Ohr und Sole wusste, dass sie bis zu ihrer Rückkehr hier stehen bleiben würde.

«Du bist meine *meme*, und Zita ist meine *oumeme*, also sind wir eine Familie», murmelte Sole zurück und vernahm mit Genugtuung Merlenes dankbares Schnauben.

Die erste Stunde redeten sie kein Wort miteinander. Irgendwann blieb Zita stehen und bedeutete Sole, sich mit ihr auf den Boden zu setzen. Sie zog Richards Thermoskanne aus dem Sack und wickelte die beiden italienischen Porzellanbecher aus den kleinen Handtüchern. Sole erschien der heiße Kaffee wie ein Geschenk Gottes. Dann packte Zita aus Richards Aluminiumfolie kleine beschmierte Brote aus und reichte sie Sole.

«Mein Gott, Zita», sagte Sole beeindruckt, «unsere Tour entwickelt sich ja wie eine Wanderung durch die Schweizer Berge.»

«Berge kommen gleich.» Die Alte schlürfte bedächtig den Kaffee aus der Tasse. Ihre Augen verirrten sich in der Ferne, und sie sagte leise: «*Katiti ombappa*, ich Angst vor *kanga*. Vielleicht ich mache Fehler, weil du mit mir.» Sie schaute Sole bittend an. «Du auf mich achten, ja? Weil ich für *kalunga* noch zu früh und auch, wo soll Seele bleiben? Ich habe mich noch nicht um einen Platz gekümmert.»

Ohne auf das verständnislose Gesicht von Sole zu achten, fuhr sie fort: «*Kanga* ist Dämon, aber gleichzeitig auch Schwester von *kalunga*, und somit zweites Gesetz. Sie viel Macht. Daher ich sie umschmeicheln, sonst sie schadet Dorf.»

Vorsichtig wickelte sie die beiden Tassen wieder in die Handtücher.

«*Kanga* hasst mich, weil ich eine *omupuliki* bin. Leben mit ihr kostet immer mehr Kraft, und ich bin jetzt alt.»

Sole wollte es eigentlich nicht glauben. Zita und Angst? Es passt so wenig zusammen wie Sonne und Mond auf einer Wolke, oder wenn sie ihre eigene Situation betrachtete, wie eine europäische Frau und ein afrikanischer Mann im Jahre 1993.

«Warum?», fragte sie.

«Weil zwischen mir und *kanga* immer Kampf. Sie will herrschen, über Dorf und Menschen. Sie immer versucht, mich ohnmächtig zu machen. Will dann aus meinem Mund sprechen, meine Kraft als *omupuliki* stehlen. Heute sie weiß, dass ich nicht mehr so stark bin, weil du mit mir.» Traurig sah sie Sole an. «Sie wird mich töten wollen.»

Diesen Ton hatte Sole noch nie bei Zita gehört. Sie klang ernst, ängstlich und – sehr einsam.

«Quatsch», sagte sie, «glaubst du, ich lasse das zu? Aber sag mir doch jetzt endlich, wer oder was ist *kanga*?» Sie nahm ihre Tasse wieder aus dem Sack und goss sich etwas Kaffee nach.

«*Kanga* ist Dämon und lebt in Körper von größte Schlange von Land hier», erklärte Zita.

Sole starrte Zita mit großen Augen ungläubig an. Sie spürte die merkwürdige Resignation dieser alten Frau, die trotz allem nur das Wohl ihres Dorfes und ihrer Familie im Sinn hatte.

«Nur *ich* weiß, wo sie finden. Ich ihr immer Opfer bringen, damit sie mich und die Meinen mit Böses verschont. Heute Kalb hier», und sie ruckelte ein wenig an dem Seil, an dem sie das junge Rind führte.

«Du willst doch nicht sagen, dass du das arme Tier für diese fiese Schlange mitgeschleppt hast?»

Sole war entsetzt über diese Eröffnung und gleichzeitig empört, dass Richards Großmutter sie einfach ungefragt in ihre abergläubischen Machenschaften verstrickt hatte.

«Das ist doch reinster Aberglaube», schrie sie lauter als sie wollte.

Zita sagte nichts. Sie räumte alles zusammen und verstaute es in ihrem Sack. «*Kanga* frisst nur, was sie selbst tötet», war ihr einziger Kommentar. Sie stand auf, zog das Kalb zu sich heran und lief wieder los, ohne sich weiter um Sole zu kümmern.

Sole folgte ihr natürlich, aber ihr war mehr als mulmig zu Mute. Jetzt bekam alles seinen Sinn. Merlene mit ihrem vorsichtigen Murmeln, Zita mit ihrer Angst. O Scheiße, dachte Sole, wie komme ich nur aus dieser Geschichte wieder heraus. Ich sollte umkehren, sofort in meinen Schlafsack kriechen und nie mehr ein einziges Wort mit dieser verrückten Frau sprechen.

Langsam zog die Morgendämmerung auf und Sole konnte in ihrem schwachen Licht in der Ferne ein kleines Bergmassiv erkennen. Es musste Osten sein, denn sie bemerkte, dass der Horizont dort heller war und sich zu röten begann.

Zita schritt weiter kraftvoll voran, als gelte es, einen Marathonlauf zu gewinnen. Sie redeten kein Wort miteinander und ihr Keuchen war ihre einzige Gemeinsamkeit. Plötzlich war es schlagartig hell, nur die Sonne fehlte noch, und Sole konnte endlich den Boden erkennen, auf dem sie lief. Die nur wage wahrgenommenen Bergrücken lagen jetzt unmittelbar vor ihnen, rot und irgendwie bedrohlich. Zum ersten Mal flößte Afrikas Natur Sole Angst ein.

Zita hielt an.

Sole sah, dass sie erschöpft war. Auf ihrem Gesicht hatten sich kleine Schweißtropfen gebildet, und sie zog nachdrücklich die Nase hoch.

«Jetzt ganz schrecklich vorsichtig», hauchte sie leise, «ab Mitte Berg, alles Zuhause von *kanga*, und ich nicht wissen, wo sie ist.»

«Kann sie uns hören?», wisperte Sole.

«Schlange wie *kanga* riecht nicht mit Nase, hört mit Körper, schmeckt mit Maul», flüsterte die Alte belehrend und zog das Kalb näher zu sich heran. «Winterzeit seit einem Mond zu Ende, sie jetzt Hunger, vielleicht.»

«Ist es eine weibliche oder männliche Schlange, und wann hast du sie das erste Mal gesehen?»

Sole musste diese Fragen stellen. Sie setzten sich hin, um auszuruhen, und Zita öffnete wieder den Sack und holte die beiden Tassen und die Thermoskanne heraus.

«Ich zweiundsiebzig Monde im Ganzen, *kanga* dreißig Monde im Ganzen. Ich sie gefunden in ihrem zweiten Jahr. Mit Biss von Adler. Adler einziger Feind. Mit in Hütte genommen. Sie mit meinem Geruch ein Jahr leben. Wir uns kennen, auch Seelen. Dann wieder zurückgebracht. Alte Schlange tot. Sie sofort Herrin. Bis heute. Ich immer zu ihr gehen. Einmal im Jahr. Direkt nach Winter. Sonst keiner, auch nicht Merlene. Bringe Kalb oder Ziege oder Schaf. Dafür sie verschont Dorf und Menschen mit böser Kraft. Denn sie ist böse. Will immer mit mir kämpfen, will meine Macht.»

Unbewegt blickte sie Sole an, als wäre alles damit gesagt und keine Wende zum Guten mehr möglich. So lange hatte sie noch nie mit Sole gesprochen, auch nicht in dieser Ehrlichkeit.

«Sie nur alle zwei Jahre zulassen, dass *maat** kommt und ihr gibt seinen Samen. Aber nie ein Junges bei ihr bleiben, und wenn doch, sie fressen.»

Sie tranken den letzten Kaffee, und Sole überlegte, dass sie die alte Frau überreden musste, den Sack in ihren Rucksack zu stecken, damit sie wenigstens eine Hand frei hatte, um sich an Steinen oder Felswänden abzustützen. Kaum auszudenken, wenn sie den Halt verliert und abstürzt, dachte Sole mit einem mulmigen Gefühl. Womöglich noch vor den hübschen Giftzähnen ihrer ehemaligen Feundin aus alten Tagen.

Zita war jetzt wieder von einer wachsamen Entschlossenheit.

«Du von *kalunga* geschützt. *Kanga* wissen. Ich? Werden sehen.»

Sie erhob sich, straffte die Schultern und begann langsam und

* Männlicher/weiblicher Gefährte einer Schlange

vorsichtig den Aufstieg. Ich muss auf sie achten, ging es Sole durch den Kopf. Die dumme alte Frau glaubt wirklich, dass sie sich mit diesem Schlangenmonster arrangieren kann.

«Was für eine Art Schlange ist es denn?», rief Sole leise.

Zita drehte sich um. «Nur Python, keine Giftzähne –»

Dafür acht Meter lang, Weltmeister im Erwürgen und mit einem dehnbaren Kiefer, um beliebig große und noch größere Lebewesen runterschlingen zu können, erinnerte sich Sole aus dem Schulbuch. Wütend verwünschte sie Afrika, Richards Großmutter und sich selbst und hatte Mühe, den plötzlich immer schneller werdenden Schritten der alten Frau zu folgen.

Misstrauisch betrachtete Sole die Spalten zwischen den einzelnen Steinbrocken. Die Sonne war aufgegangen, und ihre erste leichte Wärme legte sich angenehm auf Soles Nacken. Irgendeiner hatte einmal zu ihr gesagt, dass Schlangen erst in größter Hitze aktiv werden und dann zu wandern beginnen. Hoffentlich findet Zita in der nächsten Stunde heraus, wo sich ihre Seelenverwandtschaft aufhält, dachte Sole. Ich habe wirklich keine Lust, in der gleich einsetzenden mörderischen Hitze auch noch einer todsicheren Gefahr nachzulaufen. Sie schubste das arme Kalb vorwärts. Sein rundes Gesicht rührte sie und noch mehr die Arglosigkeit in seinen Augen.

Plötzlich hielt Zita inne. Sie drehte sich um und krümmte den Finger, damit Sole zu ihr aufrückte. Vor ihnen lag ein größerer Sandplatz, umrahmt von unterschiedlichen Felssteinen. Sole raste sofort mit ihren Augen die Felswände ab, konnte aber nichts entdecken. Zita lächelte leise und überlegen. Sie zeigte auf den Boden und, richtig, dicke Reifenspuren überquerten die Fläche. Reifen? Sole, bleib ruhig, verordnete sie sich, aber Unbehagen kroch in ihr hoch.

«Du bleiben mit Kalb hier», meinte Richards Großmutter, «ich suchen und wenn gefunden, dich holen.»

«Kommt überhaupt nicht in Frage», protestierte Sole mit gedämpfter Stimme, «*wir* suchen gemeinsam.»

Sie knüpfte das Seil von Zitas Körper, führte das Kalb auf den Sandplatz und wickelte das Seilende um einen gezackten Stein.

«Komm», zischte sie der *omupuliki* des Dorfes zu und wurde immer wütender über das unnütze Tun, «lass sie uns endlich finden», und ergriff ihre Hand.

Es war erst zehn Uhr, und die Sonne brannte schon heiß. Sole nahm den Rucksack ab und holte sich ein T-Shirt heraus, um es sich um den Kopf zu wickeln. Zu dumm, dass ich den Hut vergessen habe, dachte sie missmutig und wusste, dass sie ein krebsrotes Gesicht hatte. Zita sah sie wegen der Unterbrechung missbilligend an, drängte weiter, und Sole roch ihren Schweiß, mehr noch, ihre nicht mehr berechenbare Erregung.

Mittlerweile befanden sie sich tief in den Bergen, und nicht eine Spur von diesem Tier. Kein Geruch. Kein Geräusch, Keine Spur im Sand. Absolut nichts.

Sie stiegen eine Bergseite nach oben und eine andere wieder hinab. Mal waren sie unter freiem Himmel, dann wieder in einer halb geöffneten Schlucht. Seit etwa zehn Minuten liefen sie mit der eingebildeten Sicherheit von wilden Bergziegen auf einem Kamm, der direkt oberhalb eines Plateaus verlief. Während Sole Schwierigkeiten hatte, die Balance zu halten, huschte Zita wie ein junges Mädchen an ihr vorbei.

Plötzlich blieb sie abrupt stehen und drehte sich zu Sole um.

In ihren Augen loderte ein Feuer, wie Sole es noch nie an ihr gesehen hatte. Sie krallte ihre Fingernägel in Soles Arm, dass sie fast aufgeschrien hätte.

«*Kanga* da», zischte sie.

«Wo?», wisperte Sole und hielt die Luft an, weil sie meinte, dass ihr Herzschlag durch die Luft dröhnen würde. Vorsichtig stellten sie sich nebeneinander. Sole sah, dass es ziemlich steil nach unten ging, und beugte sich vor, damit sie besser sehen konnte. Zita dagegen rührte sich nicht. Unverwandt blickte sie nach unten. Und dann sah Sole *sie* auch.

Ein Wirrwarr von Schlange lag seltsam verzerrt im Sand.

Sole bemühte sich zu erkennen, wo ihr Kopf und wo der Schwanz war, aber Zita unterbrach erregt ihre Gedanken. Kaum hörbar hauchte sie ihre Worte in Soles Ohr, dabei ruderten sie aufgeregt mit den Armen, zeigte immer wieder nach unten, und Sole bemerkte, dass ihre Hand zitterte.

«Lippe eingehakt an Baumstamm, weil sie sich häutet. Deshalb so schwer, sie finden.»

Und richtig, Sole sah, wie sich das Reptil ruckartig Zentimeter für Zentimeter die Haut des vergangenen Jahres vom Körper streifte. Ein Teil lag bereits wie eine gebrauchte transparente Plastiktasche im Sand.

Es war Totenstille, kein Vogelgezwitscher, keine Tierstimmen in der Ferne, nur dieses leichte schabende Geräusch. Die Riesenschlange zuckte, wand sich unruhig zur Seite, robbte nach vorne, warf sich wieder nach hinten. Fast hätte Sole vor Ekel und Entsetzen aufgeschrien, denn eigentlich hatte sie nie damit gerechnet, Zitas Fabelwesen jemals anzutreffen.

«Soll ich das Kalb hierher bringen?», fragte sie heiser, um irgendetwas zu sagen, und konnte trotz des Grauens den Blick nicht von diesem riesigen Reptil lassen. Es war ihr völlig klar, dass sie sofort das Kalb holen musste, sonst würde sie die störrische Frau nicht zur Umkehr bewegen können. Gott allein weiß, was sie mit dem armen Tier vorhat, dachte Sole, obwohl sie es sich eigentlich denken konnte.

Zitas Gesicht hatte eine seltsame Starrheit angenommen.

Da Sole ihre Schnürschuhe neu binden musste, kniete sie sich hin. Als sie zufällig aufblickte, kam der dünne Körper der alten Frau buchstäblich auf sie zugesegelt, und nur, weil sie beide Hände frei hatte, konnte sie Zita auffangen. Mein Gott, war das knapp. Sole zog sie zu einem Stein und rückte sie so zurecht, dass sie sich selbst nicht schaden konnte, sollte sie das Bewusstsein während ihrer Abwesenheit wiedererlangen oder erneut verlieren.

Sole zog ihr letztes T-Shirt aus dem Rucksack und klemmte es zwischen dünne blattlose Ästchen. So lag wenigstens Zitas Kopf im Schatten. Mehr konnte sie im Moment nicht für die alte Frau tun. Vorsichtig beugte sich Sole zum Abgrund und schaute nach der braun gefleckten Schlange, die nach wie vor wild zuckend mit sich selbst beschäftigt war. Eine Dreiviertelstunde brauche ich, um wieder zurück zu sein, dachte sie. Hoffentlich rechtzeitig. Nur, für was?

Da ein dickes Steinmassiv zwischen ihr und der Schlange lag, konnte das Reptil die Vibration ihrer Schritte nicht spüren, also brauchte Sole nicht vorsichtig zu gehen. So rannte sie schnell den Weg zurück und dankte dem Himmel, dass ihr beim Aufstieg eine von Richards Buschanweisungen eingefallen war. Über die ganze Entfernung hinweg hatte sie Zweige geknickt oder Steine zur Orientierung in den Weg gelegt, und anhand dieser Zeichen fand sie mühelos zum Kalb zurück.

Das Tier beäugte sie vorwurfsvoll, als sie keuchend bei ihm eintraf. Sie setzte sich für einen Moment in den Schatten eines vorspringenden Felsens. Die Hügelrücken, zu denen sie wieder zurück musste, lagen wie ausgebleicht in der Mittagssonne. Nur kurz ausruhen, bis der Schweiß getrocknet ist, gab sich Sole die Anweisung, dann das Kalb nach oben bringen – und dann?

Zita wird es wissen.

Sie band das Tier los und begann wieder mit dem Aufstieg.

Noch eine steile Biegung, danach der Kamm und dann einige Schritte weiter hoffentlich Zita und *kanga* – in sicherem Abstand. Und am Abend würde Merlene am Dorfeingang auf sie warten, vielleicht auch schon an der ersten Biegung. Sole versuchte, sich mit positiven Gedanken von der Anstrengung abzulenken. Aber noch bevor sie den Fuß auf den Bergkamm setzte, spürte sie, dass etwas anders geworden war.

Überdeutlich hörte sie das rhythmische Schnalzen der Riesenschlange. Dazu ein Zischen, das die Luft zu teilen schien, begleitet von einem rumorenden Schaben, so als ob ein schwerer Körper über den Boden schleifen würde.

Mein Gott, was ist mit Zita passiert, dachte Sole, und ihr kroch das Grauen den Rücken hoch. Aber nicht eine Sekunde dachte sie daran, stehen zu bleiben, im Gegenteil, sie stürmte nach oben, das Kalb am Seil – und blieb entsetzt stehen.

Zita hatte sich mit weit ausgestreckten Armen wie eine Christusstatue auf einen winzigen Steinvorsprung gestellt. Mit geöffnetem Mund und geschlossenen Augen schwankte sie hin und her, und ab und zu verließ ein lallendes Wort ihre Lippen. Unmittelbar vor ihrem Gesicht kreiste der Kopf dieser widerlichen *kanga*.

Sole wusste von Richard, dass mindestens ein Drittel einer Schlange auf dem Boden bleiben musste, damit sie bei einem Angriff die Balance halten konnte. Dieses Monster hier war mindestens acht, wenn nicht sogar neun Meter lang, nahm sie entsetzt mit ihren Augen Maß. Zwei Meter wedelten alleine vor Zita, und die Böschung nach unten betrug mehr als vier Meter.

Wie hatte *kanga* nur Zita ausfindig machen können? Sie war doch mit ihrer Häutung beschäftigt gewesen. Sole konnte ihre Augen sehen, die beiden dunklen Streifen, die sich rechts und links vom Maul hoch zum Kopf zogen und dann in geraden Linien den Körper entlangliefen.

Sole schrie leise auf, denn die Schlange hatte ihr Maul geöffnet, und die dünne, gespaltene Zunge schoss heraus und zielte auf Zitas Kopf.

Sie will, dass sie abstürzt, erkannte Sole plötzlich entsetzt. Sie wird sie dann am Boden umwickeln, erwürgen und verschlingen. Dann endlich wäre sie stärker als die Frau, die ihr jahrelang Widerstand geleistet hatte. Und sie wird sich Zeit lassen, dachte Sole, und es war ihr bewusst, dass sich ihr Denken von jeder Vernunft gelöst hatte.

Es sollte ein Spiel sein, aber ein tödliches. Und diesmal nach *ihren* Spielregeln.

Zwei Kreaturen aus zwei verschiedenen Lebenskreisen. Zwei Wesen, die sich weder liebten noch hassten, sich aber vertraut waren, fast eine Verwandtschaft miteinander teilten. Die gegenseitig ihre Stärke gehütet hatten, um am Ende dieser für Normalsterbliche unverständlichen Gemeinschaft den Sieg über die *andere* zu erringen.

Im Bewusstsein ihrer verdammten Hilflosigkeit schlug Sole die Augen nieder. Ausgerechnet sie, eine zufällig in das Dorf gekommene, weiße Frau musste mit ansehen, wie Zita hier und jetzt verlieren sollte.

Und das Kalb?

Diese Erkenntnis schlug wie das unerwartete gewaltige Dröhnen mehrerer Glocken in ihr Denken.

Es galt, Zita zu retten.

Nur *das* zählte.

Ohne irgendeinen Gedanken an ihr eventuell fragwürdiges Tun zu verschwenden, zerrte sie das Tier zu sich heran und gab ihm einen Stoß, sodass seine Vorderläufe einknickten und es laut klagend die Böschung hinunterkullerte.

Kanga drehte sich überrascht um.

Die gespaltene Zunge verschwand im Maul, die Schlange rückte von Zita ab, sank zurück und glitt blitzschnell die Böschung hinab. Dort erhob sie sich erneut und betrachtete neugierig das kleine Rind, das sich nach seinem Sturz unsicher erhoben hatte und mit steifen Beinen vor ihr stand. Lebend.

Sole stürzte sich auf Zita, riss sie zurück, und einige Sekunden standen sie regungslos in einer heftigen Umklammerung auf dem Felsen. Die alte Frau war wieder in Trance. Alles am ihr war angespannt, selbst ihre Arme ließen sich nur mit Mühe nach unten drücken.

Sole setzte sich hin und zog zum zweiten Mal in ihrem gemeinsamen Leben Zitas widerspenstigen Körper an sich. Nachdenken, befahl sie sich. Ganz schnell. Was musste sie als Nächstes tun? Wie kam sie von hier weg? Und das Wichtigste: Was könnte die Schlange gegen Zita und sie tun?

Als der Todesschrei des unglücklichen Kalbes nach oben gellte, gefror alles in Sole. Vorsichtig beugte sie sich, Zita in den Armen, vor. Es war entsetzlich.

Die Python hatte das Kalb auf den Boden geworfen, ihr Maul war weit geöffnet, und sie begann, das Hinterteil des armen Tieres zu verschlingen. Sie machte sich nicht einmal die Mühe, ihr Opfer vorher zu erwürgen, nein, abwechselnd schlug sie die Zähne der seitlichen Kieferreihen in den zuckenden Tierkörper, und zog ihn in rhythmischen Bewegungen langsam in sich hinein. Unerbittlich verschwand Stück für Stück des lebenden Tieres in ihrem Schlund. Nach einer Weile ragten nur noch der Kopf, Hals und die Schulterblätter mit den Vorderläufen aus dem Schlangenmaul.

Sole schluckte, aus Mitleid mit dem jungen Rind hatte sie Tränen in den Augen.

Das Kalb war wahnsinnig vor Panik. Es trommelte mit den Hufen in der Luft und warf den Kopf ruckartig hin und her. Aber die Zähne griffen und griffen, wie von einem unsichtbaren Motor angetrieben. Noch einmal bäumte sich das Kalb mit letzter Kraft auf, blökte verzweifelt, aber es war zu spät, mehr noch, es war zu Ende. Langsam verschwand es im Maul der Schlange.

Sole fing wie verrückt an zu schreien.

Die Schlange blickte nach oben. Zu ihr und zu Zita. Sie zitterte förmlich vor Triumph, und ihre Schwanzspitze peitschte aufgeregt im Sand hin und her. Da hörte Sole auf zu schreien. Eine kalte Wut erfasste sie, machte sie ruhig, besonnen – grausam. Sie wollte nur noch eines: *Töten*.

Abrupt legte sie die noch immer bewusstlose Zita neben sich auf den Boden und sammelte alle Steine auf, die sie greifen konnte. Wie ein Bombenhagel schlugen sie auf der Schlange auf. Sole war wie von Sinnen. Mit bloßen Händen wühlte sie größere Steine aus dem Sand, rollte sie zum Abgrund hin, fixierte die Schlange und stieß sie hinunter. Das Reptil machte eine schnelle Bewegung, nur ein Stein traf ihren Schwanz. Sie wollte sich aufrichten, wollte drohen, wollte angreifen, aber mit dem schweren Kalb in ihrem Inneren war das nicht mehr möglich.

«Du hättest das Kalb nicht ermorden sollen», schrie Sole und zerrte den nächsten Stein, größer und schwerer, an den Rand. Wieder zielte sie, und diesmal traf er die verhasste Feindin direkt hinter der Ausbuchtung des Kalbes. Dieser Teil des Rückgrates war zerschmettert. Der hintere Schlangenkörper lag unbeweglich, mehr noch, besiegt, gehorchte nicht mehr.

Ungläubig hob *kanga* den Kopf, versuchte sich aufzurichten, denn sie sah Sole oben stehen, und wütend begann sie auszuschlagen. Sole konnte ihr Fauchen hören, lachte hysterisch und bereitete weitere Steine zum Abwurf vor. Die Schlange ließ sich zurück auf den Boden fallen, wollte sich in Bewegung setzen, sich in Sicherheit bringen, aber das zerschmetterte Stück des Körpers mit dem Kalb war zu schwer, ließ sich nicht nachziehen.

Sole war wie im Rausch. Jeder Stein ließ sich plötzlich von ihr bewegen. Die Hände bluteten, sich achtete nicht darauf. Wieder traf sie *kanga*, diesmal unmittelbar hinter dem Kopf.

Sole keuchte vor Anstrengung, einzig getrieben von dem Drang, dieses Tier zu töten. *Oumeme* und ihr Dorf sollten keine Angst mehr vor dem Dämon mit dem Namen *kanga* haben, der sich Opfer bringen ließ und nichts anderes im Sinn hatte, als Zita zu töten.

«Nie mehr, hörst du, nie mehr wirst du eine *omupuliki* zwingen, so hässliche Dinge zu tun», schrie sie außer sich, rollte, auf den Knien rutschend, wieder einen Stein heran, schob ihn zum Abhang.

«Sieh mich an», ertönte plötzlich schwach eine Stimme, und Sole hielt verblüfft inne, blickte nach unten. Direkt in die Augen des Reptils – und sah in ihnen das Eingeständnis der Niederlage.

«Du hast gewonnen», wisperte die gleiche Stimme.

Das Böse schien im Angesicht des Todes unschuldig zu werden. Entgeistert wandte sich Sole Zita zu. Ihr Gesicht war verzerrt, und sie atmete heftig.

«Mach schnell, so töte mich doch endlich», fauchte es aggressiv aus dem Mund der Heilerin.

Sole sah wieder zur Schlange hin, die mit letzter Kraft ihren Kopf in ihre Richtung gehoben hatte. Sie hatte ihr fürchterliches Maul geöffnet, aber die gespaltene Zunge bewegte sich nur noch schwerfällig hin und her.

«Ha, du hast Angst», kreischte die geliehene Stimme aus Zita.

Die alte Frau hatte sich aufgerichtet und ihre Arme an den Körper gepresst. Mit dem Oberkörper machte sie die typisch wiegende Schlangenbewegung nach, und Sole bekam plötzlich die fürchterliche Ahnung, dass diese *kanga* in ihr sein musste, ihr Denken beherrschte, dabei war, sie zu drängen, sich selbst zu töten.

Voll verzweifelter Wut trat sie gegen den Stein, und in der gleichen Sekunde schlug der Felsbrocken mit tödlicher Kraft auf das letzte Leben des Reptils.

Sole zitterte am ganzen Körper. Fast hätte sie das Gleichgewicht verloren, und sie musste in einen Busch greifen, um sich festzuhalten. Der plötzliche Schmerz war kaum zu ertragen. Als Sole die Hand zurückzog, war sie über und über mit feinen Stacheln gespickt.

Ein höhnisches Lachen zerriss die Luft, es keckerte und rülpste, und knirschende Laute peitschten an ihren Ohren vorbei. Sie sah, wie sich Zitas Brust hob und senkte und dass ihr Mund diese bösen Geräusche ausstieß. Und unten auf dem Boden wand sich wie besessen die tödlich getroffene Schlange. Sole wusste, dass das alles nicht normal war – dass sie selbst nicht mehr normal war. Sie bekam keine Enden mehr zu fassen. Hier passierte etwas, das über jedes rationale Bewusstsein hinausging.

Schließlich wurden die Bewegungen der Schlange langsamer, noch langsamer, das Leben erlosch. Sofort verstummte auch die gemeine Stimme, und Sole sah, wie sich Zitas Gesicht von einer zur anderen Sekunde entkrampfte, glatt und weich wurde. Sie öffnete die Augen, und ohne jede Verwirrung lehnte sie sich zurück.

Sole stand wie erstarrt vor ihr, die verletzte Hand von sich haltend. Als sich ihre Blicke trafen, sah sie, wie Tränen über die Wangen der alten Frau rannen. In dieser Sekunde sprang ein *Dik Dik** über den Felsenkamm. Es warf die Hinterläufe fröhlich in die Höhe, so als wolle es sagen, seht her, was immer auch passiert, das Leben geht weiter.

Eine plötzliche Schwäche ergriff Sole. Sie fiel zu Boden und wusste nichts mehr.

Richard tanzte in der Tracht der Himba vor Sole, und sie sah seine dunklen Füße in der Feuerglut stehen. Große und kleine Schlangenköpfe attackierten sie. Sie schrie, aber er blickte weg, wollte sie nicht hören. Die gespaltenen Zungen strichen über ihr Gesicht, sie ekelte sich vor ihrer Weichheit. Sie wimmerte und versuchte, die Köpfe mit den aufgerissenen Mäulern zu verscheuchen, aber sie waren stärker, bissen in ihr Handgelenk, wollten ihr Leben in ihre Mäuler zerren. Da, das Gesicht von Zita. Warum weint sie? Sie hatte noch nie eine Schwarze weinen sehen. Sie wollte sie fragen, aber da kam die größte der Schlangen zurück, richtete sich vor ihr auf – und mit einem Schrei fuhr Sole hoch.

«Schsch», sagte Zita und strich ihr über die Wange. Sole blickte sich verwirrt um. Jetzt liege wahrhaftig ich in den Armen meiner Schwiegergroßmutter, dachte sie in einem Anfall von Humor. Gott, was war passiert? Leben wir überhaupt noch?

«*Oumeme*, leben wir noch?», fragte sie zaghaft.

* Kleinste Antilopenart

«Du viel Kraft. Noch mehr Kraft als Zita und noch viel mehr als *kanga*», sagte die Alte zufrieden.

Sole betrachtete ihre Hand. Sie schmerzte, und sie erinnerte sich dunkel daran, in einen Dornbusch gegriffen zu haben, um nicht abzustürzen. Die Haut hatte viele kleine rote Punkte, aber es waren keine Stacheln zu sehen.

«Alle rausgezogen, während du schlafen. Wie fühlen?»

Ja, wie fühlte sie sich? Eigentlich völlig okay. Vorsichtig schielte sie die Böschung hinunter. Nichts.

War sie jetzt verrückt geworden?

«*Kanga* schon geholt worden», meinte Zita mit unschuldigem Gesicht, «wo *du* mit deiner Kraft, sie kann nicht sein.» Und nachlässig, aber so, dass es Sole mitbekam, steckte sie den blutigen Schlangenkopf in ihren Sack. Sole stöhnte auf und sagte nichts mehr. Sollte ich jemals einem normalen Menschen diese Geschichte erzählen, er würde mich für verrückt halten, dachte sie, aber, verdammt, diese Zita hat mir Einiges zu erklären, und zwar langsam zum Mitschreiben, wie wir in Deutschland sagen.

«Du hast mit einer fremden Stimme gesprochen», sagte sie scharf zu der alten Frau, «kannst du dich daran erinnern? War sie von *kanga*?»

Würdevoll rückte sich Zita zurecht, und Sole sah weder Tränen in ihrem Gesicht noch bemerkte sie irgendeine Spur von Unsicherheit oder gar Angst in ihrem Gebaren.

«Nicht mehr sprechen über *kanga*. Sie keine Macht mehr. Aller Zauber jetzt nur noch bei *omupuliki*.»

Plötzlich begriff Sole, dass es ein Spiel gewesen war. Zitas Spiel, eines von vielen, nur dass sie diesmal eine Entscheidung für immer herbeiführen wollte. Vor den Augen aller und mit Hilfe von *katiti ombappa*, der Frau ihres Enkels. Zita weiß, dass sie alt ist, und will verhindern, dass ihre Macht über die Menschen des Dorfes abnimmt, erkannte Sole in plötzlicher Klarheit. Der Schlangenkopf, der in ihrem Sack steckt, ist für das Dorf die Bestätigung, dass *sie* es gewesen war, die das Dorf vor dem Dämon *kanga* gerettet hat. Und den nächsten noch machtvolleren Dämon zur Unterstützung ihrer Herrschaft würde sie demnächst in aller Stille ausbrüten.

«Hör mit diesem Scheiß auf», schrie Sole, wütend über sich

selbst, dass sie erst jetzt die Zusammenhänge begriffen hatte, «du hättest uns fast getötet mit deinem blöden Machtgehabe. Wie kann man nur hier in den Bergen herumkriechen, wo es von Schlangen wimmelt? Ich will dir mal was sagen. Es gibt überhaupt keinen *kalunga*, und es gab auch nie eine *kanga*. Diese Riesenschlange war hier zu Hause und hätte uns beide fast umgebracht, weil *wir* nämlich die Eindringlinge waren –»

Sanft, viel zu sanft unterbrach sie Zita. «Was du dir für einen Zauber wünschen, damit du glauben?»

Sole musste sie ziemlich entgeistert angestarrt haben, denn die Heilerin schaute sie triumphierend an. Na warte, du Hexe, dachte Sole grimmig und ging zum Angriff über.

«Ich wünsche mir von deinem Zauber, dass uns Richard noch heute, nachher, gleich, genau hundert Meter vor dem Dorf entgegenkommt, und er muss einen Kochlöffel in der Hand halten und sagen, dass das Essen fertig ist.»

Jetzt war es an ihr, Triumph zu zeigen.

Zita schaute sie traurig an. «Wenn ich dir diesen Zauber bringe, wirst du uns *verlassen.*»

«Mein Gott, Zita», sagte Sole ungeduldig, «ist es nicht das, was du dir die ganze Zeit über gewünscht hast?»

Die Alte hantierte mit ihren knochigen Fingern, schlang sie ineinander, ballte sie zu Fäusten, faltete sie ineinander.

«Ja, am Anfang, ganz sicher. Dann Zita nachdenken. Vor vielen Monden, *kalunga* mir gesagt, kommen Mensch in Nacht, der gut ist für Dorf. Ich nicht gespürt, dass du vielleicht dieser Mensch. Dann *kalunga* gewollt, dass du verlieren Kind, weil Kind nicht von unserer Rasse. Hat gesagt, Frau von *oonzi* muss alles zurücklassen, neu beginnen, hier bei uns. Hat gesagt, dass ich spüren, wann du bereit, Macht von *kanga* zu brechen. Und das ist heute geschehen.»

Hat sie nun kluge Augen oder ist sie verschlagen, ging es Sole durch den Kopf, als sie Richards Großmutter betrachtete. Egal, ich muss ihr begreiflich machen, dass mit oder ohne ihre Tricks meine Zeit hier in dem Dorf in ein oder zwei, spätestens drei Tagen abgelaufen ist.

«Zita weiß, dass du in dein Land zurück», brach die Alte in Soles Gedankengänge ein, «das ist auch gut so, aber Zita will, dass du wieder zurückkommen» – sie holte tief Luft –, «und ich dir etwas sagen, was sehr wichtig: *Katiti ombappa muss omupulikis Platz einnehmen.*»

Sole blickte genervt nach oben, aber sie streichelte die Hand der Heilerin und sagte: «Lass uns jetzt nach Hause gehen, die Sonne geht gleich unter, morgen reden wir weiter», und stand auf.

Auch Zita erhob sich. Plötzlich streichelte Zita ihr über die Wange. «Zita hat *kleine weiße Frau* sehr sehr lieb.»

Diese afrikanische Hexe, dachte Sole gerührt, sie zieht wirklich alle Register. Der alte Wechselberger hätte gesagt: Dreimal nein gesagt, ist trotzdem nicht abgelehnt.

Vor der Dunkelheit hatten sie die Ebene erreicht. Jetzt ging es nur noch geradeaus, wie Sole mit Erleichterung bemerkte. Zita ging neben ihr. Plötzlich griff sie nach ihrer Hand, hielt sie fest umschlossen, und Sole bekam das Gefühl, als sollte nach dem Willen der alten Frau etwas zwischen ihnen beiden entstehen, was es vorher noch nicht gegeben hatte. Die Hand war kühl und glatt, aber sie spürte ein leichtes Zittern der Finger. Sie hatten den ganzen Abstieg über kein Wort gewechselt, und doch war es ein harmonisches Schweigen gewesen.

Sole betrachtete verstohlen Richards Großmutter im aufkommenden Mondlicht. Das dunkle Altfrauengesicht war ihr vertraut geworden, sie hatte gelernt in ihm zu lesen – und sie konnte ihre schwarze Haut berühren wie die von Richard, selbstverständlich und ohne nachzudenken. Dieses störrische Wesen gehört auch zu mir, dachte sie plötzlich. Und diese Erkenntnis machte sie befangen und glücklich zugleich.

Der Mond war in der Form einer halbierten Kugel aufgegangen, und wenig später öffnete sich dieser wunderbare Sternenhimmel über der Erde, der Sole immer wieder verblüffte und sie jedes Mal in eine merkwürdig entrückte Sinnlichkeit fallen ließ. So auch jetzt. Aber dann nahm sie sich zusammen. Ungeachtet aller poetischen Betrachtungen, sehnte sie sich jetzt nur noch nach der Einsamkeit ihrer Hütte, nach dem hoffentlich gefüllten Wassereimer und nach einem Teller Essbarem. Ob Merlene daran gedacht hatte?

Plötzlich fragte Zita: «Du doch glücklich mit *oonzi*?», und Sole erkannte bei dieser Frage, dass sie mit Richard trotz ihrer Verliebtheit und trotz der Akzeptanz seiner Herkunft noch eine lange Wegstrecke zurücklegen musste, um *die* Vertrautheit zu erlangen, die sie mit dieser alten Frau verband.

«Wer weiß schon, was Glück ist», antwortete sie wahrheitsgetreu, und dann sprachen beide eine lange Zeit nicht mehr.

Sie liefen durch ein Stück Savanne, durch den Busch, über die Weite, nur von der halben Mondlaterne beleuchtet, aber Sole vertraute Zita, die zielstrebig und unbeirrt die Richtung vorgab und nicht für eine Sekunde ihre Hand losließ.

Plötzlich schlugen Soles Sinne Kapriolen.

Sie witterte Herdfeuer, Menschen, Wärme. Und sie roch förmlich das Zuhause, das in nächster Nähe sein musste, auf sie wartete, sie beschützen und beruhigen würde.

«Wir sind gleich da, nicht?», fragte sie Zita voller Hoffnung, und in der gleichen Sekunde löste sich Merlene aus dem Schatten und kam ihnen entgegen.

War es Schwäche? War es die Reaktion auf das Erlebte? Sole begann zu heulen und lief Richards Mutter entgegen. Merlene öffnete ihren riesigen Umhang und nahm sie in die Arme. Sole roch ihre Körperwärme, spürte die Weichheit. Sie vergrub ihr Gesicht an ihrem Busen und heulte und heulte. Merlene strich ihr über die Haare, zärtlich und liebevoll, aber Soles Schluchzen wurde lauter, unbeherrschter. Alles wollte heraus. Die Anspannung, die Verlassenheit. Auch das Heimweh.

«Da», sagte die dunkle Frau und schob sie in die Arme der Gestalt, die neben ihr stand.

20 Richard

Hardlife hatte dafür gesorgt, dass Richard am frühen Morgen von einem Gemüsetransporter mitgenommen wurde.

Geh direkt zu Sam, hatte ihm die Großmutter geraten, nachdem er ihr Sole anvertraute. Als er nach mehr als sieben Stunden in Windhoek eintraf, lief er sofort zum *Tintenpalast**. Man gab ihm eine Nummer und wies ihn an zu warten, bis der Präsident zur Audienz bitten lasse. Ihn und die vielleicht fünfzig Personen, die in den Gängen standen, saßen oder sogar lagen.

Schon am nächsten Tag war ihm klar, dass Sam Njuoma gar nicht in Windhoek sein konnte, denn die Wachen vor seinem Büro standen ungezwungen herum, rauchten oder gingen weg, um sich Essen zu holen. Ich muss herausbekommen, wo er ist, dachte Richard und schlich sich in die erste Etage. Ein junger Schwarzer trat aus einer Tür, ging durch die nächste, kam kurze Zeit später wieder heraus, um dann in Richtung Toilette zu gehen, die am Ende des Ganges lag.

Richard folgte ihm, und als sie beieinander standen, drückte er ihm einige Geldscheine in die Hand und fragte ihn, wo Sam Njuoma wäre.

«In Swakopmund», antwortete der Mann überrascht, «aber das weiß doch jeder.»

Richard seufzte und klopfte ihm dankend auf die Schulter. Er holte sich sein Bündel, das er im Kiosk eines Freundes deponiert hatte, und rannte wieder zum Großmarkt, um eine Mitfahrgelegenheit zum Atlantik zu bekommen. Er hatte vergessen, dass es Wochenende war. Erst Montagnachmittag würde ihn ein Laster mitnehmen können. Resigniert ging er zur Stadt zurück.

Ich muss Sams Gewohnheiten ausspähen, die Sicherheitsbeamten austricksen und darauf hoffen, dass er mich erkennt, wenn ich ihm gegenübertrete, dachte er, als er in Swakopmund eintraf, und wusste, dass es nicht einfach werden würde.

* Regierungssitz des namibischen Parlaments

Richard wollte keine Freunde aufsuchen, auch nicht in eine Kneipe gehen. Da es Sommer war, konnte er am Strand schlafen. Am nächsten Morgen stand er früh auf, nahm ein Bad im Meer und versteckte dann sein Bündel zwischen den Steinen. Den ganzen Tag lief er mit gesenktem Kopf die Straßen ab, versuchte, das Präsidentenauto zu erspähen, aber es waren immer nur die militärischen Begleiter in ihren Armeewagen, die mit harten Augen in grimmigen Gesichtern die Straßen und Gebäude bewachten. So musste er auf den nächsten Tag hoffen. Er kaufte sich Brot, ein Stück Käse und holte sich Wasser zum Trinken aus der Berieselungsanlage der Palmen.

Geschützt vor den Augen anderer, setzte er sich an den Strand. Stundenlang starrte er auf das Meer und wartete auf den Mond, der die Wasseroberfläche zum Glitzern bringen würde. Nur manchmal wurde sie von dem leisen rhythmischen Wellenschlag geteilt. Er genoss die Stille, sie brachte Ruhe in seine Gedanken. Die Ruhe ist eigentlich grau, sinnierte er, aber wenn man ihr Weiß danebenstellt, leuchtet sie, und man kann damit rechnen, dass vielleicht ein kräftiges Rot Spaß bekommt, sich diesen beiden Farben anzuschließen. Dann wäre dieses Element wirktlich etwas Außergewöhnliches – Sole würde ihm beipflichten. Sicher sogar noch weiter ausspinnen.

Warum kamen ihm solche Gedanken? Er wusste es sofort.

Es hat mich erwischt, dachte er, aber welche Zukunft können wir beide schon haben?

Er wickelte sich in die Decke und versuchte einzuschlafen. Er musste früh beginnen, die Suche nach Sam fortzusetzen, und auch übermorgen, den Tag danach und die folgenden Tage. Er konnte auch nur einmal an Sams Haus vorbeigehen, das zweite Mal würde er auffallen und man würde ihn unweigerlich festnehmen. Sam hat vor seinen eigenen Leuten Angst bekommen, ging es ihm durch den Kopf. Früher war er der Erste, der sich der Gefahr stellte, heute –

Endlich, am vierten Tag, traf er seinen Präsidenten am frühen Morgen beim Spaziergang an der Mole. Er nahm die Pose eines Joggers an und lief auf ihn zu.

«Hallo, Sam», rief er und sah erleichtert, wie der alte Mann die

Augen zusammenkniff, wie immer, wenn er etwas genauer sehen wollte.

Natürlich wurde Richard sofort von den fünf Leibwächtern umringt. Sie griffen nach seinen Armen, bogen sie nach hinten und stießen ihn auf den Boden.

«Ach du bist es, Richard», sagte der erste Mann im Staat, und Richard atmete auf, als er sah, wie er mit einer Handbewegung seine Freilassung anordnete.

«Du siehst gut aus, *zweiter Vater*», sagte Richard.

«Und du schmeichelst mir», unterbrach ihn der Präsident leicht mürrisch. «Du willst doch etwas von mir?»

Richard entschloss sich spontan zur Wahrheit. Er bemühte sich, leise zu sprechen, damit keiner der Leibwächter etwas hören konnte. Bei den vielen Intrigen konnte ein Mitwisser tödlich für sein Problem sein.

Der alte Mann begann zu lachen und schlug ihm auf die Schulter.

«Komm heute Abend zu uns nach Hause», ordnete er an, «*meme* Kovambo ist verrückt nach komplizierten Liebesgeschichten, und an deiner Story wird sie Spaß haben.»

Und so geschah es.

Entspannt saßen sie sich gegenübe. Kovambo hatte den einfachen *millipapp* aus den *Hütten* gekocht, den er, wie sie auch, mit den Fingern aß. Sie redeten von alten Zeiten, lachten über Vergangenes und streiften kurz ihre gemeinsame Zeit in Deutschland. Als sie mit dem Essen fertig waren, räusperte sich Richard und trug kurz entschlossen sein Anliegen noch einmal vor. Allerdings verschwieg er Einzelheiten über Sole und erwähnte auch nicht ihren Aufenthaltsort, weil er überzeugt war, das die Wachhunde draußen ihre Ohren an die Tür gepresst hatten.

«Du musst *oonzi* helfen», sagte Kovambo zu Sam, nachdem Richard geendet hatte. Er hätte sie für diese Bemerkung küssen können. Sie zwinkerte ihm zu. «Und wenn du wieder zurück bist, grüße Zita von mir. Wo schläfst du hier in Swakopmund?»

«Am Strand», wagte er zu sagen.

«Nein», sagte die alte Frau und erhob sich. «Du schläfst hier. Wir haben in diesem großen Haus vier Gästezimmer. Gewöhnlich sind sie von lauten und unwichtigen Menschen belegt. Für heute Nacht wird ein Zimmer für den Sohn unseres Freundes bereitstehen.»

Richard blickte rasch zu Sam. Beruhigt sah er, dass er zustimmend nickte und ihn dabei angrinste.

«Sam ist schon weg. Er muss irgendwo eine neue Lodge eröffnen.» Die alte Frau seufzte. «Das bedeutet endlose Kilometer, die zu fahren sind.» Sie hob die beiden Spiegeleier auf das mit Speck belegte Toastbrot. «Er hat dir den ersten Sekretär dagelassen, der mit dir heute nach Windhoek fahren wird, um alles für dich zu regeln.»

«Danke, *meme sissy*», sagte Richard und gebrauchte die vertraute Anrede.

«Ach, *oonzi*», sagte die alte Frau, «immer wenn ich dich sehe, muss ich an die Zeit denken, als wir im Untergrund gegen die Südafrikaner und ihre machtvolle Arroganz gekämpft haben. Wir waren so jung, voller Ideale, und trotz der schlechten Lebensbedingungen hatten wir Kinder. Bewusst empfangen und bewusst geboren. Wir wollten, dass sie in einem freien Staat aufwachsen. In *unserem* Staat, den wir uns zurückholen wollten. Heute sind wir alt, die Kinder sind erwachsen, aber immer öfter vermisse ich in ihrer Gegenwart unsere Vergangenheit.»

Richard nahm sie in die Arme. «*Oumeme* hat so etwas Ähnliches auch schon einmal gesagt.»

«Ja, Zita ist eine kluge Frau.» Kovambo kicherte. «Hält sie euch immer noch mit *kalunga* und *kanga* in Schach?»

«*Meme*, was würdest du an meiner Stelle tun?»

Eigentlich ungewollt rutschte ihm diese Frage heraus.

Die Frau sah ihn ernst an. «Ich wusste, dass du mir diese Frage stellen würdest, aber ich kann sie dir nicht beantworten. Ich weiß nicht mehr, wie es ist, jung zu sein, den Körper eines Menschen zu begehren, gleichzeitig mit dessen Seele eins zu sein, um gemeinsam die Zukunft zu erobern.»

Sie wand sich schwerfällig aus Richards Armen und setzte sich wieder an den Küchentisch. «Diese Sole ist weiß. Weiße waren unsere Feinde, unsere Besatzer und Ausbeuter. Sind es zum Teil heute noch. So gesehen solltest du die Sache abbrechen. Auf der anderen Seite, wenn es dem Staat nicht gelingt, dass die unterschiedlichen schwarzen und weißen Wünsche ineinander aufgehen, verschmelzen, und dass Akzeptanz und Würde dem Nächsten gegenüber in unserem Denken endlich Selbstverständlichkeit werden, fürchte ich, dass wir alle verlieren werden. Und mit *alle* meine ich die Namibier mit der schwarzen wie auch die Namibier mit der weißen Hautfarbe.»

Ihre Hände lagen untätig auf der Tischplatte. Es kam Richard seltsam vor, denn sie waren eigentlich immer in Bewegung. Auch ihre Stimme klang anders als sonst. Spröde, oder konnte es Resignation sein? So alt war sie doch noch gar nicht.

«Du und diese Sole, vielleicht könnte eine solche Verbindung der Beginn eines Prozesses sein, an dem unser modernes Namibia reifen kann. Einen Rat kann euch keiner geben. Im Gegenteil, jede Seite hätte tausend und mehr Gegenargumente. Im Moment jedenfalls» – sie stockte ein wenig –, «und in Deutschland wird es sicherlich ähnlich sein, trotz deiner Wurzeln, die dort stecken. Also müsst ihr für euch selbst entscheiden.»

Sie blickte Richard an, und er war bewegt über die Zuneigung, die sie ihn entgegenbrachte.

«Kehre zu den *Hütten* zurück und prüfe, was diese Frau in deiner Abwesenheit getan oder versäumt hat zu tun, um uns zu verstehen, und danach treffe deine Entscheidung.»

«Es ist der Wunsch des Präsidenten, dass die Angelegenheit umgehend erledigt wird», sagte der persönliche Sekretär, und der Polizeichef antwortete sofort beflissen: «Ich sehe kein Problem. Richard Shapake hat völlig richtig gehandelt. Gäste des namibischen Staates müssen beschützt werden. Die Sache wird in dieser Stunde noch niedergeschlagen.»

Er salutierte, auch vor Richard, der Stenograf huschte hinaus und der Sekretär schüttelte Richard die Hand und begleitete ihn zur Türe.

«Das nächste Mal musst du mir einen Gefallen tun», grinste er.

«Geht klar», sagte Richard und tippte an seine Kappe.

Keine halbe Stunde hatte es gedauert, um diesen Albtraum loszuwerden, dachte er erleichtert. Er könnte jetzt in die Stadt hinunterlaufen, zum Großmarkt gehen und versuchen, für diese Nacht einen Platz auf einem Transporter in Richtung Norden zu bekommen.

Er könnte, aber er wusste, dass es noch etwas zu erledigen gab.

Hannes hatte in der Klinik hinterlassen, wo er zu erreichen war.

Es war eine kleine Pension im Westen von Windhoek, umgeben von einer großen weißen Mauer mit einem winzigen Garten dahinter.

«Geht es dir gut?», fragte Richard, als er vor ihm stand.

Hannes schloss das Buch. «Wo ist Sole?»

Das monotone Rumpeln des Lastwagens sollte eigentlich auf jeden Menschen einschläfernd wirken. Richard dagegen war hellwach.

Wo ist Sole, hatte ihn Hannes als Erstes gefragt, und er hatte sich hingesetzt und angefangen zu erzählen.

Es musste sein.

Er blieb mit jedem Wort bei der Wahrheit, beschönigte und entschuldigte nichts. Er war es sich, aber auch diesem weißen Mann schuldig.

Hannes hatte die Hände vors Gesicht geschlagen. Nichts gesagt. Weder wütende Worte geschrien noch Anklagen erhoben. Irgendwann hatte er aufgeblickt und mit leeren Augen zu erzählen begonnen, wo er Sole zum ersten Mal gesehen hatte. Umständlich beschrieb er das Kleidchen, das sie trug, und wie er sich als halb erwachsener Junge zuerst geschämt hatte, mit ihr an der Hand durch die Straßen zu gehen. Wie Sole größer wurde, und er sich um ihre kleinen und unwichtigen Probleme gekümmert hatte. Wie sie diesen Beruf gegen seinen Willen durchsetzte, der sie so unstet machte, und wie sie ihn eines Tages angerufen und um Hilfe geschluchzt hatte.

«Ich wollte sie hier in Afrika fragen, ob sie mich heiratet, aber erst im Krankenhausbett habe ich begriffen, dass sie mir nie die Chance geben würde, diese Frage zu stellen. Und nun habe ich sie verloren. An einen Mann, der so völlig konträr zu ihrer Kultur ist.»

Seine Stimme hatte tonlos geklungen und erst nach diesen

Worten hatte er Richard angesehen, und plötzlich war sein Blick feindselig und anklagend gewesen. Fragte ihn plötzlich mit schneidender Stimme nach seinem Einkommen, fragte nach seiner Familie. Wie ein Vater, der um die Hand seiner Tochter gebeten wurde.

Halt, hatte ihn Richard scharf unterbrochen und ihm entgegengehalten, dass das nur Sole und ihn etwas angehen würde. Er gab ihm sein Wort, mit ihr in den nächsten Tagen aus dem *Ovambo*-Land zurückzukommen. Dann könnte Hannes ihr ja alle diese Fragen stellen. Sie würde sie beantworten oder auch nicht, aber er solle ihn hier nicht examinieren wie einen dummen Schuljungen, und bei diesen Worten hatte er sofort gespürt, wie ein wütender Widerwille bei ihm hochkam. Gegen Hannes, mehr noch, gegen den weißen Mann. Sofort war Hannes in sein *Warum-habe-ich-nur-versagt*-Gehabe zurückgefallen und hatte von Verzicht und Aufgabe gemurmelt.

Richard hatte seufzend einen Stuhl ergriffen, sich zu Hannes gesetzt, und sie hatten Stunde um Stunde geredet. Einmal war er zum Bottle-Store gefahren und hatte zwei Flaschen Whisky geholt, dann hatten sie weitergeredet, bis lange nach Mitternacht. Irgendwann hatte sich die Pensionswirtin geweigert, weitere Eiswürfel herauszurücken. Es war ihnen egal gewesen, die zweite Flasche tranken sie unverdünnt und warm. Mit ihrer mürrischen Genehmigung durfte Richard in Hannes' Zimmer auf der Couch schlafen, aber selbst im Dunkeln redete Hannes weiter. Mit starkem Zungenschlag und sehr undeutlich. Immer wieder fiel ihm etwas ein, was sich über Sole erzählen ließ.

Richards Gesicht war grau gewesen, als er sich am Morgen von Hannes verabschiedete. Er war noch völlig betrunken, aber er wusste, dass er diesem Problem mit Anstand begegnet war. Er wankte zur Wohnung eines Freundes und legte sich dort in die Ecke. Plötzlich sah er Soles Gesicht vor sich. Er sah ihre Augen blitzen, hörte ihr Lachen und erinnerte sich an die Weichheit ihrer Arme. Aber er spürte auch ihren Schmerz, als sie das Kind verlor, die Wärme ihrer Kameradschaft wie auch ihre Leidenschaft. Adam war mit seinem Leben völlig zufrieden, bis Eva kam, dachte er. Mein Leben war friedlich und ohne Probleme – bis Sole kam. Bin ich heute aus dem Paradies geworfen worden oder trete ich erst ein? Und dann waren ihm die Augen zugefallen.

Alles dies kam ihm in den Sinn, als er einige Tage später nachmittags in einem Lastwagen in Richtung Norden saß. Diesmal waren es Schafe, die geladen waren. Richard hörte ihr leises ängstliches Blöken über die Fahrgeräusche hinweg. Bis zum Einbruch der Dunkelheit war es brütend heiß im Fahrerhaus, und dem Fahrer war ein Gespräch wohl zu anstrengend, denn er schwieg beharrlich. Richard war es recht. So konnte er seinen Gedanken nachhängen. An Sole denken. An sich. An sie beide. *Prüfe, was diese Frau in deiner Abwesenheit getan oder versäumt hat, um uns zu verstehen.*

In der beginnenden Morgendämmerung ließ ihn der Fahrer raus, und Richard war so erleichtert, die vertraute Umgebung zu sehen, dass er zu rennen anfing. Nur eine Stunde Fußmarsch, und er würde in seinem Dorf sein. Würde Sole ihn erwarten?

Meme fing ihn ab, als er in das Dorf hineinlaufen wollte.

«Komm, mein Sohn», sagte sie, und er musste sich wie ein kleiner Junge vor sie hinsetzen und ihr zuhören. Sie erzählte ihm von dem roten Sturm, der von einer zur anderen Sekunde durch das Dorf getobt war, und wie Sole mit Zita im Arm dem Dämon getrotz hatte, wie Sole in der folgenden Nacht für das Dorf *katiti ombappa* wurde. Sie berichtete ihm von dem Leoparden, der sie bedrohte, und wie sie ihn erlegt hatte. Von dem dummen Häuptling, von der Sprechstunde, überhaupt, Richard hörte nur noch *katiti ombappa, kleine weiße Frau.*

«Wo ist sie?», fragte er.

«Sie ist am frühen Morgen mit *oumeme* zu *kanga* gegangen», sagte seine Mutter in ihrer ruhigen Art, und er schlug entsetzt die Hände über dem Kopf zusammen. Es war ihm sofort klar, dass sie Hilfe brauchten, er wollte schon losstürmen, aber seine Mutter herrschte ihn an: «Wir bleiben hier.»

Wenn *meme* in diesem Ton mit ihm sprach, wusste er, dass jedes noch so vernünftige Gegenargument sinnlos war, und ein einziges Widerwort konnte ihre Beziehung über einen längeren Zeitraum hinweg beeinträchtigen. Wütend stand er auf und ging in Richtung

Dorf. *Meme* folgte ihm. An seiner Hütte hatte sie ihn eingeholt. Sie legte ihm die Hand auf die Schulter.

«Du brauchst dich nicht zu sorgen», sagte sie, «sie werden zurückkommen. Heute noch. Ich weiß es. Du kannst mit mir an der ersten Biegung auf sie warten.»

«Ihr mit eurem mystischen Scheiß», knurrte er zwischen zusammengebissenen Zähnen, «wenn sie heute Abend nicht zurück sind, breche ich morgen mit dem ersten Licht auf und suche sie. Und ich kann mir nicht vorstellen, wie du mich daran hindern könntest.»

Die letzten Worte schrie er und betrat dann die Hütte. Alles war aufgeräumt und sauber ausgefegt. Zwei Eimer Wasser standen in der Ecke, die beiden Schlafsäcke waren aufgeschlagen, als müsse Sole jeden Moment zurückkommen. Aber das konnte nicht sein, und seine Angst um sie schnürte ihm die Kehle zu. Er setzte sich und schlug die Hände vors Gesicht. So wie es Hannes getan hatte, und erst jetzt begriff er den Schmerz des weißen Mannes.

Er wusste nicht, wie lange er so gesessen hatte. Es ist noch früh am Tag, ich sollte in die nächste Stadt fahren, dachte er. Einkaufen. Wenn meine Frau zurückkommt, möchte ich, dass sie ein wunderbares Abendessen vorfindet.

Von dem plötzlichen Glücksgefühl, das ihn erfüllte, war er selbst überrascht. Es kam ihm vor, als ob gute Mächte Soles und sein Schicksal in ihre Hände genommen hätten. *Meine Frau.* Er holte tief Luft. Alles wird gut, er wusste es. Und irgendwann würde er diese Geschichten *meme sissy* erzählen und sich für ihren Rat bedanken.

Als er am späten Nachmittag wiederkam, war er wie im Fieber. Er richtete die Dusche und stellte Wein kalt. Neben dem Auto arrangierte er die gewohnte Atmosphäre ihrer Zweisamkeit, grub eine kleine Vertiefung für das Feuer, richtete es her, deckte verschwenderisch den Tisch mit dem italienischen Geschirr, mit Servietten, mit Kerzen. Legte dünne Rispen frischen Grüns dazwischen, rückte die Stühle zurecht, schob die *Pastorale* in den Player.

Er war gerade dabei, das Tomatenmehl in das abgekochte Wasser einzurühren, als Nagare zu ihm gehuscht kam und ihm sagte, dass in der Ferne die Schatten von *omupuliki* und *katiti ombappa* zu sehen wären und –

Er schob sie wortlos beiseite und rannte los.

Es dauerte eine Ewigkeit, bis er die kleine Gruppe erreicht hatte, atemlos und noch immer den Kochlöffel in der Hand. Er sah, wie Sole an der Brust seiner Mutter lag, schluchzend und völlig fertig mit den Nerven.

«*Ove owetu*, sie gehört zu uns», rief seine verrückte Großmutter mit lauter Stimme in die Nacht hinein.

«*Katiti ombappa ove owetu.*»

Richard wusste nicht, was Sole mit dieser verschrobenen Frau und mit dieser widerlichen Schlange, die das Dorf beherrscht hatte, so lange er denken konnte, erlebt hatte. Er wusste nur, sollte sie wirklich dieses Monstrum angetroffen haben, war das mehr, als jeder Mensch ertragen konnte. Ungestüm drängte er die anderen beiseite und stand bei seiner Mutter.

Merlene sah ihn lächelnd an und schob Sole mit einer unendlichen Sanftheit in seine Arme. Als Richard sie spürte, überkam ihn eine Liebe zu dieser Frau, wie sie nicht stürmischer und endgültiger sein konnte. Nie hatte er Ähnliches für einen Menschen empfunden. Immer und immer wieder strich er ihr über den Rücken, über ihr Haar, wollte sie beschützen, wollte, dass sie alles Schlechte vergaß. «Ich liebe dich», flüsterte er heiser, «komm, lass uns nach Hause gehen, das Essen ist auch gleich fertig.»

Sole hob ihren Kopf aus seinen Armen und sah ihn überrascht an.

Ihr Blick ging zu Zita, wieder zurück zu Richard.

Dann begann sie zu lachen. Sie schlug Richards Großmutter leicht mit der Hand auf die Schulter, lachte weiter, setzte sich auf den Boden, nahm den Kopf zwischen die Hände, schüttelte ihn ungläubig, und ihr Lachen wollte nicht enden.

21 Ein Versprechen

Sole und Hannes standen im Licht der letzten Sonnenstrahlen auf der Independence-Avenue in Windhoek.

Ein Mann und eine Frau, und es lagen Welten zwischen ihnen, die selbst mit Siebenmeilenstiefeln in aller Zeit nicht zu durchschreiten waren.

«Lass mich.» Unwillig wand sich Sole aus Hannes' Umklammerung.

«Verdammt, ich will dir doch nichts tun. Ich bin doch nur froh, dass du gesund zurückgekommen bist.»

Hannes ließ Sole los und fuhr sich resigniert mit seinen Fingern durch das Haar. «Entschuldige bitte.»

Sole sah ihn für einen Augenblick unschlüssig an. Sie sah blinzelnd nach oben. Gleich wird sich der Tag verabschieden, ging es ihr durch den Kopf. Es geht ganz schnell, ähnlich wie bei den blödsinnigen Dimmschaltern, die man jetzt immer häufiger in Europa antrifft. Aber in Afrika, sie verbesserte ihren Gedanken, *hier*, wird es sofort angenehm kühl. Der Tourist bekommt Lust auf ein Glas Wein, und die Einheimischen wollen schnellstens nach Hause, wieder verbesserte sie sich, die Weißen wollen es, rechtzeitig vor der Dunkelheit mit ihren eingebildeten Gefahren.

«Sollen wir im *Kalahari Sands* etwas trinken gehen, bevor uns Richard zum Airport fährt?», fragte Hannes mit der freundlichsten Stimme, die Sole an ihm kannte.

Es ist genau diese Freundlichkeit, die ihr so auf den Geist ging, aber dennoch hakte sie sich bei ihm ein und sagte: «Okay, köpfen wir hier eine letzte Flasche. Sozusagen ein afrikanischer Abschied.»

«Erst im Krankenhaus ist mir aufgefallen, wie früh es in Afrika dunkel wird und wie früh wieder die Sonne aufgeht», bemerkte Hannes. «Komisch, als wir zusammen auf *pad* waren, habe ich es nicht bemerkt.» Und nach einer Pause: «Die afrikanische Dunkelheit ist nichts für mich. Ich finde sie irgendwie gefährlich, unberechenbar. Wenn ein Schwarzer auf dich zukommt, *siehst* du ihn überhaupt nicht. Nur das Weiß in seinen Augen. Und das ist alles andere als beruhigend. Na ja, morgen sind *wir* wieder in Deutschland –»

Er weiß alles, und trotzdem schiebt er uns beide wieder unter die dicke Glasglocke, als ob damit alles ungeschehen gemacht werden könnte. Sole umklammerte ihr Glas. Ihr Blick ging ins Leere, und auch ihre Gedanken glitten ab.

Ich habe sie lieben gelernt, die afrikanische Dunkelheit, dachte sie, und ihr Herz klopfte heftig. Alles riecht dann anders, intensiver, vielleicht weil die Natur für einige Stunden die Last der Sonne nicht mehr zu tragen hat. Wie habe ich jeden Tag auf ihr langsames Herabgleiten auf die verbrannte Erde gewartet, ihre Gerüche geschmeckt, die sofort von den dunklen Schatten freigegeben werden. Sie ist für mich ein neues Element in meinem Leben geworden. Auch die grenzenlose Savanne, die die Hitze liebt, aber erleichtert in der Kühle zittert. Der afrikanische Busch mit seinen unzähligen schmalen verschlungenen Pfaden, beschützt von den dichten Kuppeln der Akazien. Die wilden Tiere mit der Unerbittlichkeit ihrer eigenen Gesetze, die jubilierenden Gesänge der Vögel, wenn sie in die trockene heiße Luft aufsteigen. Das –

«Willst du etwas trinken?»

Sole schob sich müde eine Haarsträhne aus dem Gesicht. Warum musste Hannes die Ruhe in ihrem kleinen Paradies stören?

«Du bist so ruhig. Geht es dir nicht gut?» Seine Stimme klang besorgt.

Sole schüttelte den Kopf und nickte gleichzeitig. Die Unendlichkeit dieses Landes mit seinen Naturgesetzen, die bei uns schon lange verloren gegangen sind, haben mich zu einem anderen Menschen gemacht, dachte sie. Sie haben altes Denken ausgelöscht, neues Denken geformt. Nur so waren die Momente seltsamen Glücks möglich – aber wenn ich heute Abend das Flugzeug nach Deutschland besteige, verliere ich alles wieder. Sie stützte die Arme auf und blickte durch den Mann hindurch, mit dem sie vor mehr als zwei Monaten nach Afrika gekommen war.

Großmutter Zita hat mir die Angst genommen. Und die Dorfbewohner haben mir beigebracht, im Dunkeln *das* zu sehen, was man im Hellen übersieht. Nagare war immer an meiner Seit, als ich von den Männern und Frauen durch das Dunkel geführt wurde. Es ist so einfach, hatte sie gesagt, alle Konturen wiederholen sich, und bist du an sie gewöhnt, bleiben sie dir vertraut.

«Ich habe mit deinem Vater gesprochen», sagte Hannes, «er lässt uns von seinem Chauffeur in Frankfurt abholen. Wir müssen also nicht auf die Anschlussmaschine nach Düsseldorf warten.»

«Wie angenehm», bemerkte Sole mechanisch und hielt ihm jetzt doch ihr Glas zum Nachschenken hin.

Nie waren Richards Küsse süßer gewesen als im Dunkel der afrikanischen Nacht. Wann war das gewesen? Vor Millionen von Jahren? Nach ihrer ersten Umarmung? Oder in der letzten gemeinsamen Nacht, als er sie, an einen dieser uralten afrikanischen Bäume gelehnt, an sich gezogen, ihr Kinn nach oben gedrückt und mit seiner Zunge sanft ihre Lippen gekost hatte. Sie hatte plötzlich direkt in das Weiß seiner Augen geblickt. Die kleinen bekannten Kobolde des Tages waren verschwunden und ein anderes Feuer glomm in ihnen. Ein Stück altes Afrika. War sie nach einer langen Reise endlich angekommen? Oder *er*? War es ein Abschied oder ein Versprechen? Ihr Herz hatte gehämmert bei der Vertrautheit, und in diesem einzigartigen Moment war sie bereit gewesen, ihr Geschick in die Hände eines anderen Menschen zu legen. Bleibe bei mir, hatte Richard heiser geflüstert und sie –

«Sole», sagte Hannes streng, «hörst du mir überhaupt zu?»

Sie sah ihn an, so wie man zum ersten Mal einen unwichtigen Menschen genau betrachtet, und in ihren Augen standen Tränen.

«Hannes, was ist mit uns passiert? Was ist mit *mir* passiert?»

Richard Shapake betrat die Bar.

Fast unmerklich nickte er dem Barmann zu und ging zu dem Tisch von Sole und Hannes. «Wir müssen fahren», meinte er, «die Sicherheitskontrollen sind verstärkt worden, man benötigt jetzt mehr Zeit.»

Er legte das Geld für den Wein auf den Tisch und griff nach den Bordtaschen.

Die Fahrt zum Flughafen verlief schweigsam. Auf dem Parkplatz vor der Abflughalle pfiff Richard nach zwei Jungen und belud ihre mitgebrachten Caddies mit dem Gepäck. Er dirigierte sie zum Erste-Klasse-Schalter und begann, mit Druckbuchstaben die

Flugzettel für Sole und Hannes auszufüllen. Hannes gab ihm die Flugtickets zum Einchecken und beide Pässe.

«Ich muss schnell auf die Toilette», sagte er und lief los.

Richard sah Sole an. «*Oumeme* hat mir etwas für dich mitgegeben.» Er drückte ihr ein kleines Päckchen in die Hand. Sein Gesicht war plötzlich hart.

«Ich will keinen Brief von dir, wenn Deutschland deine Entscheidung ist», sagte er tonlos. «Wenn du zurückkommen *willst*, schick nur ein Fax mit dem Datum an die Deutsche Botschaft.»

Langsam und mühevoll sagte Sole: «Ich weiß, dass ich hier ein Zuhause habe. Es ist –»

Richard unterbrach sie: «Es *war* nur eine Hütte, aber wenn du zurückkommst, zu mir nach Afrika» – er stockte –, «werde ich uns ein Haus bauen. Größer und schöner als jedes Haus eines jeden Weißen. Es wird auf einem Berg stehen, inmitten *unserer* Savanne, und die *omupuliki* unseres Dorfes, meine und auch deine Großmutter, wird es von allen Geistern befreien – und segnen.»

Er drehte sich um und lief schnell davon.

«Wo ist Richard?», fragte Hannes im normalsten Ton der Welt, als er plötzlich wie ein Geist wieder vor ihr stand.

«Er lässt dich grüßen und entschuldigt sich, dass er nicht länger warten konnte», antwortete Sole mit heiserer Stimme und steckte das Päckchen in ihren Rucksack. Spät in der Nacht, als Hannes schlief, öffnete sie es. In ihm lag der rote Kaftan mit dem Turban. Und tief darin eingewickelt war die getrocknete Haut der Zebraschlange. Das Symbol, das *katiti ombappa* von einer *omupuliki, der Heilerin aller vier Ebenen*, bekommen hatte.

Und sie hörte Zitas Stimme, die flüsterte: «Du wirst wiederkommen», und sah ihre Augen in der Dunkelheit glühen.

Sechs Monate später

Die Maschine schwankte ein wenig, bevor sie zur Landung aufsetzte.

Als Sole auf der Gangway stand, riss der kalte Juniwind an ihren Haaren, und sie schlug fröstelnd den Kragen der Jacke hoch. Ein schnaubender und sehr eiliger, dicker weißer Mann drückte sie zur Seite und ging schwerfällig die Treppe hinunter. Sie folgte ihm im Schatten seines wuchtigen Rückens. Er beachtete nicht den hoch gewachsenen Schwarzen, der vorschriftswidrig auf dem Rollfeld stand und die Treppe absuchte.

Sole tippte ihn an. «Ich bin hier, weil ich hier sein will», sagte sie, und in ihren Augen standen Tränen. «Fahren wir nach Hause?»

«Ja», sagte Richard.

Epilog

Vier Jahre später.

Langsam fährt das große Globetrotter-Auto über die Windhoeker Independence-Avenue. Die junge Frau auf dem Beifahrersitz hält einen kleinen Jungen auf ihrem Schoß. Hinter ihr sitzt ein dunkelhäutiges Mädchen, das eine weiße Puppe fest an sich drückt. Der Mann am Steuer betrachtet aufmerksam den regen Verkehr und lächelt gleichzeitig dem Kind durch den Rückspiegel zu.

«Wohin fahren wir?», piepst das Mädchen.

«Hoch ins *Ovambo*-Land. Zu Urgroßmutter Zita und Großmutter Merlene. Und zu Paula und Finchen. Ihr dürft drei Wochen bei ihnen bleiben. Papa und Mama haben Gäste, die sie führen müssen», antwortet die Frau fröhlich und rückt das Kind in ihrem Arm liebevoll zurecht.

«Darf ich die Puppe mitnehmen, die mir die Omi in Düsseldorf geschenkt hat?»

«Aber sicher.»

Die junge Frau legt die Hand auf den Arm ihres Mannes.

«Fahr doch bitte noch an der Gärtnerei vorbei, ich will *oumeme* einen Palmensetzling mitbringen.» Sie blickt auf die Kinder, dann auf ihn und lächelt. «Den dritten.»

Der Mann stutzt.

«Du bist sicher?»

«Ganz sicher.»

Richard beugt sich zu Sole hinüber, um sie zu küssen.

Sie lachen glücklich, und ihre Fröhlichkeit weht aus den geöffneten Fenstern zu der großen Fächerakazie, die jeder passieren muss, wenn er Windhoek in Richtung Savanne und Freiheit verlassen will.

Danksagung

Für dieses Buch war ich auf die Hilfe von anderen Menschen angewiesen, um das eine oder andere Geschehen erklärend in die Geschichte einbinden zu können.

So danke ich Herrn Eberhard Hofmann von der ALLGEMEINEN ZEITUNG in Windhoek für seine vorsichtigen Hinweise auf das Schicksal einiger schwarzer Stämme, die im Namibia des Jahres 1993 noch immer eine bedauernswerte Minderheit darstellen. Dank auch an Frau Heidi Grassmann vom *BÜCHERKELLER* in Windhoek. Sie wusste sofort, welche Bücher ich für meine Recherche benötigte. Und natürlich Dank an Rebekka, die schöne junge Frau aus dem Stamm der *Ovambo*, die oben in Tsumeb zusammen mit einer norwegischen Gesellschaft von Spendern versucht, das kulturelle Erbe der Schwarzafrikaner in Namibia wach zu halten. Ich bitte auch um Verständnis, wenn ich in **Kleine weiße Frau** die Sprache der *Nama* mit der der *Herero* und *Damara*, oder der der *Ovambo* und *Ovahimba* unterschiedslos benutzt habe. Eine jeweilige Festlegung hätte komplizierte Erklärungen nach sich gezogen und gleichzeitig sicherlich einen Streit über die endgültige Richtigkeit der Wörter und Begriffe entfacht. Die geschichtlichen Details habe ich zum Teil – ergänzend zu den Bemerkungen von Richard – dem Buch von Constance Kenna, *DIE DDR-KINDER VON NAMIBIA – Heimkehrer in ein fremdes Land* (Klaus-Hess-Verlag) entnommen. Es beinhaltet eine hervorragende Spurensuche, festgehalten in feiner Sensibilität. Auch durfte ich mich mit dem Reiseführer *NAMIBIA* von Daniela Schetar und Friedrich Köthe kundig machen. Dem Buch *HIMBA – DIE NOMADEN NAMIBIAS* von Margret Jacobsohn und P. + B. Pickfort, ebenfalls Klaus-Hess-Verlag, habe ich wertvolle Informationen entnommen, die mir noch nicht bekannt waren. Die geschichtlichen Details aus den vorgenannten Quellen habe ich bewusst in meinen Roman eingebracht, um einige Vorgänge verständlicher zu machen. Dank auch an Frau Ann Hermann, die mich veranlasste, das eine oder andere afrikanische Geschehen für *Afrika-unkundige* Leser klarer zu formulieren.

Kurz nachdem dieser Roman geschrieben war, rief mich ein Freund an, um mir zu sagen, dass Dzangai Makoni, ein farbiger Großwildjäger, seit vielen Jahren mein Freund, gestorben war. Seine gelebten Geschichten, fremd und wild, die er mir am Lagerfeuer in langen afrikanischen Nächten erzählte, haben mich in die *Welt der Hütten* eintauchen lassen, lange bevor mich Sole und Richard dorthin mitnahmen.

Kommen sie mir in den Sinn, steht vor meinem inneren Auge die afrikanische Natur in ihrer atemberaubenden Schönheit auf, gleichzeitig aber auch die Erinnerung an Dzangais Melancholie über das Auseinanderbrechen dieses Paradieses.

B.S.